講談社文庫

# 赤ヘル1975

重松 清



講談社

赤ヘル１９７５／目次

装画　いしさか玲奈
デザイン　鈴木成一デザイン室

# 赤ヘル1975

# プロローグ

赤は女子の色だと思っていた。

ランドセルを見ればすぐにわかる。赤は女子、黒は男子。文房具を見ても、女子の持ち物はたいがい赤やピンクやオレンジといったふにゃふにゃした色で、男子のほうはきっぱりと黒か青。気合が違う。

男子としては赤い色のものを身につけるわけにはいかないし、さわるだけでも女子がうつってしまうかもしれない。体育の授業で「赤」にチーム分けされてしまうと、もうそれだけでふだんの力の半分しか出せないような気がした。紅白帽のツバをツノのように頭のてっぺんに立て、紅白を左右に半分ずつ割り振った「ウルトラマンかぶり」をするのが、せめてもの抵抗だった。

ましてや、四月からは中学生なのである。男子は男子、女子は女子。体育の授業も別々になるし、裁縫《さいほう》の針に糸を通すだけで一苦労だった家庭科の授業もなくなり、代わりに大工仕事が中心の技術科が始まる。男の気合をいっそう入れなければならない。

小学校の卒業式を終えると、その足で床屋《とこや》に出かけて、髪を丸刈《が》りにした。進学する市立相生《あいおい》中学の校則で、男子は丸刈りと決められているのだ。友だちは皆、四月の入学式直前まで床屋へ行くのを先延ばしにしていたが、そういうのは往生際が悪い。卒業証書をもらったら、もはや小学生ではないのだ。電車やバスは三月いっぱいは子ども料金だったが、心と気合はもう中学生になった、ということにした。

校則では髪の長さは「おおむね一センチ以内」と記されていた。小学生の頃から通っている寺島《てらしま》理容店のおじさんに訊《き》くと、長さ六ミリの三分刈りなら、月に一度の床屋通いですむらしい。坊主頭とはいっても六ミリあればシャンプーの泡が立ち、ドライヤーをあてる甲斐もある。なにより、地肌の青々としたところをさらさずにすむ。経済的にも、見た目でも、ちょうどそのあたりが手頃ということなのだ。

それが気にくわない。中途半端は嫌いだ。毎月毎月床屋に行けるかボケ、と腹が立って、長さ三ミリの一分刈りにしてもらうことに決めた。これなら床屋通いも二ヵ月に一度ですむ。

「ほんまにええんか？　あとで文句言うたらいけんど。言われても知らんど、おっちゃん」

　寺島のおじさんに何度も念を押された。心配されるとかえって意地になって、長さ二ミリの五厘《りん》刈りに変えてもらった。最後は目をつぶり、腕組みまでして、覚悟を決めた。

　電気バリカンが、頭の真ん中を進んでいく。バサッと髪が落ちる感触で、とんでもないことが起きているのだとわかった。髪を刈ったところがひんやりとする。目を固く閉じて、腕をきつく組み、奥歯も嚙《か》みしめた。

　十分もたたないうちに、頭を青光りさせた丸刈り坊主が誕生した。おそるおそる目を開けて、鏡に映った自分の頭を見て、すばやく目を閉じた。予想以上に頭が青い。おでこが意外と狭くて貧相だし、頭の形もでこぼこして格好悪いことに初めて気づいた。しかたない。自分で決めたことだ。男が見てくれのことを言うたらいけんのじゃ、気合入れんかい、と腹に力を込めて、あらためて目をカッと見開いた。

「これで一学期いっぱいは持つし、髪を洗うてもすぐに乾くし、色気づいて髪をいじることに気が散らんですむけえ、勉強もようできるようになるし……」

　おじさんは言い訳するように五厘刈りの長所を並べ立てて、最後に「それに」と笑った。

「ヤスはどうせ帽子かぶるんじゃろう？」

そうなんよね、とヤスは笑い返した。鏡の中の丸刈り坊主も同じタイミングで笑う。あたりまえの話だ。それでも、まだピンと来ない。おじさんが帽子掛けから取って来てくれた野球帽をかぶって、やっといつもの自分に戻った気がした。

濃紺の帽子だ。去年の三月に買って、ほぼ一年、毎日かぶってきた。その前の年も、さらにその前も……小学校生活六年間で撮った写真は、ほとんどすべて野球帽をかぶっている。低学年の頃は、緑がかった紺色の地に、白い「H」のワッペンが付いた帽子だった。五年生からは、いまかぶっているのと同じ、濃紺の地に白く縁取りをした赤い「C」のワッペン付き。

「H」は、HIROSHIMA——広島。

「C」は、CARP——カープ。

毎年三月の終わりに野球帽を新調してもらうのが楽しみだった。今年も、もうすぐペナントレースの開幕を迎える。

「ヤス、まだ新しい帽子は買うとらんのか」

おじさんに怪訝《けげん》そうに訊かれた。「もういまの帽子は、汗の染みが浮いとるで」

「……知っとるよ」

「おっちゃんも今度買いに行くけえ、ヤスのぶんも買うて来ちゃろうか？　古いほうは大安売りしとるけど、新しいほうは早う買わんと売りきれるかもしれんど」

「自分で買うけえ、ええ」

首を横に振って椅子から降りた。痛いところをつかれた。おじさんも、ははーん、という含み笑いの顔になって、「恥ずかしいんは最初のうちだけじゃ」と言った。

聞こえないふりをして、レジでお金を払った。おじさんはお釣りを渡すのは後回しにして、「ヤス、ここ、ここ、写真がまた増えたけえ、よう見てくれや」と胸を張る。

レジの後ろの壁は、カメラが趣味のおじさんが新作を披露《ひろう》するギャラリーになっている。

秋の終わりから春までは花や鳥や海や山の写真ばかりだが、ちょうどこの時季から、ギャラリーは広島カープの選手の写真で埋め尽くされる。

「気に入ったんがあったら、特別にタダで焼き増ししちゃるけえ、遠慮せんで言えや」

「ほんま？」

「おう、小学校の卒業祝いと中学校の入学祝いで二枚やろう」

広島市民球場でのオープン戦の写真はもちろん、県営球場での自主トレの写真もあるし、今年は張り切ってキャンプ地の宮崎県日南《にちなん》市まで出かけて、天福《てんぷく》球場で練習する選手の写真を撮ってきたのだという。

「浩二《こうじ》と衣笠《きぬがさ》が一緒に写っとるんもあるど」

得意そうに言う。山本《やまもと》浩二選手と衣笠祥雄《さちお》選手は、カープの誇る若き二枚看板である。しかも、衣笠選手はこのキャンプで一塁手から三塁手にコンバートされ、昨季かぎりで引退した巨人の長嶋茂雄《ながしましげお》選手にあやかって、背番号も28から3に変更されている。背番号28の写真は何枚も持っているが、3の写真はこれが初めてということになる。

「あとはのう、おっちゃんのお薦《すす》めはこの選手じゃ。去年のドラフトで入った新人じゃけど、とにかく足が速い。もともとはピッチャーで甲子園にも出とるんじゃが、わしゃあ、バッターのほうが向いとる思う」

背番号40の選手だった。高橋慶彦《たかはしよしひこ》という。ドラフト三位で入団した高卒ルーキーだった。「おっちゃんの見るところ、二軍で二、三年も鍛えりゃあ、ええ選手になるわい。ほしたら背番号も若い番号に変わるけえ、この写真は貴重品になるど」——その予言は三年後にみごとに的中することになる。

二枚の写真をじっと見つめたヤスは、「いらん」と首を横に振った。「どっちも好かん」

ほんとうは山本浩二選手も衣笠選手も大好きなのだ。おじさんお薦めの高橋慶彦選手のことも、きっと好きになるだろう。

それでも、大好きだからこそ、この写真はだめなのだ。絶対に許せないのだ。

おじさんはまた、ははーん、と笑った。

「ヤス、男がいっぺん決まったものをグチャグチャ言うたらいけん。さっきも言うたろうが。すぐに慣れる。恥ずかしいんは最初のうちだけで、浩二も衣笠もなーんも気にしとらんかったど」

「そがあに言われても……」

「いままでが地味すぎとったけえ、これくらい派手なほうが目立ってええのう、と諭されてもだめだった。理屈では受け容れるしかないとわかっていても、心の奥の、男の気合や根性が、どうしても納得してくれない。

山本浩二選手のかぶっている帽子は、真っ赤だった。衣笠選手の帽子も、打撃練習をする高橋慶彦選手のヘルメットも、赤——そこに白く縁取りをした濃紺の「C」のワッペン。

女子の色なのだ。

大好きなカープが、男の中の男の集団が、なにが悲しくて女子の色の帽子をかぶって野球をしなければならないのか。

口をとがらせるヤスに、おじさんは言った。

「赤は炎の色じゃ。血の色じゃ。戦う男の色なんじゃ」

スペインの闘牛《とうぎゅう》でも、牛は闘牛士の持つ赤い旗に向かって突進するのだという。

「カープの選手は牛と違うわい！」

思わずカッとなったヤスを、やれやれ、と苦笑いでいなしたおじさんは、紙バッグに入れたブンタンを渡した。

「宮崎の土産《みやげ》じゃ、持って帰れ」

「ありがと……」

「ちぃと酸《す》いいが美味《うま》いけえ、お母ちゃんかお姉ちゃんに皮を剝《む》いてもろうて食えや」

ほいじゃけど、その前に——と、おじさんは付け加えた。

「お父ちゃんに供えるんど」

わかっている。誰かになにかをもらったときには、まず最初に父ちゃんの仏壇《ぶつだん》に供えること。ものごころついた頃から、それは厳しくしつけられている。

店を出る前に、ギャラリーの上に掛けてあるおばさんの写真に小さく会釈《えしゃく》をした。古びた白黒の写真だった。おじさんと比べると、夫婦より親子のほうが近そうなほど、写真のおばさんは若い。ちょうど三十年前に亡くなった。当然、ヤスは会ったことはない。それでも知らん顔はできない。出かけた先の家やお店に仏壇があれば仏壇に、写真が飾ってあるのなら写真に、ちゃんと挨拶《あいさつ》しなければならない。これもまた、幼い頃から母ちゃんにしつけられてきたことだった。

「みんな、おんなじなんよ」と母ちゃんは言う。学校の先生も言う。この街のおとなたちは誰もが、似たようなことを言う。「みんな、あの日にえらい目に遭《お》うて、つらい思いをえっとして、人生をワヤにされてしもうたんじゃけえね」

あの日——一九四五年八月六日。日本がアメリカと戦争をしていたあの日の朝、広島の市街地に大きな爆弾が落とされた。いままでに人類が体験したことのない、とてつもない威力を持つ爆弾だった。

原子力爆弾。原爆。ピカ。その名前は、戦争が終わって十七年後に生まれたヤスの胸にも刻み込まれている。

街は原爆によって一瞬にして焼け野原になり、たくさんのひとびとが命を奪われた。即死だったひともいる。寺島のおばさんがそうだ。やけどで全身がただれた遺体は、ほかのひとたちのなきがらと一緒に河原に積み上げられていたらしい。

何日かたって亡くなったひともいる。ヤスのばあちゃんは二ヵ月後だった。髪の毛がほとんどすべて抜け落ちて、全身があざだらけになって、最後は歯ぐきから血を流しながら亡くなった。

何年も、十何年も、あるいは二十年以上たってから亡くなるひとも、たくさんいる。ヤスが赤ん坊の頃に亡くなった父ちゃんも、そう。中学生で原爆の放射線を浴びた父ちゃんは、若い頃は家業の片桐《かたぎり》酒店の仕事を元気でつづけていたのに、三十歳を過ぎた頃から疲れがちになり、ものが見えづらいと言いだして、目が濁ってきた。直接の死因はヤスが生まれた直後に見つかった肺ガンだったが、全身の疲労感や白内障《はくないしょう》も原爆の後遺症に多く見られるものらしい。

そして、いまもまだ、原爆で負った傷に苦しめられているひとは数多い。目に見える傷もあれば、見えない傷もある。そんなひとたちの数は、ほんとうは新聞やテレビに出ている数よりもずっと多いのだと、母ちゃんは言う。「みんな言わんだけなんよ。ほいで、言わんことは、ないこととおんなじなんよ……」と悔しそうにつぶやくこともある。

父ちゃんが亡くなったあとは、じいちゃんと母ちゃんが二人で店を切り盛りしてきた。じいちゃんは戦争中は兵隊にとられて南洋《なんよう》諸島にいた。そのおかげで原爆で命を落とさずにすんだのだが、じいちゃんはじいちゃんで、飢《う》えやマラリアに苦しみ、敵の砲撃から逃げまどいながら、生きるか死ぬかという目に何度も遭《あ》ってきたらしい。

そのじいちゃんも、ヤスが小学一年生のときに亡くなった。無口なひとだったし、ヤスも幼すぎたので、思い出はほとんどない。ただ、火葬場でお骨揚《こつあ》げをするとき、親戚《しんせき》の誰かが「骨にスが入っとるがな、南方でよっぽど苦労したんじゃのう」とつぶやいていたことだけ、妙にくっきりと覚えている。

片桐酒店は、いま、母ちゃんが女の細腕一つで支えている。経営は楽ではない。高校二年生の姉ちゃんは、勉強ができるのに、大学進学を最初からあきらめて、就職に有利な商業高校に通っている。ヤスも『カープ少年友の会』に入っている友だちをうらやましく思いながら、千五百円の年会費を出してほしいとは、どうしても母ちゃんに言えずにいる。

坊主頭を短くして床屋通いの回数を減らしたかったのも、そういう理由からだった。

寺島理容店を出たヤスは、自転車を飛ばした。日がだいぶ長くなった。たまにはええか、と遠回りして帰ることにした。

霞《かすみ》のかかったような春の夕日を背に、原爆ドームと、そのすぐそばの市民球場の夜間照明灯が見える。まわりに高い建物が少ないせいで、ずいぶん遠ざかったつもりでも、振り向くと、ドームと球場がびっくりするほど大きく見える。

路面電車の走る大通りを突っ切って、橋をいくつも渡った。もともと三角洲《さんかくす》の地形なので、橋の多い街だ。海に近い街でもある。夕方になると凪が止まり、川面から潮のにおいがうっすらとたちのぼってくる。

そんな広島を舞台にした、春から秋にかけての物語である。

時代は、一九七五年――昭和五十年。

広島カープの帽子が濃紺から赤に変わったこの年は、広島に原爆が投下されて、ちょうど三十年目にあたっていた。

# 第一章

広島カープは弱かった。

一九四九年の設立から一九七四年までの二十五年間で、リーグ三位以内のAクラス入りを果たしたのは、一九六八年の一回のみ。最下位に沈んだのは八回を数え、しかも、一九七二年から一九七四年——昨年のシーズンまでは三年連続最下位という体たらくだった。

弱いだけでなく、貧乏でもあった。

親会社を持たない市民球団である。本拠地は、一地方都市にすぎない広島市、おまけにそこは、わずか四年前に原爆を落とされたばかりで、「今後七十五年は草一本生えない」とさえ言われている街なのである。球団設立など、ビジネスの論理としてはありえない。ありえないからこそ、それは、広島市民の、祈りにも似た大きな夢だったのだ。

しかし、現実は厳しい。設立三年目の一九五一年には早くも解散話が持ち上がり、大洋ホエールズとの合併《がっぺい》も画策《かくさく》された。そのときは「樽《たる》募金」と呼ばれる市民の募金活動でなんとか乗り切ったものの、一九五五年には再び球団消滅の危機に襲われる。国税を滞納《たいのう》したあげく、偽装倒産の作戦が当局に漏れてしまい、球団の備品はおろかセ・リーグの加盟金まで、危うく差し押さえられてしまうところだったのである。

選手の給料の遅配《ちはい》はしばしばだった。遠征《えんせい》に出ても旅館に泊まるお金もない時代もあった。選手たちは親戚や知り合いの家に泊まって、球場に向かっていた。遠征の夜行列車の中の雑魚寝《ざこね》はあたりまえだったし、甲子園《こうしえん》球場の中に泊まったこともある。

なんとか宿泊費が捻出できるようになっても、もちろん贅沢《ぜいたく》はできない。あるとき、たまたま別の球団と同じ旅館に泊まったカープの選手は、仲居《なかい》さんが運ぶ夕食のお膳《ぜん》を見て色めき立った。皿にはトンカツが載《の》っていたのだ。だが、そのおかずは別の球団の選手のもので、カープの選手の皿には、いつものようにニシンの塩焼きが一尾載ってい るだけだった、という。

そんな数々の逸話を残しながら、なんとか球団は存続している。

ただし、話は振り出しに戻るのだが、とにかく弱い。

資金の乏しさは、選手の年俸《ねんぽう》や補強費用に直接ひびく。地方都市に加えて金も出せないとなれば、東京六大学や甲子園で活躍した全国区の選手には目も向けてもらえない。長嶋茂雄と王貞治《おうさだはる》という二大スーパースターを擁《よう》し、球界の盟主を自任する読売巨人軍とは、なにからなにまで違うのである。

選手自身それをよくわかっていて、巨人相手だと、とりわけ上京して後楽園《こうらくえん》球場で戦うときには、試合前から気《け》おされてしまっていた。後楽園での試合前、チームそろって「わっせ、わっせ、わっせ……」と外野をランニングしていたカープの選手たちが、向こうから巨人の選手がたった一人来ただけで、「わっせ、わっせ、わっせ、わっせ、わっせ……」と、ぶつからないように自ら進路を曲げてしまったこともある。

弱くて、貧乏で、どうやら内気な田舎者ぞろいでもあったカープなのだが、ファンの思い入れの強さにかんしては、間違いなくAクラスだった。

もっとも、その方向がよくない。ガラが悪いのである。めちゃくちゃなのである。

市民球場ができる前、一九五三年に高校のグラウンドで大洋松竹《たいようしょうちく》ロビンスとの公式戦をおこなったときは、外野フェンスの代わりに張ったロープで、グラウンドと客席を分けていた。すると、カープの選手が外野にフライを打つと、観客がロープを持って、前へ、前へ、前へ……みごとなホームランとなったのである。なお、その疑惑の本塁打に抗議したロビンスの小西《こにし》監督は、十一日後の試合で、判定に怒ってグラウンドに乱入したカープファンに殴られてしまった。

一九五六年には、巨人に完敗したことに激怒したファンが次々にグラウンドに物を投げ込み、サイダー瓶《びん》が巨人の選手の膝《ひざ》を直撃して、二針縫《ぬ》うケガを負わせてしまったこともある。巨人側は「犯人が出てこないかぎり、今後は広島で試合はやらない」と強硬な姿勢で臨《のぞ》み、一時はリーグ脱退まで危惧《きぐ》された。すると、事態を見かねたファン二人が、「わしらがやったんじゃ」と真犯人の身代わりとなって警察に出頭して、事態は一気に収束に向かった。いまでは氏名も定かではない二人のファンの俠気《おとこぎ》があってこそ、カープの命は首の皮一枚でつながったのである。

それでも、十年後の一九六六年には、グラウンドに投げ込まれたウイスキーのボトルが線審《せんしん》の額に当たって全治十日間のケガを負わせる、という事件が起きているのだから、まったく懲《こ》りていない。

そんな熱烈なファンに暑苦しいほど愛されながら、カープは、負けて負けて負けて負けて、たまに勝って、また負けて負けて負けて……を繰り返していたのだった。

一九七五年のシーズン、カープは新監督のもとで戦うことになった。

前年からコーチをつとめていたジョー・ルーツが監督に昇格して、プロ野球史上初のアメリカ人監督が誕生したのである。

ルーツ監督がまず手がけたのは、チームの意識改革――その象徴が、帽子の「赤」だった。燃える色、情熱の色の「赤」を身にまとうことから、負け癖のついたチームを戦う集団に変えていこうとしたのだ。もっとも、ルーツ監督はアンダーシャツやストッキングも「赤」で統一するつもりだったのだが、予算の問題で、とりあえず帽子とヘルメットだけ。そういう貧乏くささは、根本的に、たいして変わっていないのである。

いや、たとえルーツ監督の最初の狙いどおり「赤」一色に染められたとしても、たいして話題にはならなかっただろう。開幕前のマスコミの報道は、新人監督となる長嶋茂雄が率いる巨人一色に塗りつぶされていた。前年最下位のカープに新監督が就き、帽子の色を変えたことなど、どうでもよかったのだ。

ペナントレースの下馬評《げばひょう》では、前年優勝して巨人の十連覇を阻んだ中日ドラゴンズと、捲土重来《けんどちょうらい》を期す巨人、さらに江夏《えなつ》投手と田淵《たぶち》選手の黄金バッテリーが健在の阪神タイガースが優勝を争う三強だった。少し下がって前年に十三年ぶりのAクラス入りを果たし、パ・リーグを代表する強打者・大杉《おおすぎ》選手を補強したヤクルトスワローズがつづく。そして、前年の五位と六位だった大洋ホエールズとカープは、やはり今年も最下位争いが確実視されていた。

特にカープは、浮上する材料が見つからない。とにかく三年連続の最下位なのである。前年は優勝した中日とは十九・五ゲーム差もつけられ、全球団に負け越してしまうという屈辱まで味わった。

そんな中で孤軍奮闘したのは二十勝を挙げて最多勝のタイトルに輝いた金城基泰《かねしろもとやす》投手だったのだが、その金城投手はシーズンオフの交通事故で、今季の復帰は絶望的だという。

さらに、ルーツ監督は就任直後から積極的にトレードを仕掛けていき、多数の選手を入れ替えてしまった。チームを去った中には、安仁屋《あにや》投手や白石《しらいし》投手などカープ生え抜《はぬ》きの主力選手も多い。それに加えて、主軸の衣笠選手を、一塁手から守備の負担の増す三塁手にコンバートした。しかも、そのコンバートは積極的な用兵というより、新外国人のホプキンス選手が一塁しか守れないから、という理由だったのだ。

だいじょうぶか——。

今年こそ、カープは生まれ変わるのか——。

それとも弱いまま、四年連続最下位を記録してしまうのか——。

広島のひとたち以外にはそんな心配すらされることなく、カープは静かに開幕を迎えた。

開幕カードの相手は、ヤクルトだった。神宮球場での三連戦である。

四月五日の開幕戦、三度目の開幕投手をつとめた外木場《そとこば》投手は、四安打一失点という堂々たる完投勝利を飾った。しかも、外木場投手にとっては通算百勝目——開幕戦勝利と節目の一勝が、めでたく重なったのだ。

試合終了後、ベンチの前に出てスタンドに挨拶する外木場投手の背後に〈祝・100

勝達成〉の横断幕が掲げられた。手製の幕である。掲げているのは球団のスタッフではなく、派手なシャツにサングラスをかけたおっさんと、カープのユニフォームを着てホイッスルをくわえたおっさんだった。

怒ったときでもうれしいときでも、地元の市民球場だろうと東京の神宮球場だろうと、カープを愛する男たちはすぐにグラウンドに乱入してしまうのだ。

トレードで加入した新戦力の中で、いちはやくカープファンに認められたのは、阪急ブレーブスから移籍した宮本《みやもと》投手だった。

開幕から一週間もたたない四月十一日、広島市民球場でおこなわれた中日戦にリリーフで登板した宮本投手は、主審の判定に激怒して、いきなり跳び蹴りをお見舞いした。それも、両足ともに一メートル近く跳び上がった本格的なキックである。

眼鏡をかけたクールな風貌《ふうぼう》の宮本投手の意外な一面に、スタンドもベンチも燃えた。宮本投手が退場となってしまうと、同じく新戦力の大下《おおした》二塁手が線審と口論になり、そこにルーツ監督も割って入って、観客もグラウンドに乱入したり、外野フェンスを押し倒したり……。十四分間中断を挟んで試合が終わった後も、怒りのおさまらないファンは中日の送迎バスのタイヤから空気を抜いて、選手を一時間も車内に閉じこめてしまったのだ。

その試合以来、宮本投手は「キックの宮」との異名をとって、名実《めいじつ》ともにカープの一員となったのである。

開幕十試合を終えて、四勝六敗。順位は五位。

巨人が出遅れて最下位、大洋が二位につけているという意外なシーズン開幕となったものの、カープの五位については、特に話題にはなっていない。巨人もまさかこのままで終わるはずがなく、カープが定位置の最下位に落ち着くのは時間の問題だろうと、評論家たちは予想していた。

まだ誰も、奇跡の始まりに気づいてはいなかったのだ。

＊

ヤスの坊主頭は、やはり青かった。春休み中はともかく、学校が始まって、三分刈りの友だちと五厘刈りの自分とを比べてみると、六ミリと二ミリの差はとんでもなく大きい。

母ちゃんにも「あんたもやることが極端じゃなあ」とあきれられた。床屋代を浮かせて家計を助けるためだというのは男の意地と根性と気合でグッと黙っておいた。

姉ちゃんは「ヤッちゃん、ジョリパンやらせて」と言って、こめかみの上あたりをハンカチやタオルでグッと押さえて、ジョリジョリこする。痛いのだ、これがひどく。自分の頭がクレンザー付きの金タワシになってしまったようなものだ。

もっとも、五厘の潔さをわかってくれているひとも、いないわけではない。片桐酒店の立ち呑みコーナーに夜な夜な通ってくるおっさんたちには、この坊主頭はえらく評判がよかったのだ。

「ええど、ヤス。坊主いうたら、ここまでやらんといけんのよ」「こんなは、こまい頃からきっぱりしとるけえ」「今度は剃刀《かみそり》で剃《そ》り上げてみんか。ツルツルにして毎朝タオルでこすっとったら、ええツヤが出るどお」「ハエも肢《あし》が滑《すべ》ってよう止まらんほどのツヤじゃ」「剃り上げたときの頭の形は、チンポの先の形と同じじゃいうけえ」「ほいじゃけえ、坊主はオナゴにようもてるんじゃ」「五厘でも剃り上げでも、頭の髪を短うしとったら、よけいな栄養分がそっちに行かんけえ、そのぶんチン毛や腋毛《わきげ》がよう伸びる。ボウボウじゃ」……。

下品なのだ。ヤスが店を手伝う夕方でもそうなのだから、母ちゃんが一人で客の相手をする夜は、もっと話に品がなくなってしまう。ガラも悪くなる。ケンカを始めるおっさんもいるし、床にひっくり返ってしまうおっさんもいる。不思議とゲロを吐くひとが誰もいないのは、酒がもったいないからだとヤスはにらんでいる。

酒屋の店内で酒を呑ませるときには、法律で椅子は出せないことになっている。立ち呑みなのだからパッと呑んでパッと切り上げてくれればいいのに、母ちゃんが棚にさりげなく隙間を空けたり、ビールケースを微妙にずらして積み上げたりして、椅子にならないぎりぎりのところで腰かけられるようにしているので、みんな長《なが》っ尻《ちり》になってしまうのだ。

立ち呑みなんて、やめればいいのに。いつも思う。

だが、母ちゃんは「なに言うとるん」と取り合ってくれない。しつこく言うと、「立ち呑みやめたら、お店がつぶれてしまうんよ」と叱《しか》られてしまう。

「お客さまは神さまなんじゃけえ、ヤッちゃんも、もうちいと愛想ようしんさい」

母ちゃんにはよく言われる。実際、常連客の中には、死んだ父ちゃんの友だちもいるし、女手一つで店を守る母ちゃんを応援して、もっと安い店はいくらでもあるのに「酒を買うんなら片桐」と決めてくれているひともいる。

それはわかっている。わかっていても、だめなのだ。〈片桐知子《ともこ》・圭子《けいこ》・康久《やすひさ》〉と三人の名前が並んだ郵便受けを見るたびに、父ちゃんの声が聞こえてくる。

「ヤス、ええか。母ちゃんと姉ちゃんのことを頼んだけえ、しっかりやってくれよ」

父ちゃんが死んだのはものごころつく前だったが、確かにそう言われたような記憶があるのだ。

酔っぱらいのおっさんらに負けたらいけん、男の気合をグッと入れて、母ちゃんと姉ちゃんを守っちゃらんといけん――。

そのためには、女子の色のふやけたものを身につけるわけにはいかない。

四月になっても、まだヤスはカープの新しい野球帽を買っていなかった。


ヤスが入学した相生中学校は、生徒会活動が盛んな学校で、「平和」と「自由」と「民主主義」が合言葉になっていた。

入学式から二週間後、ホームルームが終わってクラス担任の先生がひきあげたあとの五分間が、生徒会の説明に充てられた。役員が手分けして、四クラスある一年生の各教室を訪ねるのだ。ヤスのいる一年三組には、会長と書記の三年生が来た。会長は男子で書記は女子。どちらも、いかにも真面目そうな生徒だった。

「皆さんも、中学生活にだいぶ慣れてきたことと思います」

真面目だから、標準語で書いた原稿を棒読みする。

「さて、私たち相生中学校生徒会では、自主的に千羽鶴《せんばづる》運動に取り組んでいます。これは各クラスで折り鶴をみんなでつくるという運動です」

千羽鶴には「病気が全快しますように」という祈りと同時に、「平和」への祈りも込められている。きっかけとなったのは、サダコさんという少女だった。原爆が原因の白血病に冒されてしまったサダコさんは、十二歳で亡くなるまで千羽鶴を折りつづけていた。その話をもとに、一九五八年、平和記念公園に『原爆の子の像』がつくられたのだ。

折り鶴を頭上に掲げた少女をかたどったブロンズ像の台座には、ノーベル物理学賞を受けた湯川秀樹《ゆかわひでき》博士が寄贈した鐘が吊され、その下の碑には、こんな言葉が刻まれている。

〈これはぼくらの叫びです／これは私たちの祈りです／世界に平和をきずくための〉

『原爆の子の像』は、修学旅行で全国各地から広島に来た小中学生や高校生が必ず訪れる場所になっている。出発前につくってきた千羽鶴を吊すコーナーもある。

「できあがった千羽鶴は、日赤《にっせき》の原爆病院に入院しているひとたちへのお見舞いにします」

原爆病院は、その名のとおり、赤十字《せきじゅうじ》病院の構内にある原爆医療部門を持った病院のことだ。白血病やケロイドなど原爆症の治療を専門におこなっている。

「折り鶴のサイズはそろえたほうがきれいなので、縦横七・五センチの正方形の紙を折ってください。紙は自由です。折り紙でもいいし、千代紙でもいいです。文房具屋さんに行ったら、千羽鶴用と書いてある折り紙もあると思います。新聞のチラシを自分で切ってもかまいませんが、そのときにはきれいな色のものを使うようにしてください」

来月から始める。ノルマは、一人につき毎週七羽。一日一羽というペースだ。

「このクラスは三十六人いるので、毎週二百五十二羽の鶴が集まります。ですから、四週間、ちょうど一ヵ月で千羽鶴が一つできあがるわけです。一日一羽なら勉強や部活の邪魔にはならないと思いますし、毎日一羽ずつでもいいし、一日にまとめて七羽折ってもいいので、自分の都合のいいペースでやってください」

ヤスはうなずきながらメモを取った。一日一羽。確かに、これならふだんの生活に負担をかけずに「平和」のための活動ができる。

「一人で千羽鶴を折ろうと思うと大変です。でも、みんなの力を合わせると、こんなに楽に、しかもたくさん千羽鶴をつくることができるのです。私たち一人ひとりはとても小さな存在です。でも、そんな小さな存在でも、みんなで手を取り合って、助け合い、お互いに高め合うことで、私たちは大きな存在になることができるのです」

なるほど、と思う。さすが生徒会長、ええこと言うのう、とも思う。それでも、聞いているうちに背中の奥がむずがゆくなってしまって、椅子に座ったまま体を小さくよじった。

ふと、窓際の列に座った女子に目が吸い寄せられた。頬杖《ほおづえ》をついて窓の外を見ている後ろ姿と、横顔がほんの少しだけ。中学で初めて一緒になった子だ。まだ話したことはないし、名前も覚えていない。ただ、その子のそっぽの向き方は、こっちが心配になるほど堂々としていて、話を聞く気など全然なさそうだった。横顔もムスッとして、怒っているようにも見える。

スケバンじゃろうか、とヤスは眉をひそめた。

生徒会長も彼女の様子に気づき、教卓の座席表を指差しながら、声をかけた。

「えーと、沢口《さわぐち》さん？　沢口真理子《まりこ》さん？　ちゃんと話を聞いとるかなあ、だいじょうぶ？」

沢口真理子は黙って座り直した。体は前に向いていても、頬杖ははずさない。

生徒会長は怪訝そうに「千羽鶴をつくるのに反対ですか？」と訊いた。「意見があるんじゃったら、なんでもええけえ言うて。一年生でも自由に意見を言えるんが民主主義じゃけえ」

だが、真理子はそっけない声で「ありません」と応えるだけだった。

さすがに生徒会長も険しい顔になったが、書記の女子に目配せされて怒りをこらえ、「意見を言わんのも民主主義の自由じゃけえ、平和にやらんとね」と笑った。

真理子はまたそっぽを向いていた。生徒会長と書記はちらりと目を見交わして、ほっておこうと決めたのだろう、もうなにも言わなかった。

生徒会長たちが教室を出て行って、みんなが帰り支度《じたく》を始めると、クラスの男子の一人が「ちょっと待ってくれや！　わしの話、聞いてくれんか！」と大きな声をあげて、自分の席から教壇に駆け上がった。

背が高く、がっしりした体格だった。ヤスとは中学で初めて一緒になった。北山幸男《きたやまゆきお》という。五十音順の出席番号が「片桐康久」の次なので、名前は覚えていたが、まだ話したことはない。

そのユキオが、声変わりの途中なのか、しわがれた高い声で言った。

「みんなに質問があるんじゃけど、ええか」

ええよ——とは誰も応えていないのに、ユキオは「よっしゃ」と一人でうなずいて、黒板に向かい、チョークで大きく書いた。

〈スポチュー〉

みんなを振り向いて「これ、知っとるか？」と訊く。返事はない。男子も女子も、質問の答えがわからないというより、いまのこの状況がよく呑み込めていないのだろう、きょとんとしたまま首を横に振るだけだった。

ユキオはすぐに答えを教えてくれた。

「『スポチュー』いうんは、ほんまは『スポーツ中国』いうて、中國《ちゅうごく》新聞が昔に出しとったスポーツ新聞なんよ」

地元紙の名前が出て、みんなも少し興味を惹かれた顔になった。「知らんかったじゃいうて、いつのことなんか」と訊く奴も出てきた。

「わしらが赤ん坊の頃じゃ。昭和三十九年一月二十五日が第一号で、昭和四十年一月三十一日が最後じゃった」

ユキオは記憶をたどる間もなく、すらすらと答えた。教室にどよめきがあがる。半分は「こんな、ぶちくそ詳しいのう」というユキオへの驚き、残り半分は「一年ちぃとでつぶれたんか」という『スポチュー』への驚きだった。

そのどよめきが収まるのを待って、ユキオは話の本題に入った。

「わし、おとなになったら中國新聞に入って、『スポチュー』を復活させる。隅から隅までカープのことしか書かん。それが将来の夢じゃけえ、いまのうちから新聞記者の特訓をしたいんよ」

教室の後ろの掲示板を指差した。「最初は壁新聞からじゃ」

再び黒板に向かい、チョークを打ちつけるような勢いで、〈スポチュー〉以上に大きな文字で、新聞の名前を書いた。

〈赤ヘルニュース〉

教室はまた騒がしくなった。ヤスは隣の藤井《ふじい》と顔を見合わせて、首をひねる。赤ヘル。聞いたことがあるような、ないような、よくわからない。

そんな困惑を含み笑いで受け止めたユキオは、もったいぶった口調で言った。

「赤ヘルいうたら、カープのことじゃ。今年から赤いヘルメットになったろう？　じゃけえ、赤ヘルなんよ」

おおーっ、と教室がどよめいた。ヤスと藤井はまた顔を見合わせて、なるほどのう、強そうじゃのう、と二人そろってうなずいた。

「『カープ』いう名前は、どうも弱そうでいけん。『プ』がいけんのよ、屁《へ》ぇみたいで」

女子の「好かーん」「いやじゃあ」という声があちこちからあがったが、ヤスは大きくうなずいた。「カープ」の響きの弱々しさは、ヤスも気になっていたのだ。チームなのに「カープス」にならないところも妙にややこしい。

「じゃけえ、今度からはカープのあだ名は『赤ヘル』じゃ。強そうじゃろ？　みんなも覚えて、どんどんつこうてくれ」

いまでこそ広島カープの代名詞となった「赤ヘル」だが、一九七五年四月の時点では、まだまったく一般的ではなかった。

ユキオの「赤ヘル」も、春休みに京都から帰省した大学七回生の従兄《いとこ》が名付けた。学生運動にのめり込んで留年をつづけている従兄は、カープのヘルメットや帽子が赤になったことを知ると、「カープは赤ヘルになったんやなあ」と笑ったのだ。訊いてみると、学生運動にも「黒ヘル」や「白ヘル」や「赤ヘル」などがあって、ヘルメットの色で敵と味方を見分けるのだという。

マスコミのつかう「赤ヘル」が学生運動に由来していたのかどうか、いまとなっては定かではない。ただ、一九七五年とは、ベトナム戦争が終結した年で、日本赤軍《せきぐん》がマレーシア・クアラルンプールのアメリカ大使館を占拠した年だった。三年前には沖縄返還と連合赤軍事件があり、五年前にはよど号ハイジャック事件があって、三年後には成田《なりた》空港が開港する。

しかし、中学一年生には難しいことはよくわからない。

とにかくヤスは、「赤ヘル」という新しい言葉が、強そうで、カッコよくて、気に入った。中学に入ったばかりだというのに将来の夢を決めているユキオのことも、ちょっと尊敬した。

「とりあえずのところは二、三日にいっぺんほどじゃが、なんかあったら号外もどんどん出して掲示板に貼っていくけえ、みんなもしっかり読んでくれえや」

そして、チョークを置き、粉のついた手をはたきながら、言った。

「今年のカープは優勝するど」

きっぱりとした口調だった。迷いがなさすぎて、かえってみんな、どう応えていいかわからない。ぽかんと間の抜けた沈黙のなか、教室を眺め渡したユキオのまなざしは、ヤスと目が合ったところでピタッと止まった。

ヤスは腕組みをして、眉をグッと寄せ、無言で大きくうなずいた。

そりゃあそうじゃ、優勝に決まっとるわい――。

とりあえず最下位から五位に上がろうやあ……と、つい弱気になる本音は押し隠した。

ユキオは満足そうにうなずき返し、教卓の座席表を目と指でたどって、顔を上げるのと同時にはずんだ声で言った。

「藤井くん、わしら、連れじゃ！」

一列ずれている。

こいつは立派そうに見えとったが、意外とアホかもしれん、とヤスは予感した。

＊

四月二十八日の『赤ヘルニュース』には、〈ルーツ帰国か？　カープ大ピンチ！〉という特大の見出しが掲げられていた。

ルーツ監督が前日の試合中にとんでもない騒ぎを起こしてしまったのだ。

騒動は、甲子園球場でおこなわれた阪神とのダブルヘッダー第一試合の八回に起きた。判定をめぐって審判に抗議をしたルーツ監督は、退場処分を宣告されたあともグラウンドに居残った。もともと開幕前から「審判はカープに不利な判定ばかりする」と不満を繰り返し口にしていたルーツ監督である。つい一週間ほど前には、監督と審判との間に立たされて心身ともに疲れ果てた球団の通訳が、病気を理由に現場から逃げ出してしまっていた。よほど積もり積もった鬱憤《うっぷん》があったのだろう、ルーツ監督は審判団《じ》がどんなに説得してもグラウンドから立ち去ろうとしない。放棄試合になることすら辞さない肚《はら》のくくり方だった。

やむなく、カープの球団代表がグラウンドに出て説得を試みた。すると、ルーツ監督は「全権を与えられたはずのグラウンドに、なぜ代表がしゃしゃり出てきたのだ」と激怒して、第二試合の前に球場を去ってしまったのである。

『赤ヘルニュース』の『社説』には、こんな文章が出ていた。

〈ルーツの戦う姿勢はすばらしいが、こんなにしょっちゅう抗義をしていると、選手は大迷惑である。それに文句をたれているわりにはあまり勝てずに、順位も五位だ。ピッチャーをすぐに交代させるし、エースの外木場さんが三塁ランナーのときに無理やりホームに突っ込ませていたので、ケガをしたら大変だと思う。それと、ルーツは外人だから日本をバカにしているかもしれません。そろそろかんとくを交代したほうがいいですね〉

ユキオは新聞記者志望のくせに国語が苦手だった。途中から語尾がふにゃふにゃになっていたし、「かんとく」のところも、何度も漢字で書いては消したすえに、ひらがなで妥協《だきょう》していた。「抗議」の「議」からごんべんが消えているのも残念なところである。なにより、「ツ」がよくない。最初のチョンチョンは横に並べなければならないのに縦に並べているから、パッと目にしたときには「ルーシ」にしか見えないのだ。

それでも、登校してすぐに『赤ヘルニュース』を読んだヤスは、体温がグッと上がるのを感じた。そう、そう、わしもそう思うとったんよ、ルーツはピッチャーを使いすぎるし、抗議が長すぎるんよ、とうなずいた。

「おう、ヤス」

背中からユキオに声をかけられた。「今日のニュースはどんなじゃろうか」

振り向いて「気合入っとる」と褒めてやると、うれしそうに笑う。

『赤ヘルニュース』はこれで三号目だったが、ユキオの記事には、いつも納得する。まるで自分の代わりに書いてくれているみたいだ。話していても、そう。気が合うというのは、こういうことを言うのだろう。

意見が分かれることは、ただ一つだけ——ユキオが気に入っている赤い帽子を、ヤスはまだ受け容れられない。「赤ヘル」という言葉はカッコよくても、実際に赤いヘルメットや帽子をかぶってプレイする選手たちを見ていると、こっちのほうが恥ずかしくなる。「女子の色で野球をやったらいけんじゃろう」とぼやいたら、「アホか」と笑われた。

それでも、やっぱり「赤」はだめだった。

四月が終わろうとするいまもまだ、ヤスは野球帽を買い換えていない。

ユキオはなぜ新聞記者を志して、『スポチュー』復活にこだわるのか——。

「わしがたの隣のおっさん、市民球場でグラウンドキーパーしとるんよ」

それも、ただ単純に勤務先がたまたま市民球場だった、というわけではない。

「カープのことが好きで好きで好きでかなわんけえ、少しでもそばにおりとうて、グラウンドキーパーの仕事を見つけたんよ」

一九四九年に球団が創設されたときからのファンである。経営危機のときには酒樽に募金もしたし、なけなしのお金をはたいて後援会にも入った。グラウンドに物も投げ込んだ。投げるだけでは気がすまず、スタンドからグラウンドに飛び下りて、相手チームの選手を追いかけ回したこともある。一九五七年、起工《きこう》から竣工《しゅんこう》までわずか五ヵ月で市民球場が建設されたときには、日雇いでモッコを担ぎ、ツルハシをふるった。そして、四十五歳のいまでは、市民球場のベテラン職員の一人として、カープの歴史の生き字引になっているのだ。

「どうじゃ、すごかろう？」

ユキオはわがことのように誇らしげに言う。「なにしろ、あだ名が『カントク』じゃけえ」

徳永寛一《とくながかんいち》。略して「トクカン」、ひっくり返して「カントク」というわけである。

一人暮らしのカントクさんは、ユキオを幼い頃から可愛がってくれていた。暇さえあれば市民球場に連れて行ってくれたし、選手のサインボールやサイン入り色紙もたくさんもらってきてくれた。そして、「これからはユキオらの代がカープを支えていくんじゃけえ」と、球団創設からの苦難の歴史を、ことこまかに、繰り返し繰り返し、語りつづけているのだ。

「それで『スポチュー』のことも教えてもろうたんよ」

なるほど、とヤスはうなずいた。カントクさんはなぜずっと一人暮らしなのだろうと考えていたせいで、うわの空のしぐさになってしまった。

「のう、ユキオ、カントクさんは、ずーっと広島の市内なんか?」

「ずーっと、いうて?」

「じゃけえ……戦争中も、広島の市内に住んどったんじゃろうか、いうて訊いとるんじゃ」

「知らん」

あっさり返された。このバカたれが、ちいたあモノゴトを考えんか、と叱るきっかけすら見つけられないような、あまりにも軽い反応だった。

「……ユキオがたは、ずうっと広島なんか」

「ううん、親戚は市内にようけおるけど、わしがたは、もともとは浜田《はまだ》からこっちに来とるけえ。わしも赤ん坊のうちは浜田におったんよ」

島根県である。山陰地方有数の港町である。家族の歴史に刻まれた原爆の記憶、というか傷痕は、広島市内であの日を迎えてしまったひとたちとは、やはり違うのだろう。

だが、カントクさんは、もしかしたら――。

考えをめぐらせかけたら、ユキオに「わし、ヤスのことは小学生の頃から知っとったよ」と言われた。「陸上記録会で、ヤスは去年もおとどしもすごかったじゃろう?」

相生中学の学区には、四つの小学校がある。中学に入ってから早く仲良くなれるようにという気づかいなのだろうか、毎年秋には、各小学校の五年生と六年生が参加する陸上記録会が開かれる。ユキオの言うとおり、ヤスは去年もおとどしも大活躍した。百メートル走、八百メートル走、砲丸投《ほうがん》げ、走り幅跳び、すべて二年連続して優勝。去年は学校対抗リレーでも、アンカーで最下位から一気にゴボウ抜きして優勝を果たしたのだ。

「すげえのう、思うとったんよ」

「……たいしたことありゃあせんわい」

「野球も上手いんと違うか？」

「おう、任せとけ」

陸上競技では謙遜《けんそん》をしても、野球の話なら、遠慮なくイバる。それだけ野球が好きなのだ。大切にしているのだ。

「ほいじゃったら、なして野球部に入らんのんよ」

ユキオは怪訝そうに、そして不服そうに、言う。「こんなじゃったら、すぐにレギュラーになれるよ。ほいで、高校で甲子園に出て、カープに入ればええがな」

それはユキオ自身の夢でもあった。

「ほいでも、わしはヤスと違うて、カラはええが運動神経がないんよ」

「……だめなんか」

「おう、全然いけんのよ。カントクさんもがっくりしとる」

ウドの大木《たいぼく》いうやつか、と思わずつぶやいてしまったが、ユキオは怒らなかった。言葉の意味を知らなかったのだろう。代わりにユキオは、「じゃけえ」と力を込めてつづけた。「ヤスがカープに入ってくれりゃあ、わしもカントクさんもうれしいんよ」

ヤスはそっぽを向いて、アホか、つまらんこと言うな、と笑った。

「つまらんことあるか。ヤスがカープで活躍して、わしが『スポチュー』でこんなのことを書いちゃる。最高じゃろうが」

い。

「まあ……悪うはないけどの」

「カープや甲子園のことは、あとからの話でもええよ。ほいでも、なしていま、野球部に入らんのよ。入りゃあええがな、もったいないがな」

ヤスはそっぽを向いたまま、返事もしない。

よけいなお世話だ。こっちには店の手伝いがあるのだ。夕方は、母ちゃんが軽トラックを運転してビールやお酒の配達に出かける間、店番をしていなければならない。夜は、立ち呑みの酔っぱらいが母ちゃんに迷惑をかけないよう見張っていなくてはいけない。


それさえなければ、ほんとうは、ユキオに言われなくても——。

小学校の低学年の頃には、広島商業か広陵《こうりょう》高校のエースで四番で甲子園に出て、選手宣誓をして、全国制覇もして、カープにドラフト一位で入団する、という人生を本気で夢見ていた。

だが、家計のことが少しはわかるようになったいまはもう、そんな夢はあきらめた。

母ちゃんに楽をさせてやりたい。姉ちゃんを、せめて短大に行かせてやりたい。

それが、わが家で唯一の男の責任なのだ。

「のう、ヤス……」

食い下がるユキオを振り向いて、にらみつけた。「要らん世話じゃ、ボケくそが」と思いきり憎々しげに言い放ち、「今度野球部の話をしたら、こんな、シゴうしたるど」と脅すと、もうユキオはなにも言えなくなってしまった。

四月三十日、ルーツ監督はついにカープを退団した。監督として指揮を執ったのは、大騒動を起こした四月二十七日のダブルヘッダー第一戦までの十五試合。六勝八敗一分け。

野崎《のざき》監督代行で戦った四試合をへて、五月三日から古葉竹識《こばたけし》コーチが新監督に就任する。

その日の中國新聞に載ったルーツ前監督から選手たちへのメッセージを、ユキオは五月六日に掲示板に貼った『赤ヘルニュース』で、そっくりそのまま書き写していた。

中國新聞に載っていたのは、こんな文章である。

〈君たちは君たち自身に、野球に、そして地域社会に対して責任がある。君たちの可能性に富んだ毎日に向かってがんばってほしい。ベストを尽くせ。

カープのファンはすばらしい。彼らにいい試合を見せねばならない。ファイトこそ勝利への基本である。勝つことがすべてではない。しかし勝たねばならない〉

五月四日の阪神戦が古葉監督の初陣となったカープは、その試合と翌日の試合を連勝する。野崎代行が指揮を執った中日三連戦も三連勝だったので、つごう五連勝――。

五月五日現在、十一勝九敗一分けで、リーグ二位。首位にいる大洋とともに、下馬評では最下位争いだった両チームが、みごとな戦いぶりを見せていた。

もっとも、マスコミの報道の主役は、やはり巨人だった。同じ五月五日の時点で、長嶋茂雄監督率いる巨人はわずか五勝、予想外の最下位に低迷しているのだ。

しかし、このまま夏まで行くはずがない。巨人は実力どおりに順位を上げ、大洋やカープはそろそろ息切れしてくるだろう。

『社説』で〈がんばれカープ、首位までたった二ゲーム差だ。鯉《こい》のぼりのロープを切って、天までのぼれ！〉と書いたユキオ以外は、まだ誰もが、そう思っていたのである。

# 第二章

岡山県から広島県に入ると、急にトンネルが増えてきた。長いトンネル、ちょっと外、短いトンネル、ちょっと外、また長いトンネル、ちょっと外、さらに長いトンネル、ちょっと外、すごく短いトンネル、ちょっと外、長いトンネル、ちょっと外……。

「あんまりじーっと見てると、酔っちゃうぞ」

父親の勝征《かつゆき》さんに声をかけられて、マナブは窓から顔を離した。確かにさっきから少し気持ちが悪くなっていた。真っ暗なトンネルとまぶしい外の景色が矢継《やつ》ぎ早《ばや》に繰り返されるので、目が疲れてしまったのかもしれない。

山陽新幹線の岡山から西——博多《はかた》までの区間は、この三月に開業したばかりだった。試運転の頃から「モグラ新幹線」と揶揄《やゆ》されていたとおり、直線の最短コースをとったのと引き替えにトンネルだらけの区間になった。一本ずつの長さはそれほどではなくても、とにかく数が多い。

これなら地下鉄のように全部トンネルのほうがまだましだ。楽しみにしていたぶん失望も大きい。なにより東京から延々五時間以上も乗ってきて、さすがに疲れたし、飽きてきた。

「田舎《いなか》に来ちゃったなあ」

勝征さんは読んでいた週刊誌のページをめくって、あくび交じりに言った。

マナブは黙ってうなずいて、また窓ガラスに顔をくっつけた。

駅の名前は時刻表を見ているうちに覚えた。岡山の次は新倉敷《しんくらしき》、そこから広島県に入って、福山《ふくやま》、三原《みはら》、広島、新岩国《しんいわくに》、徳山《とくやま》、小郡《おごおり》、新下関《しんしものせき》、小倉《こくら》、そして終点の博多である。新横浜、名古屋、京都、新大阪、新神戸と有名な大都市がそろった開業済みの区間に比べると、なんとなく地味でもっさりした駅名が並ぶ。初めて知った街の名前も多い。

ただ、街らしい街が見えたのは福山駅を通過したときぐらいのもので、あとは山と田畑ばかりだった。変わりばえのしない景色がつづく。いや、たまに車窓をよぎる集落のたたずまいは、どんどんひなびていくようにも見える。

田んぼの中にぽつんと一軒、古びた瓦葺《かわらぶ》きの農家がある。広い庭に高々とこいのぼりが泳いでいる。もう五月も半ばだというのに、のんきなものだった。

勝征さんはまた大きなあくびをして、目をしょぼつかせながら、広げた週刊誌をマナブに差し出した。

「ちょっと見てみろよ」

ほら、ここだよ、と記事に顎《あご》をしゃくって、「すごいことになっちゃったな」と笑う。

紅茶キノコの記事だった。

もともとは前年暮れに『紅茶キノコ健康法』という本が出版されていたのだが、三月にテレビのワイドショーで紹介されたのをきっかけに、大ブームになっていた。

紅茶に菌を加えて発酵《はっこう》させると、一週間ほどで茶褐色《ちゃかっしょく》のキノコのような菌体ができる。その培養液《ばいようえき》を飲むだけで末期ガンが治り、高血圧は改善され、コレステロールも減って、糖尿、アレルギー、水虫、肩こり、便秘《べんぴ》……その他もろもろに効き、美容にも良いのだという。

明らかに怪しい。中学生になったばかりのマナブでも、なんだよこれ、嘘くさいなあ、と思う。ところが、おとなたちは——防衛庁長官や流行作家といった名士まで、こぞって効能を謳《うた》いあげ、テレビ局が募集した菌の無料プレゼントには十万通もの応募があったのだという。

「まだ伸びるな、これは」と勝征さんは言った。

「そうなの?」

マナブが訊くと、自信たっぷりに「日本人は健康が大好きだからな」と言う。

車内アナウンスが、間もなく広島駅に着くことを告げた。列車はスピードを少し落としてトンネルに入る。

「そろそろ支度しろ。忘れ物するなよ」

席を立った勝征さんは荷物棚から大きなボストンバッグを二つ下ろし、マナブは足元に置いていたナップサックを背負った。

列車がトンネルを抜けると、広島の市街地が車窓に広がった。

「帽子忘れるなよ」

「うん……」

窓の横のフックに掛けてあった野球帽を手に取って、目深《まぶか》にかぶった。黒地にオレンジ色のYGマーク――巨人の帽子である。ツバの裏にはサインペンで小さく〈1〉と手書きしてある。もちろん王貞治選手の背番号だった。

去年までのON砲の相棒・長嶋新監督率いる今年の巨人は、スタートダッシュに大失敗して、最下位に沈んでいる。開幕から二十五試合を戦った時点で、わずか八勝しかしていないのだ。去年とおととしは二年連続して三冠王に輝いた王選手も、今年はキャンプ中に足を故障したせいもあって春先から調子が上がらず、打撃十傑になかなか顔を出せないでいる。

それでも、最後の最後はなんとかなるはずだ。おととしまでの九連覇も――マナブ自身がしっかり記憶しているのはおしまいの二、三年だけなのだが、途中でハラハラさせながらも、シーズンが終わってみると、ちゃんと帳尻《ちょうじり》を合わせて巨人が優勝していた。

今年もきっとそうなる。ホームラン王争いも、いまは四月だけで十一本を打った阪神の田淵幸一《こういち》選手が首位を独走しているが、だいじょうぶ、王選手は夏場にあっさり逆転して、前人未踏《ぜんじんみとう》の十四年連続ホームラン王という偉業を達成してくれるだろう。

列車はスピードをゆるめながら高架の線路を走っていく。車窓から眺める広島の街は、それまで通ってきた岡山や福山よりもずっと大きい。

「よし、行くか」

勝征さんは両手にバッグを提げて通路に出た。まだ座っていてもいいんじゃないかとマナブは思ったが、両手にバッグを提げて通路をずんずん進んでいく。せっかちな性格だ。じっとしているのが苦手で、ひとを待ったりペースを合わせたりというのも好きではない。そしてなにより、大の負けず嫌いだった。

マナブの思っていたとおり、デッキに出ても、駅に着くまではまだしばらく時間がかかりそうだった。勝征さんも一瞬バツの悪そうな顔になったが、それを不機嫌そうなしかめっつらに変えて、「なんだ、ずいぶん早いうちからブレーキかけるんだな、このあたりの新幹線は」と舌打ちする。「やっぱりこういうところが田舎なんだよなあ」

相槌《あいづち》を打とうかどうしようか迷っていると、勝征さんはすぐに頭を切り換えて「まあ、でも、荷物もあるんだし、駅に着いてからあわてて降りようとすると、転んでケガをしちゃうかもしれないしな」と言った。

負けず嫌いというのは、そういう意味だった。勝征さんのことを良く思っていないひと――たとえば母方のおばあちゃんに言わせると「すぐにひとのせいにするでしょ。それができないときには、屁理屈《へりくつ》並べて言い訳するでしょ。ろくな男じゃないわよ」となるのだが。

列車はようやく広島駅のホームに滑り込んだ。マナブは野球帽のツバを指でギュッと挟んだ。ちょうど王選手の背番号1を書いた場所。王選手、僕がんばります、新しい街や新しい学校でも負けずにがんばります、見守っていてください、と一本足打法の英雄に心の中で語りかけた。

列車が停まる。ドアが開く。ホームに降り立つと、むわっとした蒸し暑さが足元からたちのぼってきた。夕方にはまだ少し早い時刻だったが、西日がひどくまぶしい。風もないせいで、空気がじっとりと湿り気を帯びて重い。広島名物、瀬戸内海のベタ凪《なぎ》である。

「なんで五月でこんなに暑いんだよ、まったくもう、たまんないなあ……」

勝征さんはぶつくさ言いながら、改札口につづく階段を降りていく。

マナブは階段の上で立ち止まり、勝征さんの背中を見つめてから、野球帽のツバを下げて歩きだした。

いくつめ――？

自分に訊いて、自分で「九」と答えた。小学校に入学してから六年ちょっとの間に、これで九回引っ越しをしたことになる。広島が十番目の街。長いところでも一年しか住まなかった。短いところだと一ヵ月足らずで引き払った。もっとさかのぼって、生まれてから十二年半の間に暮らした街になると、もう数えあげることもできない。

「ほんと、暑いなあ、まいったなあ。五月でこれか？　なんなんだよ、ここは……」

勝征さんは改札を抜けても愚痴をつづけていたが、やがて、ああそうか、と発想を変えて、この蒸し暑さをプラスに考え直した。

「まあ、でも、これだけ暑いとビールも美味いよな。家に着いたら、とりあえずビールだ」

マナブはまた王選手にお祈りを捧げた。

お父さんがこの街と新しい仕事を気に入ってくれますように――。

いままでのように飽きたりケンカをしたりして仕事を辞めてしまうのではなく、こつこつとねばり強く努力して、がんばってくれますように――。

そして、今度こそ、お父さんは胸を張ってお母さんを迎えに行き、お母さんもお父さんのことを許して、また三人一緒に暮らせますように――。

＊

新しい住まいは、広島駅からタクシーで二十分ほどの町にある、平屋建ての小さな借家だった。二軒で一棟、それが三十棟集まって、最寄りのバス停には『相生団地前』とあった。

東京で「団地」と言えば、コンクリート造りの四階建てや五階建ての棟が並んだ風景を想像するが、このあたりでは「団地」の定義はもっとゆるやかで、同じ間取りの家が集まっていれば「団地」あるいは「住宅」と呼ばれる。

「とにかく一戸建てにしてくれって頼んでおいたんだ」

勝征さんは得意そうに言った。勝征さん自身、転職先の会社に家探しや家財道具の運び入れはすべて任せていたので、新居を訪れるのは初めてだった。

「どうだ？　ちょっと古いけど、なかなか住みやすそうだろ」

正確には「ちょっと」ではなく「かなり」古い。二軒で一棟だから、一戸建てと言っていいのかどうかもよくわからない。

よく見ると玄関のすぐ脇にトイレの換気筒があって、バキュームカーの吸い込み口もある。水洗ではなく汲み取り式なのだ。換気筒の先端からは、むわっと蒸れたトイレのにおいが漂ってきそうだった。さらによく見ると屋根はほんものの瓦ではなく瓦の形にしたコンクリートで、トタン板を載せただけの箇所もある。雨の日にはきっと音がうるさいだろうし、台風のときには風でめくれ上がって危ないだろう。玄関も磨《す》りガラスの引き違い戸が農家みたいで、プロパンガスというのもいかにも田舎くさい。

もちろん、贅沢を言えばきりがないし、最初から贅沢など言うつもりはない。階下と両隣の部屋に気をつかいどおしだった東京でのアパート暮らしよりはずっといい。「どうだ？　気に入ったか？」と勝征さんに訊かれたときも、「うん」と答え、うなずいたつもりだった。

ところが、勝征さんはそれでは物足りない。マナブの気に入り方が気に入らない。一瞬がっかりした顔になり、言い訳するように言った。

「まあ、ここからだよ。スタートの段階ではこれくらいでちょうどいいんだ。どんどん稼いで、どんどんいい家に引っ越していけばいいんだからな。そうだろ？　わかってるんだ、うん、わかってる。こんなボロボロの家、とりあえず家財道具を置く場所が要るから借りただけなんだ。だから、な、マナブもそんなに怒るな怒るな」

ちっとも怒ってないんだけど、と言い返すのも面倒なので、黙って聞き流した。いつものことだ。ほんとうは、勝征さん自身が期待していた新居との落差にがっかりしていて、腹も立てているのだ。息子も同じように不満を持っていたらどうしよう、と不安なのだ。

玄関の鍵を開けて、中に入った。間取りは3K。四畳半二つの和室はマナブの部屋と勝征さんの部屋で、台所とつながった六畳の茶の間は、勝征さんの仕事場も兼ねることになる。その茶の間の壁一面に、同じサイズに同じデザインの段ボール箱が積み上げられていた。

商売道具だ。この箱をすべて売りさばかないと、広島での新生活は立ち行かない。一つの箱に、ドリンクが三十本——一ヵ月分入っている。南米産の植物のエキスを配合して、疲労回復や滋養強壮に劇的な効果があるというドリンクだった。名前は『アマゾンパワー』。怪しい。しかし、会社の説明会に出向いた勝征さんによると、口コミで大評判を取って、売れっ子の俳優や歌手の中にも愛飲しているひとがたくさんいるのだという。「たとえば誰？」とマナブが訊くと、「そんなの教えてくれないよ。芸能界のライバルが知ったら、そのライバルも絶対に飲むに決まってるんだから。使ってるのを内緒にしなきゃいけないぐらい効き目があるってことだ」と勝征さんは言う。そういう答え方も説明会で教わったらしい。説明会は、成績優秀な営業マンの表彰式も兼ねていて、まだ二十代なのに年収一千万円に達した男性や、パートタイムの仕事の感覚で毎月三十万円を稼ぐ主婦が、次々にスポットライトを浴びてステージに上がり、トロフィーとボーナスを受け取ったのだという。まったく怪しい。

だが、勝征さんは「薬ってのは、ちょっと怪しいぐらいのほうがよく効くんだ」と言う。「それに、こういうドリンクは気持ちの持ちようでどうにでもなるんだ」「イワシの頭も信心から」という言葉を教えてもらった。「溺《おぼ》れる者は藁《わら》をもつかむ」という言葉も勝征さんはつかっていた。

言いたいことはいくらでもあったが、せっかく張り切っているところに水を差したくない。

がんばってほしい。マナブは心から思う。一攫千金《いっかくせんきん》の夢に何度破れても、あきらめて地道にこつこつ働くのではなく、また新たなビジネスに挑戦する——長所なのか短所なのかはわからないが、とにかくそういう性格の父親なのだから、がんばってもらうしかないのだ。

「マナブは優しい子だからねえ」

母方のおばあちゃんは口癖のように言う。単純な褒め言葉ではない。「だからお父さんもずるずる甘えちゃうんだろうねえ……」と言葉はため息交じりにつづくのだ。

「あんたは賢い子だし、友だちより早くおとなになっちゃうんだろうねえ」

これもきっと、褒められているわけではないのだろう。

おばあちゃんは東京の下町で一人暮らしをしている。「お父さんと一緒にいるのが嫌になったら、いつでもいいから、おばあちゃんのところにおいで。おばあちゃん、マナブが一人前になるまでは長生きするからね」というのが口癖だ。

けれど、おばあちゃんは「お母さんのところに帰りなさい」とは一度も言ってくれない。

お母さんとは学校の夏休みや冬休みに会っている。いつも遊園地や動物園で会う。レストランでごはんも食べるし、デパートで服を買ってくれることもある。

たまにしか会えないお母さんは、とても優しい。

けれど、お母さんも「ウチに来てごはん食べない？」とは一度も言ってくれない。


勝征さんはバッグから表札を取り出して、外に出た。

「よし、今日から広島での新生活、始まり始まりーっ」

玄関の脇の郵便受けの上に載せた表札は、一見すると御影石《みかげいし》ふうなのだが、じつはプラスチック製――ただし、裏には、密教の秘法に基づいた開運と厄除けの紋様《もんよう》が印刷してある。名古屋にいた頃は、この表札の街頭販売でひと儲けするつもりだったのだが、あえなく借金を増やしただけで終わってしまったのだ。

〈橋本《はしもと》勝征・学〉

表札に向かってポンポンと柏手《かしわで》を打ち、一礼をした勝征さんは、また部屋に戻ると、数少ない家財道具の梱包《こんぽう》を解きはじめた。

「お父さん、なにか手伝うことある？」

「じゃあビールとジュース買って来てくれよ。晩めしと明日の朝めしの買い物はあとでいいから、とりあえず冷たいものキューーッと飲みたいだろ、マナブも」

「うん……」

「酒屋は近所にあるだろ。探検してこい。その間に、お父さん、部屋を少しでも片付けといてやるから」

五百円札を一枚渡された。「栓抜き、まだ荷物のどこに入ってるかわからないから、ビールもジュースも缶にしないと開けられないぞ」――そういう細かいところにはよく気がつくのに、初めての町を息子一人で買い物に行かせることには、ためらいも心配も申し訳なさもない。

狭い玄関で靴を履いていたら、段ボール箱の山と向き合った勝征さんが言った。

「お父さんがんばるからな、絶対に成功させてみせるからな、この商売」

うん、がんばってね、とマナブは笑って応えた。あんたが甘やかすからだめなのよ、とおばあちゃんの怒った声が、どこかから聞こえてきたような気がした。

＊

酒屋を探して、一戸建ての住宅と小さな商店が入り交じる通りを歩いていたら、自転車に乗った二人連れに追い越された。

二人とも坊主頭の男子だった。一人は小柄で頭が青々としていて、もう一人は背が高くてがっしりした体格で、同じ坊主頭でも少し髪が長い。

マナブを追い越したあと、青光りのほうが後ろを振り向いた。最初は「え？」と怪訝な声の聞こえてきそうな表情だったのが、すぐに「んんっ？」と癇《かん》に障《さわ》った様子に変わり、自転車をUターンさせたときには完全に怒った顔になっていた。

マナブの前で自転車が停まる。デカいほうもあわてて青光りを追ってUターンしてきた。こっちは最初はワケがよくわかっていない様子だったが、マナブと向き合ったとたん、表情をこわばらせた。

「おう」

青光りが声をかけてきた。すごみを利かせた言い方をしていたが、声そのものは細くて高い。声変わりがすんでいないのか。まだ小学生か、中学生でもせいぜい一年生――じゃあ俺と同い年か年下じゃないか、とマナブは少し冷静になって、「なに？」と訊き返した。

「なに、って……なんな、おどりゃあ」

「は？」

「どこのモンな。ここの町内と違うじゃろ、ちゅうか、広島のモンと違うじゃろ」

マナブを指差した。正確には、かぶっていた巨人の帽子だった。

「わしらにケンカ売りに来たんか、おう？」とにらみつける青光りを「まあまあ、ええがな」となだめ、マナブに愛想笑いを浮かべるデカいほうも、YGマークの帽子を見る目には敵意が交じっているようだった。

もちろん、マナブだって、ここが広島カープの地元だということは知っている。知っていても、べつにかまわないや、と巨人の帽子をかぶっていたのだ。

巨人のライバルチームの地元——大阪や名古屋に住んでいた頃は、いつも気をつけていた。勝征さんのように「郷に入れば郷に従わなきゃ」と阪神ファンや中日ファンになりすますほどではなかったが、巨人の話題は相手の反応を確認しなければ口に出せなかったし、帽子をかぶって外を歩くときには自然と緊張していた。

ライバルの対決は、勝ったり負けたりするからこそ盛り上がる。実際、去年の中日は巨人の十連覇を阻止して、おとしの阪神は最終戦まで巨人と優勝を争った。ファンが巨人の帽子を目の敵にするのも、よくわかる。

だが、広島は違うだろう、と思っていた。カープはセ・リーグのお荷物なのだ。去年まで三年連続最下位なのだ。そんなチームのファンが巨人にライバル意識を持つのは、いくらなんでもずうずうしい。むしろ、広島の子どもたちは強い巨人に憧れて、巨人の帽子のほうが人気なんじゃないか……。

さすがにそれは甘かったようだ。

マナブは素直に帽子を脱いで、ごめん、と謝った。

「まあええ、旅のモンじゃったら、今日のところはこらえちゃるわい」

青光りはイバって言った。「ほいでも、気ぃつけや、広島の街を巨人の帽子かぶって歩くいうんは、クソを垂れ垂れ、チンポを振り回して歩くんと同じことなんで。ぶちくそ恥ずかしかろう？　ほんまなんど、気ぃつけんと、大恥かいてしもうてからじゃ遅いんじゃけえ」

旅のモン――。

じゃけえ――。

方言の田舎臭さを超えて、時代劇の世界に迷い込んだみたいだ。そして、なんと下品な譬《たと》えなのだろう。青光りの個人的な趣味なのか、これが広島の土地柄なのか。

「ヤス、もうええが、大嘘こくな」

デカいほうが笑いながら青光りに声をかけ、その笑顔をマナブにも向けた。

「かもうとるだけじゃけえ、心配しんさんな。巨人の帽子をかぶっとっても、ちぃとも恥ずかしいことはありゃせんよ」

「……そう？」

「そんなん好きずきじゃけえ」

話のわかる奴だ。ほっとして頬をゆるめると、デカいほうは「巨人はドベなんじゃけえ、なんぼでも応援しちゃればええ」とつづけた。「それが首位の余裕いうもんよ」

ああそうか、と気づいた。今年はいつもとは違うんだ、と思い知らされた。

去年までのカープは、たとえ春先に調子が良くても、こいのぼりの季節が終わると息切れしてしまうのが常だったが、今年はまだ好調を保っている。昨日——五月十七日は、沖縄・那覇《なは》でおこなわれた大洋戦に勝って、二年ぶりに単独首位に立ったのだ。

まあ、でも、最後の最後に笑うのは巨人だけど。心の中でつぶやいて、帽子をかぶり直そうとした。すると、「ヤス」と呼ばれた青光りが、「脱いどけや」とぴしゃりと言う。「余裕があろうがなかろうが、巨人の帽子を見るだけで胸くそが悪うなるモンも、このへんには、ようけおるけえ。のう、ユキオ」

デカいほう——ユキオは、今度は「大嘘こくな」とは言わなかった。「心配しんさんな」とも言ってくれなかった。

マナブは帽子を後ろ手にして、ぎこちなく笑った。

「ほいで、あんた、観光で広島に来たんか」

ユキオが訊く。マナブが答える前に、ヤスが「原爆ドームに行ったんか？」と、また怒った顔と声になって訊いてきた。「ここからなら、歩いてすぐじゃ」

原爆ドームは、広島駅から乗ったタクシーでちらりと見ただけだった。意外と小さくて、予想していた以上に古びていた。路面電車の走る大通りを挟んで、向かい側には広島市民球場がある。原爆ドームと市民球場がこんなに近いとは思ってもいなかった。路面電車は地元では「広電」と呼ぶのだと、タクシーの運転手さんが言っていた。広島電鉄を略して広電なのだという。

「ううん、違うんだ、遊びに来たわけじゃなくて……」

話を先に進めた。「東京から、今日、引っ越してきたんだ」

「このへんにか？」

「そう、相生団地って知ってる？」

ヤスとユキオは顔を見合わせ、二人同時にマナブを見て、探るようにうなずいた。

「……ほいじゃあ、アレか、転校生か」

「うん、相生中学っていう学校に転入するみたい」

「……何年生？」

「一年生なんだけど。そっちは？　相生中？」

二人はさっきとまったく同じ反応をして、さっきよりさらに慎重に、恐る恐るといった様子でうなずいた。

「へえ、じゃあ学年は？　一年生だったりする？」

今度は二人で、どないする、おまえが決めえや、押しつけんなボケ、と目配せし合ったすえに、なんだか罪を自供するような様子でうなずいた。転校が多いぶん出会いにも慣れているマナブが、「僕、橋本学っていうんだ。よろしく」とにこやかに挨拶をしても、反応は鈍い。二人ともじつは人見知りのタチなのだと、あとで知った。話しているうちに東京の言葉に気おされて、「ＮＨＫのアナウンサーみたいじゃのう」「頭が良さげじゃのう」と、ひるんでいたらしい。

「それで、ちょっと教えてほしいんだけど……この近所に、酒屋さんってある？」

ヤスは、おっ、という顔になり、やっとさっきまでの調子を取り戻して言った。

「酒屋じゃったら、ええ店がある」

「ほんと？」

「ほんまじゃ。同じビールでも、ほかの店とは泡の立ち方が違う。冷やし方がええんよ。まあ、わしの見るところ、広島で一番じゃの」

「一番なの？」

「おう。広島で一番いうことは、ニッポンでも五番目か六番目にはなるじゃろ」

マナブは道順だけ訊くつもりだったのだが、ヤスは「いまから連れて行っちゃるよ」と言う。ユキオもニコニコ笑って、「おう、それがええ」と言う。二人とも急に親切になった。

ケツに乗れや、とヤスに言われて自転車に二人乗りした。

走りだして少しすると、通りの先のほうに原爆ドームと市民球場が見えた。確かにヤスが言うとおり、どちらも相生団地から遠くない。広島に住んでいるうちに行くことはあるだろうか。市民球場の巨人戦には行ってみたい。市民球場は狭いから、王選手のホームランを見られる確率も高いはずだ。だが、原爆ドームのほうは——いまはまだ、わからない。

「そこの店じゃ」

自転車のスピードをゆるめて、ヤスが言う。「片桐酒店」と看板が出ていた。ごくふつうの、小さな酒屋だ。

「ここが広島で一番なの？」

拍子抜けしてマナブが言うと、ヤスは聞こえなかったふりをして、自転車を店の前で停めた。

店先でビールケースを軽トラックに積んでいたおばさんが「ヤッちゃん、お帰り」と言う。「ユキオくんも一緒なんやったら、『スマック』一本ずつ飲みんさい」

きょとんとするマナブに、ヤスはしかつめらしく言った。

「ここが、わしが広島で一番よう知っとる酒屋じゃ。ひいきにせえ」

文句あるんか、とにらまれて、ないないない、と首を横に振ったあと、二人そろってプッと噴《ふ》き出した。

＊

片桐酒店は、立ち呑みのおっさんたちでにぎわっていた。まだ陽があるのにみんな赤い顔をして、気持ちよさそうに酔っている。

カープは今日も勝った。昨日につづいて那覇でおこなわれたデーゲームで、大洋を四対三で下し、単独首位の座を保ったのだ。

いや、おっさんたちは、ただ「めでたいめでたい」と喜んでいるだけではなかった。昨日と今日の二連戦は、沖縄県でおこなわれる初めてのセ・リーグ公式戦だった。だからこそ、古くからのカープファンにとっては一つ残念なことがある。

「安仁屋がのう……」

「安仁屋がおりゃあ、なにをおいてもアレが先発しとったのにのう」

「故郷に錦を飾らせてやりたかったのう」

安仁屋宗八《そうはち》投手。まだ沖縄が本土復帰する前の一九六四年にカープに入団した、沖縄出身初のプロ野球選手である。一九六八年には二十三勝を挙げて、カープ結成以来十九年目にして初めてのAクラス入りに大きく貢献したものの、この三、四年は不調がつづき、昨シーズン終了後に若生智男《わこうともお》投手との交換トレードで阪神に移籍した。

同じセ・リーグの球団への移籍である。いわば昨日の友が今日は敵に回ったわけだ。実際、沖縄遠征の直前には移籍後初勝利も献上してしまった。

それでも、今日の敵も昨日は友だったのだ。酔ったおっさんたちのまぶたの裏には、背番号16をつけた去年までの安仁屋投手の勇姿が、ありありと浮かんでいるのである。

そんなおっさんたちの話を、ユキオは目を輝かせて聞いている。

ヤスと友だちになってから、ユキオはしょっちゅう立ち呑みコーナーに顔を出して、おっさんたちから聞くカープの話を、せっせと取材ノートに書き取っている。おっさんたちも壁新聞までつくってカープを応援するユキオを気に入って、選手の行きつけのスナック情報や、宮島《みやじま》ボートでの目撃情報など、『赤ヘルニュース』には使えない話を惜しげもなく披露するのである。

この日も、明日発行する『赤ヘルニュース』の下書きを肴《さかな》に、立ち呑みの宴は大いに盛り上がった。最新号の特集記事は、『恐怖の赤ヘル打線、打率ベストテンに４人も！』――惜しむらくは「恐怖」の「恐」が「怒」になってしまっていたのだが、酔ったおっさんたちはそんなものは意に介さない。「おおかた似とったらそれでええんじゃ」「ほうじゃ、同じ日本語なんじゃけえ」とコップ酒を啜《すす》り、スルメを嚙んで、煙草《たばこ》の吸《す》い殻《がら》をサバの水煮の空き缶に捨てる。

記事には、こんな一節があった。

〈5月8日現在で、衣笠選手の打率が3割7分4厘、山本浩二選手が3割6分ちょうど。二人合わせて、7割3分4厘！ 10回打席に立つと7本以上ヒットを打つ計算なのだ！ しかも、この2人に3割3分の三村《みむら》選手と3割4厘のホプキンス選手が加われば、合計なんと13割6分8厘なのである！〉

さすがにおっさんたちもコップ酒にむせ、スルメと間違えて舌を嚙み、吸い殻の入った空き缶をひっくり返してしまった。

「おい、ユキオ、そりゃいけんど、いけんいけん」「打率は足すもんと違うんよ」「だいたい十割超えたらおかしいがな」「十回打席に立って十三本もヒットを打ったらワヤじゃがな」……。

ユキオは、お人好しだが、あまり勉強はできないようだ。マナブはすばやく判断した。引っ越しのベテランは、人間観察の達人でもある。一方、自分からこの店を勧めておきながら、店に入ったあとは急に機嫌が悪くなってしまったヤスは、立ち呑みのおっさんたちのことがあまり好きではなさそうだった。

ビールとファンタを買った。勝征さんに言われたとおり、どちらも缶にした。

レジを打ったのはヤスのお姉さんだった。さっき店先で迎えてくれたお母さんは、そのまま軽トラックを運転して配達に出かけた。ヤスは店の前に水をまき、自動販売機の脇にあるゴミ箱の空き缶を片付けている。家族みんなで店を切り盛りしているのだろう。

じゃあ、お父さんは——？

怪訝に思っていたら、空き缶の片付けを終えたヤスがレジに戻ってきて、「マナブ、ええもん飲ませちゃる」と、冷蔵庫から緑色の瓶を取り出した。『スマック』という。さっきもお母さんが言っていた飲み物だ。

「問屋のおっさんから聞いたんじゃけど、これ、東京には売っとらんのよ」

確かに東京では見たことがない。一口飲んでみた。クリームソーダのような味の炭酸飲料だった。「わしは『スマック』がニッポンで一番美味いジュースじゃ思うとる」とヤスは言う。どうも、広島でもニッポンでも「一番」が好きなのだろう。そして、「東京にはない」というところが大事なんだろうな、とも思う。

「ヤッちゃん、学校の友だち？」

お姉さんに訊かれたヤスは、「転校生じゃ」と言った。「同じ一年生じゃけえ、クラスも一緒になるかもしれん」

マナブはさっそく、「こんにちは」と挨拶をした。

お姉さんはちょっと困ったような顔で会釈を返すと、「相生中に来るんやったら、床屋さんに行かんといけんね」と言った。

「え？」とマナブが訊き返すと、だってほら、とヤスの坊主頭を指差した。「もう、市内でも坊主刈りの中学は珍しゅうなっとるんやけどね、相生中はまだこれなんよ」

思わず自分の頭に手をやった。サラサラとした柔らかい髪の感触が手のひらに伝わる。

泣きたくなった。ヤスとユキオが坊主頭だった理由を、出会ったときにもっと深く考えておくべきだった。

「心配せんでええ」

ヤスが笑って言った。さっきまでは「おっさんくさいなあ」としか思えなかった広島の方言に、初めて頼もしさを感じた。

「……そう？」

すがるように応えると、ヤスは「おうっ」と力強くうなずいて、言った。

「五分もありゃあ刈れるけえ、あとで近所の床屋に連れてっちゃる。寺島理容店いうて、ええ店じゃ。わしは広島一じゃ思うとる」

胸を張って、自分の『スマック』をごくごくと飲み、気持ちよさそうにゲップをした。

マナブは本気で涙をこらえていた。冗談じゃない。東京に帰る、帰る、帰る、とデパートのオモチャ売り場で寝ころがって駄々をこねる子どもみたいに言いたかった。相生中学に卒業まで通える保証など、なにもない。むしろ、すぐにまた出て行く羽目になる恐れのほうがずっと現実的だろう。そんな学校の校則のために――つまりは勝征さんという、弱いくせに負けず嫌いな父親を持ってしまったために、坊主頭にならなければいけないなんて、どう考えても理不尽で、納得がいかなくて、悔しくて、悲しい。

ただならぬ気配を察して、ヤスのお姉さんは「坊主はカッコええんよ」と励ましてくれた。「それに、外に出るときは帽子をかぶればええんやもん」

学校の登下校には、制帽がある。私服で外出するときには――。

「カープの帽子を買いんさい」

お姉さんが言った。「赤い色はお洒落なけえ、都会から来た子のほうがよう似合うんよ」

いや、でも……と言い返したかった。あの赤は、お洒落というより、ただの派手な色だ。グラウンドでほかの選手と一緒ならともかく、街を歩くときに、アレは、さすがに……。

「なに言うとるんな。あがあな真っ赤な帽子、男がかぶれるかいや」

マナブの思いを、ヤスが代弁してくれた。

お姉さんは、ほらまた、とあきれ顔になったが、「わしゃあ男じゃけえ」とヤスは譲らない。「赤は女の色じゃ」

「新しい帽子、売り切れになっても知らんよ」

「おーうおう、なんぼでもオンナオトコが買うてくれりゃええんよ」

赤い色が気にくわないのだろう。わかるわかる。マナブがうなずくと、ヤスは味方を見つけてご機嫌になり、「ええもん見せちゃろうか」とレジを置いたカウンターの中に入って、お姉さんが止めるのを無視して、天板の下にある棚から小さな写真立てを出した。

モノクロの写真だった。ずいぶん古い。満開の桜の木の下で、ゴザの上にあぐらをかいた男のひとが、カメラに向かって笑っている。まだ若い。そして、太い眉が、ヤスに似ている。

「父ちゃんじゃ」

「……きみの?」

「卵みたいな呼び方するな、アホ。ヤスでええんじゃ」

「……ヤスのお父さん、なの？」

「おう、わしが生まれるちょっと前の写真じゃけど、これが最後の写真になったんよ」

最後——という言葉が、耳をすり抜けるぎりぎりのところで、ひっかかった。

マナブの表情の変化に気づいたヤスは、照れくさそうに「死んだんじゃ」と言った。

「原爆で、殺されたんよ」

ヤッちゃん、と横からお姉さんが怖い顔をして言う。よそのひとにええかげんなこと言うたらいけん、と小声で叱る。

ヤスは知らん顔をして、写真を指差した。「この帽子、見てみい」

お父さんは、野球帽をあみだにしてかぶっていた。紺なのか黒なのか、モノクロ写真なのではっきりとはわからないが、キリッと引き締まった色合いの帽子だ。見たことのない形のエンブレムが真ん中についていた。「H」と「C」を組み合わせたような、そこに「T」も加わっているような、不思議なデザインだった。

「これが昔のカープの帽子なんよ」

ヤスは、自分の生まれる前の話なのに、懐かしそうにしみじみと言う。「わしは、この帽子が、ニッポンで一番カッコええと思うとるんよ……」

# 第三章

マナブは一年三組に転入した。ヤスやユキオと同じクラスである。

教室の雰囲気は、一週間でだいたい把握した。観察の達人のマナブにとっては、クラスの人間関係や、仲良くなった友だちの性格を大まかに把握するには充分な日数なのだ。

「なんがわかったんか」とヤスに訊かれて、きっぱりと、泣きたい思いで言ってやった。

「ヤスは嘘つきだ、ってこと」

なんじゃコラ、とにらまれたが、だってそうじゃないか、とにらみ返してやった。

「五厘刈りにする必要なんて、全然なかったじゃないかよ」

だまされたのだ。坊主頭の校則はしかたない。いつまでも駄々をこねるほど子どもではない。けれど、長さ九ミリの五分刈りでもよかったのだ。ヤスに寺島理容店に連れて行かれ、「わしと同じでよかろ？　ええの？　よっしゃ、おっちゃん、わしと同じにしてやって」と強引に決められて、長さ二ミリの五厘刈りにされる必要など、どこにもなかったのだ。

電気バリカンが一周したら、青光りする坊主頭ができあがった。地肌が透けて、驚くほど青い。青すぎて、むしろ緑色と呼んだほうがよさそうなほどで、それを見て真っ先に「マルコメ君じゃあ！」と腹を抱えて笑ったのは、ヤスだったのだ。

「こまいことを言うな、男じゃろうが」

頭を軽くはたいたヤスは、「あとは？」と訊いた。「ほかには、どげなことがわかったんな」

「……このクラスは女子が強いんだ」

ヤスは一瞬きょとんとした顔になってから、「なんで女に負けんといけんのじゃ」と怒りだした。ユキオはユキオで、入学して二ヵ月近くたっているのに「わし、まだ女子の顔と名前をよう覚えとらんのよ」と言う。単純で、のんき。ほかの男子もだいたい似たようなもので、そのぶん、女子にあっさりと手綱《たづな》を握られてしまっている。

その女子のリーダー――というよりボスが、クラス委員の小柳仁美《こやなぎひとみ》だった。

「片桐くんも北山くんも、子どもっぽすぎるでしょ」

仁美に言われた。「橋本くんから見たら、ほんま田舎の子やもんね。はっきり言うて、あの子らを広島の代表やと思われたら、うち、恥ずかしい」

よくしゃべる。物怖《ものお》じしない。そして、マナブのことを妙に気に入って、あれこれ話しかけてくる。

「うちもね、春休みに新幹線で東京に行ってきたんよ。一泊二日で『はとバス』に乗って、東京タワーに上って、上野動物園でパンダ観て……あー、懐かしいなあ、いまでも東京が懐かしゅうてかなわんのよ。橋本くんもわかるやろ、そういう気持ち」

要するに、同じ東京仲間なのだ。広島という田舎町に物足りなさを感じる都会派の二人——という連帯感を、一方的に押しつけられてしまったのだ。

「橋本くんとうち、東京のどこかですれ違うとったかもしれんねえ」

それは九九・九九九九九パーセントない、と思う。

「うちら同じ日に東京におったわけやもんね。広島で再会するのが運命だったん違うかなあ。そない思わん？」

思わない。断じて。それに、そういうのは決して「再会」とは呼ばない。

本音ではうっとうしかったが、あからさまに邪険《じゃけん》にするわけにはいかない。転校つづきだった小学校生活六年間の経験が、こういうタイプの子を敵に回すと面倒だぞ、と教えてくれる。

実際、クラスの女子には一人、仁美の逆鱗《げきりん》に触れてしまった子がいる。

その子は休み時間になっても誰とも話をしない。一人でトイレに行き、一人で理科室や音楽室に移動して、昼休みには一人で図書室に向かい、放課後もやはり一人で、早々に教室から姿を消してしまう。まわりの女子も話しかけない。誘わない。目が合いそうになると、すっと横を向いてしまう。みんなで無視している。仁美がひそかにそれを命じているのだ。

「ほんまか？　全然気がつかんかったわ、わし」

ユキオは首をひねり、ヤスは「女をじーっと見とったら、目が腐るけえのう」と肩をそびやかして、ワケもなく目つきを悪くするだけだった。

仁美を敵に回したのは、沢口真理子という子だった。

ただ、本人はみんなから無視されても、気にしているようには見えない。むしろ逆に、仁美率いる女子軍団のほうが、真理子をどう扱っていいのかわからずに困っているようだった。

いったいなにがあったのか。マナブはクラスのみんなからさりげなく情報を集め、廊下や教室の後ろに集まる女子のおしゃべりにも聞き耳を立てて、いきさつを少しずつ整理していった。

生徒会で取り組んでいる千羽鶴運動が、そもそものきっかけだったらしい。

クラスの生徒一人ずつのノルマは毎週七羽——一日に一羽。決して大きな負担ではないし、なにより「平和」のためのボランティア活動なのだ。サボる奴は誰もいない。鶴の折り方を知らないヤスでさえ、母ちゃんや姉ちゃんに折ってもらって、きちんと提出している。

ところが、真理子だけは、まだ一度も、一羽も、提出していない。女子のみんなで取り囲んで責め立てても、知らん顔をして、「ごめん」すら言わない。自由参加のボランティアなので強制するわけにもいかないし、とにかく真理子本人にちっとも悪びれた様子がないのだ。

平和活動に人一倍熱心な仁美は、「あんた、それでも広島の中学生なん？」と詰め寄って、なじった。すると、真理子は「うちは広島と関係ないし、広島のこと、好かん」と返した。売り言葉に買い言葉という感じではなく、冷静に、落ち着いて、面倒くさそうに言ったらしい。それで仁美たちをすっかり怒らせて、つまはじきにされてしまったのだ。

「広島と関係ない、って……どういう意味なんか」とユキオが訊く。

「中学に入るときに、よそから引っ越してきたみたい」

「ほうか、トレードで大下や宮本がカープに来たんとおんなじじゃの」

「どこから引っ越して来たんか」とヤスが訊く。

「わからない。誰も知らないって言ってた。ただ、方言の感じだと、県内じゃないか、って」

　真理子と話をしたことのある男子はほとんどいない。だが、掃除のときに同じ班だった野々村《ののむら》や、日直を一緒にやった今井《いまい》に訊くと、口数は多くないものの、千羽鶴のときのようなケンもホロロの態度ではなく、話の中身しだいでは笑うことだってあるのだという。だから、千羽鶴運動に参加しないのも、もともとの性格が協調性に欠けるからというのではなく、そのものずばり「広島のこと、好かん」からなのだろう。

「広島のどこが気にくわんのな。わしはニッポンで一番ええ街じゃ思うとるのに」

　舌打ちするヤスを、まあまあ、となだめて、マナブはつづけた。

「小柳たちは、チンチク先生に言いつけたみたいなんだ」

　クラス担任の竹林先生のことだ。苗字の読みは「たけばやし」だが、生徒の間で代々受け継がれているあだ名の土台は、音読みの「チクリン」のほう。そこに、中年太りの男性教師ならではの、サイズが小さくなった上着やズボンのことを足して「チンチクリン」――それをさらに略して「チンチク」。

「ほいでも、『沢口さんがちっとも協力してくれませーん』いうても、もともとが自由参加なんじゃけえ、チンチクにはなんも言えんじゃろ」

　ユキオの言うとおりなのだ。しかし、仁美は話を大げさにして、嘘にならないぎりぎりのところまでねじ曲げた。沢口さんが鶴を真面目に折っている子をバカにした、原爆病院に入院しているひとのことなんかどうでもいいという感じだった、広島なんか嫌いだから原爆を落とされても関係ないと言った、沢口さんの冷ややかな目が怖くて千羽鶴を折れなくなった子もいる、このままだと一年三組は「平和」に貢献できなくなってしまう……。

ヤスは顔をしかめて「オナゴはワヤをするのう」とつぶやき、「チンチクはそれを聞いて、どがあな感じじゃったんか」と訊いた。

「うん、それなんだけど……」

先生の相槌は、妙に歯切れが悪かったらしい。わかったわかった、あんたらの言いたいことはようわかったけど、沢口さんはええんよ、しかたないんじゃけえ、と最初からワガママを認めているような様子だったという。

ヤスとユキオは顔を見合わせて、「なんか特別な事情があるんかのう」「あるんじゃろ」「どがあな事情じゃろうか」「特別なんよ」「特別て?」「ふつうとは違う、いうことじゃ」「どこがどがあに違うんか」「特別のところが特別に違うとるんよ」……と、堂々巡りの会話を交わすだけだった。カープのこと以外では、まったくもって、なんの役にも立たないのである。

しょうがないなあ、と二人から離れようとしたら、「おう、マナブ」とヤスに呼び止められた。

「こんなは、いつもこがあな調子で探偵の真似をしよるんか」

「……え？」

「小学生の頃、ようけ転校をしたんじゃろう？　新しい学校に来るたんびに、誰と誰が仲がええやら悪いやら、こそこそ訊いてまわりよるんか」

こそこそ、という言い方にトゲを感じた。言葉だけでなく、目つきもとがっていた。

「……そんなことないけど」

「野次馬根性いうやつか」

「違うって」

そんな気楽なものではない。もっと必死なのだ。すでに教室の人間関係ができあがっている中に、転校生として一人きりで放り込まれるのだ。人間関係や一人ずつの性格のアヤを見誤ったら、仲間に入れなくなる。大縄飛びに入るときには、輪の回るテンポや弧の大きさをしっかり観察しておかないと失敗する。それと同じ、転校生のサバイバル術なのだ。

「まあ、首をつっこんで覗き見をするんもええが、よそモンに知ったふうなこと言われるんは、けたくそが悪いけえ。あんまり偉そうにカバチをたれんようにせえ」

「よそモン」の一言にムッとしたし、偉そうに言っているつもりもなかったが、言い訳はしなかった。生まれてから一度も引っ越しをしたことがないヤスに、転校つづきの気持ちなどわかってもらえるはずがない。

ユキオだってそうだ。ほかの友だちもそう。「わしも小学生の頃に転校して、こっちに来たんよ」と言う奴らも、その経験は一度だけだったし、マナブのように夜逃げ同然にこそこそと荷造りをしたわけでもなかった。

なにを言ってもしょうがない。俺の気持ちなんて、誰にもわからない。いつも、どこの街の学校でも、そう割り切っていた。

だから、自分と広島とは関係ないと言い切って、みんなから仲間はずれにされても全然気にしない沢口真理子のことが、ずっと気になっている。

意外と、あいつと俺は似てるのかもしれない。そんなことも、ときどき思うのだ。

悔しさとも悲しさともつかない苦いものを胸に、また男子の間を回って、情報を集めた。

すると――。

「沢口がたは相生団地と違うか?」

辻井《つじい》が教えてくれた。先週、英語の塾から夜八時過ぎに自転車で帰る途中、真理子が『相生団地前』でバスを降りるのを見かけた、という。

制服姿だった。ランドセルを背負った男の子と一緒で、バスを降りたあとはその子の手をひいて団地の中に入っていったらしい。

「マナブも相生団地じゃろうが。会うたことないんか？」

「うん……」

「まあ、あそこの団地は、ひとの出入りがようわからんけえの。空き家の鍵を壊して勝手に住みついとるモンもようけおる、いう話じゃけえ」

辻井は「おまえがたのことを言うとるんと違うど」と、とってつけたように言って、ひゃははっと笑った。

マナブは笑い返さず、黙って辻井から離れていった。真理子に直接訊くのはやめたほうがよさそうだな、と思った。

＊

相生団地は、昭和二十年代の終わりにできた古い団地だった。二つのウチがつながって一棟の建物になっている。住所の表記は「相生団地1のA」「相生団地1のB」でワンセット、それが「30」までつづくのだ。

バス停の前の「1のA」の脇を通って、団地の敷地に入る。マナブの家は「30のB」――一番奥まった位置になる。

住民のほとんどは老人で、団地は一日中静かだ。空き家も多い。全部で六十戸あるうち三分の一ほどにもなる。マナブの隣家の「30のA」も空いている。郵便受けにあった新聞は、おととしのオイルショックの頃のものだった。自治会の掲示板には、市役所からのお知らせに交じって、手書きの〈団地取り壊し、絶対反対!〉の貼り紙もあったが、そもそも自治会があるのかどうかもよくわからない。

団地の中は、未舗装《ほそう》の路地が網の目のように延びている。最初から「道」としてつくられたのではなく、棟と棟の間をみんなが勝手に行き来しているうちに「道」になってしまった、という感じだった。

敷地の境目は、ほとんど手入れのされていない植え込みか、落書きと穴ぼこだらけの板塀で、道に面した玄関はもちろん、縁側のついた裏庭のほうにもどんどん入っていける。防犯のことなどなにも考えていない。そもそも泥棒が狙いをつけるとも思えない。

いままでマナブが住んでいた町も決して清潔なわけではなかったが、ここまで古びて、ごみごみとした家並みは初めてだった。まるでこの一画だけ、時間の流れが止まったような……いや、さかのぼってしまったような気さえする。

その日――五月二十九日は、団地に入って三本目の路地を曲がってみることにした。

このところ学校帰りにはいつも、迷路のような団地の中を細かく寄り道して、真理子の家を探している。

だが、なかなか見つからない。表札が出ていない家も多いし、空き家なのかどうかはっきりしない家は、もっと多い。

玄関だけを見ていてはわからないので、洗濯物や駐めてある自転車、紐で縛ってある古新聞や古雑誌、磨りガラス越しに見えるカーテンの柄などにも気をつけて、一軒ずつ、ゆっくりと回っていった。

狭い庭に洗濯物が干してある家の前を通りかかった。表札は出ていない。小学生や中学生の服はあるだろうか、と板塀の前でジャンプを繰り返して庭を覗いていたら、ぼそぼそとした話し声が背後から聞こえてきた。誰かが、路地をこっちに向かって歩いてくる。

あわててジャンプをやめて、なにごともなかったかのようにさっさと歩きだした矢先、「おう、そこの」と男のひとに呼び止められた。低くにごった、おっかない響きの声だった。ビクッと肩をすくめると、「なにをしよるんな、こげなところで」と、さらに声は怖くなる。

恐る恐る振り向くと、おじいさんとおばあさんがいた。

そして、学校帰りの沢口真理子も――。

おじいさんは、ごま塩の頭に洗いざらしのタオルを巻いていた。地下足袋にニッカボッカー、下着の半袖シャツの上は、作業着を肩に羽織っただけで、手には使い込んだボストンバッグを提げている。

「こんな、団地のモンと違うじゃろう。なにをしよるんな。泥棒の下見か、おうコラ」

マナブはあわてて手と首を横に振ろうとしたが、体が動かない。違います違います違います、と言いたいのに声が出ない。おじいさんの首筋から肩、腕にかけて、くすんだ紫色の刺青が彫られていた。違う、それは刺青ではなく、ひどいやけどで皮膚がただれて、ひきつった痕——原爆のケロイドだ、と思った瞬間、全身がすくんでしまったのだ。

真理子を見た。助けてくれよ、代わりに説明してくれよ、と目で訴えた。だが、真理子は最初こそ驚いて目をまるくしていたが、それ以上の反応はなく、おじいさんとマナブの様子を無言で見つめるだけだった。

「なにを黙っとるんな、ここでなにしとったんか、言うてみい」

おじいさんの声はさらに怒気をはらんで、いまにも距離を詰めて来そうだった。

すると、おばあさんが「そがあな怖い顔して頭ごなしに怒鳴ったらいけんて」と割って入ってくれた。「しゃべりとうても、しゃべれんわ、なあ」とマナブに笑いかける。

おじいさんとは正反対の優しそうなひとだった。

だが、笑顔を向けられても、マナブの頬はこわばったまま、動かない。

「泥棒と違います、このひと」

真理子がやっと口を開いた。「このまえ団地に引っ越してきて、うちと同じクラスに入ってきたんです」

「あら、そうなん？　真理ちゃんの同級生？」と振り向くおばあさんに、小さくうなずいて、「しゃべったことないけど」と付け加える。

おじいさんの表情はあいかわらず険しいままだったが、殺気にも似た迫力はようやく薄れてくれた。

ほっとして、なんとか体が動くようになると、はじかれたように駆け出していた。三人に背中を向けて、路地を一気に抜けた。

せっかく誤解が解けて、真理子とも会えたのに、なんで逃げるんだ――。

おじいさんにもおばあさんにも失礼じゃないか――。

「30のB」のわが家に帰り着くまで、そんなことを考える余裕すらなかった。


その夜、勝征さんは八時過ぎに帰ってきた。

「たまにはマナブが起きてるうちに帰ってこないと、親父失格だもんな。今日は家庭サービスの日だ」

言い訳めいたことを口にして、スーパーマーケットで買い込んだ惣菜をちゃぶ台に並べる。家庭サービスとは言いながら、惣菜は酒の肴ばかりで、ビールをコップに注ぐと一人で「かんぱーい」と声をあげて、ごくごくと喉を鳴らして飲んでいく。上機嫌に見える。だが、まだ茶の間の壁には『アマゾンパワー』の箱が、ほとんど手つかずのまま積み上げられている。

大瓶のビールの一本目が空くまでは、テレビを観ながらとりとめのない話をするだけだったが、二本目になると、しだいに思わせぶりなつぶやきが増えてきた。「しかし、まあ、アレだ」「うん、いろいろな、ほんと」……「どうしたの？」と訊かれるのを待っているのだろう、つぶやいたあとには、ちらりとマナブのほうも見る。

マナブは知らん顔をしていた。いつものことだ。こっちが水を向けなくても、どうせ一人でしゃべりだす。あとはもう、問わず語りの愚痴を黙って聞いていれば、商売のおおよその状況は把握できる。そして、この街にあとどれくらい住んでいられるか、という見当もつくのだ。

その夜もやはり、酔いが回るにつれて、本音が漏れてきた。

勝征さんは最初、『アマゾンパワー』を会社の社員食堂に卸すことを狙っていた。広島は「支店経済の街」と言われる。地縁や血縁が張り巡らされているはずの地元企業は捨てて、全国的な企業の支店を押さえる作戦を立てていたわけだ。

ところが、その目論見はあっけなく崩れ去ってしまった。「支店」とはいっても、大阪や名古屋や博多、札幌ほどの規模はない。ほとんどがオフィスビルの一室を借りて、数人のスタッフが働いているだけだった。社員食堂をかまえている会社など皆無だし、個人のお得意さんを探そうにも「いくらなんでも単身赴任中に、滋養強壮ドリンクを毎月ケースで買えるわけないだろ」とあっさり断られ、そのくせ、そういう支店長にかぎって、試供品は図々しく二本、三本と持ち帰ってしまうのだ。

商売を始めて一週間で、定期購入の契約はゼロ。来月——六月の終わりには、本部から仕入れた在庫の支払いが待っている。分割払いの一回目とはいえ、かなりの金額になる。返品はできないわけではないが、手数料がうんとかかってしまう。

「だいじょうぶだ、心配するな、お父さんを信じろ、なっ？　なにしょぼくれてんだよ、ほら、まだ始まったばかりなんだから、あせるなあせるな、ここからが勝負なんだよ」

マナブはなにも言っていないのに、一人でどんどん先回りしていく。マナブに語りかけていたはずなのに、途中から目をそらして、自分の言葉に自分でうなずくようにもなる。

最後には「あ、おまえ、お父さんのこと信じてないいな？　なんだよそれ、アタマ来るなあ」と勝手に怒りだして、「よーし、見てろよ、びっくりさせてやるからなあ」と勝手に張り切って、目は遠くを泳いだままマナブには戻ってこない。

愚痴をこぼしているときより、強気になったときのほうが、勝征さんは扱いづらい。どう応えればいいのかわからず、マナブはいつも困ってしまう。

ビールを飲み干した勝征さんは「ウイスキーなかったかなあ……」と言った。

「買ってこようか？」

もう九時前だったが、立ち呑みコーナーのある片桐酒店は開いているはずだ。

「よし、じゃあ頼むか」

勝征さんは千円札を渡して、「お釣りでなにかお菓子でも買えよ」と笑う。

帰ってきたときには、どうせ横になってうたた寝しているだろう。これもまた、いつもの、うんざりするぐらいおなじみのパターンなのだ。

家を出ると、夕方に通った路地を逆向きにたどり直していった。この路地に面した家のどれかが沢口真理子のウチで、怖そうなおじいさんと優しそうなおばあさんのウチだ。

一軒一軒ゆっくり歩いて、表札の名前や室内の様子を確かめる勇気はなかったが、別の路地を通って行くのも嫌だった。

おじいさんから逃げた。ケロイドを怖がってしまった。それが、なんともいえない負い目になって、じわじわと胸を締めつける。

もしもまた、あのおじいさんに会ったら、今度は身をすくめない。逃げだしたりしない。

そう誓いながら、もっと正直に打ち明けるなら——このままもう二度と会うことがなければ、そのほうがいいんだけど、とも思う。

*

明かりが煌々《こうこう》と灯った片桐酒店の前で、ヤスはバットの素振りをしていた。

マナブに「よお、買い物か？」と声をかけながら、バットを振るのはやめない。蒸し暑いせいもあって、顔は汗びっしょりだった。

「ちょっと待っとれや、あと十本できりのええ数になるけえ、それでやめる」

「全部で何本？」

「百本」

身がまえる間もなくスイングする。バットの先に輪っかの重石がついていた。びゅん、びゅん、と風を切る音も聞こえる。暇つぶしではなく、本格的な素振りだ。
九十八、九十九、百——最後のスイングを終えたあとは、バットを杖のように地面について、しゃがみ込んで肩で息をする。首に巻いてTシャツの襟元にねじ込んでいたタオルで汗を拭き、店の横の水道で顔を洗うと、やっと人心地がついた様子で、「あー、バテバテ」と笑った。

「どうしたの？」

「見りゃわかろうが、素振りしとったんよ」

「だって、野球部じゃないだろ」

ヤスはムッとして「野球部じゃなかったら素振りもできんのか」と言い返した。「それ、どこの法律で決まっとるんじゃ」

「そんなことないけど……野球部には入らないの？」

「わしの勝手じゃ」

タオルでごしごしと顔を拭く。「ほいで、なに買いに来たんか」

「……お父さんのウイスキー」

「ほいじゃあ、中に入れや。安うはしてやれんけど、コップぐらいはオマケで付けちゃるけえ」

立ち呑みコーナーでは、常連のおっさんたちがコップ酒を啜りながら、ついさっきテレビのナイター中継が終わったばかりの試合の余韻にひたっていた。

後楽園球場での巨人戦だった。巨人戦だとテレビで中継される。しかも、今夜は五対〇の完勝――エース・外木場投手が今季二度目の完封でハーラーダービートップの九勝目を挙げ、主砲・山本浩二選手が十号ホームランを放つという、役者のそろった勝利である。

特に外木場投手がいい。被安打わずかに二、巨人に二塁すら踏ませない完璧なピッチングだった。五月だけで五勝〇敗というみごとな成績で、今季から導入された月間MVPの最有力候補にも挙げられている。

チームも、二年ぶりの単独首位からは陥落《かんらく》したものの、阪神や中日と首位争いを繰り広げている。「今年はまだ、ええところにおる」――「まだ」が自然に付いてしまうのが寂しいところなのだが、とにかく、おっさんたちの酒もおのずと進み、気勢もいや増すというものである。

にぎやかな立ち呑みコーナーを通り抜けてレジに向かうと、レジ台の前では、ヤスの母ちゃんがお客さんとおしゃべりしていた。

おばあさんだった。着ているワンピースの柄に見覚えがある。もしかして……と思う間もなく、ヤスの母ちゃんに「あら、マナブくん、こんばんは」と声をかけられ、おしゃべりの相手のおばあさんもこっちを振り向いて、びっくりした顔になった。

やはりそうだった。夕方のおばあさんだ。

マナブがぺこりとおじぎをすると、おばあさんもにっこり笑って、「はいはい、こんばんは」と丁寧に挨拶をしてくれた。

それを見て、ヤスが「こんな、横山《よこやま》のばあちゃんのことを知っとるんか？」とマナブに訊き、母ちゃんはおばあさんに「菊江《きくえ》さん、マナブくんのこと知っとってん？」と訊く。

横山菊江さんという。片桐酒店の、古くからの馴染み客だった。「父ちゃんが生きとる頃からの付き合いじゃけえ」と、自分が覚えているわけでもないくせに、ヤスが胸を張って言った。

母ちゃんとヤスに夕方の一件を伝えた菊江さんは、「ウチがたのおじいさん、怖かったじゃろう？　ごめんなあ、職人さんじゃけえ、口が荒うて、子どもも相手にもじょうずをよう言えんのんよ。こらえてあげてな」とマナブに謝ってくれた。

「横山のじいちゃんは怖えけえ、本気で怒ると、そこらのおっさんらはションベンちびるわ」

ヤスは声をひそめ、「気合が違うんよ、酔っぱらいとは」と立ち呑みコーナーのおっさんたちに聞こえないようにつづけて、へっ、と鼻を鳴らした。

おじいさんの名前は、横山庄三《しょうぞう》さんという。とび職人だった。七十歳近くなったいまも現役で、あちこちの現場を渡り歩いている。広島県内はもとより、隣の山口県や四国の愛媛県の現場に出かけることも多いので、一度現場に入ったら、何日もわが家には帰ってこない。今日も半月ぶりに岡山の現場から帰ってきたところで、菊江さんは庄三さんのお酒のお代わりを買いに来たついでに、みやげの和菓子をヤスの母ちゃんにお裾分《すそわ》けで持って来てくれたのだ。

　菊江さんは、マナブとヤスを交互に見て、「世間いうても、意外と狭いんねえ」と感心したように言った。「真理ちゃんとマナブくんが同級生いうだけでびっくりしたのに、ヤッちゃんまで同じクラスなんじゃもんねえ」

「……真理ちゃんて？」

　沢口真理子のことだよ、とマナブが小声で教えると、ヤスは「はあーっ？」と口をぽかんと開けた。「ばあちゃん、なして沢口のこと知っとるん」

「真理ちゃんとは四月に初めて知り合うたんじゃけど、おじいさんのことは前からよう知っとるけえね」

「おじいさん、って？」

「真理ちゃんのお母さんの、お父さん。四、五年ほど前に団地に入って来られたんよ」

　真理子は小学一年生の弟と一緒に、四月からおじいさんと同居している。

「父ちゃんと母ちゃんは？」

　ヤスが勢い込んで訊くと、菊江さんは一瞬目をそらした。「うん……」と、答えにならない返事をして、ぎこちなく笑う。すると、母ちゃんがすかさず「ひとのことを詮索《せんさく》せんの、あんたは関係ないんじゃけえ黙っとりんさい」とヤスをにらんで、話をやめさせた。

ヤスは不服そうに口をとがらせる。マナブも、そんなヤスを見て、学校では野次馬根性がどうのこうの言ってたくせに自分はどうなんだよ、とムッとして、気まずい空気が場に流れた。

それを察したのか、菊江さんは申し訳なさそうに肩をすぼめると、レジの後ろに貼ったポスターに目を留めて、「これ……」と指差した。「原爆の絵の募集？」

酒造会社のポスターに交じって、いかにも手作りの小さなポスターが貼ってある。

「広大の学生さんが持って来たんよ。どこでもええから貼ってください、いうけえ」

原爆のキノコ雲を大きく描いた絵を背景に、〈描き残そう、語り継ごう、未来のために〉という言葉が記されている。そして、そのメインの言葉よりも少し小さく、〈『市民が描いた原爆の絵』募集中〉——送り先は、NHKの広島放送局だった。

「マナブくんは引っ越してきたばかりじゃけえ知らん思うけど」

ヤスの母ちゃんが教えてくれた。

NHKが募集している『市民が描いた原爆の絵』という企画だった。

そもそもは去年の五月、七十七歳になるおじいさんがNHK広島放送局に一枚の絵を持ってきたのが始まりだった。被爆者でもあるそのおじいさんは、自分が見た原爆投下直後の町の様子を、どうしても描き残しておきたかった。絵をいまの時代に生きるひとたちにも見せて、どれほどの惨状だったかを伝えたかった。それが原爆のあとも生きながらえた者の責任だから、と切々と訴えたのだった。

ＮＨＫはそのできごとをきっかけに、市民に広く「原爆の絵を描いて送ってほしい」と呼びかけた。五月の募集開始から七月までに集まったのは約九百枚で、集まった絵をテーマにしたドキュメンタリー番組は全国的な反響も呼んだ。

ＮＨＫでは今年四月から再び原爆の絵の募集を始め、広大――広島大学の学生サークルも、自主的にＰＲに協力して、ポスターを配っているのだという。

母ちゃんは淡々とした口調で説明して、菊江さんも黙って相槌を打つだけだった。マナブは庄三さんの肩のケロイドを思い浮かべた。庄三さんも被爆者なのだろう。どこでどんなふうに原爆の閃光と熱線を浴びたのか、訊きたいけれど、訊けない。

ヤスは「そげなん貼らんでもええが、辛気《しんき》くせえ」と顔をしかめ、また母ちゃんに「偉そうなこと言わんの、子どものくせに」と叱られた。

だが、今度はヤスも引き下がらず、「ほんまにワヤクソな目に遭うて、どがあにしても描きとうない、いうひともおるじゃろ」と言った。「父ちゃんが生きとったら、描いとるかのう」

母ちゃんはなにも答えず、マナブに「なにをあげよう」と声をかけた。ウイスキー、二級のレッド。マナブが言うと、棚からサントリーレッドの瓶を取りながら「特別に、角瓶のコップあげるけんね」と笑った。

代わりに菊江さんがヤスに、諭すようなゆっくりとした口調で言った。

「ウチがたのおじいさんも描こうと思うとったんよ、去年」

「ほんま？」

「うん……ほいでもねえ、描けんかったんよ。いろんなものをようけ見すぎて、なにを描きゃあええんかわからん、って」

でもなあ、とつづける。「描こう思うとったんよ、描かんといけん思うとったんよ、みんなおんなじじゃと思うよ」

庄三さんの話になっても、やっぱり訊けない。マナブはウイスキーの代金を払うと、ボトルとコップの入った紙袋を胸に抱きかかえて、うつむいて店を出るしかなかった。

＊

「マナブ、明日の午後、なんか用事あるか？」

翌朝、登校して教室に入ると、ユキオとヤスに手招きされて、土曜日の予定を訊かれた。

「学校のあとはべつになにもないけど」と答えると、ユキオは「ほいじゃあ、市民球場に連れて行ってやろうか」

「ほんと?」

「おう、土、日、月でヤクルトと三連戦じゃけえ、明日行こうや」

チケットはユキオが用意する。ユキオの入っている『カープ少年友の会』には、会員特典として一人三百円の外野席の入場券が十試合分ついている。対戦チームが五つで、各二試合という計算である。その貴重な一枚をマナブのために使ってやろう、というのだ。

一方、入場券を持っていないヤスは、「わしのぶんはチケット買わんといけん。三百円を三人で割って一人百円じゃ」と、当然のように言った。ユキオやマナブがワリカンに付き合う理由などどこにもないのだが、ヤスに迷いやためらいや後ろめたさは微塵もない。

「ふつうに入ったら一人三百円かかるんじゃけえ、それが百円ですむいうて、ほんま、お得な話じゃがな」

胸を張って言われると、つい納得してしまう。

「でも、中学生だけで入れるの?」

マナブが心配して訊くと、二人そろって「わしら、小学生の頃から連れ同士で行きよったけえ」と言う。近所の公園に出かけるような感覚なのである。実際、試合の途中までラジオで中継を聴いていて、「勝ちそうじゃけえ、いまから行ってみるか」と思いついて出かけてもじゅうぶん間に合うし、球場の外には自転車置き場まであるのだ。

さらに二人は、これも口をそろえて、カープの試合は球場で観てこそ面白いのだと言う。とりわけ、球場で試合を観ながらＲＣＣラジオの中継をイヤホンで聴くのがいい。自分の怒鳴ったヤジが同時にラジオで聞こえてくるときの感激は、やった者でないとわからないらしい。

ユキオも去年一度だけそれを経験した。会社でバックネット裏の年間指定席を持っている親戚に球場に連れて行ってもらった日、チャンスに打席に立った衣笠選手に向かって「相生橋まで打ったれえや！」――場外ホームランを狙え、と檄《げき》を飛ばしたのだ。さすがにバックネット裏、ラジオ中継用のマイクがその声を拾ってくれた。すると、一塁側のスタンドからガラの悪そうな兄ちゃんが「アホ！　相生橋に飛んだらファールじゃあ！」と応えてオチをつけた。その兄ちゃんの声も、しっかりマイクに拾われていたという。

「そんなに聞こえるものなの？」

マナブは驚いて目をまるくした。

「聞こえる聞こえる、ガラガラじゃけえ」

ユキオは悪びれずに言って、「ほいじゃけえ、わしら一人ひとりが力を出し合うて応援せにゃいけんのじゃ」と胸を張る。

「一人ひとり、って……」

マナブは東京にいた頃、勝征さんに連れられて後楽園球場に巨人戦を観に行ったことがある。超満員だった。四万人以上の声援は地鳴りのように球場全体から沸き上がり、ヤジや声援を聞き分けるどころか、隣同士でも耳元で声を張り上げないと話ができなかったほどだったのだ。

「そがあなうるさいところに行ってなにが面白いんな」

ヤスが言うと、ユキオも、そうそうそう、とうなずいて、「声が選手に聞こえんのじゃったら、テレビで観るんとどこが違うんか」と言う。

「いや、だからさ……こう、王選手がホームラン打ったりしたら、みんなで、球場全部で盛り上がって……」

マナブが言い返すのをさえぎって、ヤスはあきれ顔で言った。

「男が他人の尻馬に乗ってどがあするんな。情けない奴じゃのう」

「だって、応援って……」

そもそも、そういうものではないのか。

だが、二人は真顔でつづけるのだ。

「だいたい、わしゃあ巨人を応援する者の気が知れんのよ。のう、ユキオ」「ほうよ、あがあな強いチーム、応援する甲斐がなかろうが」「放っといても勝つ巨人を応援して、楽しいか？　わしらが応援してやらんといけん思うけえ、がんばるんじゃろうが」「勝っとる試合の応援しかできんのは、しょせん底が知れとるわい」「その点カープは違うどお。負けに年季が入っとる。たまに勝つけえ、うれしいんじゃ」「いや、ちょっと待てコラ、ヤス、おまえ違うぞ、今年のカープは違うぞ、優勝するど、ほんまど。なんべん言うたらわかるんな」……。

そんなわけで、土曜日の午後、学校から帰ったマナブは菓子パンと牛乳で手早く昼食をすませ、市民球場に向かった。

今年のヤクルトは、十三年ぶりのAクラス入りを果たした去年の勢いを保って、首位で広島に乗り込んできた。エースの松岡《まつおか》投手は出遅れてまだ四勝にとどまっていたが、代わりに安田《やすだ》投手が九勝を挙げて、外木場投手とハーラーダービーを競っている。さらに、日本ハムから移籍した大杉選手は不調がつづいているものの、三年前に首位打者を獲得した若松《わかまつ》選手は今年も好調で、山本浩二選手が首位打者を狙うには一番のライバルになりそうだった。

その意味では、なかなかの好カードである。なのに、市民球場の外野席はがらがらだった。内野席もカープのベンチがある一塁側はかろうじて埋まっていたが、ヤクルトフアンが陣取るはずの三塁側は惨憺《さんたん》たるありさまで、確かにこれならヤジの声も一人ずつくっきり聞こえるだろう。

だが、ユキオは「今日は土曜日じゃけえ、よう入っとるほうじゃ」と平然と言う。ヤスも「ええ試合をしとったら、途中からどんどん客が増えてくるけえ」と余裕を見せる。

二人ともがら空きの状態に目が慣れているのだ。コンクリートを段々にしているだけの外野席の硬さにも尻が慣れているのだ。後楽園球場に比べるとずいぶん狭い。客席とグラウンドの距離も近いので、客席の中に立つ照明灯の背の高さが際立っている。

「巨人とカープが試合をするときもこんな感じ？」

「まあ、巨人じゃと、もうちぃとは入るかもしれんけどの」

「三塁側なんて満杯じゃないの？」

なにしろ巨人なのだ。いくら広島でも巨人ファンはいるはずだし、岡山県や山口県、ひいては四国からだって応援に来るひとはたくさんいるだろう。

だが、ヤスは「アホ、広島にそがあな外道《げどう》がおるか！」と怒りだし、ユキオも「広島に巨人ファンやらおりゃあせんのよ。日本に象がおらんのと同じじゃ」と切り捨てた。

「でも、ヤクルトのファンだって、ほら……ヤクルトであれくらいいるんなら、巨人だったら、もっとすごいんじゃないの？」

三塁側のスタンドを指差して食い下がって訊くと、ヤスはあっさりと「相手がどこでも、変わりゃせんよ」と言った。「三塁側におるんも、みんなカープファンなんじゃけえ」

「……どういうこと?」

今度はユキオが、「マナブはまだ野球の楽しみが半分しかわかっとらんの」と笑う。

「投げて打って走ってだけと違うんよ、野球は」

三塁側のスタンドにいれば、カープのベンチがよく見える。

「ほんまのファンはベンチの中を見るんよ。サインを出したりヤジを飛ばしたり、汗を拭いたり水を飲んだり、鼻くそをほじったり、チンポの位置を直したり、ずーっと見とっても飽きんよ」

「そうか……」

「まあ、わしもそうじゃけど、試合の勝ち負けを気にしとるうちは、まだ半人前じゃ、まだまだ年季が足りんのよ」

真顔で言うユキオは、スーパーのレジ袋一杯に手製の紙吹雪を入れて持ってきていた。試合前には売店のゴミ箱から拾ってきた紙コップの底をスポンと抜いて、メガホンをつくった。手際がいい。教室では大きな図体を持て余してのんびりしているのに、球場に来ると別人のように行動が機敏になり、態度もおとなびて、頼もしく感じられる。

「すごいなあ……」

感心しきりのマナブに、ユキオは「ガキの頃から応援しとるけえ、慣れじゃ、慣れ」

と照れくさそうに応え、ヤスは横から「ユキオは赤ん坊の頃に市民球場の前に捨てられとったんじゃけえ、そこいらへんのシロウトとは年季が違うんよ」と笑った。

試合は乱打戦だった。

一回の表にヤクルトが二点を取ると、二回の裏にカープが三点を挙げて逆転、と喜んだのもつかの間、三回の表にヤクルトは三点を挙げて再逆転、しかしその裏にカープは二点を入れて追いついた。カープの先発・池谷《いけがや》投手は三回途中で降板してしまい、中盤からは継投策《けいとうさく》になった。

点がどんどん入ると、ユキオもどんどん忙しくなる。カープの選手がヒットを打ったびに紙吹雪を景気よくパアッと撒《ま》いていたら、三回裏のカープの攻撃が終わったところで袋が空っぽになってしまった。それに気づいたユキオは「いけん！」とその場に四つん這《ば》いになって、撒いた紙吹雪を拾い始めた。

「こんならも手伝え！　早うせんと、またカープの攻撃になるがな！　早う拾うてくれや！」

その剣幕《けんまく》に圧《お》されて、マナブもヤスもあわててしゃがみ込み、足元の紙吹雪を拾っていった。だが、小さな紙吹雪はどれもコンクリートの床に貼りついたようになって、一枚ずつ剝がさないと拾えない。爪で縁をひっかいて紙を浮かせていたら、勢い余って爪がコンクリートに当たって「痛たたっ！」と声をあげてしまう。

「ユキオ、おまえも、もうちぃと先のことを考えて撒けや。こういうんを駄馬《だば》の先走りいうんじゃ。ほんま、かなわんのう……」

ぶつくさ言いながらも、ヤスは律儀に紙吹雪を拾いつづける。そうなるとマナブも「もういいだろ？」とは言い出せない。硬いコンクリートに手をついていると、だんだん手のひらが赤くなり、でこぼこになってくる。膝小僧も痛い。どこかでホウキでも借りてきたほうが早いんじゃないかと思うのだが、そんなことをしたら「おうコラ、カープのお祝いに撒く紙吹雪をゴミと同じにするんか？」とユキオにこっぴどく叱られそうな気がする。

五回表のヤクルトの攻撃が終わった頃、なんとか半分ほど拾い集めることができた。試合も落ち着き、五対五の同点である。

ところが、五回裏、山本浩二選手が勝ち越しのソロホームランを放った。

「よっしゃああっ！」

ユキオはせっかく集めた紙吹雪をバンザイとともに景気よく撒き散らしてしまい、六回表は再び、三人そろって四つん這いになって紙吹雪を拾い集める羽目になった。

さらに六回裏には、ホプキンス選手の二塁打で貴重な追加点を得た。

「よっしゃあああああっ！」

ユキオは同じ過ちをまたもや繰り返してしまった。

さすがに今度はヤスも怒った。「このボケが、アホが」と毒づきながら、「腰が痛うてかなわんど」とぼやきながら、それでも「ヤスもゲームセットの瞬間にパーッと撒きたいじゃろ？　ほいじゃったら、がんばって拾うてくれや」とユキオに言われると、グッと我慢して拾いつづけた。

不思議だった。教室ではおとなしいユキオが、球場に来ると有無を言わさない勢いでまわりを自分のペースに巻き込んでいく。一方、ヤンチャ坊主を絵に描いたようなヤスが、球場ではなぜかユキオに圧倒されてしまう。

これが広島市民球場の力というやつなのだろうか、とマナブは思う。満員の後楽園球場には、意外とそういう力はないのかもしれないな、とも思った。

試合は終盤に来て思わぬ展開を見せた。このまま七対五でカープが逃げ切るかと思っていたら、八回にヤクルトが二点を入れて同点に追いついてしまったのだ。

しかも、点の取られ方が悪い。一点はロジャー選手のホームランなのでまだあきらめがつくものの、二点目はショート三村選手のタイムリーエラー——しかも、三村選手はこの試合で三失策を記録しているのである。

試合は時間切れ引き分けで終わった。負けたわけではなくても、これでは紙吹雪を撒けない。ユキオによると、試合が終わったあとは観客がグラウンドに降りて走り回ることもあるらしいのだが、今日はなまじ追いつ追われつの熱戦だったせいで、みんなぐったりとしている。

マナブたちも、梯子《はしご》をはずされたような気分で、呆然《ぼうぜん》としたまま外野席に座っていた。

そこに、ダボシャツ姿のおっさんの怒声が響いた。

「三村！　こらぁ！　あとでしばいちゃるけえ、外で待っとれ！」

わざわざ内野スタンドの最前列まで行って怒鳴ったおっさんは、ほんとうに通路をダッシュして球場の外に出て行ってしまった。

確かに聞こえる。外野席のマナブの耳にもしっかりと届く。怒鳴り声だけでなく、おっさんの履いていた雪駄《せった》がペチペチと鳴る音まで聞こえそうだった。

「おうおう、今日は三村は、しばらくは球場の外に出られんわい」

ユキオが言うと、ヤスもうなずいて「あげな間抜けなエラーじゃったら、五、六人は集まっとるじゃろうの」と応えた。

二人はすっかり慣れているのだ――こういうことにも。

がらんとした客席が赤い帽子をかぶった大観衆で埋まるには、もうしばらく時間がかかる。

ヤクルト三連戦を二敗一分けで終えた六月二日の時点で、カープは四位に後退していた。

外木場投手が五月の月間MVPに選ばれたものの、奇跡の予感は、まだ見えない。

# 第四章

「もうええ、ようわからん！」

ヤスはいらだたしげに言うと、三角に折り畳んだ千代紙をグシャッと握りつぶした。

「あーあ……もったいないのう」

「カンシャク起こすなって」

ユキオとマナブは口々に言って、やれやれ、とため息をついた。これで三枚目の千代紙が反古《ほご》になってしまった。

「簡単じゃがな、鶴いうたら折り紙の基礎中の基礎じゃ。幼稚園の子でも折れるわい」

ユキオはあきれ顔で言って、「こがあに不器用とは思わんかったのう」と首をひねる。

一方、マナブは懇切丁寧《こんせつていねい》に、「ほら、俺の手元、よーく見て。こうやって、もっとしっかり折り目をつけなきゃ」と、自分でお手本を示しながら教える。

だが、ヤスはすっかり依怙地《いこじ》になって、「折り紙はオナゴの遊びじゃけえ、もう二度とやらん」と腕組みをして、ぷいっ、と横を向いてしまった。

昼休みである。雨である。給食を食べているときに降りはじめた。六月に入って初めて――そして、五月の終わりのホームルームで「雨の日の昼休みは鶴を折りましょう」と決まってから初めての雨だった。

「ほんまに、小柳のアホが、ボケが、ブスが……」

ヤスは腕組みをしたまま、椅子の前脚を浮かせてぶつくさ言う。

発案者は小柳仁美だった。生徒会の千羽鶴運動だけでは飽きたらず、「一年三組だけでもどんどん千羽鶴をつくって、原爆病院の患者さんにプレゼントしましょう」とみんなに訴えたのだ。

「しかたなかろうが、ヤスも賛成したんじゃけえ、文句言うスジなかろ？」

「賛成したわけと違うわい。反対せんかっただけじゃ」

ユキオは「屁理屈言うなや」とまたあきれたが、マナブは、そうだよなあ、と苦笑いでヤスに応えた。実際、ヤスの言いぶんは屁理屈ではあったが、間違いではなかったのだ。

クラス委員としてホームルームの司会を務める仁美は、票決のときに「賛成のひとは手を挙げてください」ではなく、「反対のひとは手を挙げてください」とみんなに言った。これはキツい。「いいこと」をみんなの前ではっきりと反対するのは難しい。たとえ賛成しているわけではなくても、反対とは、やはり言いきれない。

お互いに牽制《けんせい》し合うように教室がしんと黙り込むなか、ただ一人だけ手を挙げたのは、沢口真理子だった。

仁美は顔をこわばらせたが、指名して反対の理由を尋ねたりはしなかった。

マナブの本音としては、訊いてほしかった。知りたかった。真理子とは団地の路地で出くわしたあの日以来、話をしていない。真理子が広島を嫌っている理由も、千羽鶴を折らない理由も、まだわからないままだった。

だが、仁美は真理子と議論をするより、無視することのほうを選んだ。手を挙げたままの真理子には知らん顔をして、にっこりと笑ってみんなに言った――「反対のひとは一人だけだったので、多数決で決定でーす」

いま、真理子は教室にいない。昼休みが始まるとすぐ、どこかに出て行ってしまった。

マナブは教室を見回して、それにしてもなあ、と思う。男子も女子もみんな真面目に、黙々と鶴を折っている。

「千羽鶴って、みんなよくつくってるわけ?」

ヤスはすねたまま「知るか」とぶっきらぼうに返したが、ユキオは「ウチの小学校は、しょっちゅうつくっとったよ」と教えてくれた。

PTAや児童会の呼びかけでつくったり、「自由に鶴を折ってください」というメッセージとともに図書室に千代紙を入れた箱が置いてあったりした。学校以外でも、地区の子ども会や婦人会でつくることもあったし、通っていたそろばん塾でもつくった。卒業のときには、六年生だけでなく在校生も全員で協力して、千羽鶴を十束まとめた万羽鶴までつくったという。

「まあ、そこまでやりよったんはウチの学校だけかもしれんけど……」

ユキオはそう前置きしながら、「ほいでも、まあ、広島じゃけえ」と言った。

説明はなかったが、マナブは納得して言った。

「原爆だもんね、やっぱり」

ユキオは一瞬意外そうな表情になって、おう、うん、そう、と小刻みにうなずいた。

「千羽鶴って、平和の祈りなんだろ？」とマナブはつづける。

「うん……」

「原爆って『ピカ』って言うんだよね」

「いや、まあ……わしらは、ふつうに『原爆』言いよるけど」

ヤスは二人の話に加わらず、椅子の後ろ脚一本で体を支えた。だが、べつに見てほしいわけではないのか、荒技を決めても黙ったまま、二人には目も向けない。

「卒業記念の万羽鶴も、みんなで平和公園まで持って行ったんよ」とユキオが言った。

平和記念公園の『原爆の子の像』に供えるのが、毎年の行事なのだという。「マナブは

『原爆の子の像』って知っとる?」

「いや……ごめん、場所よくわかんなくて」

「原爆ドームは?」

「それはチラッと見たけど」

「原爆資料館、いっぺん行ってみたらええのに。今年の三月に改装工事がすんどるけえ、きれいになっとるよ」

正式には、平和記念資料館――ユキオのお薦めは、原爆の閃光で人間の影が日光写真のように焼きついてしまったという『人影の石』だった。原爆が投下された八時十五分を針が指したまま止まった懐中時計もあるらしい。

マナブも、一度は入ってみなければ、と思っている。平和記念公園も通りすがりに見るだけでなく、ちゃんと中を歩いてみたい。そうしないと、「原爆」や「平和」についてほんとうに理解することはできないはずだ、とも思う。

「せっかく広島に引っ越してきたんじゃけえ、ほんま、行ってみたほうがええど」

「うん……」

「なんじゃったら、わしらが案内しちゃろうか？」

のう、とユキオが振り向くと、ヤスは乱暴なしぐさで椅子の脚を四本とも床に下ろして、「要らんことせんでええ」と言った。「資料館は、よそモンに見せるためにあるんと違うわい」

「よそから来たひとが見てくれんと困るがな。そのための資料館なんじゃけえ」

「よそモンが見たってわからん」

「そがあなことないって」

「広島のことは広島のモンにしかわからんのじゃ」

ユキオは「なに言うとるんな」と苦笑したが、ヤスは真顔でつづけた。

「広島と長崎のことがよそモンにわかるわけがなかろうが」

「……鶴がよう折れんからいうて、やつあたりしたらいけんがな」

「鶴とは関係ないわい。よそモンをよそモン言うとるだけじゃ、ほんまのことじゃ」

また椅子を傾け、前脚を浮かせて、体のバランスをとる。

「ヤス、そがいなこと言わんでもええがな……」

いいよいいよ、とユキオを目でなだめたマナブに、椅子を危なっかしく揺らしながら、ヤスはそっぽを向いたまま言った。

「よそモンが自分から原爆の話やらするな。わしらから先に言われて話を合わすだけなら、こらえちゃる。ほいでも、自分からは言うな」

わかったかボケ、と言い捨てて、椅子の支えを後ろ脚一本にした。そして、座面を脇からつかみ、重心を巧みに移動させながら、竹馬のように左右一本ずつの脚で、「ほっ、ほっ、ほっ、ほっ……」と教室の前に向かう。

難易度も危険度も高い、きわめつけの荒技だった。それに気づいた男子の連中は「おおっ、ヤス、すげえっ！」「気合入っとるのう！」と歓声をあげ、仁美たち女子は「片桐くん、なにサボりよるん！」「学校の備品で遊んだらいけんのよ！」と甲高《かんだか》い声を張り上げる。

その騒ぎで、「よそモン」の話のつづきはうやむやになってしまった。

席に残されたユキオは、「気ぃ悪うせんといてくれな」とマナブに謝った。

マナブは「べつに怒ってないよ」と笑って返す。「だって、俺、やっぱり『よそモン』なのはほんとうのことだし」

ユキオはまだなにか言いたそうな様子だったが、マナブは「しょんべん行ってくる」と席を立って、教室を出て行った。


用足しをすませたあとも、なんとなく教室に戻りづらい。校舎の階段を上り、渡り廊下を通って、図書室に向かった。雨の日の昼休みに時間をつぶせる場所といえば、それくらいしか思い浮かばなかったし、だからこそ、もしかしたら真理子もそこに……という期待もあった。

ふだんの図書室は昼休みでも閑散としているが、さすがに今日は閲覧コーナーのテーブルはほとんど満席だった。

　そのテーブルの一番奥まった席に、真理子がいた。分厚い本をテーブルに広げて読みふけっている。文学全集だろうか。二段組みで、文字がぎっしり詰まった本だ。マナブの視線に気づく様子はなかった。隣の席や向かいの席は埋まっているので、近づくこともできない。

　しかたなく書架が並ぶ蔵書コーナーに向かい、『未来への本棚』というプレートの掛かった書架の前で足を止めた。戦争や原爆についての本が並んでいる。図書室を訪れるたびに気になっていたが、まだ本を手に取ったことはない。

　本棚の横の壁は『未来への本棚』専用の掲示板になっていて、新聞や雑誌の切り抜きが貼られ、図書委員会からのお知らせや、貸し出し回数ベストテンの表もある。去年最も多く読まれたのは『アンネの日記』で、〈V４達成!〉と図書委員が書き添えていた。二位が『二十四の瞳』で、三位が『原爆の子』――初めて知った書名だった。〈広島の少年少女のうったえ〉という副題も付いている。

　司書の先生のお薦め本は、『あらしの前』『あらしのあと』の二冊セット。これも初めて知った本だ。そして〈3年生は部活や受験勉強で忙しいと思いますが、難関校にチャレンジするつもりで、がんばって読んでみてください〉という前置き付きで、『黒い雨』と『夏の花』も紹介されていた。

『原爆の子』という本が気になって、書架を探してみた。『未来への本棚』の蔵書はPTAや学区内の子ども会の協力を受けて、多くの生徒に薦めたい本は何冊も用意されている。『原爆の子』も、同じものが三冊並んでいた。古い本だ。橋の上だろうか、坊主頭の子どもたちを下から仰ぎ見るように撮影したモノクロの写真がカバーになっている。

本を手に取ったとき、背後にひとの気配を感じた。振り向いて、真理子だ、と気づくのと同時に「原爆のこと、勉強するん?」と訊かれた。

不意を突かれて答えに詰まった。「さっき、図書室に入ってきて、うちのほう見とったやろ」と言われても、なにも返せない。

真理子のほうも、べつに答えを聞きたいわけではないのか、「『原爆の子』って、うちも読んだことある」と言った。「去年、夏休みの宿題で読書感想文書いた」

「六年生でも読めるの?」

「だって、子どもの作文やもん」

掲示板には司書の先生が書いた解説も出ていた。『原爆の子』は、原爆が落とされたときに広島に住んでいた子どもたちの作文集なのだという。一九五一年に刊行されて、大きな反響を呼んだらしい。〈卒業するまでに一度は読んでおきましょう〉という推薦の言葉もあった。

「読書感想文の課題図書だったの？」

「ううん。好きな本を選んで書きなさい、いう宿題じゃったけえ、その本にしただけ」

「自分で決めたの？」

「あたりまえ」

ちょっと怒ったように答える。「ひとに決められたら、うち、読まんかったよ」

マナブは、だよね、とうなずいた。たった一人で反対の挙手をしたときの姿がよみがえる。

「小学校って、どこだったの？」

「橋本くんに言うてもわからんと思うけど、ウジナのほう」

漢字はあとで知った。宇品。「港があって、フェリーが出とる町」と真理子は言った。マナブが「広島から遠いの？」と訊くと、「市内」とそっけなく答え、「ここからバスでも電車でも三十分ぐらいで行ける」と、もっとそっけなく付け加えた。

意外だった。じゃあ、仁美たちに「広島とは関係ない」と言っていたのは、どういう意味なのだろう。それをどんなふうに訊けばいいのか、言葉を探して、迷っていると、真理子はまた『原爆の子』に話を戻してしまった。

「この本、感想文が書きやすいんよ。で、書きやすいように感想を書いたら、先生に褒めてもらえるんよ」

「はあ？」

「まあ、読んでみればええん違う？　せっかく広島に転校してきたんやから、原爆のこと勉強すればええと思うよ」

「べつに……勉強って……」

「だったら、なんて言えばええん？　体験？　経験？　違うじゃろ？」

勉強なんよ、やっぱり、と突き放すように言って、「邪魔してごめんね」と閲覧コーナーに戻っていく。マナブは、少し迷ったあと、手に持っていた『原爆の子』を書架に戻した。なんだよ、ばーか、と遠ざかる真理子の背中をにらんでみたが、真理子は振り向かず、テーブルにも戻らずに、そのまま図書室を出て行ってしまった。

＊

六月のカープは、大きな正念場《しょうねんば》を迎えていた。

十一日から十九日まで、九日間におよぶ長期ロードが組まれている。しかも試合のない日は十三日だけ——ヤクルト二連戦のあと一日おいて、巨人・ヤクルトとの六連戦である。

ロード直前の時点で、首位はヤクルト、二位がカープ。いささか気が早い「首位攻防戦」「天王山」である。

　巨人はあいかわらず最下位に沈んでいるものの、いくらなんでもそろそろ目を覚まして浮上してくるだろうというのが大方の予想で、その浮上のきっかけになるのが、去年までお得意様だったカープを後楽園球場に迎え撃つ三連戦になるはずだ、と目されていた。

　それに対し、肝心のカープは、どうもはっきりしない戦いがつづいている。波に乗れそうで乗れず、ずるずると連敗しそうでしない、まるで梅雨《つゆ》時の曇り空のような案配《あんばい》なのだ。

「明日からが勝負じゃのう」

　六月十日の放課後、教室を出ると、ヤスは声をすごませて言った。

　ユキオも「おう！」と力んで応える。「外木場さんにがんばってもらわんとのう」

「浩二にも打ってもらわんといけん」

「で、こげなときにええ味を出してくれるんが、大下よ。ベテランの味いうやつじゃ」

「ほいで、意外と、木下《きのした》やら三村やらが、ポコッとヒット打って試合が決まるんよのう」

「フシヘイの活躍じゃ」

　伏兵――フクヘイの言い間違いなのだろう、たぶん。

カープの話に夢中になると、ヤスとユキオはマナブをほっておいて、二人でどんどん足を速めて歩いていく。数日前の「よそモン」の話は、二人ともすっかり忘れているように見える。マナブも、もうそのことを蒸し返したりはしない。

ただ、先を歩く二人の背中を見ていると、追いかけるタイミングを逃してしまった。軽くダッシュして追いついて、カープの話に適当に相槌を打っていればいい——いつもなら、なにも考えなくても自然とこなせることなのに。二人が振り向いて、早く来いよ、と呼んでくれれば、すぐに駆け出せるのに。

よそ者扱いされるのは、慣れっこのはずだった。どこの街にいてもよそ者で、よそ者以外の立場で友だちと付き合ったことなど一度もなかった。だが、ヤスにぶつけられた「よそモン」は、言われた瞬間よりも、むしろあとになってから、苦いものが胸に染みてくる。入れ替わりに、悲しさや悔しさが、あとからあとから湧いてくる。

昇降口でヤスがやっと振り向いた。

「なにボーッとしよるんな、マナブ。はよ来いや」

ズックのつま先を突っかけながら、ムッとした顔で言う。せっかちなのだ。怒りっぽいのだ。

ちょっと待ってろよ、うるさいなあ、ぐらいは言い返したかったが、それもできないまま、しょんぼりとうつむいた——そのときだった。

「おう、片桐」

マナブの肩越しに低く太い声が聞こえた。三年生だった。五人いる。みんな体が大きく、真っ黒に陽に灼《や》けていて、通学カバンと一緒にスポーツバッグも提げている。

「ちょっとわしらに付き合えや、のう」

ヤスの表情がこわばった。

「こっち来いや、片桐」

ヤスは履いたばかりのズックを脱いで、ふてくされたしぐさで、また上履きに履き替えた。「先に帰っといてくれや」とユキオに言って、マナブの脇を通って三年生のもとに向かう。マナブとすれ違うときに、ちらっと目配せして、心配せんでもええけえ、と口を小さく動かした。

三年生はすぐさまヤスを取り囲んで、ひとけのないほうへ連れて行く。

「のう片桐、ええかげんに肚ぁくくれや、のう？」

廊下の角を曲がったあと、三年生の一人の脅すような声が聞こえた。ヤスはすぐになにか言い返した様子だったが、言葉は聞き取れなかった。

先輩の不良グループだろうか。マナブは「先生に言ったほうがいいんじゃないのか？」と浮き足立って訊いたが、ユキオは「そがあなことせんでええよ」と笑って、校舎を出てから連中の正体を教えてくれた。

全員、野球部だった。

「ヤスをスカウトしとるんよ。期待の新人じゃけえ」

だが、肝心のヤスに入部の意志がない。先輩たちも五月いっぱいまではおとなしく待っていたが、埒《らち》が明《あ》かないので、六月に入ってからは必死の勧誘がつづいているのだという。

「ウチに電話もかかってきとるらしい。ヤスは迷惑しとったけど」

「……絶対に入らない、って？」

「本人はそがあに言うとった」

「でも、なんで？」

「夕方は店番があるんよ。母ちゃんが配達に出とる間の店番がおらんけえ」

マナブは眉を寄せた。納得がいかない。ユキオもなんとも言えない顔をしていた。

片桐酒店の前でバットの素振りをしていたヤスの姿が浮かぶ。あいつほんとに野球が好きなんだよなあ、と思うと、急に悲しくなってきた。

「ヤスのウチって、父ちゃんいないんだよな」

ユキオは黙ってうなずいた。

「原爆の後遺症で、死んじゃったんだよな」

ユキオの足が止まる。いつもの大らかな笑顔が消え、珍しく険しい顔をしてマナブをじっと見つめる。

「のう、マナブ……このまえヤスが、原爆の話をするな、言うとったじゃろ」

今度はマナブのほうが黙ってうなずいた。

「なしてアレがそがあなことを言うたんか、いま、ちぃとわかったわ、わしにも」

「でも……父ちゃんのことは、ヤスが自分から教えてくれた、事実っていうか……」

「ほいでも言うな」

ぴしゃりと封じられた。「横から言うちゃいけんのじゃ、こういうことは」

ユキオは足早に歩きだして、話をつづける。

「ヤスだけと違う。ウチの学区は爆心地に近いけえ、身内の誰かが原爆に遭うとるモンは、ようけおるわ。遠い親戚まで数に入れたら、一年三組全員かもしれん」

ウチがたもじゃ、とユキオは自分を指差して、母方の伯父さんの奥さんの弟が亡くなっていることを打ち明けた。

「ほいでも、みんな、そういう話をせんじゃろ？」

「うん……」

「理由はよう説明できんけど、なんか、そうなんよ。みんなそうなんよ。自然とそうしよるんじゃないかなあ。自分のほうから言うんじゃったらアレじゃけど、そうでないのに他人が言うことは、ほんま、ようわからんけど……ないんよのう」

足をどんどん速めていく。マナブも遅れないようについていく。

「まあ、マナブがわからんのは当然いうか、最初からわかったほうがおかしい話なんじゃけど、いちおうそういうことじゃけえ。みんな口には出さんだけで、けっこう原爆は身近にあるんじゃや、いうことだけは覚えといてくれや」

説教くさいこと言うてすまんかったの、と謝ってくれるところが、ユキオは優しい。

その優しさに甘えて、マナブは一つだけ訊いてみた。

「原爆のこと……『よそモン』に言われると、やっぱり腹が立つ？」

ユキオは苦笑して、「ちぃとの」と正直に言ってくれた。

そして、もう一言――。

「原爆を落とされて、まだ三十年しかたっとらんのじゃけえ」


家に帰ると、そびえたつ壁のような『アマゾンパワー』の箱に迎えられる。

引っ越してきて以来一ヵ月近く、その光景はまったく変わらなかった。要するに、ただの一箱も、いや、箱の中のただの一瓶も売れていないのである。

いまさら驚きはしない。あせりもしないし、嘆きもしない。いつものパターンなのだ。怪しげな健康ドリンクを、怪しげな旅行クーポン、怪しげな健康器具、怪しげな加工料金別の黒真珠《くろしんじゅ》、怪しげな輪島塗《わじまぬり》の頒布会《はんぷかい》……などなどに置き換えれば、勝征さんのやっていることは、昔もいまも、東京だろうと大阪だろうと名古屋だろうと広島だろうと、なにひとつ変わっていないのだ。

『アマゾンパワー』の箱は窓もふさいでいるので、昼間でも電灯を点《つ》けなければマンガも読めない。マナブは制服姿のまま薄暗い部屋に座り込んで、二匹のキングコブラが絡み合うおどろおどろしい絵が印刷された『アマゾンパワー』の箱をぼんやりと見つめた。キングコブラの棲息地《せいそくち》はインドや東南アジアである。南米アマゾンとはこれっぽっちも関係ない。文字どおりの子どもだましだった。

「どうするの、これ、お父さん……」

わざと口に出してつぶやいて、わざとあきれて笑ってみたが、笑いはすぐにしぼんでしまう。

さっきのユキオの話が耳の奥から消えない。

まだ三十年――。

確かに今年は一九七五年で、一九四五年の原爆投下からちょうど三十年にあたる。それは広島に引っ越してくる前から知っていた。

マナブ自身を基準にすれば、自分が生まれるずっと前の出来事ということになる。けれど、親まで含めて考えると、原爆は勝征さんが八歳の頃に落とされた計算になって、急にごく最近のことのように思えてくる。

子どもだった勝征さんは、広島と長崎に原爆が落とされたことをどう思っていたのだろう。きちんと報道されたのだろうか。長崎の原爆のあと一週間もたたずに、戦争は終わる。敗戦を知ったときは、どうだったのだろう。マンガやドラマでは、土下座して泣いている人もいれば、自由な世の中が来たんだと喜んでいる人もいた。勝征さんはどっちだったのか。

もしもその後まだ何年も戦争がつづいていたとしたら、勝征さんも兵隊になって戦場に送られたかもしれない。それを想像すると怖くなかったのだろうか。逆に張り切っていたのだろうか。

そもそも戦争中はどんな苦労をしてきたのか、戦後はどんな夢を持っていて、どんな青春時代を送って、お母さんとどうやって出会って、どんな新婚生活を過ごして、どんないきさつで別れてしまったのか……。

そういう話を勝征さんとしたことは、一度もなかった。

二人きりの家族なのに、夜はテレビばかり観ていた。晩酌《ばんしゃく》でほろ酔いになった勝征さんが口にするのは、芸能人の噂話か、プロ野球の話か、自分がいかに偉いかという話か、まわりがいかにバカかという話か……それに飽きると「宿題すんだのか？　勉強しろよ勉強」とマナブを自分の部屋に追い払って、あとは寝ころがってマンガを読んだり、エッチなグラビアのついた週刊誌をめくったりするだけだった。

だめな父親かもしれない、というのは何年も前からわかっていた。あきらめてもいた。

だが、ヤスの父ちゃんのことを思うと、生きている人間の責任というものまで、ふと考えたくもなってしまう。

「ほんと、お父さん、しっかりしてよ……」

さっきよりも本音の度合いが増した。

立ち上がり、蛍光灯《けいこうとう》の紐を引いた。部屋が明るくなると、冷蔵庫のドアに手紙がマグネットで留めてあることに気づいた。

〈マナブくん

東京の本社に行ってきます。社長さんや専務さんに相談を受けて、『アマゾンパワー』の営業戦略について、お父さんの意見を教えてあげるのです。

しかし、お父さんの見るところ、『アマゾンパワー』には商品としての魅力に欠けるところがあり、名誉ある撤退《てったい》を考えたほうがいいのではないかと思っています。社長さんはお父さんのことを信頼しているので、きっとお父さんの意見が通るでしょう。

もちろん、東京に行く理由はそれだけではありません。新しいビジネスに誘われているのです。『マジカルサンデー』というアメリカで生まれた会社です。油汚れが一瞬で落ちる洗剤や、一度塗っておけば一年間洗車しなくてすむ車のワックスなどを売る仕事です。商品を売るだけでなく、特約店になって「子」や「孫」を増やせば、なにもしなくてもお金がどんどん入ってくるのですが、詳しい話はマナブくんにはまだ難しいと思いますので、また今度説明してあげます。

どっちにしても、説明会があさってにあるので、しっかり聞いてきます。まだ広島には特約店がないそうなので、お父さんの実力があれば、あっというまに出資金は取り戻せるはずだ、と『マジカルサンデー』の営業部長はタイコ判をおしてくれました。

そんなわけで、しばらく留守にします。帰ってくる日がわかったらまた電話しますが、それまでは同封した五千円で生活してください。

なお、お父さんからの電話はワンコールで一回切って、またすぐにかけ直します。それ以外の電話には出る必要はありません。特に夜中にしつこく鳴る電話には出ないようにしてください。もしも出てしまったときも、なにを聞かれても「知りません」でＯＫです。家を訪ねてくる人がいるかもしれませんが、出る必要はありません。ただ、窓から明かりが見えていると、玄関の前で待つ人もいるかもしれないので、雨戸は閉めておいたほうがいいでしょう。テレビの音が聞こえないように、昼間から雨戸を閉めておくことをおすすめします。

表札ははずしておいてください。学校の行き帰りに声をかけてくる人がいるかもしれませんが、相手にする必要はありません。立ち止まってはいけません。知らん顔をして歩きつづけて、もしも万が一、向こうが手をつかんだりしてきたら、大声を出して助けを求めなさい。走って逃げると待ち伏せした仲間とはさみうちにされる恐れがあるので、やめておいたほうがいいです。

もし玄関に貼り紙がしてあったら破って捨てておいてください。窓や玄関の戸のガラスが石かなにかで割られていたら、寒くないように紙をあてて、セロテープでとめておきなさい。できれば帰り道は少し遠回りをして、後ろから誰かついてきていないかどうか注意して、暗くなってから帰ったほうがいいかもしれませんね。

では、しばらく留守番をよろしくお願いします。生野菜と牛乳は忘れないように。お風呂は自分で決めなさい。五千円は全部つかいきらなくてもいいので、余ったお金はお父さんが帰ってきたら返してください〉

慣れている。よくあることだ。

外に出て、郵便受けの上に立てかけてあった表札をしまっていると、背中を誰かに見られている気がした。恐る恐る後ろの様子をうかがうと、野良猫が向かいの家の屋根に座り込んで、毛づくろいをしていた。ふう、と息をつき、なんだよ、と苦笑して、家に戻ると玄関の中折れ錠をしっかりと掛けて戸締まりした。

＊

カープの遠征の出足は最高だった。

六月十一日、十二日に静岡でおこなわれたヤクルトとの首位攻防戦に連勝して、三週間ぶりの首位に立った。しかも、十一日の試合の決勝点となった山本浩二選手のホームランは、ヤクルトのセンター福富《ふくとみ》選手のグラブの中ではずんでスタンドインするという運の良さである。

貴重な休養日は、十三日の金曜日——不吉な日に試合がないということも、ユキオに言わせれば「流れがカープに来とる、いうことじゃ」となる。

その金曜日の夜、九時過ぎに電話が鳴った。

呼び出し音二回で切れた。勝征さんからの電話はワンコールで切ると約束しているように、ツーコールにも、マナブしか知らない取り決めがひそんでいる。

東京にいる母方のおばあちゃんから——。

勝征さんのことが大嫌いなおばあちゃんは、ツーコールで合図したあとも、万が一にも勝征さんが受話器を取らないよう、作戦を立てていた。ツーコールのあとですぐに電話が鳴ると、マナブは受話器を取った直後に無言で切る。するとおばあちゃんは安心して、あらためて電話をかけてくるし、もしも勝征さんが「もしもし？」と応えたら、おばあちゃんのほうから無言で切って、また日をあらためてかけ直してくる。

勝征さんのことがそこまで嫌いなのだ。とにかく嫌いなのだ。「人間のクズ」とまで言い捨てる。家に顔を出したら塩を撒いて追い払う。名前を口にすることすら忌々しいのか、「マナブの父親」としか呼ばない。

そんなおばあちゃんに「どう？　あんたの父親、今度は真面目にやってるの？」と訊かれて、正直に答えられるはずがない。

「今日も残業なんだ。最近、帰りが遅くて、仕事大変みたい」

「そうなの？　忙しいふりしてるだけなんじゃないの？」

「そんなことないと思うけど……」

「まあ、でも、真面目に働いてるんだったら、それでいいけど……なんの仕事してるの？　またアレじゃないの？　怪しげな健康食品とか化粧品を歩合制《ぶあいせい》で売ってるんじゃないの？」

勝征さんの話がこれ以上長引くと、ごまかしきる自信がない。

「お母さんは元気？」と、逆に訊いてみた。

「うん、元気元気。マナブのこと心配してたわよ。広島なんて田舎なんだから、向こうの子にいじめられたりしてないか、って」

「夏休みに東京に遊びに行くけど……いいんだよね？」

「え？」

「だから……お母さんと会うの、いいよね？」

ああ、そのことね、はいはいはい、とおばあちゃんは笑う。「いいに決まってるじゃない、親子なんだから」

おばあちゃんとお母さんは、一緒には暮らしていない。

お母さんとのやり取りは必ずおばあちゃんが間に入ってしまう。お母さんの住所や電話番号は教えてもらっていない。お母さんにじかに尋ねても、おばあちゃんに訊いてみても、二人とも笑ったり目をそらしたり聞こえないふりをしたり「あとで」と言ったきりだったりして、いつもごまかされてしまうのだ。

電話でも同じだ。おばあちゃんのおしゃべりは、話題がお母さんのことになると、舗装の道路からいきなり砂利道《じゃりみち》に変わったみたいにぎくしゃくしてしまう。

いまも、そう。お母さんの近況をもっと詳しく訊きたかったのに、おばあちゃんは急に早口になって「じゃあ、まあ、そういうことで、元気そうで安心したわ、おやすみ」と言って、マナブの返す「おやすみ」もろくに聞かずに電話を切った。

マナブはしかたなく受話器を置き、晩ごはんにつくったインスタントラーメンの丼の底に残っていたスープを啜り込んだ。

風呂にはまだ入っていなかったが、なんだか億劫《おっくう》になってしまった。おばあちゃんと電話で話したあとは、自分のついた嘘に自分が疲れてしまう。肩が凝って痛くなるときもある。

このまま寝ちゃおうかなあ、と畳にごろんと横になり、座布団を腹に載せた。十三日の金曜日って、やっぱりあるよなあ、と思う。

心配していた真夜中の電話や、玄関のドアを乱暴にノックして訪ねてくる客は、いまのところはだいじょうぶだった。学校の帰りにあとをつけられている様子もない。それでも、ずっと緊張しているせいだろう、一日が終わって横になると、自分で思っている以上にぐったりしていることに気づく。こんなのがあと何日もつづくのかと想像するだけで疲れ切ってしまう。

いまごろ勝征さんはなにをしているのだろう。ひさしぶりの東京で羽根を伸ばして遊びまくっている、ことはないだろう。勝征さんは確かにだめな父親だが、その「だめ」は、そういう種類のものではないのだ。

『マジカルサンデー』の説明会を、誰よりも真面目に受けているはずだ。説明を聞くだけでは飽きたらず、実地研修も志願して受けているかもしれない。きちんとノートを取り、ポイントをまとめ、ビジネスホテルの一室で予習復習を欠かさず、新しい仕事の成功をくっきりと脳裏《のうり》に描きながら……またしくじってしまうのだろう。

マナブはため息とともに寝返りを打った。折り曲げた肘を枕に体を横倒しにして、座布団をあらためて脇腹の上に掛けた。

おばあちゃんは、いつも「マナブがかわいそうだよ」と言う。「このままだと、あの父親に足を引っぱられどおしの人生になっちゃうよ」と、涙ぐんでしまうこともある。けれど、「お母さんのところに行きなさい」とは言ってくれない。

どうして——？

訊きたくても、答えを知るのが怖いから、訊けない。答えの見当がついているから、とは思いたくないから、最初からそれはもう考えないようにしている。


翌日の土曜日、授業が半ドンで終わって帰り支度をしていたら、ユキオが席に来て「マナブ、今日、昼から暇か？」と訊いてきた。

「……どうしたの？」

「いや、もし暇なんじゃったら、原爆資料館に一緒に行かんか思うて。あそこは広いけえ平日じゃと回りきれんし、日曜日は団体さんが多いけえ、ゆっくり見られんのよ」

このまえの話を覚えていてくれたのだ。「よそモン」を気づかってくれたのだ。

ユキオの優しさに胸が熱くなった。

だが、急に誘われても、心の準備ができていない。心の準備が必要だということじたい、だめなんだ、とは思うのだが。

「ごめん、ちょっと今日は都合が悪くて……」

「ほうか、残念じゃのう」

言葉だけでなく、本気で残念そうな顔になって、つづけた。

「マナブのこと誘うちゃれえ言うたんは、ヤスなんよ。マナブが一人で入ってもなにが大事なんかわかりゃせんけえ、わしが一緒に入って教えちゃれえ、て」

わしにもなにが大事なんかわからんけどの、とユキオは苦笑する。

マナブは思わずヤスの席を振り向いたが、いない。

「また野球部の先輩に呼ばれとるんよ。さっき『帰りの会』がすんですぐ、二年生のひとが廊下まで迎えに来とった」

「野球部はまだあきらめてないの？」

「あきらめるどころか、もっと本気になっとるわい」

昨日、あまりにもしつこく誘ってくるので、マウンドに立って十球だけ放り、フリーバッティングで十球だけ打った。

「ほしたら、投げたら十球ともバシーンバシーンいうてストライクよ。で、打ったら十打数八安打とか言うとった」

手を抜けばよかったのだ。わざとへなちょこなボールを投げて、わざと空振りをすれば、それで一件落着したかもしれない。

「ヤスも最初はそのつもりじゃったらしいんじゃけど、いけんのよ、マウンドに立ったら知らんうちに全力投球しとったし、バットを構えたら、来た球を自然と打っとったんじゃと」

いかにもヤスらしい話だった。ユキオも「ヤスはそういうところ不器用じゃけえ、しかたないんよ」と笑っていた。

「でも、野球部に入る気は……」

「絶対に入らん言うとったよ、さっきも」

お父さんが亡くなってさえいなければ――。

原爆さえ落とされなければ――。

日本とアメリカが戦争さえしなければ――。

めぐらせかけた思いを、かぶりを振って断ち切った。だって俺は「よそモン」なんだもんな、と自分に言い聞かせると、顎の付け根から苦い唾液が湧いてきた。

その日の巨人戦で、後楽園球場の三塁側スタンドに、長さ二十一メートルにもおよぶ大横断幕が掲げられた。

〈可能性があれば失敗を恐れず最後まで全力を尽せ！　ジョー・ルーツ〉

志半ばにして帰国したルーツ前監督が、チームに残したメッセージである。広島市民球場では五月から登場していたが、東京では初披露だった。

試合は巨人に手痛い逆転負けをくらったものの、横断幕のほうはテレビでナイター中継されていたこともあって大きな話題を呼んだ。その後も、さまざまな横断幕がつくられ、「カープの応援といえば横断幕」という欠かせない大道具になっていくのだが、もちろん六月十四日の時点では、まだ誰もそこまでは想像していない。


勝征さんからマナブに電話がかかってきたのは、日曜日の昼過ぎのことだった。

約束どおりワンコールで切れて、再び呼び出し音が鳴る。

受話器を取ったマナブに、勝征さんはのんきな声で「おう、元気にしてたか？」と言う。のんきなだけでなく、ご機嫌でもあった。

「いやー、今度の仕事は面白いぞ。お父さんみたいに社交的な人間にはぴったりだなあ。会社のひともみんな、向いてる向いてるって言ってくれてるんだ」

さっきまで、『マジカルサンデー』の研修を受けていたのだという。

「田園調布《でんえんちょうふ》ってわかるか？　巨人の長嶋監督の家もあるんだけど、東京で一番……ってことは日本一の高級住宅街だよ。もう、みーんな金持ちばっかりで、芝生《しばふ》の庭なんてあたりまえで、プールのある家もふつうで……住み込みの家政婦さんまでいるんだから」

そんな田園調布の豪邸でパーティーを開いたのだ。

「アメリカの金持ちはみんなそういうことやってるんだ。ホームパーティーっていってな、家の中でパーティー開くんだよ、すごいだろう。鶏の丸焼きなんて出るんだぞ」

パーティーを開いた奥さんは、招待したお客さんに『マジカルサンデー』の洗剤やワックスを実演販売した。勝征さんは、その実演スタッフのアシスタントとして、一本何千円もする洗剤やワックスが次々に売れていくのを目の当たりにした。

「やっぱり金持ちは違うよ。見栄も張るから、誰か一人が買ったら、どんどん買っていくんだ。だからサクラを上手く使えばいいんじゃないかってお父さん思って、さっそく営業部長に提案してみたんだよ。そうしたら、もう、大賛成されて、さすが橋本さん、商売のコツをつかんでらっしゃる、って……ベタぼめだよ、まいっちゃうなあ。この調子だと、お父さん、すぐに日本支社長になっちゃうんじゃないか？　わはははははっ」

一人でしゃべって、一人ではしゃいで、マナブに関係のある用件といえば、「明日の夜、帰るから」の一つきりだった。


その日のカープは、巨人を相手に今シーズン最悪とさえ言えそうな、ひどい試合をしてしまった。スコアも一対七の完敗だったが、それ以上に内容が悪い。

先発の外木場投手がまさかの不調で、五回で四点を奪われて降板してしまった。リリーフ投手陣も踏ん張れない。三番手でマウンドに上がった児玉《こだま》投手に至っては、二者連続の押し出しという草野球並みのピッチングを見せてしまった。

さらに打線も、今シーズン一勝もしていない巨人の横山投手にきりきり舞いさせられた。五回に衣笠選手がホームランを放ったものの、ヒットはわずかにその一本のみ――危うくノーヒットノーランを喫《きっ》するところだったのだ。

ゲームセットとともに、マナブはラジオを切った。午後一時半に始まった試合が夕方四時に終わるまで、ただの一度たりとも手に汗握る場面は訪れなかった。

つづく月曜日にも、カープは負けた。金曜日までの調子の良さが嘘のように、最下位・巨人によもやの三連敗を喫してしまったのだ。

順位も首位からあっけなく三位まで転げ落ちて、四位の中日にも一ゲーム差に迫られてしまった。しかも、休養日なしで十七日からは二位ヤクルトとの三連戦が待ち受けている。

カープ、危うし――。

# 第五章

大変なことになってしまった。カープが迎えた、今シーズン最大のピンチである。六月十九日、木曜日の朝に掲示板に貼られた『赤ヘルニュース』には、こんな見出しが躍った。

〈急世主はいないのか!〉

悲痛な叫びである。「救世主」の間違いをどうこう言っていられるような余裕はない。

土曜日から月曜日までの巨人三連戦でまさかの三タテをくらったカープは、火曜日と水曜日もヤクルトに連敗して、五連敗――先週の水曜日には遠征初日の試合で首位に立ったのに、わずか一週間で四位に転落してしまった。

長い遠征はあと一試合残っている。今夜のヤクルト戦にも負けて六連敗になると、このままずるずる、例年どおり……ということにもなりかねない。

しかも、ユキオは「今夜の先発がおらんのじゃ」と舌打ち交じりに言った。

「外木場でよかろうが」というヤスの意見はあっさり却下された。

確かにローテーションどおりなら、中三日でエース外木場投手の先発になる。だが、開幕から完投につぐ完投だった外木場投手のピッチングに、ここに来て疲れが出ている。前回の巨人戦も五回で四失点と精彩を欠いていた。

「ここらで外木場も少し休ませんといけんじゃろ。まだ先は長いんじゃし、これからどんどん暑うなるけえ、六月でバテてしもうたらおおごとじゃ」

「ほいじゃあ、佐伯《さえき》は」

「ゆうべ投げて打たれとるがな」

立ち上がりにいきなり四点を奪われて、連敗脱出への気勢をあっけなく削いでしまったのだ。

「いや、途中で交代させられとるけえ、まだ力が余っとるかもしれん」

「アホ、二日つづけてノックアウトされたらどがあするんな」

「ほいじゃあ、池谷はどんなよ。池谷も途中で交代しとるし、二日空いとるで」

池谷投手も打たれた。巨人にワンチャンスで連打を浴びてしまったのだ。

「アホ、しっかり休ませんと、またツーアウトからバババババーッいうて打たれるんがオチじゃ」

アホの二連発にヤスはムッとして、「ほんなら、どないせえ言うんじゃ」とユキオをにらんだ。

ユキオも「それがわからんけえ困っとるんじゃ」と怒った声で返す。

もともと短気で怒りっぽいヤスはともかく、ふだんは大らかなユキオまで、カープの話になると別人のように我を張り通そうとする。

「ユキオが困っても屁にもなりゃせん。要らん世話じゃ」

「なんじゃ、コラ」

「なんじゃいうて、なんじゃ、コラ」

「なんじゃいうてなんじゃいうて、なんなんじゃ、コラ」

デコをぶつけ合いそうになった二人を、まあまあ、となだめるマナブの目に、クラス担任のチンチク先生が中年太りの体を揺らしながら廊下を走ってくるのが見えた。

まだ予鈴も鳴っていないのに、教室に駆け込んだ先生は、荒い息を整える間もなく「沢口さん、おるか？ もう来とるか？」と声をあげた。真理子が自分の席から腰を浮かせると、もどかしそうに、こっちこっち、こっちに来てくれ、と手招いて、廊下に連れ出した。

一言二言、早口に先生が話す。すると、真理子は、ふーう、と肩をすとんと落として息をついた。教室に背中を向けているので表情はわからなかったが、あせっている先生とは裏腹に、真理子のほうは最初あった緊張が一気に解けて、急に冷静になって、というより醒めてしまったのが、後ろ姿からでもわかる。

先生がまたなにか言った。ちょっと怒った様子で、諭すように。真理子は面倒くさそうにうなずいて、教室に戻ってきた。誰とも口をきかず、目も合わさず、不機嫌そうな顔で自分の席からカバンを取って、また廊下に出て、先生と一緒に昇降口のほうに向かって歩きだした。

しばらくたって予鈴と始業チャイムが鳴った。先生があらためて教室に入ってくる。一人だった。ざわつく教室を静かにさせたあと、先生は日直に「沢口さんは今日は早退じゃ」と言った。

真理子が早退した理由を、チンチク先生はなにも説明してくれなかった。

だが、先生と真理子が廊下で交わしたやり取りを、少し離れたところにいた女子のグループが立ち聞きした。「おじいさん」の話だったらしい。先生は「迎えに行きなさい」というようなことを真理子に言っていた。真理子は最初はそれを嫌がっていたが、先生に説得されて、しぶしぶ出かけたらしい。

女子のおしゃべりの内容は、昼休みには男子にも伝わってきた。

それを聞いたとたん、ヤスは急に口数が少なくなった。しばらくなにかを考え込むようにじっと押し黙ったあと、マナブに「ちょっと来てくれや」と声をかけて教室の外に連れ出した。廊下を大股でずんずん進んで、ひとけのないほうへと向かう。途中でマナブが「どうしたの？」「沢口のこと、なにか知ってるの？」と訊いても、なにも教えてくれない。

しんとした理科室の前まで来て、ヤスはやっと口を開いた。

「いまから職員室に行ってこいや、マナブ。こんなは沢口と同じ相生団地じゃけえ、給食のパンを持って行くやら、プリントを持って行くやら、適当なことなんぼでも言えるじゃろ。ほいで、チンチクに詳しい話を聞いてきてくれ」

「詳しい話、って？」

「じいちゃんがどうしたんか、ちゃんと聞いてこい、言うとるんじゃ」

おっかない顔と声だった。あせっているようにも見えるし、不安に駆られているようにも見えるし、悲しんでいるようにも、腹を立てているようにも、見える。

「沢口のじいちゃんのこと、ヤスは知ってるの？」

ヤスは気持ちを落ち着かせるように大きく息をついてから、「母ちゃんが、よう知っとった」と言った。「わしも、店でなんべんも見たことがある」

真理子の苗字は「沢口」だが、母方のおじいさんは「林田《はやしだ》」という姓だった。それで最初はわからなかった。横山の菊江さんに話を聞いて、ヤスの母ちゃんは「ああ、あの……」と複雑な表情でうなずき、母ちゃんからそれを知らされたヤスは、もっとはっきり、遠慮なく、「かなわんのう……」と顔をしかめたのだった。

「なんで？」

「あのじいさん、大怠《おおなま》けの、アル中じゃけえ」

林田のおじいさんは土木作業を請け負う建設会社で働いている。

数年前から、相生団地の近くでは大規模な再開発事業が進められている。原爆で家をなくしたひとたちがバラック小屋を建てて住み着いていた地区が、十年がかりの再開発によって、高層アパートの建ち並ぶ団地に生まれ変わろうとしているのだ。

片桐酒店の立ち呑みコーナーに夜な夜な集まってくるおっさんたちも、ほとんどがその工事がらみで生計を立てていて、だから林田のおじいさんのこともよく知っていて、誰もおじいさんのことを良くは言わない。

「体を一日動かしたら二日つづけて休むような働き方じゃけえ、一緒に組んどる者はやっとられんよ」

エラい――。

たいぎい――。

二つの方言を、ヤスは教えてくれた。「エラい」は「偉い」ではなく「しんどい」「キツい」「疲れた」という意味で、「たいぎい」は「億劫だ」「面倒くさい」「腰が重い」というニュアンスの言葉なのだという。

林田のおじいさんはその二つの言葉を口癖のように繰り返して、すぐに仕事を休む。

現場まで来ても、なんのかんのと口実をつけて力仕事をサボる。「それだけと違うんよ」とヤスはつづける。「あがあな酒癖の悪いじいさん、わしゃあ見たことがないよ」

「ケンカしちゃうの？」

「そこまでしっかりしとるんなら、まだええよ。もう、コップ一杯でヘロヘロになってしもうて、立っとられんのじゃ」

床に座り込んで、ひどいときには寝そべってしまう。手を取って立たせても、すぐに腰くだけになって、ひっくり返る。そのまま寝入ってしまうのもしょっちゅうで、そうなったときには無理に起こそうとすると必ず暴れ出す。

「ウチがたの店で呑んどるぶんには、おっさんらが背負うてでも団地に連れて帰ってくれるんじゃが、よそで呑んでぶっ倒れてしもうたら、もう、どがあもこがあもなりゃせんよ」

そういうことも最近増えたらしい。河原の公園や市民球場の前の広場で、林田のおじいさんがボロ雑巾《ぞうきん》のように路上で寝入っているのを見かけた常連のおっさんは、何人もいる。

マナブは息を呑んだ。もしかしたら、今朝、真理子が呼び出されたのも――。

ヤスも目が合うと、かなわんじゃろう、という顔でうなずいた。

「でも、それって、病気じゃないわけ？」

肝臓《かんぞう》が悪いと疲れやすくなる、と聞いたことがある。

ヤスはまた小さくうなずいて、言った。

「こんなは知らんかもしれんけど……広島には、ぶらぶら病いうんがあるんよ」

「ぶらぶら？」

「おう。ぶらぶらしよることの、ぶらぶら、じゃ。正式な病気の名前は知らんけど、わしらはそがあに呼びよる」

すぐにぐったりと疲れてしまい、横にならずにはいられない。なにをするのも億劫で、体が重く、けだるく、なかなか起きられない。まさに林田のおじいさんと同じだった。

「あのさ、それ、原爆とは——」

「知らん」

ぴしゃりと封じられた。「医者でもないのにわかるか、そがあなこと」と叱られた。

「なんでもかんでも原爆につなげりゃええ思うとりゃせんか、わりゃ」

「……ごめん」

マナブがしゅんとしてうつむくと、ヤスは少しあわてて「謝らんでもええ」と言った。ガラス扉付きの展示棚に目をやって、内臓を剥き出しにした人体模型をにらみながら、あー、あー、と喉を鳴らして、つづける。

「まあ、原爆と関係あるはずじゃ言うとる医者や学者もおるし、関係ない言うモンもおるし、ほんまのぶらぶら病は何百人に一人で、あとはみんな病気のふりをして怠けとるだけじゃ言うモンもおるし……」

ようわからん、と首を横に振ったあとは、「医者でもわからんようなことを訊くな、ボケ」とまた怒りだして、「もうええけえ、早う職員室に行ってチンチクに話を聞いてこい」と廊下の先に顎をしゃくる。「早うせんと昼休みが終わってしまうがな」

「無理だよ、教えてくれるわけないよ」

「気合入れてがんばりゃあ、どないかなるわ」

「ならないって。そんなこと言うんなら、ヤスが行ってこいよ」

「アホ、女のことで質問やらできるか。こんなは東京モンなんじゃけえ、女の話もできようが。早う行ってこい、ほんま、時間ないんじゃけえ」

「だって、だめだよ、そんなの」

「ええけえ」

「よくないって」

「わし、母ちゃんに言われとるんじゃ、あの子が困っとるようなら助けてあげんさい、て」

「でも、だいじょうぶなんじゃないか？　お父さんとかお母さんが——」

「おらんのじゃ！」

声を張り上げて、いらだたしげに地団駄を踏みながら、「親がおったら心配するか、アホ！　おらんけえ心配しよるんじゃがな！」とまくしたてる。

その剣幕にひるんだマナブが何歩かあとずさったとき、チャイムが鳴った。

「こんなが要らんカバチたれるけえ、昼休みが終わってしもうたがな！　アホ！　ボケ！」

ヤスはさらに激しく地団駄を踏んで、「あー、もう、母ちゃんに『誰にも言うちゃいけん』言われとったんを言うてしもうたし、ワヤじゃ！」と自分の坊主頭をバチバチ叩く。


真理子にはお父さんがいない。

お母さんは真理子がまだ幼い頃から入退院を繰り返し、この四月から半年以上かかる長い入院生活を始めた。それでしかたなく、真理子と小学一年生の弟は林田のおじいさんのもとに身を寄せることになったのだ。

「そこまでは横山の菊江ばあちゃんが母ちゃんに教えてくれたんじゃけど、あとは菊江ばあちゃんも知らんのじゃと」

お父さんがいない理由も、お母さんの病気も、わからない。

それでも、ヤスは「知らんことがなんぼあっても、母ちゃんに頼まれたんじゃけえ、助けてやらんといけんのよ」と自分自身に語りかけるように言って、マナブの背中を軽く叩く。

「こんなも同じじゃ。沢口の秘密を知ってしもうたんじゃけえ、わしら、連れじゃ」

「うん……」

「助けてやるんど、ええの」

もう一発、さっきより強く叩かれた。

＊

学校からの帰り道、マナブは一人で少し遠回りをして、広電の走る大通りに出た。

ここからだと、再開発地区の工事現場が一望できる。すでに竣工した高層アパートが何棟もあるが、周辺にはまだ古びた平屋の家々が軒を連ねている。再開発事業が始まるまでは、この地区に何世帯が暮らしていたのか、市役所や警察ですら正確には把握できなかったという。そのひとたちは、古い家が取り壊されたあと、どこに移り住んだのだろう。

フェンスで囲まれた工事現場には、砂利を積んだダンプカーや資材を運ぶトレーラー、セメントミキサー車などが、ひっきりなしに出入りしている。片桐酒店の常連のおっさんたちも、現場のどこかで汗を流して働いているはずだ。

「回れ右」をした。広島城の天守閣《てんしゅかく》と市民球場の照明灯と原爆ドームが視界をかすめたあと、平和記念公園の森に向き合う格好になる。木立の隙間から、平和記念資料館の建物も見える。なんだか「遠い昔」と「近い昔」と「いま」をパノラマで見ているような気分だった。

数年後に再開発事業が終わって、何十棟もの高層アパートが建ち並ぶ団地ができあがったら、その風景に「未来」も加わることになる。四千五百世帯が暮らす大きな町になるのだという。終戦後にバラックを建てて住み着いていたひとたちは、ここに戻ってこられるのだろうか。いま工事現場で働いているひとたちは、新しい仕事を見つけられるのだろうか。

急に胸が締めつけられて、そそくさと歩きだした。先のことなんかわかんないよ、知らないよ、関係ないよ……と声に出さずに早口でつぶやく。どうせまたすぐに引っ越しちゃうんだし、とつづけたら、また胸がキュッと痛くなった。

相生団地に帰り着いて、入り口から三本目の路地を曲がった。「19のB」――横山さんの家の前を通るのが、自然と通学路になっていた。いままでは、その路地を歩きながら「沢口」の表札を探していたから、何度通っても見つからなかったのだ。

「22のA」――見つけた。郵便受けに「林田忠義」と書いてある。真理子や弟の名前はない。

玄関の磨りガラスに透ける家の中は薄暗く、物音も聞こえない。路地に面した窓もカーテンで閉ざされていて、留守なのかどうか、外からではわからなかった。

今日は英語と数学に宿題が出た。社会の授業は明日から地理分野なので、地図帳が要る。給食のパンやジャムは預からなかったが、伝えておくべきことは、ないわけではない。

咳払いをして息を詰め、引き戸の木枠を、軽くノックしてみた。建て付けがよくないせいで、ガタガタと思いのほか大きな音がして、薄い磨りガラスが震えた。

返事はない。「ごめんください」と声をかける勇気も出ない。もう一度引き戸をノックしてみたが、家の中はしんと静かなままだった。

しかたないか。半分ほっとした気分で立ち去ろうとしたら、磨りガラスに人影が透けた。中学校の制服姿の真理子だった。

引き戸が軋《きし》みながら細く開く。顔を出した真理子は、家の前に立ちつくすマナブに気づくと、怪訝そうに、いや、もっと強い警戒心とともに、「なに？」と訊いてきた。

「……宿題のこと」

声がかすれた。「あと、明日、地図帳も……」とつづける声は裏返ってしまった。目が泳ぎ、あとはもう、口をあわあわさせるだけで声にはならなかった。

真理子は、ふうん、とうなずいた。ほんの少し頬がゆるんだようにも見えた。いったん顔を引っ込めて「お豆腐《とうふ》買うてくるね」と家の中に声をかけてから、あらためて、引き戸を広く開けて外に出てきた。

いま誰に声をかけたの、とマナブが目で訊くと、「おじいちゃんと弟がウチにおるんよ」と言う。「晩ごはんのお豆腐を買いに行こうと思うとったとこに、橋本くんが来た、いうこと」

「おじいさん、もうだいじょうぶなの？」

真理子は眉をひそめ、また警戒心をあらわにしてマナブを見た。マナブはあわてて「ごめん、あの、べつに学校のみんなが知ってるんじゃなくて、たまたま俺、知ってただけで……」と舌をもつれさせながら言う。言い訳にもならない言葉だったが、真理子は、まあいいか、と目をそらして歩きだした。マナブも一緒に――来ないでよ、と言われたらどうしよう、と内心ではひやひやしていたが、真理子はかまわず路地を進む。しばらく前後に並んで歩いたあと、真理子のほうから「宿題のこと、ちゃんと教えて」と言ってきたので、左右に並んだ。

宿題と地図帳について伝えると、真理子はまた自分から話を切り出した。

「橋本くんは『にがる』いう言い方、知っとる？」

広島の方言だった。もし漢字で書くなら「苦る」になるのだろうか。大まかには「痛む」という意味だが、体の表面が痛いのではなく、もっと奥の内臓や骨や筋肉の芯が、文字どおり「苦み」を持って痛むときにつかうのだという。

「おじいちゃんは今日、おなかが、にがっとるんよ。そういうときは冷や奴しか食べられんの。冷や奴をスプーンですくうて一口ずつゆっくり食べて、あとは横になるだけ」

「病院には行かなかったの？」

「お医者さんに診てもろうても良うならんもん。横になることだけが薬なんよ」

「……ぶらぶら病、っていうんだよね」

真理子の足が止まる。マナブはまた、ひやっとする。だが、真理子は「よう勉強しよるんねえ、ほんま」とあきれ顔で言うだけで、すぐに歩きだした。

「橋本くんって、引っ越すたびに、その街のこと勉強するん？」

「そんなことないけど」

「広島やから、勉強するん？」

「それも……違うけど……」

団地の入り口まで来ると、また真理子は立ち止まって、「どうせ知りたい思うから、先に教えてあげる」と言った。「ウチがたは、もともと福山で、戦争中もずうっと福山」

広島県の東の端の方にある。新幹線でも四十分ほどかかる距離だ。

「八月六日も、福山」

ということは、原爆で被爆はしていない。

「でも、おじいちゃんのおなかがにがるんは、原爆のせい」

「……なんで？」

真理子はクスッと笑う。「もっと勉強せんといけんね」と笑いながら言って、困惑したまま笑い返すマナブに、ぴしゃりと——。

「どこまでついてくるん」

歩きだした真理子を、もう追いかけられない。

何歩か進んだあと、真理子は忘れものを思いだしたようなしぐさでマナブを振り向いた。

「宿題のこと、ありがとう」

マナブが応える間もなく、また前に向き直り、歩きだして、もう後ろは振り返らなかった。

家に帰ると、湿布《しっぷ》薬のにおいが鼻を刺した。今朝まで茶の間の壁一面を埋めていた『アマゾンパワー』の箱の山が、きれいに片付けられている。

「よお、マナブ、お帰り……」

勝征さんが四畳半から出てきた。湿布薬のにおいがひときわ濃くなって、目がチカチカするほどだった。

「どうしたの？」

「どうしたもこうしたも……ほんとに、あのバカドリンク、最後まで迷惑かけやがって……」

家の中にあった『アマゾンパワー』の在庫をすべて東京の本社に送り返した。一人で段ボール箱を家の外に出し、団地の外に駐めてある軽自動車まで台車で運び、一人で車に積み込んで、運送会社の営業所での荷下ろしも一人でやった。それを七往復。ろくすっぽ鍛えていない中年の体にはキツすぎる力仕事だった。

「背中に湿布貼ってくれ。待ってたんだよ、おまえが帰ってくるの」

しゃべるだけでも痛みが増すのか、また苦しそうにうめく。

「なんで急に片付けたの？」

「あんなものいつまでも置いてたって、しょうがないだろ」

「だからって、べつに一日で片付けなくてもいいのに」

「だらだらやるのは嫌いなんだよ。男の人生の転機ってのは、アレだ、ちゃぶ台をパーンとひっくり返すようなものなんだ。いじいじ未練がましいことなんてやってられるか

「結局……いくら損しちゃったの？」

「だいじょうぶだ、男が」

勝征さんは肝心の答えを端折って、「ドリンクなんて何本売っても、ってんだ、たかが知れてるんだよ。こっちがいくらがんばっても、儲かるのは本社だけなんだから、やる気もなくなるよなあ」――訊かれたことには答えないくせに、自分の言いたいことはマナブの相槌なしでも、どんどん勝手にしゃべっていく。

「でもな、今度の『マジカルサンデー』は違うぞ。あんなバッタもんのドリンクとは土俵が違うんだ。なにしろ本社がアメリカなんだから、国際企業だよ」

社長も会長もアメリカ人なのだという。先週東京で受けた研修では、香港と東京を自家用ジェット機で往復している日系二世の極東支社長が、「商売」という言い方をやめるよう命じた。

「ビジネスだ、ビジネス、ブィジネス」

くちびるを妙な形に曲げて発音する。

「『アマゾンパワー』なんてのは、一本売って歩合がいくらの商売だ。でも、『マジカルサンデー』はブィジネスだよ、しかも、みんながハッピーになるっていうブィジネスなんだ」

『マジカルサンデー』の取り扱う商品は、アメリカ直輸入の洗剤やワックスだった。しかし、ただ売るだけなら『アマゾンパワー』と変わらない。この仕事の旨味は、自分が「親」になって、「子」の販売員を増やすことにある。そうすれば、「子」が商品を売れば売るほど、「親」はなにもしなくても儲かる。おまけに「子」が自分の「子」、要するに「孫」をつくれば、「孫」の稼ぎからも「親」は儲けることができるのだ。もちろん、「子」も「親」になるわけだし、「孫」だって「子」を見つけてくれば「親」になれる。そうすればみんな、自分が働かなくても、お金はどんどん入ってくるようになる……。

何度説明されても、マナブにはよくわからない。稼ぎの何分の一かを「親」に取られることがわかっていて、そんなに簡単に「子」が見つかるのだろうか。なにもしなくてもお金がどんどん入ってくるようなうまい話が、ほんとうにありうるのだろうか。世の中、そんなに甘いのか？

だいじょうぶだよ、と勝征さんは言う。「子」のほうだって自分の「子」を見つければ儲かるんだから、儲け話が目の前にあるのに手を出さない奴なんていないって、と笑う。

「今度の話は、いままでのとは違うんだ。よけいな心配しなくていいから、あとはお父さんに任せて、マナブはしっかり勉強しろ」

ちょうど二ヵ月前、『アマゾンパワー』の販売代理店になることを決めたときにも、同じように言っていたのだ。

そんな勝征さんを見ていると、いつも「喉元過ぎれば熱さ忘れる」という言葉を実感する。ちなみに、東京のおばあちゃんに言わせると、勝征さんになによりふさわしい言葉は「バカは死ななきゃ治らない」だった。

だが、背中や腕や肩を白い湿布で埋め尽くした勝征さんが、しみじみと「今度こそ大儲けして、マナブに親父らしいところを見せてやらないとなあ……」とつぶやくと、つい「がんばって」と言ってしまう。それが自分でも不思議で、少し悔しくて、少し悲しかった。


陽が暮れると、勝征さんは「ひさしぶりに市場調査してくるか」と服を着替えた。

その街の素顔を知って人脈をつくるには盛り場《さかば》めぐりが一番、というのが勝征さんの持論だった。だからこれは仕事の一環なのである。明日からの仕事に活かすために、しかたなく、飲みたくもない酒を飲み、回りたくもないスナックをハシゴして……そこから先のことは、マナブには教えてくれない。

広島では、流川《ながれかわ》と薬研堀《やげんぼり》という盛り場があるらしい。どちらもヤクザ映画の『仁義なき戦い』で有名な一画で、菅原文太《すがわらぶんた》みたいなひとがたくさん歩いているらしい。

「ほんとにもう、広島ってのはガラの悪い街だから、嫌になっちゃうよ」

ぶつくさ言いながら、妙に張り切って、派手めのネクタイを選ぶ。オーデコロンをチャチャチャッと首筋にかけて、鼻歌交じりに髪をヘアリキッドとクシで整える。

「ああ、そうだ、もう表札を出しても平気だから、あとで元に戻しといてくれ」

出がけに言われた。「これから小包や書留《かきとめ》がどんどん来るし、ちゃんと看板あげてないと、しょせん腰掛けとしか思われないからなあ」

マナブは〈橋本勝征・学〉の開運表札をまた郵便受けの上に置く。勝征の「勝」が力強く彫り込まれているのを見るたびに、「名前負け」という言葉を連想してしまう。

勝征さんは昭和十二年に生まれた。日本と中国が戦争を始めた年だ。「勝征」という名前にも、戦争がかかわっているのだろう。親や親戚の願いが込められているのかもしれない。

だが、マナブは父方の親戚を誰も知らない。勝征さんの両親――マナブのおじいちゃんとおばあちゃんは、もう亡くなっているらしい。何年前に、どんなふうに亡くなったのか、勝征さんはなにも話してくれないし、親戚との付き合いはまったくないので、法事にも出たことがない。

三年ほど前、勝征さんはラーメンと餃子《ギョーザ》のフランチャイズチェーンに加盟しようとしたことがある。そのときに、先方の営業マンに「ボクは親父譲りで餃子にはうるさいですよ。なにしろ大陸仕込みですからねえ」と話しているのをちらりと聞いた。だが、あとでいくら尋ねても、勝征さんは「そんなこと言ったっけ？　それ、聞き間違いだ、空耳だよ」ととぼけるだけだった。

表札の微妙な傾きを直して、家の中に戻ろうとしたら、ラジオのナイター中継の音声が近所から聞こえてきた。

広島対ヤクルト戦だった。一軒ではない。この家も、あの家も、さらにあそこの家も……。夕凪どきの蒸し暑さに窓を開けている家が多く、玄関の引き戸まで開けている家もあるので、音がよく聞こえる。

一回の攻防が終わったところで〇対〇だったが、カープ連敗脱出の見通しは暗い。ヤクルトの先発は、すでに十勝を挙げて、外木場投手とハーラーダービーのトップを争っている安田投手だった。一方、カープの先発マウンドに立つ永本《ながもと》投手は、今シーズンはまだ一勝しかしていないのだ。「急世主」の期待を寄せるには、あまりにも頼りない。

部屋に入ってラジオを点けた。『アマゾンパワー』の在庫が壁を埋めていた頃よりも、ラジオの音がよく響く。茶の間も広くなったし、壁の白さのおかげで家の中も明るくなった。箱に隠れていた窓も開けられるようになったので、ベタ凪で蒸し暑い夜も少しは楽になるだろう。

すぐにまた『マジカルサンデー』の箱が積み上げられてしまうのだろうか。いや、それとも、今度の「ブィジネス」は「子」や「孫」を増やすことでお金が儲かる仕組みなのだから、在庫など要らないのだろうか。

二回が終わって〇対〇——。

永本投手は、まだがんばっている。

＊

三回の攻防が終わった。得点は〇対〇のまま動かない。安田投手が相手なら一点勝負になるのは覚悟していたが、永本投手の好投は期待以上だった。序盤を無失点で乗り切ってくれたのは大きい。中盤から継投でしのぐためにも、カープとしてはとにかく先取点が欲しい。

その願いが叶ったのは四回の表だった。山本浩二選手を二塁に置いて、シェーン選手がタイムリー二塁打を放ったのだ。中継のアナウンサーの声はひときわ高くなり、どこのウチだろう、近所から、おっさんの「よっしゃあっ！」という胴間声《どうまごえ》も聞こえた。

さらに六回表、衣笠選手が2ランホームランを放ち、貴重な追加点が二点も入った。これで三対〇。永本投手もピッチングフォームをノーワインドアップに変えたのが功を奏して、ヒットは打たれても崩れず、マウンドを守りつづけている。

その永本投手が六回裏も無失点で抑え、ラジオのナイター中継は攻守交代の間のコマーシャルに切り替わった。マナブもトイレに立った。風呂はもう沸いていたが、宿題をやりながらラジオを聴いていると、つい試合に夢中になって、入るタイミングを失ってしまっていた。

広島とヤクルトなのになあ、と用を足しながら苦笑した。東京にいた頃なら、巨人以外のチームの試合は、翌朝の新聞で結果を見れば、それで充分だった。巨人のライバルの阪神や中日はまだしも、ヤクルトと大洋と広島の下位球団同士の試合など、神宮球場や川崎球場の招待券をもらったとしても行く気にならなかっただろう。

カープのファンになった――？

いやあ、それはちょっと、なんだかなあ……と、誰に見られているわけでもないのに、遠慮がちに笑って首をかしげた。でも、まあ、今夜の試合はカープを応援してるんだけどさ。おしっこのあとの身震いとともに、くすぐったい顔になる。

トイレから出ると、玄関の外に誰か来ていることに気づいた。ノックを繰り返している。「こんばんは、こんばんは、橋本さん、おられる？」と、女のひと――おばあさんが言う。

勝征さんから居留守を使えとは言われていないし、もう『アマゾンパワー』の在庫は処分したのだ。だいじょうぶだいじょうぶ、と自分を励ましながら、上がり框《かまち》から「はい……？」と細い声で応えた。

「マナブくん？」

「はい……」

「このまえ酒屋さんの、片桐さんのお店で会うた、横山です」

マナブはあわてて裸足で三和土《たたき》に下りて、戸を開けた。

「ビワをようけ貰うたんよ。いまがちょうどええ具合に熟《う》れとるけえ、お裾分け」

ほらこれ、と胸に持った袋を見せる。新聞の折り込み広告を畳んでつくった袋だ。その口からあふれるほど、ビワがたくさん入っている。

「……ありがとうございます」

会釈をして袋を受け取って、どうしようか、と迷った。せめて玄関の中まで通すのが礼儀だろうか、貰いものをしたのだから茶の間まで上がってもらったほうがいいのだろうか、お返しになにか持って帰ってもらうべきなのだろうか……。

それが表情に出たのか、静かな室内の様子に気づいたのか、菊江さんは怪訝そうに眉をひそめて、「マナブくん、いま一人なん？」と訊いてきた。「お父さんかお母さんは？」

「あの……お母さんはいなくて、お父さんは、いま、ちょっと留守にしてて……」

菊江さんは眉をひそめたままだった。説明はまったく足りていなかったが、もういいから、わかったから、というふうに、ゆっくりと二度うなずいて、「ごはんは？」と訊いた。「晩ごはん、もう食べたん？」

「はい……」

「お父さんがつくってくれたん？」

「いえ、あの、自分で……パンがあったから、トーストにして食べました」

「晩ごはんでトーストなん？　少し。おなか空くんと違う？」

じつを言うと、すでに、あとでパンをもう一枚食べようか、と思っていた。

「マナブくん、もしよかったら、いまからウチにおいで」

「え？」

「白いご飯はあるし、晩に食べ切れんかったハムカツもあるけえ、食べに来んさい」

あとは卵でも焼いてあげる、と菊江さんが付け加えたら、マナブのおなかはグウッと鳴った。

菊江さんのウチは、間取りはマナブの家と同じでも、家財道具の数がまったく違う。家具はどれも古かったが、片付けや掃除が行き届いていて、さっぱりしている。なによりも、ここには、長年住み慣れたわが家ならではの落ち着きがある。

　庄三さんは先週から愛媛県の現場に入っている。お裾分けされたビワも、庄三さんが送ってきてくれたものだった。寝泊まりしている宿舎の近くに住むおばあさんに頼まれて山に入り、背の高いビワの木に登って実を採った。その手間賃代わりに貰った箱一杯のビワを、小包で送ってきたのだという。

「林田さんとこのお孫さんと、あと、このまえ泥棒と勘違いして怒鳴りあげてしもうた子に食べさせてやってくれえ、いうて……すまんことをしてしもうた思うとるんよ、おじいさんも」

　あんな怖い顔しとるけど根は優しいんよ、と菊江さんが笑う。マナブも頬をゆるめた。庄三さんの顔は、ほんとうはよく覚えていない。ケロイドの印象があまりにも強すぎて、怖すぎた。

「さっき、真理ちゃんのところにもビワを持って行ってきたんよ。弟のヒロくんが大喜びしてくれたけえ、まあ、よかったよかった」

「……あの、今日……沢口さん、学校を早退して……」

　菊江さんはすべて知っていた。「マナブくん、真理ちゃんに宿題のことを教えてくれたんじゃてなあ。喜んどったよ、真理ちゃん」と笑って言ってくれた。

　胸がドキッとして、目をそらしてしまった。照れくささから逃れたくて、とっさに「でも、あいつ、怒ってました」と言った。「広島のことや原爆のこと、全然知らないから、もっと勉強しろ、って」——正確に伝えたつもりなのに、小さな嘘をついているような気がしてしまう。

菊江さんは「どんなことがわからんのん？」と訊いてきた。穏やかな笑みを浮かべていた。こういう会話になることも、最初から、とにかくすべて、知っていたのかもしれない。

林田のおじいさんの病気について訊いた。八月六日には広島市内にいなかったのに、どうして原爆のせいで具合が悪くなるのだろう。

菊江さんは、ああ、そのことねえ、と相槌を打って、「マナブくんはニュウシヒバクいうんを聞いたことない？」と言った。ヒバクは、原爆を浴びた「被爆」。ニュウシは、ちゃぶ台に指で「入市」と書いた。

原爆が落とされたあとで広島市内に入って、瓦礫《がれき》の街に残っていた放射能を浴びてしまうことを「入市被爆」と呼ぶ。爆心地近くで被爆したひとたちの多くは、熱線や爆風を浴びて亡くなったり、急性の放射線障害で命を奪われたのだが、入市被爆したひとたちは、何年もたってから白血病を発症したり、長年にわたって全身の倦怠感を訴えたりする場合が多いのだという。

「林田さんも、市内に親戚がおられたけえ、福山から探しに来たんよ。爆心地のへんを歩き回っとったいうけえ、それで被爆したん違うかなあ」

「八月六日に来たの？」

「ううん、汽車もなんも止まってしもうたけえ、次の次の日にようよう着いたんじゃ言うとったよ。じゃけえ、八月八日」

「二日たってるのに、放射能が残ってたの？」

驚いて訊くと、逆に菊江さんはそんな質問が出たことにびっくりしたような顔になった。

「学者さんらは、二週間は放射能が残っとったはずじゃて言いよりんさるけどなあ」

「そんなに……？」

「七十五年は草一本生えん、て言われとったんよ、広島は」

原爆は怖いんよ、あとに残るけえ、未来にまで残ってしまうんよ、とひとりごとをつぶやくように言った菊江さんは、「ああ、いけんいけん、おしゃべりしとったら遅うなってしまうわ」と立ち上がった。「すぐにごはんつくってあげるけえ、待っとってな」

台所に向かいかけて、また茶の間に戻り、テレビの横に置いてあったラジオのスイッチを入れた。ナイター中継の歓声が聞こえてくる。

「さっきまでカープの試合聴いとったんやろ？　ごはんできるまで、楽にして聴いとりんさい」

マナブはうなずいて、部屋の隅の仏壇に目をやった。茶の間に通されたときから気になっていた。小さな古い仏壇だったが、位牌《いはい》がぎっしり並んでいる。そして、隣の茶だんすの天板に、写真立てが五つ——どれも、写真館で撮った古いモノクロ写真だった。

「これもご縁じゃけえ、お線香あげてやってくれる？」

　菊江さんが台所の戸口から声をかける。

「……いいんですか？」

「仏さんは、いろんなひとに拝んでもらうんが幸せなんよ」

　仏壇の前に座った。ほんとうに古びた仏壇だった。中の位牌も、ロウソクや線香に長年燻《いぶ》されて、煤《すす》けている。緊張しているとは思わなかったが、ロウソクに火を灯すとき、ふだんは簡単にできるマッチの点火にしくじって、軸《じく》を折ってしまった。

「あら、いけんなあ、マッチ湿気とった？」

「いえ……だいじょうぶです」

　ロウソクを点けたあとも、二本そろえた線香の先が小刻みに震えて、炎になかなかうまくあたらない。線香を立てて、鈴《りん》を鳴らす。鈴棒《りんぼう》をうまく当てられず、音は余韻《よいん》をほとんど残さずに消えてしまった。

「すぐにごはんつくってあげるけえ、待っときんさいね」

　菊江さんはのんびりした声で言って、台所に向かう。

　一人になると、さっきから流れていたはずのラジオの音声が、やっと耳に届いた。

試合は七回の裏、ヤクルトの反撃が始まっていた。木下選手のエラーと永本投手のボークがつづいて、一死二塁――三点リードとはいえ、打席に迎えた船田《ふなだ》選手に一発が出れば、試合はわからなくなる。

「今年はカープ、ようがんばっとるねえ」

菊江さんの声が台所から聞こえる。ひとりごとだったのか、マナブの返事を待たずに水道の蛇口をひねって、鍋をガスコンロにかけた。

神宮球場に歓声があがる。船田選手がタイムリー二塁打を放ったのだ。ランナーが還って、三対一。カープのリードは二点になってしまった。

「なにしよるんじゃ、早うピッチャー替えんか！　永本はもういけん、限界じゃろうが！　見りゃあわかろうが！」

隣の家から、おっさんの怒号が聞こえる。「見りゃあわかるいうて、あんた、ラジオでなにがわかるん！」と、おっさんを叱りつけるおばさんの声も。

少し離れた家からは、「もう、なして船田一人にええように打たれるんね！」と、キンキンしたおねえさんの声がする。この試合、船田選手はこれで三安打の猛打賞である。

古葉監督がベンチから出て、主審にピッチャー交代を告げた。リリーフは宮本投手、「キックの宮」である。隣家のおっさんは「宮、ライダーキックじゃ！　十六文キックじゃ！　ぶちかましたれえ！」と声を張り上げ、おばさんに「あんたの頭をかち割ってもらいんさい！」と、また叱られた。

「近所の声がよう聞こえるやろ？」

漬け物の鉢と取り皿をちゃぶ台に並べながら、菊江さんが言った。「お隣の原田さん、ご主人がお酒を飲んだら、いっつもああなんよ」

「夫婦ゲンカしてるの？」

「ううん、あれでも、ほんまは仲のええ夫婦なんよ」

「ふうん……」

「カツを温《ぬく》めとるけえ、もうちょっと待っとってな」

菊江さんが台所に戻ると、マナブはそっと立ち上がる。

茶だんすの上に並んだ写真を順に見ていった。

背広を着て丸縁の眼鏡をかけた、若い男のひとがいる。その写真が一番大きなサイズだった。

　残り四枚の小ぶりな写真は、子どもたち。三つ編みにセーラー服を着た中学生の女子。詰襟に半ズボンの制服と制帽姿の男子。小学校の高学年だろうか。あとの二人はもっと幼い。おかっぱの女の子は小学一、二年生といった感じだった。一番端の写真は、かい巻きを着た赤ちゃんで、男の子か女の子かはっきりしない。

庄三さんの家族なのか、菊江さんの家族なのだろうか。写真の子どもたちと菊江さんの顔を比べてみたくても、写真をしっかり見るには背が足りない。つま先立ってみたり、背中を反らしてみたり、たんすからちょっと遠ざかってみたりしたが、なかなかうまくいかない。

「たんすから下ろして、よう見てみんさい」

背中に、菊江さんの声がする。まるでマナブの胸の内を読み取ったみたいに、「ここから見とっても、わからんじゃろ」と、男のひとの写真を手に取ってマナブに見せてくれた。

「このひとが、ばあちゃんの昔のダンナさん。銀行員じゃったんよ」

いまのおじいさんよりハンサムじゃ思わん？　と菊江さんは笑う。

訊きたいことがいくつもいっぺんに胸に込み上げて、言葉がまとまらなくなった。

菊江さんは、またマナブに先回りしてつづけた。

「四国の松山《まつやま》の銀行に勤めとって、ばあちゃんとも松山で知り合うて、結婚したんよ」

野球が大好きなひとだったらしい。母校は高校野球の名門・松山商業で、大正の終わり頃に甲子園まで応援に行ったことが自慢だったのだという。

「戦争から生きて帰っとったら、いまごろはカープカープで大騒ぎしとったかもしれんねえ」

戦死、という言葉が頭に浮かんだが、喉につっかえた。

菊江さんはちゃんとそれをわかってくれて、「南方で輸送船に乗っとったら、船が沈められてしもうたんよ」と言った。「終戦のちょうど半年前で、生まれたばっかりの末の赤ちゃんの顔を見ることもできんかったんよ」

別の言葉が、たくさん、次々に、喉につっかえてしまう。

神宮球場では、宮本投手がピンチを断ち切った。「よっしゃあ！」と原田さんの声が聞こえ、路地のうんと先のほうからも拍手が聞こえた。

菊江さんはダンナさんの写真を茶だんすに戻して、「あとはごはん食べながらにしような」と言った。

フライパンで温め直した薄いハムカツと、目玉焼き、付け合わせは千切りキャベツ、ジャコと菜っ葉の煮物に、油揚《あぶらあ》げの味噌汁と白いご飯と漬け物——「ごちそう」というほどではなくても、誰かにつくってもらって、誰かと一緒に食べるごはんは、やはり美味しい。

菊江さんもお茶を啜りながら、にこにこと微笑んでいた。

「やっぱり男の子は食べ方にも元気があってええなあ」

言われて、あらためて気づいた。庄三さんが工事に出かけている間、菊江さんはいつも一人きりでごはんを食べているのだ。そして茶だんすの上の写真のことをまた思いだす。半ズボンを穿《は》いたあの男の子は、ごはんをどんなふうに食べていたのだろう。

「マナブくん、遠慮せんと、どんどんお代わりしんさいよ」

「はい、でも……もう、おなか一杯です」

「お父さんが留守で、一人で晩ごはんを食べること、ようあるん？」

しょっちゅう、と言いかけて口をつぐみ、「たまに」と答えた。「めったにないけど……」

菊江さんは微笑みを深くして大きくうなずき、「前もってわかるときがあったら、今度からばあちゃんに教えて」と言った。「今日はあり合わせのものしか出してあげられんかったけど、今度は好きなもん、こさえてあげる」

頭をぺこりと下げると、「ごはんのことだけじゃのうて、困ったことがあったらなんでも言いんさい。遠慮したらいけんよ」と、さらに笑みを深める。

その笑顔のおかげで、食器の片付けが終わってから、喉につっかえていた言葉をやっと口にすることができた。

「写真の男の子……あと、女の子も……」

「ばあちゃんの子ども」笑顔は変わらない。「四人おったけど、四人とも仏さんになってしもうたんよ」――笑顔のまま、だった。

「松山で……？」

「原爆じゃのうても、ひとはようけ死んだんよ、あの戦争で」

子どもたちの写真を茶だんすからちゃぶ台に移してくれた。

「最初に死んでしもうたんが、この子」

半ズボンの男の子だった。「松山の空襲《くうしゅう》で亡くなったんよ」

愛媛県松山市が空襲を受けたのは、広島に原爆が落とされる十日ほど前、七月二十六日深夜から二十七日にかけてのことだった。

「ワンパクな子やったけど、絵が上手でな、大きゅうなったら絵描きさんになるいうて楽しみにしとったんよ」

菊江さんは男の子の写真立てのガラスを台布巾で拭きながら、「かわいそうなことをした」と、つぶやくように言った。

写真立てをちゃぶ台に戻し、入れ替わりに三つ編みの女の子の写真立てを手に取って、同じように拭きながらつづけた。

「この子の命日は、広島の原爆とおんなじ、昭和二十年の八月六日」

焼け野原になった松山市から親戚のいる今治《いまばり》市に避難したら、そこが八月五日の深夜から六日の未明にかけて空襲され、焼夷弾《しょういだん》で市街地のほとんどを焼き払われた。三つ編みの女の子は全身にひどいやけどを負って、夜が明けた頃に息を引き取ったという。

「お裁縫の得意な、気立てのええ子やったんやけどねえ……かわいそうなことをした」

マナブはうつむいて、ちゃぶ台の上の写真に目を据えたまま黙っていた。相槌を打てない。菊江さんの子どもたちと目を合わせられず、首から下しか見ることができない。

「三人目が、この子」

菊江さんは、おかっぱの女の子の写真を拭くときには、目に涙を浮かべていた。

「今治は焼け野原になってしもうたけえ、漁師さんの舟に乗せてもろうて、山口県の岩国《くに》に逃げたんよ。そうしたら、そこでもまた空襲に遭うてしもうて……」

爆撃が始まったのは、八月十四日の正午前だった。ちょうど一日後、国民は戦争が終わったことを知らされる。

「かわいそうなことをした。岩国に行かなんだら、この子は殺されんでもすんだんよ。あと一日で戦争は終わっとったんよ。なして、うちらはこがいにマンが悪いんじゃろう思うてなあ……泣きとうても泣きとうても、涙はもう涸《か》れてしもうて、なんも出んのよ。それがもう、うちは悔しゅうて悔しゅうて……」

末っ子の赤ちゃんが栄養失調で亡くなったのは、その年の九月七日のこと。まだ満一歳の誕生日を迎える前の、男の子だった。

「ようよう戦争が終わって、これからじゃいうのになあ……空襲に三べんも遭うて、三べんとも生き延びた、星の強い子じゃ思うとったのになあ……かわいそうなことをした……ほんまに、かわいそうなことをした……」

菊江さんは嗚咽《おえつ》交じりの声になったが、それ以上は感情を高ぶらせず、逆にマナブにばす。

「ごめんなあ、辛気くさい話をしてしもうて」と謝ってから、気を取り直して背筋を伸ばす。

「はい、きれいになってよかったなあ、ここのところ不精《ぶしょう》しとったけえ」

よっこらしょ、と立ち上がり、写真を一枚ずつ片付ける。茶だんすとちゃぶ台を往復しながら、菊江さんはさらにつづけた。

「真理ちゃんのおじいさんがおられた福山も、空襲を受けとるんよ」

八月八日だった。林田のおじいさんが広島市内に入ったのと同じ日——広島に来なければ入市被爆をすることはなかったが、福山に残っていたら空襲に遭っていた。

マナブは唾をごくんと呑み込んだ。

八月六日しか考えていなかった。

戦争にまつわるほかの日付といえば、長崎に原爆が落とされた八月九日、終戦の八月十五日、開戦の十二月八日、東京にいた頃に誰かから聞いたことがある大空襲の三月十日……せいぜい、その程度だった。

七月二十六日という日付と戦争を結びつけたことは、一度もなかった。米軍が八月六日の前夜にも空襲をしていたとは、想像もしていなかった。広島と長崎の原爆のはざまの八月八日、終戦前日の八月十四日……いや、終戦後に亡くなったひとにとっては、八月十五日は「終わり」ではなかったことになる。

「マナブくん、ビワを冷やしとるけえ、剝いてあげようか」

首を横に振ったが、菊江さんはかまわず冷蔵庫からビワを出してきた。ちゃぶ台の前に座り直し、爪で皮を剝きながら、「でもなあ」とつづける。

「原爆で亡くなったひとの中には、写真が一枚も残っとらんひとがようけおるんよ。それを思うたら、こがあに何十年たっても写真を拝むことができるんは、幸せなん違うかなあ」

皮を剝いたビワをガラスの小皿に載せて、はい、食べんさい、と差し出してくれた。果汁がしたたり落ちる実を口に入れた。甘さはそれほどでもなく、種の大きさの割には実は太っていなかったが、よく冷えていて、口の中がたちまち果汁で一杯になった。口をすぼめて実を呑み込み、種を小皿に出すのを待って、菊江さんは話をつづけた。

「ウチがたのおじいさんもそうなんよ。奥さんのものも、娘さんらのものも、なーんにも残っとらんの」

爆心地から自宅が近すぎた。工場勤めだった庄三さんは大やけどを負いながらも、なんとか命は助かったが、奥さんと二人の娘さんを亡くした。

「ほいでもなあ、親戚を回って探せば、写真ぐらいはどこかにある思うんよ」

菊江さんは二つ目のビワの皮を剝いて、マナブに目配せした。もういいです、おなか一杯です、とマナブがかぶりを振ると、今度は自分で、しゃぶるように食べた。種のまわりが渋い実にあたってしまったのか、顔をしかめ、種を吐き出したあともその表情のままで、「どこかにあるのはわかっとるのに、おじいさんは探さんのよ」と言った。「じゃけえ、ウチには、おじいさんの元の家族の写真は、なーんにも、ない……」

悔しそうに言う。寂しそうでもある。だが、しかめっつらは、少しずつゆるんでくる。

「優しいんよ、ウチのおじいさんは。ああ見えてなあ、ほんまに心の優しいひとで、ばあちゃんがヤキモチを焼かんようにしてくれとるんよ」

最初はよくわからないまま相槌を打っていたマナブだったが、「前の奥さんはもともとべっぴんさんじゃったらしいし、ずうっと若い頃のままなんじゃけえ、そりゃあ勝てんわなあ、ばあちゃんには」と言われて、ああそうか、そういうことなのか、とうなずいた。

「おじいさん、優しいじゃろう？　ほいでも優しすぎるわなあ、写真もなかったら、ばあちゃん、供養《くよう》もようせんが……」

菊江さんは仏壇に目をやって、ハナを啜り上げる。

ラジオのアナウンサーが、試合終了を告げた。三対一——継投策が当たって逃げ切ったカープは、連敗を五で止めた。

原田さんがまた騒ぐだろうかと思っていたが、聞こえてきたのは「ほらぁ、あんた、こげなところで寝たらいけんが、風邪ひいてしまうで」とぶつくさ言うおばさんの声だった。

菊江さんとマナブは顔を見合わせて、フフッと笑った。

笑ったあとで急に悲しくなってきたので、マナブはうつむいてくちびるを嚙んだ。

# 第六章

　連敗地獄から脱したカープは、広島に帰ってきたあとはグンと調子を上げた。一引き分けを挟んで四連勝。五連敗のときの四位から首位に返り咲くと、一敗したあとも二連勝——首位をキープして六月を終えたのだ。

　六月三十日の中國新聞の名物コラム『球心《きゅうしん》』も、ついに、遠慮がちながらも、こんな一文を記した。

〈「ひょっとしたら…」と大望《たいぼう》までが頭をかすめる。いやいやそれを筆にするのはまだ早い。それより今夜もうまいビールを飲んで「大望は当分はまだ夢の中のもの」にしておこう〉

　慎み深い。勝つことに慣れていない哀しさがにじむ。とはいえ、首位のカープ以下、ヤクルト、阪神、中日がそれぞれ〇・五ゲーム差で並ぶデッドヒートである。まだ浮かれるわけにはいかないのも当然だった。

　ユキオもそのあたりはよくわかっている。

六月三十日の『赤ヘルニュース』は、こんな大見出しがついていた。

〈勝ってカブトの尾を閉めよ　混線を抜け出すのは、われらがカープ！〉

どうしてこう、ユキオは漢字に弱いのか。放任主義のチンチク先生も、さすがに「こがあなものを見て一年三組がみんなアホになったら困るけえ」と指導に乗り出し、「尾」や「閉」や「線」を赤ペンで「緒」「締」「戦」に直した。

だが、ユキオはくじけない。

「赤ペンの赤は、赤ヘルの赤じゃ！　先生、もっとぎょうさん赤をつけて！　そのほうが縁起がええんじゃけえ！」

夏休みの宿題には、社会科か理科の選択で自由研究がある。みんなはまだのんびり構えているのだが、ユキオはいち早く「わし、カープの選手のサインを集めるけえの！」と宣言した。

それのどこが社会科なのか、なにが理科なのか、クラスの誰もが疑問に思い、あきれ返って、面倒くさいので放っておくことにした。

一方、ヤスに対する野球部の先輩たちのプレッシャーは、日ごとに増している。

夏休みに入ると、市の地区大会が始まる。トーナメント戦でベスト4に残ると広島市とその周辺地域のブロック大会に出て、そこで優勝したら十月におこなわれる県大会に出場できる。まだ一度も地区大会ベスト8の壁を破ったことがない相生中学にとっては、ブロック大会出場は創部以来の悲願だった。それを達成するためには、ヤスの力がどうしても必要なのだ。

放課後の『帰りの会』が終わって、日直が「さようなら」の号令をかけるのと同時に、ヤスはカバンを抱いて教室を飛び出してしまう。少し遅れて、三年生の野球部員がどやどやと教室にやってきて、一足違いでヤスが帰ってしまったのを知ると、同じ一年三組で野球部にいる高橋や田中《たなか》を「逃がすな！　ボケ！」と叱りつける。そんなことが毎日のように繰り返されている。

高橋や田中によると、先輩たちはヤスには特別待遇を用意しているらしい。ふつうの一年生部員は球拾《たまひろ》いと声出しと基礎トレーニングばかりだが、ヤスは三年生と同じ打撃練習や守備練習ができる。ベンチ入りメンバーに加わるのはもちろん、俊足《しゅんそく》を活かして一番・センターのレギュラーポジションがほぼ決定しているのだという。まさに即戦力なのだ。

放課後に逃げ遅れてしまった日は、先輩たちにグラウンドに連れて行かれる。「十球だけ」「五分だけ」の約束で、しかたなくマウンドに立ち、打席に入る。すると、キレのある速球がビシビシとキャッチャーミットに吸い込まれ、鋭い打球が次々に内野の間を抜けていって、ヤスを待望する先輩たちの視線はいっそう熱くなってしまうのだ。

「自分で自分を追い込んどるんよ、ヤスは」

ユキオはあきれ顔で首をひねる。「最初から野球部に入る気がないんじゃったら、適当にやらんと面倒なことになるだけじゃがな」

マナブもそう思う。わざとへなちょこのプレイを見せれば、先輩たちも「やっぱりしょせんは一年坊主じゃのう」と笑って、見放してくれるだろう。がんばればがんばるほど先輩たちの期待が高まってしまうことぐらい、ヤスにだってわかるはずなのだ。

「ついつい本気が出てしまうんじゃろうか」

「うん……あいつ、手を抜くのってヘタそうだし」

キャッチャーがミットを構えたら、最高の球を投げ込まずにはいられない。打席に入って球が来たらジャストミートせずにはいられない。

「動物の本能と同じじゃの。猫じゃらしを振ったら、野良猫が飛びつくようなもんよ」

「だよなあ……」

それになにより、やっぱりヤスは野球が大好きなのだろう。どんな事情があっても、大好きな野球で手を抜くことなど考えられないのだろう。

「まあ、ほいでも、そういうところがヤスらしいんかのう」

ユキオはそう言って、また首をひねって笑う。マナブも同感——だからこそ、なんとかならないのかなあ、と思う。

野球部に入ることは頑《がん》として断りつづけるヤスだったが、先輩のしつこい勧誘で野球ゴコロは確かに刺激されていた。毎日夕方には、店の前でバットの素振りをする。マナブを付き合わせてキャッチボールをすることもある。

マナブも運動神経は悪いほうではない。小学六年生のときにクラスでつくったチームでは、ショートを守っていた。だが、ヤスの投げる球は、レベルが違う。

「ちゃんとグローブを胸のところに構えとけよ。動かすなよ、突き指しても知らんど」

右手を軽く振りかぶって、投げる。膝や背中のバネに頼らず、ほとんど肘から先しか使っていない投げ方でも、ボールはグローブにまっすぐ吸い込まれていく。パシン、と革とゴムの当たる音が響き、左の手のひらに痺れるような痛みが広がる。

体は一年生の中でも小柄なほうなのに、球は途中から浮き上がるように伸びてくる。指はマナブより短く、手のひらも小さいのに、カーブとシュートも投げられる。こういうのが才能やセンスなのだろう。

野球部に入って大活躍すれば、広島商業や広陵高校といった甲子園の常連校から誘いが来るはずだ、とユキオは言う。甲子園でも活躍できれば、三菱重工三原《みつびしじゅうこうみはら》や電電中国《でんでんちゅうごく》、日《に》本鋼管福山《ほんこうかんふくやま》といった社会人野球の強豪チームは就職先としても大企業だし、なんといっても、カープにドラフト会議で指名される可能性だって——。

だが、店の前の路上でキャッチボールをしているうちは、そんな夢は叶うわけもない。しかも、店にお客さんが来れば、そのキャッチボールをつづけることすらできない。

いまも、そう。おばあさんがお酒を買いに来たので、ヤスは店に駆け戻った。マナブはグローブをはずして小脇に抱え、ヒリヒリする左手に息を吹きかけながら、店の中を見つめる。ヤスはせいいっぱい愛想良くおばあさんに応対して、その甲斐があったのかどうか、おばあさんは醬油《しようゆ》も一瓶買ってくれた。

「おう、すまんすまん」

キャッチボールを再開しても、長くはつづけられない。日が暮れてきて、仕事を終えたおっさんが一人また一人と、立ち呑みコーナーにやってくる頃になった。

「ヤス、母ちゃんはまだ配達か」「姉ちゃんは学校か」「手伝いもエラいのう、すまんまん」「わしらが好きに注《つ》ぐけえ、一升瓶をそこらに置いといてくれりゃあええ」「いけんのか？　こんなも融通の利かん奴じゃのう、おっちゃんらを信用せえ」「こんなをちいとでも遊ばせちゃろう思うて、親切で言うてやりよるのに」「なにを言うとるんな、おうヤス、甘い顔しとったらいけんで、こんなら、すぐに酒代をごまかすけえ」「ほいじゃけど、母ちゃんも遅いのう」「おっ、圭子ちゃん帰ってきた、圭子ちゃん圭子ちゃん、酌して……あーあ、上がってしもうたがな」「ヤス、イカくれや、あと、ジャコも」「酒、もう一杯。そうそう、そうそう、受け皿までこぼさんとつまらんど」「母ちゃん、どこまで配達に回りよるんな」「忙しいのう」「苦労のしどおしじゃ」「酒が欲しけりゃあ自分で取りに来い、言うちゃれや」「よし、わしらが今夜もえっと呑んで、店に儲けさせちゃろう」「おうヤス、もう一杯くれえ」……。

ヤスの機嫌はどんどん悪くなってくる。店の仕事の合間を縫ってキャッチボールをつづけても、コントロールが乱れて暴投が増え、肩や肘がヘンに力んでしまうせいか、球のキレも明らかに落ちてしまう。そして、最後は「もうやめじゃ」とふてくされて切り上げてしまうのだ。

せめて夕方だけでも手伝いのひとがいれば、ヤスは店番から解放される。野球部に入って、思いきりプレイできる。ヤスは「アルバイトにカネを出せるぐらいなら最初から苦労せんわい」と言うのだが、じつは、マナブの胸には秘策があって、それを言い出すタイミングを毎日のようにうかがっていたのだ。

夏休みの大会に間に合わせるには、一学期のうちに野球部に入っておかないといけない。明日から七月だ。もう時間の余裕はない。

「おうマナブ、もうやめじゃ、やめ。暗うなってボールがよう見えん」

いつものように、ヤスは憤然《ふんぜん》とした顔でキャッチボールを終えた。借りていたグローブを返すために小走りに駆け寄ったマナブは、よし、と覚悟を決めて言った。

「あのさ、ヤス……ちょっと俺、いいこと考えたんだけど」

「うん？」

「夕方に店番がいれば、野球部に入れるんだろ？　だったら、顧問の先生とか三年の先輩に相談してみればいいんじゃないの？」

「アホか、男が弱音を吐けるか、ボケ」

その反応は、予想どおりだった。ポイントは、ここから、なのだ。

「弱音じゃないよ。だって、野球部はヤスの力が必要なんだし、ヤスには店の手伝いが必要なんだから、お互い同じ立場っていうか」

「食うか食われるか、か」

「……持ちつ持たれつで、やっていけばいいと思うんだ」

「どがあなふうによ」

「ヤスが練習してる間、野球部の部員が交代で店番をやればいいんだよ。二年生や三年生だと練習のほうが大事だけど、一年生はどうせ球拾いやランニングだけなんだし、こういうのもチームワークだよ。ちゃんと相談したら、先生や先輩もわかってくれるって。それに、高橋や田中なんて、同じ一年三組なんだし、球拾いばっかりやらされるより、そっちのほうがずっと野球部のために――」

なるよ、と言いかけたとき、ヤスがいきなり、ボールを握った右手を振った。「ひゃっ！」とマナブは甲高い声をあげ、反射的に身をそらしてあとずさる。

脅しだった。だが、ふざけたわけではない。ヤスは怖い目でマナブをにらみつけて、

「今度はほんまに顔面にぶつけちゃるど」と言う。

「……なんで？」

「ひとをナメるな、言うとるんじゃ」

違う違う、とあわててかぶりを振っても、ヤスの目はとがったままだった。

「こんな、ちいと広島に慣れてきた思うて、横着になっとりゃせんか？　おうコラ」

「……そんなことないよ」

「なっとるけえ言うとるんじゃ」

まだ怒りが収まらないヤスが詰め寄った、そのとき——。

「よっ、マナブ！　ヤスくん、オッス！」

のんきに挨拶して姿を見せたのは、勝征さんだった。

ヤスは拍子抜けして、どーも、と苦笑交じりに小さく会釈をした。

「キャッチボールか？　うん、野球もいいけど、勉強もしろよ、勉強も。少年老い易く、学成り難し、ってな」

勝征さんは上機嫌に笑って、「晩ごはんは惣菜を適当に買っといたからな。お父さんのぶん、コロッケ一個だけ残しといてくれ」とマナブに声をかけ、立ち呑みコーナーに

入っていく。

「おーい、ヤスくん、酒くれよ酒。二級じゃないぞ、一級な」

ヤスも一つ深呼吸をして気持ちを切り替えて、マナブに向けたまなざしをやっとゆるめた。

「もうええわ、こんなも悪気がないんは、ようわかっとるけえ」

ほんじゃあの、と店に戻りかけ、またダッシュでマナブのそばに来て、「ほいでも」とつづける。「マナブの父ちゃんが来てくれるようになって、助かっとるよ」

「……そう？」

「ほんまじゃ。あのおっさん、ほんまにようしゃべって、元気のええひとじゃがな。座持ちがするんよ」

それは、わかる。調子の良さは折り紙付きの勝征さんだ。怪しげな商売で鍛え抜いた舌先三寸で、立ち呑みコーナーのおっさんたちともたちまち馴染んだ。悪酔いしたおっさんたちがケンカになりそうなときも、勝征さんが「まあまあまあ」となだめれば、うまく収まる。さらに、勝征さんは意外とシモネタが嫌いなので、おっさんたちの会話が下卑た方向に行きそうになると、それ以上に面白い冗談を飛ばして、話を逸《そ》らしてくれる。

「母ちゃんや姉ちゃんも褒めとったど。さすがに東京のひとは品があるんねえ、いうて」

　ほんまほんま、と念を押して、「店番じゃったら、マナブの父ちゃんに頼みたいよ、わしは」とさっきの話につなげて、なーんての、と笑って店に戻る。機嫌を直してくれたようだ。

　だが、ヤスの背中を見送るマナブの表情は、入れ替わるようにこわばってしまう。

　勝征さんは、たんに酒を安く飲みたいから立ち呑みコーナーに通い詰めているわけではない。これも仕事――『マジカルサンデー』売り込みの第一歩なのだ。

「ああいうビンボくさい酒屋が、意外と地元の情報や人脈の拠点になるんだよ。しかも、マナブの同級生のウチだろ？　最高じゃないか。お父さんが常連になればヤスくんのウチだって儲かるんだし、『マジカルサンデー』なら、お客さんもみんなハッピーになるんだから、万々歳じゃないか、なあ」

　勝征さんは「やるぞお、お父さん、がんばるからなあ」と張り切っている。だが、その意気込みに結果が伴ったことが一度もないのを、マナブは身に染みて知っているのだ。

　立ち呑みコーナーから、どっと笑い声があがる。早くも勝征さんは、「アンタあの娘《こ》のなんなのさ」だの「死刑！」だの「ドンといってみよう！」だの「オヨヨ」だの、流行語を次々に織り交ぜながら、一人でしゃべってみんなを笑わせている。そろそろヤスの母ちゃんも配達から帰ってくるはずだ。おっさんたちの宴はさらに盛り上がり、ヤスはその様子を心配しながら店の前でバットを構え、素振り百本のノルマをこなすのだろう。試合では活かすことのできない素振りを、今夜も汗びっしょりになってつづけるのだろう。

なんでだよ、とマナブはくちびるを嚙んだ。せっかくのアイデアだったのに。ヤスだって、できるなら野球部で試合に出たいはずなのに。なんであんなに怒るんだよ、と店に背中を向けた。

ひとをナメるな——。ヤスの言葉がよみがえる。言葉の意味は全然違っていても、「よそモン」と似た響きだ、と思った。

明かりが煌々と灯る店を背にすると、もう通りの先は暗くなっていた。歩きだした。店から勝征さんの歌声がする。さくらと一郎の『昭和枯れすゝき』を、常連の角刈りのおっさんとデュエットしている。勝征さんは「さくら」役で、大仰な振りつけとシナをつくった裏声で歌って、おっさんたちのやんやの喝采を浴びている。

その笑い声を振り切るように、マナブは駆けだした。ナメてない、ナメてない、ナメてない、と心の中で繰り返しながら走る。ヤスがどうして怒りだして、どうしてあんなことを言ったのか、結局わからないままだった。

＊

七月一日から、カープは大洋との三連戦に臨んだ。五位に低迷する大洋を、岡山と広島に迎え撃つのである。狙うは三連勝、最低でも二勝一敗。万が一にも負け越すわけにはいかない。

「知っとるか？　強いチームと弱いチームで一番違うところいうたら、こがあなときに取り落としをするかどうかなんよ」

ユキオがイバってクラスの連中に言う。「取りこぼし」を間違えて覚えてしまっているようだが、言わんとすることはみんなにも伝わった。

「去年までとは逆じゃのう」

誰かがしみじみ言うと、まわりの連中も、ほんまじゃや、とうなずいた。

巨人を阪神と中日が激しく追い、年によってはヤクルトや大洋も上位に食い込んでいたここ数年は、「カープ戦で白星を取りこぼしたチームが優勝争いから脱落する」「カープ相手に貯金を稼いでおかないと上位には進出できない」が常識になっていた。

そんなカープが、今年は下位チームへの取りこぼしを警戒する側にいるのだ。

開幕直後の出足が良かった年は、過去にもないわけではなかった。しかし、ペナントレースは長い。勢いだけでは持たない。各チームが地力を出してくる五月の連休明けからは、こいのぼりが竿から下ろされるように順位をずるずると下げていくのが常だった。

だが、今年のカープは、五月を乗り切り、六月を踏ん張って、七月を首位で迎えたのだ。

「こがあに調子がよかったら、オールスターも楽しみじゃ」

ユキオの予想では、山本浩二選手と衣笠選手のファン投票選出は確実で、強敵の見あたらない二塁手部門でも、うまくすれば大下選手が入りそうだという。

投手部門では、外木場投手、池谷投手、できれば佐伯投手も含めて、先発の三本柱に揃い踏みしてもらいたい。

「ファン投票のほうは巨人の堀内《ほりうち》がおるけえ、監督推薦でええんよ。選ばれりゃあこっちのもんじゃ。今年の外木場さんなら江夏の記録を抜けるわい」

阪神のエース・江夏投手がオールスターゲームで前人未踏の九者連続三振を記録したのは、一九七一年のことだった。オールスターゲームでは一人の投手は最長でも三イニングしか投げられない。よって、九者連続三振は、並ぶことはできても決して抜けない記録なのだが——。

「アホ、振り逃げをさせりゃええんじゃ。振り逃げは記録上は三振じゃけえ、一イニングで四つでも五つでも三振を獲れる。バッターもよう打てんで、キャッチャーもよう捕れん球を投げりゃええいうことじゃ。外木場さんなら、そがあなこと屁でもありゃせんわい」

こういうことになると急に知恵が回り、理屈の弁が立つ。

「いま外木場さんは十一勝じゃ。オールスターが十九日からじゃけえ、それまでに四回は投げられる。ぜんぶ勝ったら十五勝じゃけえ、こりゃあすごいことで？　シーズンが終わる頃には三十勝しとるかもしれん」

国語だけでなく数学も苦手なはずのユキオが、ノートに書いてきた計算の式をすらすらと読み上げていく。確かにありうる。去年の外木場投手の登板数は四十六試合あった。今年は六月末までに十九試合登板して、十一勝五敗のペースである。それを当てはめれば二十八勝は確実で、三十勝も決して夢の数字ではない。

「外木場さんがほんまに三十勝を挙げるようじゃったら……」

ユキオはそこで言葉を切って、顎をグイッと持ち上げた。斜め上を見つめる。教室の天井しか見えないはずなのに、なぜか大空をはるかに振り仰ぐようなまなざしになって、つづけるのだ。

「カープも、ほんまのほんまに……」

いけんいけん、と眉をひそめて激しくかぶりを振り、喉元まで出かかっているあの二文字をあえて呑み込み、再びみんなを見回して、「まずは目の前の試合に勝っていくことからじゃ。一勝ずつの積み重ねが肝心なんよ」と重々しく言う。

　そんなユキオの期待を背に受けて、カープは岡山に大洋を迎え撃った。

　七月一日、三連戦の初戦は、七対二でカープの快勝。堂々の完投勝ちを収めた外木場投手は、これで十二勝目である。

　だが、広島市民球場に戻っての第二戦は、二対五で負けた。先発の佐伯投手が中盤にノックアウトされ、打線の反撃も、エースの平松《ひらまつ》投手を抑えに起用した大洋ベンチの采配に屈したのだ。

　問題は第三戦である。ここで連敗してしまうと、そのまま負け癖がついて、ずるずると指定席の最下位まで落ちていきかねないが、二勝一敗で勝ち越せば優勝戦線に踏みとどまれる。

　試合は序盤から打ち合いになった。カープ打線は大洋の先発・坂井《さかい》投手を早々に降板させたものの、カープの先発・池谷投手もピリッとしない。五回表の大洋の攻撃が終わったところで、五対四。カープのリードはわずかに一点だった。

　五回裏、カープの攻撃が始まる前に、片桐酒店で呑んでいる勝征さんからマナブに電話がかかってきた。いまから常連のおっさんたちと一緒に市民球場に行く、という。

「いい試合だし、大事な試合なんだよ」

勝征さんは力んで言う。「シーズンが終わったあとで振り返ってみると、『ああ、この日が分かれ目だったなあ』って思う試合が、必ずあるものなんだ。それが今夜なんだよ」

わかったようなわからないような理屈を掲げて、みんなで市民球場に向かう。試合のあとはむろん、河岸を変えての祝賀会もしくは反省会である。

どちらにしても、二日酔いは確実だろう。マナブはヤカンを火にかけた。麦茶を煮出したあと、そのまま一晩置いておけば、二日酔いの胃にほどよく優しいなまぬるさになる。それが勝征さんの二日酔いの特効薬なのだ。

五回裏のカープは無得点に終わった。マナブはラジオのボリュームを少し落として、やりかけの数学の宿題に集中しようとした。

そこに、玄関の戸を叩く音が聞こえた。勝征さんが忘れ物を取りに来たのだろうか、と最初は思ったが、ノックの音につづいて聞こえてきたのは――。

「こんばんは、橋本くん、こんばんは！」

沢口真理子の声だった。

あわてて玄関に出ると、真理子は「ごめんね、晩に」と短く謝ったあと、「橋本くん、絵の道具なにか持っとらん？」と訊いてきた。「絵の具やら色鉛筆やら、そういうの」

「いちおう……あるけど」

「貸してあげてええ？」

「誰に？」

「横山のおじいちゃんとおばあちゃん」

ワケがわからずに「え？　え？　え？」と声をあげても、真理子は「あるんなら早う貸してよ、持ってきて」と急《せ》かすだけで、なにも説明してくれない。

しかたなく、部屋から美術の授業で使う水彩セットを持ってきた。真理子はほっとした顔でそれを受け取って、「美術の時間のあとはウチに持って帰っとるん？」と訊いた。うなずくと、「うちなんて、ずーっと学校のロッカーに置きっぱなし」と初めて笑った。「橋本くん、真面目じゃね」と、たぶん褒めてくれたのだろう。

だが、真理子は肝心なことは黙ったまま、玄関の中に足を踏み入れることもなく、「じゃあ、ありがとう。明日返すか、今晩のうちに玄関の前に置いとくね」と戸を閉めようとした。

「ちょっと待てよ、なんだよそれ、どういうこと？　横山さんのおじいちゃんとおばあちゃんが絵を描くわけ？　いまから？　なんで？」

真理子は一瞬うるさそうに眉をひそめたが、ふう、と息をつくと、戸を開けた幅を少しだけ広げて言った。

「だったら、橋本くんも……いまから来る？」

街灯の明かりを頼りに路地を歩きながら、真理子は絵の道具を借りに来たいきさつを、やっと話してくれた。

「うちもびっくりしたんよ。さっき横山のおばあちゃんがウチがたに来て、絵の道具と画用紙を貸して、言われて」

「おばあちゃんが描くの？」

「ううん、おじいちゃん」

庄三さんは数日前から山間部の現場に入って、高速道路の足場を組んでいた。工事は来週までつづく予定だったが、同じ会社のとび仲間が亡くなったので、今日の夕方、急いで広島に帰ってきてお通夜に参列した。そして、ウチに帰ると、お茶を一服する間もなく「絵を描きたいけえ、道具や紙を探してきてくれ」と菊江さんに言いだしたのだ。

「……なんの絵を描くって？」

「橋本くん、『原爆の絵』って知っとる？　ＮＨＫで募集しとるんじゃけど」

片桐酒店に貼ってあったポスターを思いだした。庄三さんの首筋のケロイドも、くっきりと。

「それを描くの？」

「ほんまに描けるかどうかはわからんけど、今夜じゃったら描けるかもしれん、って」

「どんな絵?」

返事はない。しかたなく、「明日だと、だめなの?」と質問を変えた。

「だって、明日の朝はもう現場に戻らんといけんもん」

「いまの仕事が終わって、こっちに帰ってきてから、っていうのは?」

だってそうだろ、とつづけた。今夜あわてて道具を借りて描かなくても、きちんと準備をして、ゆっくり描いたほうがいいに決まっている。

だが、真理子は首を横に振る。ただの「違う」ではなく、「全然わかっとらんね」とあきれて、あきらめたようなしぐさだった。

路地の先のほうは、街灯の蛍光灯が切れているせいで、まるで暗闇の水たまりができているように見える。真理子は足を速めながら「あとはおばあちゃんに聞いて」と言ったきり、その水たまりを越えたあとも、黙ったままだった。

「22のA」の前を通りすぎた。部屋は暗い。物音や話し声も聞こえない。林田のおじいさんはもう眠っているのか、どこかに酒を呑みに出かけてしまったのか、それとも、ぶらぶら病が悪化して病院に入っているのか。真理子の背中はもう、声をかけて訊くには遠ざかりすぎていた。

庄三さんは下着の半袖シャツにステテコ姿で茶の間に座り込み、ちゃぶ台の上に広げたスケッチブックをにらみつける。ちゃぶ台には色鉛筆やクレヨンが置いてあったが、スケッチブックの画用紙は真っ白だった。

「さっきからずうっと、こんななんよ」

菊江さんが小声でマナブに言った。「挨拶もせんで、愛想なしでごめんなあ」

マナブは黙って首を横に振る。ううん、だいじょうぶです、気にしてません、と声に出して応えることも憚られるほど、空気がピンと張り詰めている。

茶の間には、真理子の弟の広志《ひろし》が座っていた。壁に背中を貼りつかせるように身を縮め、両膝を抱きかかえて、おびえたような目で庄三さんを見つめる。その隣に真理子が座って、だいじょうぶだよ、というふうに膝を軽く叩いても、頬はゆるまない。

ちゃぶ台の上のクレヨンは、広志が去年まで保育園で使っていたもので、色鉛筆とスケッチブックは真理子のものだった。そしてそこに、マナブの水彩セットが加わった。

菊江さんは水差しのコップやパレットをちゃぶ台の隅に置いて「マナブくんが絵の具を貸してくれたんよ」と声をかけたが、庄三さんは画用紙をにらみつけたまま、喉を低く鳴らすだけで、顔も上げない。

菊江さんは申し訳なさそうな顔でマナブや真理子や広志に目をやって、「外に出ようか」と言った。「貸してくれたお礼にサイダーでも買うてあげる」

もう八時を回って駄菓子屋やパン屋は閉まっているが、広電の走る大通りまで出れば、遅くまで店を開けていて、飲み物も売っている煙草屋がある。

「散歩がてら、ぶらぶら行ったら、じきじゃけえね」

ヒロくんおいで、と広志の手を引いて歩きだす。マナブと真理子は顔を見合わせて、どちらからともなく小さくうなずくと、遠慮がちにあとにつづいた。

原田さんのウチからラジオのナイター中継の音が聞こえる。アナウンサーのはずんだ声と「よっしゃあっ！」というおじさんの歓声が同時に聞こえ、追いかけておばさんの「あんた、調子に乗って飲むんも、ええかげんにしんさい！」の声も聞こえたので、カープに点が入ったんだな、とわかった。

暗い路地をしばらく進むと、菊江さんは歩く速さを少し落として、「真理ちゃんにもマナブくんにも迷惑かけてしもうたねえ」と夜空を見上げた。「おじいさんもアレで一所懸命なんよ。描こう描こう思うて、一所懸命思うて思うて思い抜いて……思いが強すぎるけえ、よう描けんかもしれんねえ」

今夜お通夜が営まれた渡辺さんは、二十代半ばで被爆した。爆心地から距離があったので、はっきりと原因がわかるような健康被害は生じなかったものの、八月六日に降った黒い雨に濡れてしまったことをずっと気にして、原爆症の発病や遺伝の不安にさいなまれ、亡くなるまで結婚もせず一人暮らしだった。

「遺伝するん？」

真理子が訊くと、菊江さんは「わからんのんよ。遺伝する言う先生もおりゃあ、しやせん言う先生もおって、ほんまのところは、ようわからんのん、じゃけえ怖いんよ、放射能は」と、なにかゆったりした歌を口ずさむように答えた。

「渡辺さんっていうひと、どんな病気で亡くなったんですか？」

マナブの質問にも、「かーんぞう」と節をつけて答え、「お酒の好きなひとじゃったらしいけえ、飲みすぎ、飲みすぎ」と笑う。マナブも真理子も一緒に笑っていいのかどうか迷っていたら、菊江さんはまた夜空を見上げて、一人で話をつづけた。

「肝臓が急に悪うなってしもうて、病院に行く間もなかったんよ。一人暮らしじゃけえ、具合が悪うなっても、だーれも助けてくれるひとはおらんの」

渡辺さんは誰にも看取られずに亡くなった。酒は好きでも仕事をサボることはない真面目なひとだったのに、おととい仕事を無断で休んだ。夕方、現場監督がアパートを訪ねると、布団の中で冷たくなっていた。枕元には焼酎や合成酒の空き瓶と、食べかけの巻き寿司と、それから『原爆の絵』を募集する新聞広告の切り抜きが置いてあったらしい。

「絵を描いとったの？」と真理子が訊いた。

菊江さんは夜空を見上げたまま、「アパートの部屋にはなーんもなかったんよ」と言う。「描こう描こう思うとって、まだ頭の中で描いとっただけなんかもしれんけど、そんなん、誰にもわからんよねえ……」

原爆のキノコ雲は、渡辺さんのいた町からどんなふうに見えたのか。黒い雨は、どんなふうに町に降りしきって、どんなふうに渡辺さんたちの体を濡らしたのか。とびの仲間たちは誰も知らない。渡辺さんは仲間と酒を飲んでも、黒い雨のことは細かく話そうとしなかった。

なんで——と訊きかけて、マナブは口をつぐんだ。目が合ったわけではなかったが、真理子に、黙っといて、とにらまれたような気がしたから。

「下描きでもあればよかったんじゃけどねえ、そうしたら、だいじな形見になったのに」

だが、渡辺さんの原爆の記憶は、誰にも知られず、誰にも語られることのないまま、渡辺さんの死と同時に消えてなくなってしまった。

お通夜から帰ってきた庄三さんは、そのことを菊江さんにぽつりぽつりと話して、話が終わったあとはしばらく黙り込んで酒を啜った。そして、二杯目のコップ酒を注ぎながら、「絵を描いてみる」と言いだしたのだ。「すまんけど、絵の道具を借ってきてくれえや」

また、どこかの家からラジオの音が聞こえてきた。市民球場の歓声が聞こえる。ラジオだけでなく、実際の球場のにぎわいも、風に乗って届く。カープは追加点を次々に挙げて、リードを広げている様子だった。

「おじいさんには、どがあにしても描いておきたい絵があるんよ」

「……どこの、どんな絵？」

真理子が訊く。マナブもその声にくっつけるように「最初から決めてたの？」と訊いた。

「川の絵。本川《ほんかわ》の、住吉橋《すみよしばし》のところ」

マナブにはピンと来なかったが、真理子は、ああ、あそこか、というふうにうなずいた。

「もう、最初から……いうか、それを描かんといけんの、おじいさんは、もう、それが目に焼きついて、なんぼ時間がたっても離れんの、消えてくれんのんよ」

どんな絵なのか。どんな場面で、どんな光景なのか。マナブはくちびるを噛んだ。訊きたくても、それはここで訊いてはいけないことなんだ、ということはわかる。

真っ白な画用紙をにらみつけていた庄三さんの顔を思いだす。画用紙にはなにも描いていなくても、頭の中には、三十年前のあの日の広島の風景が浮かんでいたのだろうか。『はだしのゲン』に出ていたような、やけどした皮膚を垂らして歩いているひとたちを、庄三さんも見たのだろうか。山のように積み上げた死体を穴に埋めたり、薪《まき》を組んで火葬したりするのを、庄三さんも手伝ったのだろうか。『はだしのゲン』では、戦争が終わって何年かたったあとも、草むらにガイコツが転がっていた。それは、ほんとうのことだったのだろうか。

「まあ、でも、やっぱりすぐには描けんわなあ、簡単に描いてしまえるような絵と違うんじゃもんなあ」

菊江さんは自分を納得させるように言う。真理子は、おとなが相槌を打つみたいに、ゆっくりとうなずいた。

「去年の秋も、描いてみる言うとったんよ。あのときは『そごう』のデパートができて、街なかの景色がもう全然変わってしもうて、このままじゃあ自分も忘れてしまう言うてねえ」

だが、そのときは紙と鉛筆を用意する間もなく、「もうええ、やめじゃやめじゃ、絵を描いたこともないモンが描いても、嘘しか描けりゃせんわ」と一人でカンシャクを起こして、あきらめてしまったのだという。

「ほいでも、また描きたい言うかもしれんけえ、そのときには、絵の道具はこっちで買うけえ、絵の描き方を教えてやってくれんかなあ。そのほうがええかもなあ」

ラジオの音が聞こえる。七回裏、カープは四点を加え、九対四と大洋を突き放した。市民球場の歓声もじかに聞こえる。球場の方角の夜空は、照明でほの明るくなっていた。

菊江さんはその明るい夜空に目をやって、「原爆は朝のうちに落とされたけど、空襲は夜中じゃったけえ……」と、つぶやくように言った。真理子はまた、黙って、ゆっくりとうなずいた。

煙草屋の店先でサイダーを飲んでから横山さんの家に戻ってみると、茶の間には誰もいなかった。ちゃぶ台の上はきれいに片づけられている。クレヨンと色鉛筆は閉じたスケッチブックと重ねて置いてあり、マナブの水彩セットもケースにしまってあった。マナブと真理子は顔を見合わせたが、菊江さんはこうなることが最初からわかっていたみたいに、驚いた様子もなく襖を開けて、隣の四畳半に入っていった。

「おじいさん、もう寝とるん？　眠とうなったん？」

襖を閉めてしまったので、その先のやり取りはよく聞こえない。庄三さんは低い声で不機嫌そうにぼそぼそとしゃべる。菊江さんは、はい、はい、ほんまじゃねえ、うん、うん、となだめるように相槌を打って、一人で茶の間に戻ってきた。

「今夜はもう、くたびれた、って」

苦笑して、「また今度、また今度」と自分を納得させるように言った。真理子は黙ってスケッチブックをぱらぱらめくる。画用紙はどのページも白いままだった。

真理子と広志と別れ、絵の具セットを提げてウチに帰る途中、マナブは何度も立ち止まり、路地の暗がりを振り返った。

路地を行き交う人影はなくても、家々から漏れてくる物音で、外はにぎやかだった。テレビやラジオの音はあちこちの家から聞こえるし、風呂のお湯を流す音や、台所で炒め物をする音も聞こえる。ナイター中継は試合の終盤に差しかかっていた。カープが九対四のまま逃げ切りそうだ。中盤までは危なかった池谷投手のピッチングも、五点のリードがあれば、もうだいじょうぶ。池谷投手が完投してくれたら、リリーフ陣も少しは休めるだろう。

ご機嫌なユキオの顔を思い浮かべると、マナブの頰も自然とゆるむ。それでも、はずみかけた足取りは、すぐにまた止まってしまう。後ろを振り返る。暗がりにぼうっと、ほの白さというほどの明るさもなく、なにかの気配がひそんでいるような気がする。

ＮＨＫに集まった『原爆の絵』の中には、このあたりの光景を描いたものもあるのだろうか。市民球場からほど近い相生団地は、爆心地からも直線距離で二キロほどしかない。あの日は、瓦礫の山になってしまったのだろうか。建物は残っていたのだろうか。火災はどうだったのだろう。住民はどうなってしまったのか。いまの住民は、あの日はどこにいて、戦後の三十年をどんなふうに過ごして、ここに引っ越してきたのだろう。

この薄暗い路地を、あの日は大やけどを負ったひとたちが水を求めてさまよい歩いていたかもしれない。足元の地面には、死体が転がっていたかもしれないし、まだ息のあるひとが苦しそうにうめいていたかもしれない。広島のひとたちはみんな、そんな土地の記憶とともに生活しているのだと、初めて気づいた。

原爆を落としたB29から、広島の街はどんなふうに見えていたのだろう。建物の一つひとつは見分けられたのだろうか。道路は？　行き交う車は？　道を歩くひとたちの姿は——？

そんなの空から見えるわけないよなあ、とため息をついたあとで、むしょうに悔しくなった。

＊

一学期の期末試験は、七月七日から九日までの三日間だった。

最終日の試験が昼前に終わると、教室に立ちこめていた緊張感は一気に消え去って、すっかり夏休み気分のはしゃいだ声があちこちであがった。

その中でも特に張り切っていたのは、チンチク先生から「勉強に集中できんようになるじゃろうが」と試験期間中の『赤ヘルニュース』発行を禁じられていたユキオだった。『帰りの会』が終わるのと同時に、教室の後ろの掲示板にダッシュで向かい、ゆうべ試験勉強もそっちのけで書きあげた『赤ヘルニュース　最新特別号』を貼った。

〈カープ、奇跡の大逆転！　阪神、ヤクルトを抜いて、またまた首位！〉

首位争いは七月に入ってさらに激しさを増し、最近は毎日のように順位が入れ替わる。

ゆうべのカープは、首位の阪神と甲子園で対戦した。三点を先制されて序盤から劣勢に立たされたものの、四回に衣笠選手のタイムリーヒットとシェーン選手のスリーランで四点を挙げ、ワンチャンスで試合をひっくり返した。みごとではあっても「奇跡」というほどではないし、そもそもユキオは「跡」の字のつくりを「赤」に書き間違えていたのだが、とにかく鮮やかな逆転勝利でカープは三位から首位に浮上したのだ。

「のう、ヤス、ヤスがたの店でも、ゆうべは盛り上がったろうが」

ユキオが振り向いて声をかけた。だが、もうヤスは教室からひきあげていた。代わりに、いつもの野球部の先輩たちが教室に駆け込んできて、「片桐はもう去《い》んだんかコラ！」「まだそのへんにおるん違うんか！」「探せ探せ！」と大騒ぎする。

部活動ができない試験期間が終わって、いよいよ市大会に向けて最後の猛練習が始まる。期待の新人が衝撃のデビューを果たす舞台は整ったのだが――。

「帰っちゃったんだな、また……」

マナブがつぶやくと、ユキオも「しょうがねえの」とあきらめ顔でうなずいた。「もったいない話じゃけど、ヤスの決めたことなんじゃけえ」

「でも、あいつ、ほんとにそれでいいのかなあ」

「ええか悪いか言われても、知らんわ」

怒った声で返された。「ヤスもよう知らんよ、どうせ」

「でも……店の手伝いをする奴が代わりにいればいいんだろ？」

「そがあなこと他人が言うたらいけんよ」

今度は、たしなめるように言われた。「ヤスがたにはヤスがたの事情があるんじゃけえ」

「そんなのわかってるよ、わかってるけどさあ……」

簡単な話なのだ。誰かいればいい。一人でいい。そうすれば、ヤスは心おきなく野球部でがんばることができて、それがうまく甲子園やプロ野球へとつながれば、人生はバラ色になる。片桐酒店のためにも、そのほうが絶対にいいに決まっているのに。

だが、そんな筋道をたどって説明する前に、ユキオは「横からモノを言う奴は、好かん」と顔をしかめて言い切った。「そがあなんは、テレビの解説とおんなじじゃ。解説いうてもアレど、ＲＣＣの金山次郎《かなやまじろう》さんらとは違うんど。巨人のＯＢじゃ、わかるじゃろう。巨人のひいきしかすりゃあせん。カープのことは悪うしか言わん」

なんだか話がずれてきた。最近のユキオは、隙あらばテレビの野球解説者の悪口を言いつのるのだ。去年までの弱かったカープは野球解説者に言いたい放題言われ、巨人や阪神の引き立て役として、冷ややかに笑われてばかりだった。その恨みを、今年こそ晴らしたいのだろう。

「ああすりゃあよかった、こうせんけえ打たれたんじゃ、ピッチャーを代えときゃ打たれんでもすんだし、バントをしときゃあゲッツー食らわんですんだんじゃあ、て……あとからカバチをたれるだけなら、誰でもできるわい」

「その話と、いまの話、あんまり関係ないんじゃないの？」

「おおかた似とる」

「なんで——」

「試合をしとるモンと放送席から見とるだけのモンは違うんじゃ」

はねつけられた。

「こんなのモノの言い方は、理屈は合うとっても、どうもアレよ、巨人のOBが解説しよるみたいなんよ」

マナブはくちびるを嚙んだ。ヤスに「よそモン」と呼ばれたときと同じ悔しさと悲しさが、胸に込み上げてくる。

「そんなことないよ」と言い返した。つづける言葉は浮かんでいなかったが、黙ったまま言われっぱなしというのは、やっぱり嫌だ。

「なんで」とユキオにすぐさま訊き返されて、思わず言った。

「だって、俺がやるから」

「はあ？」

「俺が……うん、俺が……ヤスの代わりに、店の手伝いをすれば――」

途中までは理屈の筋道を探りながらだったが、不意に、ああそうか、と納得がいった。そこから先は勢い込んで、一気にまくしたてた。

「そうだろ？　俺が手伝えばいいんだ、そうだろ？　だって俺は部活をやってないし、どうせ夕方は暇だし、そうだろ？　だよな？　だよな？　俺が店を手伝ってる間にヤスが野球部の練習や試合に出ればいいんだ。だろ？　だろ？　だろ？」

このまえは高橋や田中に頼もうとしたのが間違いだったのだ。だからヤスを怒らせてしまったのだ。自分で思いついたことなのだから、自分でやればいい。

ユキオは眉をひそめて、なにか言いたそうな顔になった。大賛成という感じの表情ではなかったが、かまわない、横からケチをつけられる筋合いなんてないし、そっちのほうが評論家みたいじゃないか、と気づかないふりをして、そっぽを向いた。

「俺、いまからヤスのウチに行ってくる」

歩きだすマナブの背中を、ユキオは眉をひそめたまま黙って見送った。

片桐酒店の店番をしていたのは、ヤスの母ちゃんだった。

ヤスは近所に自転車で配達に出かけていた。自転車の荷台に積めるのはビールや一升瓶のケースが一つだけなので、店と配達先の間を何度も往復しなくてはいけない。

「おばちゃんが軽トラで配達したほうがずうっと速いんじゃけど、足腰を鍛えるトレーニングになるけえ、いうて」

母ちゃんはあきれ顔で言って、「じーっと座って店番をするんも飽きてきたんじゃろうなあ」と笑う。マナブも笑い返した。やっぱりあいつは体を動かしていないとムズムズしてきちゃうんだろうなあ、とおかしくなって、寂しくなって、悲しくなった。

「もうちょっと待っとって。じきに帰ってくるけえ」

マナブはうなずいて、小さく咳払いをした。ヤスがいないうちに言いたかった。配達から帰ってきたときには、もう話がついている、というのがいい。

「あの……おばさん……僕、ここでアルバイトしたいんですけど」

「はあ？」

「アルバイトっていっても、あの、べつに、お金は要らなくて、社会勉強っていうか……あの、僕、ずっと酒屋さんの仕事に興味があって……一回やってみたくて……」

母ちゃんは驚いた顔でマナブをじっと見る。質問される前に、つづけた。

「夕方、手伝っていいですか？　配達でもいいし、店番でもいいし、あと掃除とか、店の前に水をまくとか、なんでもします。お金、ほんとに要りません。お願いします、僕、夕方って、すごく暇で、退屈で、することないから、お店で仕事したいんです、お願いします……」

息が浅い。言葉が切れ切れになってしまう。マナブを見つめる母ちゃんのまなざしは動かない。ただ、表情からは驚きや困惑は消えていた。質問をしそうな様子もない。むしろ逆に、あえて黙って、ぜんぶマナブにしゃべらせようとしているみたいだった。

しかたなく、マナブは胸をとんとんと叩いて、さらにつづけた。

「……夕方、僕が店の仕事を手伝ってれば、ヤスはいなくてもいいですよね……あいつ、暇になって、退屈になって、だったら、まあ、いろんなことができるっていうか、自由行動できるっていうか、ヤスって、運動神経あるし、すごい奴で、野球の天才で、だから……僕は……」

母ちゃんの手のひらが、通せんぼをするみたいに目の前をふさいだ。

「ようわかったよ、マナブくん」と母ちゃんは笑って言った。

「あの――」

言いかけても、声がつっかえてしまう。手のひらが、実際には動いていないのに、グッと迫ってきた。武道の達人は、刀を持たなくても、向き合った相手に人差し指を突き出すだけで勝てる。そんなマンガの場面を思いだした。

「いつでも遊びにくればええんよ」

母ちゃんは言った。「そのときそのときで、お手伝いしてもろうてええ？」

「いや、あの、でも……そういうんじゃなくて……」

ええのええの、と母ちゃんは笑って、つづけた。

「こがあに友情で応援してもろうとるんじゃけえ、ヤスも野球部でがんばって、マナブくんに恩返しせんといけんねえ」

ちゃんとわかっていた。すべてお見通しだった。

「夏休みになるとお姉ちゃんも手伝うてくれるし、立ち呑みのおじちゃんらも店を見てくれるけえ、だいじょうぶ、なんとかなる」

目の前の手のひらが、さらに迫ってきた、ような気が――。

違う、ほんとうに近づいて、マナブの鼻の頭をキュッとつまんだ。

「ヤスの代わり」

母ちゃんはいたずらっぽく笑って、「あの子、こがあなときはすぐに怒るじゃろう？よけいなことするなアホ、とか言うて」と、鼻を軽く左右に引っぱる。たいして痛くはなかったが、胸の奥が締めつけられた。

「あの子、ほんまに照れ屋じゃけえ……」

指を鼻から離し、手のひらをマナブの坊主頭の上に載せる。

「マナブくんに『ありがとう』もよう言わん思うけど、こらえちゃってね」

鼻の奥がツンとした。うつむくと、母ちゃんの手は坊主頭を優しく撫でていく。誰かにこんなことをしてもらったのは、広島に引っ越してきてから初めてで、「代わりに、おばちゃんがお礼言うたげるね。ほんとうにありがとう、マナブくんは優しゅうて、ええ子じゃね」と褒められたのも初めてだった。

ずっと困っていた。わからないことばかりで、途方に暮れていた。東京にいた頃よりも、世の中のいろいろなことが急に難しくなった。知らないことがたくさんある。知りたいと思っても、どうせ「よそモン」にはわからないからと言われ、知っていることだけを話していたら、「よそモン」のくせに生意気だと言われる。じゃあどうすればいいんだ、と思っても、誰もその答えを教えてはくれない。だから、広島で暮らすのがだんだんキツくなって、広島のことが、ほんとうは、しばらく前から嫌いになっていて……。

「マナブくん、どうしたん？　なんで？」

母ちゃんに気づかれた。顔を覗き込まれた。「え？　え？」と母ちゃんはびっくりして、「泣かんでもええんよ、男の子が泣いたらいけんが」と困った顔で笑った。

「なあ、どうしたん、違うんよ違うんよ、おばちゃん、マナブくんのことを怒っとるんと違うんよ、なんで泣かんといけんのん、褒めてあげとるのに」

しゃくりあげながら、自分でも考えていなかった言葉を口にした。

資料館に行っていいですか――。

僕みたいな「よそモン」でも、資料館で、原爆と広島のこと、勉強してもいいですか――。

平和公園にある、広島平和記念資料館のことだった。

*

平日の午後でも、資料館は見学客でにぎわっていた。ほとんどが団体での見学で、小学生や外国人のグループも多い。ユキオから聞いていたとおり通路は暗かったが、思ったよりにぎやかな雰囲気にほっとして、微妙に拍子抜けもしながら、順路に従って進んだ。

十六世紀から始まる広島の歴史をたどるところから、展示は始まっていた。日清戦争のときには軍用の輸送基地として大いに栄え、明治天皇が滞在して臨時の帝国議会も開かれるなど、戦前の日本にとってはとても重要な都市だったらしい。

日中戦争から太平洋戦争へと、歴史は進む。広島は軍都として大いに栄え、人口も増えていく。それはつまり、「標的」としての価値が高まっていくということでもあったのだ。

太平洋戦争の末期、原子爆弾を開発したアメリカは、原爆を投下する都市を決めた。広島、小倉、長崎——八月九日に長崎に落とされた原爆は、もともとの標的だった小倉の当日の天候が悪かったので、長崎に変更されたのだという。

広島に落とされた原爆は「リトル・ボーイ」という名前だった。少年。ふざけてるなあ、とマナブは奥歯を嚙みしめた。

その「リトル・ボーイ」を積んだB29爆撃機「エノラ・ゲイ」号が、マリアナ諸島のテニアン島を飛び立ったのは、日本時間で八月六日午前一時四十五分のこと。「エノラ・ゲイ」とは、機長の母親の名前だったらしい。

どうして、と奥歯をさらに強く嚙みしめた。「エノラ・ゲイ」号の機長は、いったいなにを思って、一瞬で何万人もの命を奪い去ってしまう爆弾を落とす飛行機に、自分の母親の名前をつけたのだろう。機長の母親は嫌がらなかったのだろうか。怒ったり悲しんだりしなかったのだろうか。その前に、息子がそんな任務に就いてしまったことを、どう受け止めていたのだろう。

戦争だからしかたない？　命令だからしかたない？　敵の国民なんて何万人死のうともかまわないし、息子が人類史上初めての原爆を落としたことは、うれしくて、自慢できる……？

マナブは「リトル・ボーイ」や「エノラ・ゲイ」を説明するパネルから顔をそむけた。機長の母親の写真は展示されていなかったが、そんなこと考えるはずないよ、と自分に言い聞かせた。アメリカでも日本でも、誰かのお母さんがそんなこと考えるはずないよ、と念を押した。

ヤスの母ちゃんの顔が浮かんだ。

母ちゃんはマナブがいきなり泣きだしたので、とにかくびっくりして、あせっていた。資料館のことも、あまりにも突然すぎたので、話の流れがよくわからないまま「誰が行ってもええんよ、資料館はみんなの場所なんじゃけえね」と言うだけだった。

それでも、涙を拭いて歩きだすマナブに、最後に言ってくれた。

「たくさんのことを、いっぺんに考えんでもええんよ」

マナブが訊き返す前に、ゆっくりとつづけた。

「怖かった、いうだけでもええの。平和や、戦争や、アメリカや日本や核兵器のことも大事じゃけど、それはあとから、時間をかけて勉強しながら考えんさい」

その代わり、と母ちゃんは言った。

「いろんなこと思うてあげて」

「……思う、の？」

「そう。全身を大やけどして熱かったろうなあ、痛かったろうなあ、なんがなんやらわからんうちに死んでしもうたんかなあ、なんも悪いことしとらんのに悔しかったろうなあ、家族や友だちがぎょうさん死んでしもうて悲しかったろうなあ……そういうことを、原爆で殺されたひとや、大ケガをさせられたひとや、つらい目に遭うてきたひとたちのために、思うてあげて」

戦争が終わって十何年たってから生まれた子どもでも——。

「よそモン」の転校生でも——。

「昔のことを知らん子どもらや、よそから来たひとや、そういうみんなが、ずうっと思いつづけてあげとるうちは、アメリカもソ連も、原爆や水爆をよう落とせんよ。おばちゃんは、そがあに思うとるんよ」

そうだろうか。わからない。そのとおりですね、と納得してうなずくことはできなかった。

母ちゃんも「甘いかもしれんけどねえ」と自分で首をかしげ、「ほいでも、それが、おばちゃんの、平和運動」と言葉を区切りながら言って、笑った。

一九四五年八月六日、午前八時十五分。広島の上空六百メートルで、原爆は炸裂した。

顔じゅうが焼けただれた女学生がいた。熱線を浴びて背中やお尻にやけどを負ってしまい、うつぶせにしか寝られなくなった男性がいた。

レンズが片方しか残っていない眼鏡は、亡くなったひとの眼窩に半ば溶けてくっついていたものらしい。ボロボロになったゲートルや帽子や学生服があった。防空頭巾もあった。中のご飯が真っ黒な炭になってしまった弁当箱もあった。

針が八時十五分を指したままの懐中時計があった。高熱でドロドロに溶けてしまった一升瓶があった。

顔一面が皮下出血して、無数の斑点《はんてん》が浮き出てしまった若い兵士がいた。髪の毛が抜けて丸坊主になった小学生の女の子がいた。両腕がケロイドで黒くひきつった女性がいた。お母さんのおなかにいるときに被爆して、小頭症《しょうとうしょう》として生まれてきた女性がいた。

遺体がたくさんあった。火葬にするための薪がなくなったので、軽油や重油を直接かけて燃やしたという説明がついていた。

喉が渇く。ほかの見学客の話し声もいつの間にか消えて、あたりはしんと静まり返っていた。

ひとが殺される。殺される。炎に包まれたり、爆風で飛ばされたり、閃光と熱線を浴びたり、瓦礫の下敷きになったり、川で溺れたり、放射能を浴びたりして、たくさんのひとが殺される。

「死んだ」とは思わなかった。「殺された」のだと思った。

「苦しんでいる」とは思わなかった。「苦しめられている」のだと思った。

街が溶けた。破壊されたというより、溶かされたのだと思う。硬いはずの鉄骨がぐにゃりと曲がる。まっすぐ建っていたはずのビルが、爆風で斜めに傾いてしまう。道路が波打つ。人間の骨と瓦礫が熱で溶け合って、つながってしまう。

逃げているひとがいる。走って逃げまどっているのではなかった。血まみれになったボロボロの服を身にまとって、さまようように歩いていた。なにかに追われて逃げているのではない。ひとびとは、なにが起きたのかさえわからないまま、レンガの崩れ落ちた中を、『はだしのゲン』に出ていたのと同じように腕を前に出し、はがれた皮膚を垂れ下がらせて、どこへ逃げれば助かるのかも知らず、ただうつろに歩いている。

庄三さんは、この風景を見たのだろうか。目をそらしたくても、見渡すかぎり、この風景が広がっていたのだろうか。ヤスの父ちゃんも見たのだろうか。母ちゃんはどうなのだろう。林田のおじいさんが八月八日に見た光景は、六日の原爆投下直後とどこが違っていて、どこが変わらなかったのだろう。目に見えない放射能は、八月六日にも、七日にも、八日にも……いったいいつまで、広島の街や近隣の町村のどのあたりまで、漂っていたのだろう。

胸が締めつけられる。悲しいのではない。戦争を憎み、核兵器を憎み、平和の尊さを噛みしめたのでもない。とにかく怖い。どうしようもなく、怖い。身震いしたり、悲鳴をあげたりするのとは違う、すべてが凍りついてしまうような怖さが全身を包み込む。冷房が効き過ぎている。寒い。頬は火照《ほて》っているのに、背筋がぞくぞくする。背筋がぞくぞくしているのに、坊主頭が汗でじっとり濡れているのがわかる。ヤスの母ちゃんの話を聞いていなければ、怖いと思うことすらも自分に必死に禁じようとして、でも、じゃあ、いまのこの気持ちをどうしていいかわからなくなって、通路に倒れてしまったかもしれない。

今夜、夢に出てきそうだ。庄三さんはどうなのだろう。あの頃のことを夢に見てしまうことは、いまでもあるのだろうか。そんなときは、目を覚ましたあと、なにを思うのだろう。死ななくてよかった、長生きできてよかった、とは思わないような気がする。いまの日本が戦争のない平和な時代でよかった、とも思わないような気がする。じゃあ、どんなことを——？　わからない。訊いても庄三さんは答えてくれないだろうし、訊くことじたい間違っているような気もするし、だからといってこっちが想像して答えを探すのも、やっぱり違う、と思う。

考えるな、と自分に言い聞かせた。いっぺんに考えなくていいんだ、ゆっくりでいいんだ、と自分を慰めて、励ました。

ただ一つ、ふと思う。『原爆の絵』を描くというのは、あの日の光景をもう一度思いだして、画用紙に写し取ることだ。庄三さんは、だいじょうぶなのだろうか。『原爆の絵』を描きあげてＮＨＫに送ったひとたちは、だいじょうぶだったのだろうか。平和のために伝えたいという使命感だけで、ひとは、地獄のような過去の記憶と向き合えるものなのだろうか……。

順路は終盤に差しかかった。

テーマは、戦後の復興と平和について。希望の光が射してくるはずなのに、明るい気持ちにはなれない。なんだか無理やりハッピーエンドにした物語を読まされたような気もする。

広島は戦時中以上の大都市になって、日本は戦争を放棄した平和な国家になった。

でも、だからといって――。

つづく言葉を呑み込んで、また奥歯を嚙みしめる。

順路を逆戻りして、八月六日のコーナーに戻りたくなった。不思議だった。展示を見ているときには一刻も早く立ち去りたかったのに、瓦礫の名残が原爆ドームだけになった広島のいまの街並みの写真を見ていると、もう一度だけ、三十年前の風景を見ておきたくなる。

でも――。

つづく言葉をまた呑み込み、今度はくちびるを噛んで、歩きだした。

資料館を出ると、午後のまぶしい陽射しに迎えられた。ずっと建物の中にいたせいだろう、平和記念公園の広さと空の青さをうまく受け止めることができずに、頭がくらくらして、足取りが一瞬おぼつかなくなってしまった。

資料館の正面につくられた原爆死没者慰霊碑《いれいひ》の前には、たくさんのひとがいた。資料館には旅行客や団体客が多かったが、慰霊碑では、近所のひとたちのほうが目立つ。日傘を差し、散歩のついでに立ち寄ったような軽装で、花を供えたり手を合わせたりしている。家族や親戚を原爆で亡くしたひとたちなのだろうか。自分自身、被爆をしているのかもしれない。そういうひとたちは旅行客や団体客と違って、写真を撮らない。刈りそろえられた緑の芝生が美しい平和記念公園を歩いていても、そのひとたちのまぶたの裏には、三十年前の夏の、見渡すかぎりの瓦礫の山が浮かんでいるのだろうか。

〈安らかに眠って下さい／過ちは／繰返しませぬから〉と刻まれた慰霊碑の前に立ったマナブは、手を合わせて、ゆっくりと頭を下げた。俺がそんなことやってもいいのかなあ、という思いは、合掌している間じゅう消えなかった。

顔を上げた。慰霊碑の真後ろ——アーチの屋根にすっぽりと包まれたような格好で、原爆ドームが見える。そして、その横に市民球場の照明灯も見えた。

手を合わせる順番を待っていたおばあさんに場所を譲って、帰ろうか、と重い足取りで歩きだしたとき、「よお、マナブ」と横から声をかけられた。

ユキオがいた。マナブが「なんで?」と尋ねる前に照れくさそうに笑って、「ヤスの母ちゃんに聞いた」と言った。「こんなが学校で、ワケのわからんことを言うとったろう。ヤスがたの店で働くやらなんやら、て。ちいと気になったけえ、店に行ってみたんじゃ」

マナブとは入れ違いの格好になった。ちょうど配達から帰ってきたヤスは、ユキオと母ちゃんから手伝いの話を聞いて、「あのボケ、シゴしたる!」と怒りだしたらしい。

予想どおりだ。べつに驚きはしないし、母ちゃんに先に鼻をつままれたおかげで、今度会うのがおっかなくなったわけでもない。ユキオも「ヤスは照れとるんよ。ほんまは、こんなの友情がぶちうれしゅうて、野球部に入れるんが、ばりくそうれしかったんよ」と笑って、「じゃけえ……」とつづけた。

「わしは、資料館の外でマナブを待っちゃろうで、言うたんよ。ほいじゃが、ヤスは張り切ってしもうて、いまから素振りを五百回する言うて、聞きゃせんのんよ」

アホじゃアホ、とユキオは気持ちよさそうに空を見上げて、「ヤスの母ちゃんから小遣いもろうたけえ、どこかでアイス食おうや」と歩きだした。

さっき資料館で一緒だった外国人のグループが、ガムをくちゃくちゃ嚙みながら、慰霊碑をバックにスナップ写真を撮り合っていた。

それをちらりと見たユキオは、「ひとの国に来て横着じゃのう、しばいちゃろうか」と笑いながら声をすごませた。

「……ほんまじゃ」

マナブは冗談めかして、少しだけ本気で言った。広島の方言をつかってみたのは、初めてのことだった。

# 第七章

一学期が終わった。

中学生になって最初の通知表を受け取った。

マナブは全科目、五段階評価の5と4だった。転校してきた直後に受けた中間試験では、前の学校と教科書が違っていたこともあって学年十位にとどまったが、期末試験では三位に上がった。通知表の評価でも、主要科目はきれいに5がそろった。

自信はもちろんあったが、実際に通知表を受け取って、やっと安心した。東京でお母さんと会うときに、いい報告ができる。お母さんもきっと喜んで、褒めてくれるだろう。

「のう、マナブ」

しょぼくれた顔のユキオが「念のために訊くんじゃけど、ちょっと教えてくれや」と小声で言った。「この数字は大きいほうがええんか、こまいほうがええんか」

「5が一番良くて、1が一番悪いんだよ」

「ほいでも、今年は古葉さんがカープの監督になったじゃろ」

「それがどうかしたの？」

「古葉さんは現役の頃の背番号が1じゃったし、いまの背番号1の大下もよう盗塁してがんばっとるけえ、特別に今年だけ数が少ないほうがええ、いうことは――」

「ないよ」

がくんとうなだれて、「国語？」と訊くと、さらに視線が下に落ちる。

一方、体育で5を取った以外は全科目3だったヤスは、「シェーンと衣笠じゃ！」と大喜びだった。背番号5のシェーン選手と3の衣笠選手、そこまではマナブも予想していたが、「足して山本浩二じゃ！」と背番号8までつなげてくるとは思わなかった。

そんな二人のことも、東京でお母さんに話すつもりだ。広島にも慣れて、元気にやっている。友だちもできた。ヤスとユキオは「親友」という言葉で紹介するつもりだ。

「まあ、こがあなモンはどうでもええ」

ヤスはあっさり通知表を閉じて、「問題は今夜じゃ」と言った。

「おう！　今夜じゃ！」

ユキオも力強く応え、「よっしゃ、もうええ、忘れた！」と通知表をさっさと通学カバンにしまった。

もう少し反省や後悔をしたほうが将来のためにいいんじゃないか、とあきれるマナブにも、二人の気持ちはわからないでもない。

今日――七月十九日は、オールスターゲームの第一戦がおこなわれるのだ。

カープは、首位阪神と一・五ゲーム差の三位で、ペナントレースの前半戦を終えた。三十七勝三十二敗五分。最下位に沈んだ昨シーズンは百三十試合で五十四勝しかできなかったのだから、大躍進と言っていい。

オールスターゲームにも五人の選手が選ばれた。山本浩二選手、衣笠選手、大下選手の野手三人はファン投票第一位で、監督推薦の外木場投手と池谷投手も、今年の活躍からいけば文句のつけようのない出場だった。

体育館で終業式がおこなわれる前に、ユキオは一学期最後の『赤ヘルニュース』を掲示板に貼った。

〈夏休み究入記念・未来判！〉という新趣向である。つのだじろうの人気オカルト漫画『恐怖新聞』にヒントを得て、未来の出来事が、例によって誤字だらけで記してある。

〈やった！　カープ大活躍！　山本浩二と衣笠、４打席連続アベクッホームラン！　大下も４打数４安打、12盗るい。ホームスチール４個はオールスター新記録！　先発・外木場、９者連続三振！　江夏と習ぶタイ記録でも、外木場は全部三球三振！　リリーフ池谷は９者連続ピチャーゴロ、しかも全員、たった一救！〉

めちゃくちゃである。いろいろな意味で。

だが、新聞を読んだヤスはしかつめらしい顔で「まあ、それくらいやるじゃろ、今年のカープなら」と言った。ほかの連中も「衣笠のホームランのうち一本は場外じゃの」「浩二は守備もええけえ、バックホームで阪急の福本《ふくもと》をアウトじゃ」「外木場さんにはバットを二、三べんは折ってもらわんといけん」……と、大いに盛り上がっていた。

ただし、それは毎年のことというわけではない。今年だからこそ、こんなにみんな張り切っているのだと、ユキオはしみじみとした口調で教えてくれた。

「こがあにオールスターのことが楽しみでならんのは初めてじゃ。去年までは心配でかなわんかったんじゃけえ」

「心配って？」

「カープから出とる選手が、巨人の選手にいじめられとりゃせんか思うて」

まさか、とマナブは失笑しかけたが、ユキオは真顔でつづけた。

「ベンチの中でも田舎者じゃいうてバカにされて、椅子に座らせてもらえんかもしれんし、カープは弱いし貧乏じゃけえ、よそのチームの選手が新幹線に乗っとるときも、カープの選手だけは鈍行かもしれん。メシも違うど。巨人の選手は皆ビフテキじゃけど、カープはどうせお好み焼きじゃ。試合でエラーでもしたら土下座じゃ。チャンスのときに打順が回ってきたら、自分から腹が痛い言うて、よそのチームの選手に代わってもらわんといけんかもしれん。巨人やら阪神やらの選手には、年下でも敬語をつかわんと、あとでしばかれるんかもしれん……」

だが、今年は違う。三位なのだ。優勝争いに加わっているのだ。

「浩二も衣笠もベンチの真ん中にどーんと座れるし、外木場さんがブルペンで練習するときは、江夏やら星野《ほしの》やらに場所を空けさせりゃええんじゃ、おうコラどかんかいチンピラ、いうて」

あきれはてて笑う気力もなくなったマナブにかまわず、ユキオはきっぱりと言う。

「オールスターでがんばったら、カープのことを日本中のひとが知ってくれるんじゃ」

その声には、熱くてせつない祈りがこもっていた。


昇降口で靴を履き替えていたら、廊下から小走りに駆け寄ってきた小柳仁美に「橋本くん、ちょっとええ?」と声をかけられた。

さっきから廊下で待っていた、という。マナブがきょとんとすると、「あ、違うんよ違うんよ、誤解せんといてよ、橋本くんだけを待っとったわけと違うんよ」と早口に言って、「いやーん、勘違いされたら好かーん」と一人で勝手に照れて、うふふっと意味ありげに笑う。

一年三組の生徒が昇降口に来るたびに、声をかけていたらしい。

「これをウチに持って帰って読んでほしいんよ。ちょっと中学一年生には難しいかもしれんけど、お父さんやお母さんに読んでもろうて」

ガリ版刷りのプリントを渡された。〈『平和を考える若者のつどい』に参加しましょう！〉と、大きく書いてある。

「橋本くんは広島に引っ越してきたばかりじゃけえ、特別に説明してあげる」

毎年八月六日の前後には、戦争や平和を考える催しが市内でいくつも開かれる。『平和を考える若者のつどい』もその一つだった。市内や県内はもちろん、全国から平和に関心を持つ若者が集まって、世界から核兵器をなくすにはどうすればいいかを、みんなで話し合う。仁美はその実行委員会の一人として、別の学校の上級生や高校生と一緒に準備を進めているのだ。

「生徒会の行事じゃないの？」

「あ、それ……ちょっと、あんまり関係ないんよ。じゃけえ、『帰りの会』でプリントを配らんかったんよ」

「じゃあ、ＰＴＡとか子ども会とか？」

仁美はその問いには答えず、「それでね」と話を先に進めた。「これも、橋本くんは知らんかもしれんけど、教えてあげる」

原爆や水爆をなくして世界を平和にするには、みんなで力を合わせなければいけない。だが、おとなたちはケンカばかりしていて、ちっとも一つにまとまらない。原爆や水爆の禁止を求める団体も、もともとは一つだったのに、十年前に二つに分裂してしまった。

「そうなの？」

「うん……どっちかがソ連と仲良しで、どっちかが仲が悪いんよ」

「ソ連って関係あるの？　原爆落としたのってアメリカじゃないの？」

当然の疑問だと思ったが、仁美は少しあきれたように笑って、「だからぁ」とゆっくりと言った。「そういうのをみんなで集まって勉強する会なんよ」

八月に開かれるのは全国から参加者が集まる大規模な『つどい』だが、市内の中学生や高校生だけの『つどい』も、毎月ある。そっちのほうは仁美の両親が世話役をやっているらしい。

「橋本くんは両方来たほうがええんと違うかなあ。勉強が足りんもん」

「よそモン」だから——なのだろうか。

「お母さんに言うといてあげるけえ、今度来てみる？　毎月最後の月曜日の晩なんよ。今月は二十八日」

東京に行ってお母さんと会うのは、七月二十五日から二十六日まで。金曜日、土曜日の一泊二日だった。二十八日なら空いている。あいまいにうなずいて、いや、でも、とかぶりを振った。平和を考える集会なのに学校とは無関係で、ＰＴＡや子ども会ともかかわりがなさそうな『つどい』の正体がよくわからなくて、ちょっと怖い。

仁美もマナブの微妙な表情の変化を察して、「うん、まあ、ウチに帰ってからプリントを読んで、ゆっくり考えてくれればええんよ」とぎこちなく笑った。「それで、もし行ってみようか思うたら、プリントにウチがたの電話番号書いてあるけえ、電話して」

「うん……」

「真剣に平和のことを考えて勉強しとるひとばっかりじゃけえ、みんな、ええひとよ」

あ、それと、とプリントをもう一枚渡した。

「橋本くん、相生団地なんよね？　もしよかったら、プリントを団地の掲示板に貼っといてくれん？　一人でもぎょうさん参加してほしいけえ、お願い」

仁美はマナブを両手で拝んで、廊下に三組の男子を見つけると、あっさりと手を下ろし、「じゃあね」とそっちに駆けていった。

マナブはしかたなく、二枚のプリントをカバンにしまって、校舎の外に出る。

しばらく一人で歩いていたら、後ろから三組の女子二人組に呼び止められた。「ねえねえ、橋本くん」「いま、小柳さんに誘われとったんと違う？」「あのねえ、橋本くんは転校生じゃけえ、わからんかもしれんけど」「うちらは小柳さんと小学校が一緒じゃったけえ、よう知っとるんよ、あのひとのこと」……ふだんはそれほど仁美と仲良しではない二人だ、と思いだした。

仁美のウチは家族全員、ある宗教団体の熱心な信者なのだという。マナブも名前は知っている。強引な勧誘がマスコミで問題になることも多い団体だ。『平和を考える若者のつどい』は、その宗教団体が主催しているらしい。集まる若者も信者がほとんどで、事情を知らない参加者はしつこく勧誘されて大変な目に遭ってしまう。

「悪口を言うとるんと違うよ、橋本くんは知らん思うて、親切で教えてあげとるんよ」「要らんことかもしれんけど、『つどい』には行かんほうがええと思うよ」「ウチのお母さんも、絶対に行ったらいけん、て」「小柳さんのことは好きなんよ、友だちなんよ、まあ、でも、ちょっと宗教のことは面倒じゃけえねえ」……。

相生団地の入り口のところで、カバンから『平和を考える若者のつどい』のプリントを取り出した。案内の文章のどこにも宗教団体の名前は入っていない。だが、あの二人組が嘘をついているとも思えなかった。とはいえ、若者同士で平和について話し合うのはとても大切なことだと思うし、宗教団体だから怪しいと決めつけるのは偏見じゃないか、という気もする。しかし、じゃあ参加したいかと訊かれれば、プリントに記された〈参加費無料（お昼は広島名物・お好み焼きをつくりましょう！）〉の文字と、地球の上で笑顔の若者たちが手をつないで並んでいるイラストから、力なく目をそらしてしまう。

団地の掲示板の前で立ち止まった。六月頃の掲示板は、とっくに用済みになった古い『お知らせ』や色褪せたポスターが何枚か貼ってあるだけだったのに、七月の半ばあたりから、真新しいポスターや貼り紙が急に目立ってきた。しかもその数は日ごとに増えて、空いた場所がなくなると、すでに貼ってある紙の上にどんどん重ねて貼っていく。

いまも、そう。マナブが学校に行っている間にさらにまた何枚も増えて、そのほとんどに「原爆」「反核」「戦争」「平和」という言葉が出ていた。

マナブはため息をついて、にぎやかな掲示板と、手に持った『平和を考える若者のつどい』のプリントとを、交互に見た。

広島の夏はいつもこんな感じなのだろうか。期末試験が終わって少したった頃から、街ぜんたいが急にそわそわして、ざわめいてきたような気がする。明るく元気にはしゃいでいるわけではないのに、落ち着きをなくして、浮き足立っているように見える。ヤスやユキオは「梅雨が明けたからと違うんか」「夏のベタ凪は、ぶりくそ暑いけえのう」と笑うだけだった。広島の夏を初めて過ごす「よそモン」でないとわからないのだろうか。

ただ、相生団地の掲示板と同じように、街角に「原爆」「反核」「戦争」「平和」のポスターや貼り紙が目に見えて増えてきた。新聞にも募金や署名活動のニュースがよく載っているし、いろいろな慰霊祭や法要の案内も出ている。今年は原爆が落とされて三十年という節目の年なので、慰霊祭や法要も多いのだと、新聞に書いてあった。

マナブは『平和を考える若者のつどい』のプリントを、掲示板の下に暖簾のように垂らして、画鋲を一つだけ使って留めた。強い風が吹いたり野良猫がイタズラをしたりすれば、すぐに落ちて、どこかに飛ばされてしまうかもしれない。それでも、ほかの貼り紙の邪魔をしない場所は、そこしかなかった。

掲示板の紙は増えるだけではない。ひきちぎるように乱暴に剝がされてしまったり、ハサミかナイフで大きく×印に切り裂かれたものもある。そういう目に遭った貼り紙にも、「原爆」「反核」「戦争」「平和」という言葉は、ちゃんと記されているのだ。

まあいいや、もういいや、と歩きだした。『つどい』には行かないし、二十八日の集会にも行かない。その代わり、言われたとおりプリントを掲示板に貼ったのだから、貸し借りなし、ということになる。だからもういいだろ、と仁美の顔を思い浮かべ、文句言うなよ、と口をとがらせた。だが、平和は貸し借りで考えるようなものと違うんよ、と想像の中の仁美にあっさり言い返されたので、そこから先は走って家に帰った。

その夜、甲子園球場でおこなわれたオールスターゲーム第一戦は、プロ野球史に残る試合となった。

カープから選ばれた野手の三人は、そろってスターティングメンバーに名を連ねた。

特に山本浩二選手と衣笠選手は大抜擢だった。山本選手は、三番打者としてセ・リーグのクリーンナップの一角を担い、六番打者の衣笠選手は、去年まで巨人の長嶋選手以外には考えられなかった三塁手を任されたのだ。

二人はその期待に初回から応えた。まず山本浩二選手が、三塁に藤田平《ふじたたいら》選手を置いて2ラン本塁打を放ち、王選手と田淵選手の四番・五番が凡退したあとは衣笠選手がソロ本塁打――シーズン中にもなかったアベックホームランである。

さらに、二回に早くも回ってきた二打席目では、若松選手と藤田平選手をランナーに置いて、山本浩二選手が3ラン、つづく王選手と田淵選手が倒れてチェンジになったものの、三回には先頭の衣笠選手がソロ本塁打――二打席連続のアベックホームランを記録したのだ。

地元・阪神の中村《なかむら》選手を抑えてセカンドでスタメン出場した大下選手も、得意の盗塁を決めた。投手陣では、二番手として登板した外木場投手が三イニングを零封して、八対〇のセ・リーグ快勝に大いに貢献した。

なにより山本浩二選手である。コージである。広島市に隣接する五日市町に生まれ育った、正真正銘、地元の星である。五打点を稼いだ山本浩二選手は、殊勲選手にも選ばれた。カープから殊勲選手が出たのは、一九六六年第三戦で古葉選手が選ばれて以来、九年ぶり二人目という快挙だったのだ。

翌朝のスポーツ新聞には、「赤ヘル」の名が大きく躍った。ユキオの切なる願いが叶えられたのだ。

ただし、この時期はまだ「赤ヘル軍団」という言葉は定着していない。新聞によっては「赤ヘル集団」という呼び方をするところもあった。軍団と集団ではスゴみが違う。気合の入り方が違う。赤ヘルをかぶって集まっているだけでは、意味がないのだ。

「広島は平和都市じゃけえ、『軍』にしちゃいけん思うたんじゃろうかのう……」

ユキオは納得のいかない様子だったが、とにかく、夢の球宴で放った二打席連続アベックホームランを名刺代わりに、「赤ヘル」は全国区になったのだ。

そして、カープは悲願の初優勝へ向かって、力強く——。

現実は、そこまで甘くない。

七月二十日、中日球場に舞台を移したオールスターゲーム第二戦では、カープ勢はさっぱりだった。山本浩二選手は四打数ノーヒット、衣笠選手も内野安打を一本打っただけで、八回からは大洋の山下《やました》選手に交代してしまった。スタメンからはずれた大下選手は、大洋の松原《まつばら》選手が代打逆転2ランを放った直後に代打に出て、松原選手のホームランの余韻でざわついた球場の雰囲気を引き締めることなく、凡退してしまった。まったくいいところなしである。

一日おいた七月二十二日、神宮球場でおこなわれた第三戦でも、山本浩二選手は四打数一安打、衣笠選手は二打数ノーヒット、四球で一度出塁した大下選手も第一戦のように鮮やかな盗塁は決められなかった。さらにセ・リーグ二番手で登板した池谷投手も、三イニングを三安打一失点というピリッとしない結果で、カープの球宴はすっかり尻すぼみで終わってしまった。

三試合を通して大活躍できないところが、まだ真の実力が備わっていない、という証なのか。野球の神さまが「調子に乗ったらいけん」と戒めてくれたのか。

いずれにせよ、カープ、阪神、中日、ヤクルトの四チームによる激しい首位争いは、球宴の中休みを挟んでも収まる気配はなかった。毎日のように順位が入れ替わる大混戦は、シーズン後半もつづいていくことになる。

＊

広島駅のみどりの窓口の前で、マナブは勝征さんから新幹線の切符を受け取った。明日の朝――七月二十五日の午前十時過ぎに出る『ひかり』の指定席だった。

マナブはてっきり安い自由席だと思い込んでいたのだが、勝征さんは「遠いんだから、自由席なんかにして、もしも座れなかったら大変だもんな」と鷹揚《おうよう》に笑う。あさっての帰りの新幹線の切符も指定席だった。東京を午後五時ちょうどに出て、広島には夜十時過ぎに着く。

「……サービスいいね」

「なに言ってるんだ、それくらいあたりまえだろ」

胸を張って、隣にいるヤスをちらりと見て、つづける。「エージェントの一人息子を、自由席みたいなビンボーくさい席に乗せられるわけないだろ」

ヤスがきょとんとしていると、「あ、悪い悪い、まだヤスくんには言ってなかったな」と取って付けたように言って、真新しい名刺を得意げに見せる。

八月から、勝征さんは『マジカルサンデー』の広島での正規独占販売総代理店として、営業を本格的に始める。東京から送ってきた名刺には「エージェント」という肩書きがついていた。今日はそのお祝いで、切符を買うついでに外で昼ごはんを食べる。

「片桐酒店のセガレも呼んでやれよ。たまにはいいもの食わなきゃ背が伸びないもんな」とヤスまで誘う太っ腹ぶりだった。

「エージェントいうたら、どがあな意味ですか?」とヤスが訊いた。

「……偉いひと、っていう意味だな、わかりやすく言えば」

マナブが小学生の頃に読んだスパイ小説では、エージェントには「代理人」という説明がついていたのだが、それは黙っておいた。

「偉いひというて、社長とは違うんですか？」

「いや、まあ、似たようなものだ。英語だからな、うん、難しいんだ。でも、ほら、エージェントだぞ、エーなんだから、ビージェントやシージェントより上だろ、どう考えたって」

急に早口になって、「とにかく」と切符のことに話を戻す。「エージェントさまのご令息なんだから、ほんとだったらグリーン車にしてもいいぐらいなんだけど、まあ、そこは、まだ中学生なんだし、ぎりぎりの教育的配慮ってやつで勘弁してやったんだ」

ヤスは、はあ、と頼りなくうなずくだけだった。「ご令息」「教育的配慮」という言葉を知らないだけでなく、新幹線に乗ったことがないので、グリーン車と指定席と自由席の違いもよくわかっていない様子だったし、広島と東京の距離や、五時間以上も列車に揺られるという感覚も、ピンと来ないようだ。なにより、広島駅のにぎやかさや騒がしさに圧倒され、カチカチに緊張している。

意外と「都会」に弱い奴なんだなあ、とマナブはクスッと笑う。ひさしぶりに観察の達人のヤスのワザを発揮した。冷静だった。余裕もある。友だち同士で広電に乗るのは初めてのヤスは、マナブが「駅前でお父さんと待ち合わせてるから、俺たちは広電で駅まで行こう」と言うと、「こんな、思うとったより不良じゃのう」と眉をひそめ、「待ち合わせができんかったら、どがあするんか、のう、父ちゃん、ほんまに来とるんか？　場所、ほんまにわかっとるんか？　父ちゃん、わしらのこと裏切ったりせんか？」と電車の中でも心配しどおしだったのだ。

「よし、じゃあ切符も買ったし、次はメシだ」

勝征さんは張り切って言った。「二人ともなにを食べるか考えてきたか？　なんでもいいんだぞ、好きなものリクエストしろよ」

ヤスは遠慮がちに「お好み焼きでもええですか？」と訊いたが、勝征さんは「なにビンボーくさいこと言ってるんだ」と笑って却下した。「お好み焼きなんて、ウチの近所にもいくらでもあるじゃないか。もっといいもの食え、男なんだから」

「じゃあ、冷やし中華か冷やしうどんは？」というマナブの提案にも、「もっといいもの考えろよ、エージェントさま御一行の昼めしだぞ」と顔をしかめた。どうも今日はビンボーにこだわる。エージェントがいかに偉くて金持ちかというのを、妙に強調する。

「どうせだったら、フランス料理でもいいんだぞ」

「ほんと？」

「お父さんが嘘ついたことあるか？」

山ほど、と言いたいのをこらえて、「フランス料理って、たとえば、どんなの？」と訊いた。

「だから……ハンバーグとか、ハムエッグとか、サラダとか、そういうのだ」

マナブとヤスは顔を見合わせた。

「いや、まあ、うん、いまのは冗談だけどな」

勝征さんは、わははっと笑って、「じゃあお父さんに任せろ、駅前にいい店があるんだ」と、そそくさと歩きだした。

なにかおかしい。どこかがヘンだ。マナブは勝征さんの背中を怪訝そうに、というより警戒して、見つめる。見栄っぱりで負けず嫌いな性格はうんざりするほど知り尽くしているが、今日の勝征さんの行動は、ただマナブやヤスの前でいいカッコをしたいというだけのものなのか？　もっと別の狙いや「裏」があるのではないか？

ヤスに肘をつつかれた。のうのう、マナブ、と小声で話しかけられた。不安そうな声だった。さすがにヤスも怪しげなものを感じているのだろうか、とマナブは表情を引き締めて、耳をヤスに寄せた。

「フランス料理いうたら、デンデンムシを食うんじゃろ？　わしゃあ、よう食わんど……」

マナブはため息をついて、「もし出たら、俺が食べるよ」と言った。

三人が入ったのは、和洋中なんでも一通りそろった駅前のレストランだった。

「まあ、フランス料理もいいけど、夏場は胃腸も弱ってるし、明日は長旅なんだから、ふだんから食べ慣れてるもののほうがいいだろ」

ケチったわけじゃないんだぞ、と念を押したとおり、自分はうな重の「松」を頼んで、マナブの注文したカレーライスを強引にカツカレーに代え、ヤスのラーメンもチャーシューメンに格上げした。「食える食える、おかずにしろよ」と鶏の唐揚げと餃子と小イワシの天ぷらも追加して、さらに「食後にはクリームソーダも注文してやるからな」とデザートまで付ける大盤振る舞いである。

マナブとヤスも最初は気おされた。テーブルに並んだ料理を見ると、文字どおり、どこから手をつけていいかわからない。だが、いったん食べはじめると、そこは中学一年生、すぐにメシに没頭《ぼっとう》して、難しいことは考えられなくなってしまう。

そんな二人を勝征さんは上機嫌な笑顔で眺めて言った。

「まあ、この程度の贅沢は、エージェントになれば簡単なんだよ。車の運転さえなかったらビールを付けてもいいほどなんだ」

返事はなくても、かまわずつづける。

「で、エージェントっていうのは、誰でもなれるんだな、これが」

そう言って、「たとえば」と、少し口調を強める。「ヤスくんのお母さんだって、その気になればエージェントになれるんだよ」

ヤスは丼から顔を上げずに、熱いラーメンをハフハフと啜っていく。「たとえば」の話を、言葉のまま、ただの例え話にして聞き流したのだろう。

勝征さんは一瞬拍子抜けした顔になったが、すぐに気を取り直した。

「だから、『マジカルサンデー』はワックスとしてもすごいんだけど、代理店になれば、そっち方面の面白さもあるんだよなあ……どうだ？　この店、美味いだろ？　足りなかったら、もっとなにか頼んでもいいんだぞ」

以下、話は問わず語りに——というより、一方的につづいた。

「ブィジネスなんだ、おじさんがやってることは。商売なんていうみみっちいものじゃない、ブィジネスだ、発音、本格的だろ？　本社がアメリカだからな、世界を相手にブイジネスをやってるんだ、おじさんたちの会社は」「唐揚げ、ほら、もっと食えもっと食え」「それで、いまは広島で『マジカルサンデー』を扱ってるのはおじさん一人なんだけど、仲間を増やしてもいいかなあって思ってるんだ。だって、こんなに儲かるブィジネス、おじさんだけでやってたら申し訳ないだろ。みんなでがんばって、みんなでお金持ちになれば、もっといいじゃないか」

「おじさん、餃子お代わりしてもええですか？」

「あ、うん……いいぞいいぞ、どんどん食え」「まあ、それでな、仲間を増やすっていっても、誰でもいいってわけじゃないんだ。おじさんから見て、このひとならだいじょうぶ、信頼できるっていうひとじゃないとなあ」

「あと、冷やしトマトも食うてええですか？」

「……そうだな、うん、野菜もたくさん摂らないとだめだよな、ヤスくんは健康に気をつかってるな、感心だぞ」「ま、それでだ、おじさんが言いたいのはだな、要するに、エージェントになれば、こんなごちそうを毎日食べられるってことと、エージェントになりたかったらおじさんに相談すればいいってことと、あとは……おじさんは、たとえば、ヤスくんのお母さんみたいにしっかりしたひとがエージェントになるんだったら最高だよなあ、って思ってるんだよ。そこのところ、なーんとなく覚えといてくれればいいんだ。で、なーんとなくお母さんに話してもいいし、話さなくてもいいし、どっちでもいいんだけど、まあ、できれば――」

「クリームソーダはあとでゲップが出てかなわんけえ、アイスに代えてもええですか？」

「……好きにしなさい」

何度も話の腰を折られてはいたが、勝征さんが言わんとすることは、マナブにもおおかた把握できた。ヤスに豪勢な昼ごはんをごちそうした理由もわかった、と同時に、トンカツが急に胃にもたれてきた。食べはじめたときには甘口のカレーだと思っていたのに、不意にスイッチが入ってしまったみたいに、口の中がヒリヒリしてきた。

わが家の茶の間には、数日前から『マジカルサンデー』の箱が置いてある。壁一面を埋め尽くしていた『アマゾンパワー』に比べると、数はうんと少ない。ここにあるのはすべて実演用のサンプルなのだ。『子』をつくれば、『親』が在庫を持つ必要はないんだ」と勝征さんは言う。「子」のほうも「孫」ができれば在庫を渡せるし、「孫」も「ひ孫」に預ければいい。「極端な話、商品に一度もさわらなくてもカネだけは入るんだから、『マジカルサンデー』っていうのは面白いよなあ、不思議だよなあ、感動しちゃうよなあ」――その感動を、ヤスの母ちゃんとも分かち合おうとしているのだ。

だが、ほんとうにだいじょうぶなのか？「世の中はおまえが思ってるより奥が深いんだよ」と勝征さんは言う。それはすなわち、ずぶずぶの底なし沼ということにはならないのか？　東京のおばあちゃんは口癖のように言っている。「あのバカのヤマっ気は病気だよ、死ななきゃ治らない病気なんだよ」……。

「おい、マナブ、餃子来たぞ。熱いうちに食っちゃえ」

うなずいても箸は伸びない。食欲がしぼむように失せてしまった。

「なんだよおい、夏バテか？　しっかりしろよ」

「うん……でも、もうおなかいっぱいで……クリームソーダも、やっぱり、僕、いいや」

「パワーとスタミナをつけとかないと、向こうで負けちゃうぞ」

「負けるって、誰に？」

東京で会うのは、おばあちゃんとお母さんだけなのに。

「いや、だから、ほら、東京はひとが多いだろ？　マナブも広島ののんびりしたペースに慣れちゃったから、ボーッとしてると負けちゃうぞ、って意味だ」

なんだ、そういう意味か、と肩の力を抜いた。ほっとすると、少し食欲が戻ってきた。餃子を頬張るマナブを、そうそう、それでいいんだ、という笑顔で眺めながら、勝征さんはキュウリのお新香をパリッと音をたててかじった。


昼ごはんのあとは、仕事に戻る勝征さんとは別行動になった。勝征さんは『マジカルサンデー』の実演会場を探して市内を回り、マナブはヤスに付き合ってもらって広電で八丁堀《はっちょうぼり》まで戻り、明日東京に持って行くおみやげを買う。

アーケードの商店街を歩きながら、「広島の名物って、なにがあるの？」と訊いた。

「冬場なら牡蠣《かき》があるんじゃが、いまはアナゴか、さっき食うた小イワシか……」

「ナマモノはちょっとなあ」

「アナゴは蒲焼《かばや》きじゃ。駅弁でも売っとるわ」

「お菓子は？　きび団子って――」

「あれは岡山じゃ」

頭を一発はたかれた。八丁堀まで来れば、あとは広電の通っている相生通りに沿って、歩いてでも帰れる。もう少し西に歩けば、原爆ドームや市民球場の照明灯も見えてくるだろう。土地勘のあるところに帰ってきて、ヤスもやっとふだんの調子を取り戻したようだった。

「じゃあ、くだものだと……桃は違った?」

「それも岡山じゃ、アホ」

広島のくだものでは柿が美味しいらしいが、季節が早すぎる。

「わしは、ガンスが好きじゃけどのう。日本一じゃ思うとる」

マナブも食べたことがある。魚のすり身に玉ねぎのみじん切りや唐辛子《とうがらし》などを混ぜ込んで、ペラペラの薄い長方形にして、パン粉をつけて揚げたものだ。お菓子と呼ぶには味がシブすぎて、おかずにするには微妙に物足りない。けれど不思議と後を引いて、何枚でも食べたくなるのだ。

「俺も好きだけど……」

おみやげで東京までわざわざ持って行くほどのものかどうかは、微妙なところである。

「ほんなら、もみじ饅頭《まんじゅう》はどうじゃ」

「なにそれ、饅頭の中に、もみじの葉っぱが入ってるわけ?」――B&Bのギャグとともに、もみじ饅頭が日本中に知られる広島みやげになるまでには、あと数年かかる。

「違う違う、形がもみじと同じなんよ。言うてみたら、たい焼きと同じ理屈じゃ」

カステラの生地でアンコを包んで焼いた饅頭だという。宮島のもみじにちなんでいるらしい。確かに美味しそうだし、由緒《ゆいしょ》もある。だが、これはつまり、東京の人形焼の型をもみじに変えただけのものではないのか？　東京のおばあちゃんは、食べものにはうるさい。

「食べもの以外で、なにかないかなあ」

ヤスは「横着なこと言うなやコラ」と怒りかけたが、不意に「おう、そんなら、もう、これしかないわい」と通りの先にあるスポーツ用品店を指差して、足を速めて向かった。

「広島いうたらカープじゃろうが。ほいで、カープいうたら赤ヘルじゃ。これほどわかりやすい広島名物はなかろうが」

ショーウインドウに、カープと同じデザインのユニフォームを着たマネキンがいた。ピッチャーとバッター。赤い野球帽をかぶったピッチャーは背番号14で、赤いヘルメットのバッターは8だった。外木場投手と山本浩二選手である。

「ヘルメットはちいと高うても、帽子なら買えようが。ばあちゃんも母ちゃんもオンナなんじゃけえ、赤が似合うわい。ぴったりじゃ」

ヤスは自分の思いつきがすっかり気に入ったようだが、いくらなんでも野球帽をおみやげにするわけにはいかないだろう。

「やっぱり、もみじ饅頭にするよ」

「なんな、帽子は買わんのか」

「うん……悪いけど、よく考えたら、おばあちゃんもお母さんも野球にあまり興味ないし」

巨人のレギュラー選手ぐらいは知っていても、カープのことはどうだろう。パ・リーグの球団だと勘違いしている恐れだって、なきにしもあらず、だった。

ヤスもおみやげについては不承不承うなずいて引き下がったが、ガラス越しにマネキンの外木場投手を見つめたまま、「自分のは買わんのか」と言った。「こんな、まだカープの帽子を買うとらんじゃろう」

マナブは黙って、マネキンの山本浩二選手を見つめる。引っ越してきたときにかぶっていた巨人の野球帽は、さすがにヤスやユキオの前ではかぶりづらい。だが、いまでも一番好きなチームは巨人だ。憧れのヒーローも王選手のまま変わらない。カープのことは、東京にいた頃よりはずっと興味を持つようになったし、好きか嫌いかで言うなら「好きなほう」になった。それでも、まだ「大好き」にはなっていない。

「どうせまた引っ越すかもしれんけえ、カープの帽子やら買わんでもええ思うとるんか」

「……そんなのじゃないよ」

「田舎のチームの帽子かぶれるか、いうて思うとるんか」

「違うってば」

そんなこと言うんなら、と反撃した。「ヤスだってまだ買ってないじゃないか」

「アホ、男の中の男一匹が、あがあなオンナ色の帽子をかぶれるか。赤は、オンナとオトコオンナとオンナオトコの色じゃ」

ほんとうに勝手な奴なのだ。

「まあええ、そしたら、もみじ饅頭買いに行こう」

ショーウインドウの前から離れて歩きだしたヤスは、少し真剣な声で「めったに会えん母ちゃんに会ういうんは、どがあな気分な」と訊いてきた。「わしには全然見当もつかんけど、会うたときは走って抱きついたりするんか」

「そんなことしないよ」とマナブは苦笑して、小学四年生からは、と心の中で付け加えた。

「最後に会うたんは、いつなんか。四月頃か」

「ううん、去年のクリスマスが最後かなあ。小学校の卒業式や中学の入学式には都合が悪くて来られなかったし、広島に引っ越すときも急に決まったから……」

ヤスは黙って、指を折って数えた。七ヵ月ぶりということになる。思っていたよりブランクが長かったのだろう、困惑した顔になったが、それを振り払って、「まあ、会えるんじゃけえ、贅沢言うな」と叱るように言う。マナブが、「べつに贅沢なんて――」と不服そうに言い返すのをさえぎって、「生きとったら、会えるんじゃけえ」とつづける。

ヤスにはそれができない。父ちゃんには決して、永遠に、会えないままだ。

だが、ヤスはすぐに「あ、違うか、逆か」と一人で話をひっくり返した。「生きとるのに離ればなれになっとるほうが、あきらめがつかんけえ悔しいか」

そうかもしれない。そうではないのかもしれない。どっちにしても、マナブにはどう応えていいかわからない。

「こんなの母ちゃん、美人なんじゃろ？　父ちゃんが店で自慢しとったど」

勝征さんは立ち呑みコーナーのおっさんたち相手に、離婚の話もぺらぺらしゃべっていた。実際には愛想を尽かされただけなのに、すがりつく妻を振り切って、マナブと二人で男を磨く放浪の旅に出たのだと、めちゃくちゃなことを言う。それがおっさんたちに通じてしまうのが、勝征さんの話術であり、安酒に酔うおっさんたちの単純なところでもあるのだ。

「若いんじゃろ？　まだ三十ナンボじゃ言うとったど」

「うん、お父さんの三つ下だから、三十六かな」

「ええのう、わしがたは姉ちゃんもおるけえ、もう四十五じゃ。白髪《しらが》も出てきて、かなわんよ」

まあええわ、と話を戻す。「ほいでも、なしてマナブは父ちゃんにくっついたんな。ふつうなら母ちゃんじゃろ」

「離婚したとき、俺、まだ三歳だったから……よくわかんないんだ」

ものごころついたときには、おばあちゃんと二人暮らしだった。幼稚園に通っていた頃、勝征さんが突然マナブの前に現れ、おばあちゃんの家からマナブを連れ出して、父子の暮らしが始まった。どういう事情で勝征さんに引き取られることになったのか、よくわからない。おばあちゃんに訊いても、いかにもぎごちなくかわされてしまうだけだし、勝征さんは「五億円で買ったんだよ」「じゃんけんで負けちゃったんだ」と冗談しか言わないし、めったに会えないお母さんには、やっぱり、訊けない。そもそも両親が離婚した理由だって、誰かにしっかりと説明してもらったわけではないのだ。

「こんなの本音を言うたら、どっちなんか。ほんまのほんまは、母ちゃんと東京で一緒に住んだほうがええん違うんか」

マナブは黙ったままだった。ヤスは「一緒におりたいんじゃったら、母ちゃんに言うてみたらよかろうが」と不満そうにつづける。

おせっかいなことを言われなくても、マナブだってそれくらいわかっている。お母さんに会う日が近づくと、決まって胸の片隅に小さな想像が宿る。ねえ、マナブ、今度からお母さんと一緒に暮らさない——？もし、そう言われたらどうしよう。想像すると胸がわくわくしてくるのに、同じぐらいきりきりと締めつけられてしまって、帰り道はいつも、がっかりして、ほっとする。

だが、その想像に、マナブが自分から「お母さんと一緒に暮らしたい」と訴えることは含まれていない。それを口にする光景や場面が、まるでそこだけ白く抜け落ちてしまったみたいに、不思議なほど浮かんでこないのだ。

自分では気づかないうちに歩調がどんどん速くなって、もみじ饅頭を売っているお店も通り過ぎてしまった。「マナブ！　なにしよるんな、ここじゃ、ここ！」とヤスに呼び止められて、やっと我に返った。気まずくなって、ずけずけとおせっかいなことを言われどおしで腹も立ってきて、「明日、駅の売店で買うから、もういい」とだけ応えて、また歩きだした。

ヤスは走って追いかけてきた。

「よけいなこと言うて、すまんかったの」

追い抜きざまに言って、そのまま走り去ってしまった。

あっけにとられて見送ったあと、マナブは苦笑交じりに踵を返し、あらためて和菓子屋さんに向かった。

＊

翌朝、マナブが出かける支度をしていたら、いったん仕事に出たはずの勝征さんがウチに帰ってきて、「車で送ってやるよ」と言った。

「忙しいんじゃないの？」

「だいじょうぶだいじょうぶ、遠慮するなって」

昨日につづいて、妙にサービスがいい。車の中でも、野球の話をしたりテレビドラマの話をしたり、話が途切れたら鼻歌まで歌って、ふだん以上によくしゃべる。

「おばあちゃんもお母さんも、マナブの坊主頭見たらびっくりしちゃうだろうなあ」

そうだと思う。広島市内でも坊主頭の校則がある学校は珍しい。東京ではもっと目立ってしまうだろう。「ひさしぶりに野球帽をかぶったのって、坊主隠しか？　東京だったら巨人の帽子も遠慮なしにかぶれるもんなあ」――そういうところの勘は鋭い勝征さんなのだ。

駅の近くまで来て、「おばあちゃんやお母さんに伝言ある？」と訊いた。

「仕事のこと、おばあちゃんから訊かれたら、しっかり説明してあげろよ。昨日も言っただろ、これはまったく新しいブィジネスなんだから、もう、ほんとに、本社がアメリカで、世界が舞台なんだから、お父さんはすごいことをやってるんだよ、って」

いつものことだ。はったりの伝え方も失敗のごまかし方も慣れている。

「あとは？　お母さんには？」

勝征さんはしばらく考えたあと、「いや、いいや、べつに」と言った。

「仕事の話も？」

「どうせおばあちゃんがぺらぺらしゃべるだろ」

それに、とつづける。「お父さんのことを話すより、自分のことをたくさん教えてやれよ。広島なんてお母さん行ったことないはずだし、お母さんも聞きたいことたくさんあって、楽しみにしてると思うぞ」

伝言がなにもないのは初めてだった。いつもなら、おばあちゃんに伝えるよりもさらに大げさな自慢話を伝言させたがるのに。自慢話のネタがないときでも、「髪形を変えてカッコよくなった、って教えてやってくれ」ぐらいのことは平気で言うはずなのに。

「ほんとにいいの？」

「いいって言ってるだろ」

それでも、信号待ちで停まっているときに、「やっぱり――」と思い直して、なにか言いかける。マナブが「え？　なに？」と訊き返すと、こぼれた水をあわてて拭き取るみたいに「いや、いいや、うん、なんでもない」と、それっきりになってしまう。

おかしい。やっぱり、昨日から、なにかがおかしい。ゆうべの勝征さんの帰りは遅かった。酔っぱらっていた。そこまではふだんどおりでも、酔い方が違った。服を着たまま布団に倒れ込んで、目に見えない誰かとプロレスで戦っているような寝返りを打ちながら、言葉にはならないうめき声の寝言を繰り返していたのだ。

しばらく話が途切れたあと、また勝征さんが口を開いた。

「六年生の頃の友だちや前の中学の友だちに会わなくても、ほんとにいいのか？」

「うん……べつに、そんなに会いたい奴いないし、中学校なんて一ヵ月ほどしかいなかったんだから、もうみんなも僕のこと忘れてるよ」

いつもそうだった。転校したあとは、前の学校の友だちを懐かしむことはほとんどない。あっさりとお別れができる。もう一度会いたいという気は起きないし、手紙のやり取りをしたいとも思わないし、そもそも新しい住所を誰にも言えずに引っ越してしまうことだって何度もあった。とにかく別れてしまえばそれっきり、服を着替えるように友だちを忘れるコツをつかんでいなければ、転校のベテランは務まらないのだ。

「意外とクールなところがあるんだよなあ、おまえって」

勝征さんは苦笑して、「まあ、気持ちの切り替えがパッとできるっていうのは、いいことだよ」とつづけたあと、少し間をおいて、「俺に似てるんだな」と付け加えた。

そうかなあ、とマナブは思う。お父さんってけっこう未練がましくて、いじいじ後悔してるけどなあ、と小さく首をかしげ、「お母さんのほうじゃないの?」と訊いてみた。

勝征さんはさっきよりも長い間をおいて、「どうでもいいだろ、そんなの」と急に不機嫌になった声で返し、あとはもう駅に着くまで黙っていた。

新幹線口のロータリーで車が停まる。見送りはここまでだと思っていたら、勝征さんはエンジンを切って、「改札まで送ってやるよ」と一緒に降りてきた。

ほんとうにおかしい。絶対に、ヘンだ。駅舎に入っても、エスカレータで二階の改札に向かうときも、勝征さんはなにもしゃべらない。そういうのもぜんぶ不自然で、ぎごちなくて、どうしたんだろう……と思っていたら、改札のすぐ手前のところで、やっと勝征さんは足を止めた。

「あのな、マナブ」

「……なに?」

「一泊二日って、短くないか?」

「それは、まあ、短いけど……お母さん、忙しいんでしょ? しかたないよ」

今夜はおばあちゃんのウチに泊まって、明日の朝から夕方まで、お母さんと二人で過ごす。待ち合わせは後楽園ゆうえんち。中学生にもなって遊園地で会うのは子どもっぽい気もするが、お母さんとなにもせずにただ向き合って話すだけというのも、緊張する。

「お母さんともっと長い間、一緒にいたいんじゃないのか？」と勝征さんは言った。

そんなこと急に言われても困るよ、とマナブは思わず抗議の顔になったが、勝征さんはかまわずつづけた。

「マナブがどうしても、お母さんともっと一緒にいたいと思ったら、帰る時間、遅らせてもいいんだ。いちおう切符は東京を夕方五時に出る『ひかり』で取ってあるけど、六時に出るやつもあるんだよ。だから、お母さんに言って駅で切符を取り替えてもらえばいいし、広島に着くのは十一時半過ぎになるけど、お父さんが駅に迎えに来てやるからだいじょうぶだ。それで、広島まで行く新幹線はそれが最終なんだけど、なんだったら、もう一泊したっていいんだ。お父さんも頼んでやるし、お母さんやおばあちゃんも絶対にいいって言ってくれるから」

一息に言って、「ほんとだぞ、ほんと」と念を押す。真剣な顔だった。少し怖い顔でもあった。その勢いに気おされてうなずくと、勝征さんはやっと表情をゆるめ、マナブが目深にかぶっていた巨人の野球帽のツバを上げて、「昨日食ったカツカレーのパワーで、がんばれ」と笑った。「負けるなよ」

なにをがんばるのか、なにに負けてはならないのか、肝心なことを話さないまま、

「じゃあな、明日の夜はホームまで迎えに出てやるからな」と最後に言って、マナブに

背中を向けて歩きだす。マナブはしばらくその場にたたずんでいたが、勝征さんは結局一度も振り返ることなく、下りのエスカレータに乗ってしまった。

午前十時十二分、マナブを乗せた『ひかり6号』は定刻どおりに広島駅を出た。

がんばれ――。

負けるな――。

その言葉の意味をマナブが知るのは、ちょうど二十四時間後ということになる。

*

おばあちゃんと会うのは、四月以来だった。中学校に入学したあと、ウチを訪ねた。のし袋に入った小学校の卒業祝いと中学校の入学祝いを受け取って、引き替えに、卒業式と入学式で撮った写真を一枚ずつ、「お母さんに渡しといて」と預けた。のし袋には〈お母さんより〉と筆ペンで書いてあったが、それはお母さんではなく、おばあちゃんの文字だった。

三ヵ月ぶりに会うおばあちゃんは、少し痩せて、元気がなくて、歳を取ったように見えた。夏バテしたのだろうか。本人は「全然そんなことないわよ、ごはんだって朝昼晩しっかり食べてるんだし」と笑いとばし、「マナブが中学生になってしっかりしてきたから、そのぶん、おばあちゃんが年寄りに見えちゃうのよ」とも言ってくれるのだが、東京駅のホームで会ったときのおばあちゃんの様子は、ちょっとヘンだった。

ホームに滑り込んだ新幹線の窓から、おばあちゃんを見つけたのだ。人込みの中にたたずむおばあちゃんは、マナブの視線には気づかず、なにかをじっと考え込んでいた。視界をよぎったのはほんの一瞬のことだったが、頭痛か腹痛をこらえているようにも、途方に暮れているようにも見えた。

勘違いだったのだろうか。ひさしぶりにお母さんやおばあちゃんと会ううれしさと、緊張と照れくささと、自分でもよくわからないムスッとした不機嫌さとが胸の中で入り交じっていたせいで、おばあちゃんの表情のことも難しく考えすぎてしまったのだろうか。

実際、ホームに降り立ったマナブと顔を合わせてからは、もう、いつもの勝ち気でせっかちなおばあちゃんに戻っていた。それでも、地下鉄の路線図を見上げて乗り換えの駅を確かめるときや、バスが踏切で長く停まっているとき、ウチに帰って夕食のお皿をちゃぶ台に並べ終えたあとに、ふう、とため息をつく様子は、やっぱりどこか元気がない。

なにより、今日のおばあちゃんは、勝征さんの悪口をほとんど言わない。怪しげな

『マジカルサンデー』の話をしても気のない相槌を打つだけだった。

代わりに、東京駅で会ったときから何度も、「背が高くなったねえ」とマナブに言う。「そんなことないよ、一学期の間に二センチしか伸びてないもん」と教えても、またしばらくたつと「やっぱり大きくなったわよ」と言う。通知表を見せたときもマナブが照れくささで困ってしまうぐらい大げさに褒めてくれたし、五厘刈りの坊主頭まで、「キリッとして、男らしくて素敵じゃない。昔のニッポン男児はみんなこうだったんだから」と大好評だった。

お世辞を言われどおし——励まされどおし、なのだろうか。昨日と今日の勝征さんの妙な優しさも重なり合った。晩ごはんに天ぷらを揚げてくれたおばあちゃんは、「出来合いで悪いけど、長旅で疲れてるだろうと思って」と、お肉屋さんの惣菜のトンカツも出してくれた。二日連続でトンカツなんて、生まれて初めてのことだ。

お母さんのことは、「元気？」と訊けば、「元気よ」とすぐに答えてくれる。明日会うのを楽しみにして、先月から始めた仕事が忙しくて明日しか休みが取れないのを、申し訳なく思っているらしい。だが、マナブが「日曜日にも仕事があるの？　どんな仕事なの？」と訊くと、「どうせ明日会うんだから、お母さんに訊けばいいじゃない」と、急に声がそっけなくなってしまう。かといって機嫌が悪くなったわけではなく、しばらくたつと、台所から顔を出して「アイス買ってあるけど、お風呂から出たら食べる？　それとも、氷かいてあげようか？」と訊いてくる。愛想良く、というより、気をつかって、こっちの顔色をうかがっているみたいに。

やっぱりヘンだ。とにかくおかしい。お父さんも、おばあちゃんも。

だが、いつもと一番違っているのは、自分自身かもしれない。さっきからずっと、そんな思いがマナブの胸をじわじわと締めつけていた。

ほんとうは、おばあちゃんの家に上がって、すぐに気づいていたのだ。茶の間のサイドボードの上に、写真立てに入れたマナブの写真が二枚飾ってあった。「お母さんに渡して」とおばあちゃんに頼んでおいたはずの、小学校の卒業式と中学校の入学式の写真だった。

訊けなかった。写真に気づいていることすら伝えられない。「えーっ、なんで僕の写真がまだここにあるの？　お母さんにプレゼントしたのにさあ」と口をとがらせるのは簡単なのに、頬も喉元もこわばってしまって、うまく動かない。

まあいいや、と自分に言い聞かせた。

どうせ明日会うんだから、いろんなことは直接お母さんに訊けばいいんだ——。

いつのまにか、おばあちゃんの言葉が自分の言葉になっていた。

その夜は、布団に横になるなり、スイッチが切れたみたいに寝入ってしまった。

おばあちゃんがタオルケットをおなかにかけてくれたのを、夢うつつに覚えている。やっぱり疲れちゃったのねえ、広島は遠いから、というつぶやき声も聞こえた。ひとりごとを言ったあと、ハナを啜る音も聞こえたような気がしたが、目を開けて確かめるには、まぶたが重すぎた。

柱時計が十回鳴った。午後十時。

お母さんに会えるまで、あと十二時間だった。

*

おばあちゃんは後楽園ゆうえんちまで送って行くと言ってくれたが、「だいじょうぶだよ、水道橋《すいどうばし》駅の目の前だし、乗り換えもわかるから」と断った。

もう中学生なのだ。一人で行ける。昨日だって、ほんとうは出迎えなしでも平気だった。心配性のおばあちゃんに、しかたなく付き合っただけだ。

「だいじょうぶ？」

「うん、平気平気」

一人で行って、お母さんをびっくりさせたい。「さすが中学生だね」と褒めてもらいたいし、「広島でも元気でがんばってるんだね」と安心させてあげたい。

おばあちゃんは意外とあっさり引き下がって、「じゃあ、これ、あとで出そうと思ってたんだけど」と、お年玉用のポチ袋に入れたお小遣いを渡してくれた。なんとなく、マナブが一人で向かうことで、ほっとしているように見えなくもなかった。

出がけに、なにげないひとりごとの口調で言ってみた。

「あーあ、一泊だと、すぐ帰らなきゃいけないんだなあ」

おばあちゃんは「そうねえ」と笑って相槌を打ってくれた。「遠いもんねえ、広島までは」

「……もう一泊できればいいのになあ」

返事は聞こえない。表情を確かめるのも、急に怖くなった。あわてて「あ、でも、だめだ、明日友だちと遊ぶ約束してるし、お父さんも待ってるから」と言って、巨人の野球帽をかぶり、靴をつっかけて、玄関のドアを開けた。

「マナブ」

「なに？」

「あのね……マナブがね、どうしても今夜、東京でもう一泊したいんだったら、公衆電話からおばあちゃんに電話して。おばあちゃん、今日はずーっとウチにいるから」

「……だって、明日友だちと約束してるって、いま言ったよね」

「だから、うん、ほら、『どうしても』ってなったときの話……『もしも』の話だから」

わかった、と笑ってうなずいた。じゃあね、と外に出た。おばあちゃんとお父さんって意外と気が合ってるみたいだけどなあ、教えてあげたら、おばあちゃん怒るかなあ。わざと軽く、どうでもいいことを思って、歩きだした。

バスと地下鉄と国電を乗り継いで、水道橋駅に向かった。乗り継ぎの時間を含めても一時間ちょっとの道のりだったが、思いのほか疲れてしまった。体と心の両方。駅の通路を歩くとき、まわりのひとたちのスピードに合わせると、自然と急ぎ足になってしまう。混み合った電車の中では、まわりのひとたちとの距離が近すぎて、息が詰まりそうだった。

なんでこんなにひとが多いんだろう。昨日も思った。おまけにみんな、ばらばらの動きをして、急いでいて、追い越すときに舌打ちするひとまでいる。昨日もそうだった。おばあちゃんの歩き方はびっくりするほど速かった。ちょっと気を抜くとすぐに距離が広がってしまい、目を離すと人混みに紛れて見失ってしまいそうになる。

新幹線の中で五時間も座りどおしだったので、足が重くなっていたのだろうか。だが、今朝もやっぱり、まわりのひとたちよりも自分の歩き方は遅いし、すれ違うひとたちをサッサッサッと軽やかにかわすことができない。

広島に引っ越すまでは、そんなことはなかった。東京を出てから、まだ二ヵ月ちょっとしかたっていないのに、もうすっかり田舎のテンポに慣れてしまった、ということだろうか。

シャツとズボンは広島で買った夏物だった。ふと、シャツの柄が田舎っぽい気がしてきた。坊主頭の中学生は、いま乗っている電車の車輛の中で自分一人かもしれない。野球帽のツバを下げた。巨人の帽子にしておいてよかった。カープの赤い野球帽をかぶった子どもは、昨日も今日も、東京ではまだ一人も見かけていない。


水道橋駅で電車を降りると、体と心の疲れが、緊張と不安に変わってきた。

お母さんと会う前に胸がどきどきするのは、いつものことだ。ただ、今日の緊張は、いままでとは違う。胸がどきどきするだけでなく、締めつけられる。

後楽園ゆうえんちは、もう、すぐ目の前だった。うつむいて歩いていたら、後ろから来るひとに次々に追い越されてしまった。気がせいているのに、足が重い。なかなか前に進まない。

お母さんには会わないほうがいいんじゃないか。なんで？　と自分に訊いても、理由はわからない。それでも、確かに、そんな気がする。

午前十時ちょうど。後楽園ゆうえんちの入園ゲートが見えてきた。

マナブは野球帽のツバを下げてから、うつむいていた顔を上げた。

人込みの向こうに、お母さんの姿が見えた。日傘を差して、入場券売り場の脇に立っていた。

お母さんのほうもマナブに気づくと、にっこり笑ってくれた。

マナブの足は一瞬だけ速まったが、すぐに、ぴたりと止まってしまった。

ワンピースのおなかが、ぽっこりと、スイカを入れたようにふくらんでいる。お母さんはマナブを見つめたまま、そのおなかをそっと撫でた。笑顔は、半分、泣き顔になっていた。

＊

マナブは知らなかった。

勝征さんとお母さんが離婚した原因は、勝征さんだけが一方的に悪かったわけではない。

確かに勝征さんは、懲りないヤマっ気と調子の良さで、新婚当時からお母さんに苦労のかけどおしだったが、お母さんが家を出て、離婚へと至ってしまった直接の理由は、お母さんに好きな男のひとができたこと――まだ二十代半ばだったお母さんは、勝征さんだけでなくマナブのことも置き去りにして、つまりすべてを捨てて、好きになったひとのもとへ向かったのだ。

もっとも、そのひととお母さんは夫婦にはならず、新しい家庭もつくらないまま、何年かすると別れてしまった。だが、お母さんは家を出て行ったままだった。帰らなかったのか、帰れなかったのか、いずれにしてもお母さんはずっとマナブの「お母さん」ではあっても、勝征さんの「奥さん」には戻らなかった。

そんなお母さんが、ようやく、新しい家庭をつくったのだ。

呆然としたまま、後楽園ゆうえんちの入場ゲートの前で、お母さんの話を聞いた。

再婚したのは今年の二月のことで、赤ちゃんは十月に生まれる予定だという。結婚した相手は区役所に勤める公務員で、おととし病気で亡くなった前の奥さんとの間には、小学生の娘さんがいる。お母さんは、血のつながっていない娘の「お母さん」にもなったのだ。

再婚のことも、赤ちゃんができたことも、勝征さんはおばあちゃんから聞いていた。勝征さんとおばあちゃん、そしておばあちゃんを仲立ちにしてお母さん、三人で相談して、マナブにはお母さんが直接会って話すことに決めた。

それがよかったのかどうか、答えは誰にも、何年たとうとも、わからない。

＊

水道橋駅で、帰りの新幹線の指定券を取り直した。

東京発午後一時ちょうどの『ひかり11号』——広島には夕方六時過ぎに着く。最初の予定より四時間も早い。勝征さんとおばあちゃんが考えていたのとは、まったく逆の展開になった。

マナブ自身、どうしてこうなったのか、自分で決めたことなのにうまく説明できない。

ただ、東京にもう一泊して、おばあちゃんと今夜ずっと一緒にいるのはキツい気がした。最終列車まで帰りを遅らせて、迎えに来てくれた勝征さんと夜中の十二時近くに顔を合わせるのも、やっぱりキツい。

なにより、お母さんと夕方五時まで一緒にいて、なにを話せばいいのだろう。お母さんにどんな顔を向けていればいいのだろう。お母さんはマナブを待っている間に遊園地の入場券を買ってくれていたが、中に入って遊ぶ気にはなれなかった。ゲートの向こう側とこちら側がはっきりと区切られて、おまえは向こうには行けないんだ、と誰かに厳しく宣告されたような感じだった。

お母さんは、再婚や赤ちゃんについて黙っていたことを何度も謝ってくれた。たとえ再婚しても、たとえ赤ちゃんが生まれても、お母さんがマナブの「お母さん」だというのは永遠に変わらないから、と涙ぐみながら念を押してもくれた。

そんな言い訳めいた話をひとしきり聞いたあとで、「僕、広島に帰るよ」と言ったのだ。笑って、にこやかに、「お母さん、体に気をつけてね」とまで言えたのだ。

怒ってはいない。恨んでもいない。悲しいのかどうかも、じつはよくわからない。しかたないんだ、ときれいに納得しているとは思わないが、あきらめきれないものを無理やり断ち切っているわけでもない。

いままで小説やマンガで読んでもピンと来なかった「胸にぽっかりと穴が空いたような」という比喩を初めて、こんな感じなのかな、と理解できたような気がした。

切符を取り替えたあと、水道橋駅から一駅だけ電車に乗って、御茶《おちゃ》ノ水《みず》駅で降りた。「ちょっと早いけど、お昼ごはん食べようね」と、お母さんが連れて行ってくれたのは、カレーがとても美味しいというレストランだった。

「ここはいろんなものをカレーの上に載せられるのよ。ハンバーグなんていいんじゃない？　東京も暑いけど、広島は西だから、もっと暑いんでしょ？　しっかり食べないと具合が悪くなっちゃうからね」

おとといはカツカレー、今日はハンバーグカレー――トンカツとハンバーグの違いが、勝征さんとお母さんの性格の違いなのだろうか。だとすれば、ゆうべ惣菜のトンカツを付けてくれたおばあちゃんは、やっぱりじつは勝征さんと性格が似ているのだろうか。

カレーライスは、「いただきます」をしたあとは、自然と食べる勢いがつく。熱さと辛さに口をハフハフさせながら、スプーンをほとんど休ませることなく食べていく。その間は、顔はうつむいて、まなざしはカレー皿から動かない。向き合って話すのが気詰まりなときにはぴったりの食べ物なんだな、と気づいた。お母さんもそう考えてカレーを選んだのだろうか。

お昼ごはんのあとも、まだ少し時間に余裕があった。

「本屋さんに行く？　新幹線の中で読む本、買ってあげる」

そうしようかな、とうなずきかけたとき、お母さんの肩越しに大きなスポーツ用品店の看板が見えた。広島のお店の、山本浩二選手と外木場投手のユニフォームを着たマネキンを、ふと思いだした。

「お母さん……僕、買ってほしいものがあるんだけど」

ぽつりと言って、「うん、なんでもいいわよ、なにが欲しいの？」と訊くお母さんに答える間もなく、スポーツ用品店に向かって歩きだした。

巨人の選手の出ているポスターやパネルがたくさん掲げられた野球用品売り場には、セ・リーグとパ・リーグの全十二球団の帽子が揃っていた。カープの赤い帽子もある。十二種類の帽子の中でも目立つことにかけては一番だった。

「これ、買ってくれる？」

赤い野球帽を棚から取った。「広島カープ、今年から赤ヘルになったから、帽子も赤いんだ」

お母さんは「それはいいけど……」と困惑した顔で、「広島にも売ってるでしょ？」と言う。

「売ってるよ。売ってるけど、いま、欲しい」

「ここで買うの？」

「そう。かぶって帰る」

「だって、いま巨人の帽子かぶってるじゃない」

マナブはうなずいて、帽子を脱いだ。蒸れかけていた坊主頭に冷房の風が通って、ひんやりと気持ちよかった。

「この帽子、お母さんにあげるから。それで、カープの帽子、かぶって帰る」

考えて決めたことではない。思いつき同然——正しいかどうかではなく、正直かどうかで、「あり」だった。

お母さんも困惑した顔を少しゆるめて、カープの帽子を持ってレジに向かった。支払いをすませると、店員に値札を切り取ってもらった帽子をマナブに渡し、引き替えにマナブから巨人の帽子を受け取った。

マナブはカープの帽子をかぶる。

お母さんは両手に持った巨人の帽子を自分の胸に押し当てて、「よく似合うわよ」と目を潤《うる》ませて言ってくれた。

# 第八章

八月に入って、広島の街は雰囲気が変わった。

ポスターやビラが、七月以上に街のあちこちで目立ってきた。団体でぞろぞろと歩くひとたちも増えた。その中には、拡声器を使って平和や反戦を訴えるグループや、反戦歌を歌いながら歩くグループもいる。スピーカーを付けた車が何台も市内を走りまわる。カセットテープの音楽を流したり、駐めた車の屋根に上がって演説をしたり、そういう車同士がすれ違うときには、「暑い中ご苦労さまです」「ともにがんばりましょう」と挨拶を交わすこともあれば、逆に、マイクを派手にハウリングさせながら激しく罵り合うこともある。

要するに、街ぜんたいが騒がしくなったのだ。

今日も、広島の街には朝から音楽が響きわたっていた。大通りをゆっくり進む街宣車の演説や音楽が、道路を何本も奥に入ったユキオの家にまで聞こえてくる。日曜日だというのに――いや、日曜日だからこそ、平日以上にボリュームを上げているのだろうか。

「かなわんのう……」

ヤスがノートから顔を上げ、舌打ち交じりに言う。「まいっちゃうな」とマナブも書き損じた英単語を消しながら言った。

「どがあする？　窓、閉めるか？」

ユキオが訊くと、ヤスはすぐさま、マナブも少し迷ってから、断った。

扇風機のない四畳半に三人集まって勉強をしているのだ。窓を閉め切ったときの暑さと騒音を天秤にかければ、騒音のほうがまだ我慢できる。

「毎年こんな感じなの？」とマナブが訊くと、ヤスは「悪いんか」と八つ当たりして、まあまあまあ、となだめるユキオも「広島の八月はしょうがないんよ」とあきらめ顔でつづけた。

音楽が変わる。聞き覚えのあるメロディーがおとなの混声合唱で聞こえてきた。『夾《きょう》竹桃《ちくとう》のうた』という題名の歌だ。

広島に引っ越してくるまでは知らなかった。テレビの歌番組で聴いたこともない。だが、相生中学では生徒会の行事の締めくくりには、必ずこの歌をみんなで歌う。特に練習をしているわけではないのに、二年生や三年生はもちろん、一年生まで歌詞やメロディーを覚えていることに驚いたが、ヤスやユキオに訊くと、小学生の頃からしょっちゅう歌ってきたのだという。

——夏に咲く花　夾竹桃　戦争終えた　その日から　母と子供の　おもいをこめて　広島の　野にもえている　空に太陽が　輝くかぎり　告げよう世界に　原爆反対を——

これが一番の歌詞。二番は舞台が長崎に移って、テーマは同じ原爆反対。三番では沖縄の平和と独立が歌われていたのだが、一九七二年に沖縄が日本に返還されてからは、歌詞が替えられた。非核を誓う全国の町が舞台になり、テーマも原爆反対にそろえられたのだ。

キョウチクトウは、原爆を落とされた年の夏、焦土となった広島にいち早く咲いた花だという。一九七三年には広島市の市花に制定された。相生中学の中庭にも植えてある。生徒会が管理する『平和の花園』に咲くアサガオやヒマワリやグラジオラスを脇役扱いにして、梅雨明けから九月の半ば頃までの長い間、赤やピンクの花を咲かせる。

「まあ、ざわざわしとるんも六日までじゃけえ……」

ヤスは、しい、ごお、ろく、と指を三本立てて、「あと三日の辛抱じゃ」と言う。

「カープの辛抱は、ここからが本番なんじゃけどのう」

ユキオが嘆くのも無理はない。カープは今日、市民球場で大洋とのダブルヘッダーを戦ったあとで遠征に出る。次に広島に戻ってくるのは十六日なので、十日以上の長い遠征である。

「毎年、八月六日はよそで試合をするんよ」とユキオはマナブに説明した。今年は神宮球場でヤクルトと戦う。「市民球場は原爆ドームやら平和記念公園やらに近すぎるけえ」八月六日には、市役所や公共施設も休みになる。市を挙げて、亡くなったひとたちを悼み、平和を祈る一日なのだ。

「カープは広島の平和の象徴なんじゃけえ、八月六日に市民球場で試合するほうがスジじゃ思うがのう。式典はどうせ朝のうちなんじゃけえ、晩はナイターをすりゃあええんじゃ」

なるほど、とマナブはうなずいたが、ヤスは「アホ」とはねつける。「六日の晩は灯《とう》籠《ろう》流しじゃ。ナイターで明るうして、わあわあ騒ぎよったら、ぶち壊しじゃがな」

八月六日の夕方から夜にかけて、原爆で亡くなったひとたちの供養のために、原爆ドームのすぐ前を流れる元安川《もとやすがわ》で灯籠流しがおこなわれる。

ユキオも、あ、そうか、と急にしょんぼりしてしまった。「よう考えてから、モノを言えや」と、ヤスのほうはいっそう不機嫌になってしまう。

そんな二人をそっと見比べて、マナブは、まあいいや、と勉強に戻る。

広島の八月は、ややこしくて、難しい。まるでルールを知らないスポーツの試合を観ているようなものだった。そのルールについて「どんなふうになってるの？」「なんでそんなルールができたの？」と気安く訊けないところが、一番ややこしくて、難しい。

明日の登校日もそうだ。宿題の進み具合をチンチク先生にチェックされるので、三人は日曜日の朝っぱらから集まって、宿題を——正確にはマナブの『夏休みの友』をヤスとユキオがせっせと書き写している。

明日はその宿題のチェックが終わると、生徒たちは体育館に集まる。正午まで、生徒会が主催する毎年恒例の『平和を考える自主学習』がおこなわれるのだ。建前としては自由参加でも、生徒の出席率は毎年ほぼ百パーセントなのだという。

学習といっても、難しいことをするわけではない。力点は「自主」のほうにあった。みんなで体育館に集まって、原爆で家族を亡くしたひとや被爆の後遺症でいまも苦しんでいるひとたちの話を聞き、世界平和を目指して活動している広島大学の演劇サークルのお芝居を観て、最後にフォークソングや反戦歌をみんなで合唱して、解散——。

「どうする？　行く？」

マナブが訊くと、二人そろって「まあ、行かん理由もないけえ」「悪いことをしとるわけじゃないしの」と、微妙に歯切れが悪くなりながらも、うなずいた。

「マナブも行くんじゃろ？」

「うん……」と答えたマナブの口調は、二人よりもさらに歯切れが悪くなってしまった。

自分のことではなく、沢口真理子のことを考えていた。あいつは明日どうするのだろう。ホームルームのあと一人で教室を出て行く後ろ姿が、想像というよりむしろ過去の記憶のように、くっきりと思い浮かぶ。呼び止めようとしても、どうせ振り向いてもくれないだろう。遠ざかっていく真理子の背中は、マナブよりずっと「よそモン」で、しかも、ひとりぼっちになることを全然怖がっていない、強い「よそモン」だった。

ユキオの母ちゃんがつくってくれた冷麦をお昼に食べて、宿題書き写し会は終わった。

ヤスは午後から野球部の試合がある。地区大会で、相生中学は三回戦まで勝ち残っている。今日の試合に勝ってベスト8に入れば十数年ぶりの快挙だし、ベスト4に残って、ブロック大会に進めば、野球部史上初めてのことになるのだ。

ヤスはセンターのレギュラーを確保している。これまで一番だった打順は、好調なバッティングを買われて、今日の試合からはクリーンナップの三番に抜擢されるらしい。さらに、試合の展開によっては、終盤に抑えの切り札としてマウンドに立つ可能性もあるのだという。

「わしは体がまだコマいけえ、先発するにはスタミナが足りんのじゃけど、リリーフで一イニングだけの全力投球なら、三年生よりも速い球を投げられるんじゃ」

野球部の練習で陽に灼けたせいもあって、ヤスの体は急にたくましくなったように見える。

「キャッチャーがドカベンみたいな先輩じゃったら、もっと本気で投げられるんじゃけど、すぐに突き指するけえ、ウチの永田さんは」

態度もいっそう生意気になってきた。

一方ユキオは、今日の午後は市民球場でカープの試合を観る。ダブルヘッダーが組まれているときは、『友の会』のチケット一枚で二試合も応援できる。お得な一日なのだ。

「いっぺんぐらいは巨人戦でダブルヘッダーをやってほしいんじゃが、客の入る試合じゃけえ、なかなかダブルは組んでくれんのよ。相手が大洋じゃったら、二試合いうても、巨人戦の一試合分の面白みもありゃあせんよのう」

ひどい言われようだが、昨日の大洋戦はカープのファンにとっては感慨に満ちた試合になった。交通事故で失明の危機さえ噂されていた金城投手が、待望の復帰登板を果たしたのだ。

だが、復活の感慨は勝利の歓喜にはつながらなかった。試合はエース外木場投手が打ち込まれて四対六で負けた。それも、初回に四点を取ったきり尻すぼみの逆転負けだったのだ。

五位大洋に連敗するわけにはいかない。そうでなくても、オールスター戦後のカープは勝ちと負けが交互に並んで、上位四チームの混戦からなかなか抜け出せずにいる。

だ。

「遠征に出る前に、今日のダブルヘッダーを連勝して、景気をつけんといけんのじゃ」

その願いも込めて紙吹雪を二試合分以上に用意したユキオだったが、先回りして結果を報告しておくと、紙吹雪を撒く機会は一試合分しかなかった。第一試合は三対〇で勝ったものの、連勝を狙った第二試合では逆に〇対二の完封負けをくらってしまったのだ。

五位大洋相手の三連戦で一勝二敗。順位は、四位——ただし、二位のヤクルトや三位の阪神との間のゲーム差はゼロ。勝率でわずかに及ばず順位が落ちてしまっただけで、首位中日とのゲーム差も〇・五しかない。史上稀《まれ》に見る大混戦は、シーズン後半に入ってもつづいているのだ。

十六日までの長い遠征を乗り切って優勝争いに踏みとどまるのか。それとも、力尽きて脱落してしまうのか。

「ここが気合の入れどころじゃ」

ユキオが力んで言って玄関から外に出ると、ヤスは「こんな、六月にも七月にもそがあに言うとったろうが」とあきれて笑いながら、あとを追う。「なんべん気合入れりゃあ気がすむんな」

「なんべんでも入れりゃええんじゃ。まだまだ、なんぼでも入るわい」

ユキオは自転車をガレージの隅から出しながら、「去年まで使うとらんかった気合の入れ場所は、ぎょうさんあるんじゃけえ」と言う。

ヤスも、憎まれ口をたたいていても、カープへの思いはユキオと同じだ。しみじみとした様子でうなずいて自分の自転車にまたがり、「去年までは、気合を入れるんは五月頃に終わっとったけえのう」と応えた。

マナブは黙って、最後に玄関から出た。去年までの話には、知ったかぶりの相槌すら打てない。それが「よそモン」の寂しさだった。

だが、いま、マナブの頭にはカープの赤い帽子がある。二人の前でかぶるのは今日が初めてだった。ユキオは「これでマナブも広島のモンじゃ」とうれしそうに言って、自分では決して「赤」を受け容れないヤスも「意外と似合うとる」と褒めてくれた。巨人の帽子は、東京で捨ててきた、ということにした。ヤスとユキオには「捨てんでもよかったろうに」「モノを大事にせえや」と叱られたし、自分でもキツすぎる気がしたが、「いいんだよ、あんなの」とそっけなく言うと、少しだけ、なんとなく、微妙に、胸がすっとする。

自転車の二人とはユキオの家の前で別れて、一人で歩いて帰った。

同じ相生中の学区内でも、ユキオの家から相生団地までは、歩くと二十分以上かかる。

自転車欲しいなあ、といつも思う。東京で乗っていた自転車は、引っ越すときに勝征さんが「そんなもの持って行けるわけないだろ」と処分した。荷物は手に提げられるだけ、という引っ越しだった。真夜中に足音を忍ばせてアパートを出て行かずにすんだだけでも、よかったと思うしかない。

勝征さんの軽自動車も同じように東京で処分して、広島に来てから中古の軽自動車を買った。だが、マナブの自転車は、まだ——。

勝征さんにねだらなくても、お金ならある。東京のおばあちゃんがくれたお小遣いは、四月にもらった卒業祝いと入学祝いに負けないほどの金額だった。いつもなら「いくら入ってた？」としつこく訊いてきて、「子どもが大金を持ってると危ないから」と無理やり預かる勝征さんが、今回のお小遣いについてはなにも言ってこない。東京での出来事も、予定よりうんと早い列車で帰ってきた理由も、訊かない。広島駅で迎えてくれたときに「おう、お疲れ」と笑ったきり、東京の話はおしまいになっていた。

ようやく広電の走る大通りに出た。橋のたもとに托鉢《たくはつ》をするお坊さんがいた。浄財《じょうざい》やお米を入れる鉢《はち》には、〈原爆死没者慰霊〉と書いてある。橋を渡った先のビルの一階は、フォトギャラリーだった。〈わが町・広島　写真で見る復興への歩み展〉という看板が出ていた。新聞販売店の窓一面に、七月に小柳仁美に誘われた『平和を考える若者のつどい』の大きなポスターが貼られていた。『つどい』のポスターの少し先には、別の集会の立て看板があった。二つある大きな平和運動団体のうちの一つ——ソ連の味方のほうだったか、逆だったか、忘れた。

歩きながら、何度も顔の汗をハンカチでぬぐった。今日も暑い。昨日も暑かった。明日も間違いなく暑いだろう。

広島は、とにかく暑い。埃っぽくて湿り気が多く、河口に街ができているせいだろうか、海藻や泥のにおいも混じったような熱気が、むわっという音をたてるように全身にまとわりついて離れない。広電のレールの照り返しが目を灼くほどまぶしく、大通りの先のほうを眺めると、ゆらゆらとたちのぼる陽炎で電車の車輛がゆがんで見えることも多い。

だから、やっぱり、自転車が欲しい。自転車なら早く帰れるだけでなく、風を切って走ることができる。歩くよりずっと涼しいだろう。

買っちゃおうかなあ、お父さんにナイショで買っちゃえばいいんだよなあ、お金はあるんだもんなあ、と心の中でつぶやきながら歩いていると、戦車のような暗い色で塗られた街宣車が向こうからやってきた。小型バスを改造して、窓を外から鉄網で保護している。別の場所に移動する途中なのか、休憩時間なのか、音楽は鳴っていなかったが、車のボディーには〈米大統領ハ原爆投下ヲ謝罪セヨ〉と極太の筆文字で書いた横断幕が掲げられていた。

車が走り去ったあと、ふと空を見上げると、大きな入道雲《にゅうどうぐも》が天に吸い込まれそうなほど高くたちのぼっていた。

＊

翌日、チンチク先生が『夏休みの友』のチェックをすませ、連絡事項を伝えるだけの簡単なホームルームを終えると、すぐさま仁美が教壇に駆け上がった。

「では、体育館で自主学習会をおこないまーす！　皆さん、体育館に移動してくださーい！」

みんな廊下に出て、体育館に向かって歩きだす。一年三組だけでなく、右隣の二組や、左隣の四組、さらに二組の隣の一組の生徒も廊下に出て、同じ方向に歩きだしていた。やはり出席率はかぎりなく百パーセントに近いのだろう。

だが、真理子は、みんなの流れに逆らって一人で昇降口に向かう。マナブの予想どおりだった。すれ違う生徒に怪訝そうな目で見られても平然と――まわりの連中のことなど最初から気にも留めていない様子で、歩く。これも予想していたとおりのことだ。

マナブは教室を出た。人の流れに逆らって、真理子を追いかけて、昇降口に向かう。

「おい、マナブ、どこに行くんな」とヤスに声をかけられたが、なにも応えず、足を速めた。そんな自分自身の行動だけが、予想外だった。

真理子は学校を出ると、相生団地の方角に歩いていった。家に帰るのだろうか。マナブは刑事ドラマの尾行のように電柱や車の陰に身を隠しながら、あとを追った。だいじょうぶ、気づかれた様子はない。ほっとして、もう少し距離を詰めてみようとした矢先、真理子は「だるまさんがころんだ」のようにすばやく振り向いた。

不意を突かれて、身を隠すことができなかった。目が合ったあとも、真理子は動かない。口も開かない。じっとマナブを見つめ、黙ったまま、マナブが話を切り出すのを待っていた。

しかたなく、覚悟を決めて近づいていった。

「俺も……自主学習、休んじゃった」

「見ればわかる」

そっけない。それでも、会話をする気はあるのだろう。

「ウチに帰るの？　それとも、どっかに行くの？」

「橋本くんには関係ないと思うけど」

それはそうなのだ、確かに。マナブにもわかっている。わかっていても、いや、わかっているからこそ――。

「俺、よそモンだから」

「え？」

「よそモンだから、原爆のこと、勉強しても、ほんとうはわかってなくて……ほんとうのほんとうは、一生かかってもわかるわけない、って気もする。だから、俺、沢口さんがなんで自主学習に出なくて、なんで千羽鶴を折らないのか、わかんなくて……広島のこと、嫌いだって言ってただろ、でも、なんで？　そんなの教える必要ないって沢口さんは言うかもしれないし、俺もそうだと思ってるんだけど、でも、やっぱり、俺、わかりたいんだよね……」

真理子は黙っていた。表情も変わらない。だが、踵を返して歩きだしたり、言葉ではねつけたりするわけではない。ならば、話をつづけるしかなかった。

「教えてほしいんだよ」

真理子はやっと「なにを？」と返してくれたが、声には咎めるような響きが交じっていた。

「答えじゃないんだ」

「そうなの？」と、声は意外そうに、少し見直したふうに、聞こえた。

「……だってほら、そんなの教えてもらっても、やっぱり俺、わかんないと思うんだよね。うまく言えないけど、あのさ……数学の問題集とかの答え合わせをするときでも、何番の答えなのか先に言わずに、いきなり答えの数字だけズバッて言われても、なにがなんだかわかんないだろ」

「……うん」

「なんていうか、俺、まだ問題読んでない気がするわけ」

「どういうこと？」

「問題集を開いてるんだけど、俺、何番の問題をやればいいのか、わかってなくて……そんなのじゃ、答えだけ教えてもらっても、意味ないじゃん」

原爆もそういうことだと思うんだ、と言った。同じ気がするんだ、いま、とつづけた。理屈がきれいに通っているとは自分でも思わない。それでも、とにかくしゃべってみると、先のほうに、なんとなく、ぼうっとした光のようなものが見えてきた。

「だから」

声が強くなった。そうか、そういうことなんだよ、と自分で言葉を見つけた。

「原爆とか広島のことで、俺が一番考えなきゃいけないことって、なに？　俺、そこからわかってないからだめなんだと思う、自分でも」

授業中に「質問はありませんか？」と先生に訊かれて、「なにがわからないかもわかりません」と答えるのと同じだった。それでは先に進めない。

「俺も、よそモンにはどういうところがわからないのかぐらいは、わかりたいわけ」

真理子は目をそらして「屁理屈言われても、うち、ようわからん」と言った。ムッとした顔だったが、声のほうは冷たくなかった。

「自分で探す」

マナブはきっぱりと答えた。「でも、もし、こんなこと考えろ、っていうのがあるんだったら、教えてほしくて」

「べつに……」

真理子はマナブに背を向けて歩きだしたが、何歩か進んだところでまた立ち止まり、マナブのほうには目を向けずに「やっぱり、あった」と言った。


家に帰って制服を着替えてから、真理子と弟の広志と三人で広電に乗った。

真理子は行き先を教えてくれなかったが、乗り込んだ電車の路線には、『広島大学前』という停留所がある。赤十字病院の最寄りの電停だった。赤十字病院の構内には、原爆医療を専門におこなう「原爆病院」が開設されていて、政治家や外国の著名人が見舞いに訪れたニュースがときどき報じられる。

ロングシートに三人並んで座った。真ん中にいる広志は、マナブがなぜ一緒にいるのか怪訝に思い、警戒もして、まだ小学一年生なのに、おねえちゃんをこいつから守ってやるんだ、という決意と敵意に満ちた顔をしていた。運転席に近い側に座った真理子は、マナブにそっぽを向くように電車の進行方向をじっと見つめる。マナブもカープの野球帽のツバをふだんより下げた。

電車は『広島大学前』の電停に着いた。赤十字病院の大きな建物が見えた。真理子は席を立たない。広志も、最初からこんな電停には用なんてないんだと言いたげに、真理子の腕に肩をぶつけて遊んでいる。

電車が走りだす。『広電本社前』の電停を過ぎて京橋川《きょうばしがわ》を渡ると、ビルの数が減って、車の通行量も減ってきた。マナブはこのあたりに来るのは初めてだった。車内の路線図を見ると、いくつか先に『県病院前』という電停がある。県立広島病院の最寄りだった。

電車が停まる。だが、真理子も広志も席を立たなかった。『県病院前』を過ぎると、街の風景はしだいに殺風景になっていく。行き交う車にトラックが増えて、倉庫や小さな工場が目立ってきた。京橋川の河口――フェリーの発着する宇品港はすぐ先だった。

電車に乗っている時間はそれほどでもないのに、ずいぶん遠くまで来てしまった気がする。界隈は静かだった。街宣車は一台も走っていないし、ポスターや立て看板の数もがくんと減ってきた。平和記念公園や原爆ドームのあたりとは、まったく別の街みたいだ。けれど、庭にキョウチクトウの赤い花が咲いている家は、いくつもあった。

終点の『宇品』電停から二つ手前の『海岸通』で電車を降りた。このあたりまで来ると、風景はもう港の一部になっている。建ち並ぶビルも港湾関係のものばかりだった。

電停から裏通りに入って少し歩いたところに、木造の建物があった。小さくて、古くて、ビルの陰になって陽当たりも風の通りも悪そうな建物だ。門の看板を見て初めて、そこが病院だと知った。まるですべての部屋が霊安室になっているみたいな、陰気で薄暗い病院だった。

「広志を連れて行くけえ、ちょっとここで待っとって」

門の外で真理子は言った。「どこか具合悪いの？」とマナブが驚いて広志を見ると、違う違う、と初めて頰をゆるめて、「お見舞い」と言う。「お母さんが入院しとるけえ」

「ここに……？」

「今年の四月から」と言って、一人で病院の中に入ろうとする広志の手をつかんで、「この子が生まれてから、入院を一日もせんですんだ年は、いっぺんもないんよ」と付け加えた。

ヤスから聞いた話を思いだした。お母さんが入退院を繰り返していたのは、真理子が幼い頃からだった。だから、いま真理子が言った「この子」は、「うち」でもあるのかもしれない。

マナブが黙り込んでいるうちに、真理子は広志にせっつかれて病院の中に入っていった。板張りの廊下や階段がギシギシと軋む音が、外にいるマナブの耳にまで届くはずはないのに、聞こえた。

ほどなく一人で戻ってきた真理子は、「広志は夕方までお母さんにみてもらうことにした」と言った。頼んでくれたのだろうか。真理子もほんとうは、お母さんと一緒にいたかったのではないのか。マナブはカープの赤い野球帽を脱いで、蒸れた頭に風を入れて少し冷やしてから、目深にかぶり直した。

「……ありがと」

真理子はなにも応えず、さっさと歩きだしながら「お昼ごはん食べよう」と言った。「フェリー乗り場まで行けば、待合室の売店にパンやカップヌードル売っとるんよ」

「うん……」

「橋本くん、ニノシマいうて知っとる？　顔が似とるいうときの『似』と島で、ニノシマ。フェリー乗り場から見えるんよ」

漢字を言われて、ああそうか、と思いだした。『はだしのゲン』に出ていた島だ。たしか、その島は――。

「原爆でケガをしたひとが、市内から一万人以上も船で運ばれてきて、たくさん亡くなった島」

真理子は教科書の説明文を棒読みするように言って、「全部で何人のひとが亡くなったんか、まだほんまのところの人数はわからんの」と付け加え、足を速めて先を進んだ。

マナブは黙ってあとを追う。風を通したばかりなのに、野球帽の縁はまた汗でじっとりしてきた。歩きながら脱いで、かぶり直す。さっきよりずっと目深になった。

フェリー乗り場の売店でジャムパンと缶のサイダーを買って、桟橋《さんばし》のベンチに座った。

倉庫街に澱んでいた埃と油のにおいに代わって、潮のにおいが鼻をひくつかせる。ただ、海といっても、波が砂浜に打ち寄せて、水平線まで見わたせるというような雄大な風景ではない。潮騒も聞こえない。もともとは島だったという宇品の山並みや、港に蓋をするように位置する島々が、視界だけでなく外海の波もさえぎっている。船体とのクッションで古タイヤが結わえられた足元の岸壁から、たぷん、たぷん、ちゃぽん、ちゃぽん、という音が聞こえるので、やっと波が来ているんだと気づく程度だった。

「似島には、『似島学園』いうて、原爆でみなしごになった子どものための施設もあったんよ」

「……そういう子ども、原爆孤児っていうんだよね」

「よう知っとるね」

「図書室で借りた本に出てた」

真理子は、ふうん、とうなずいて、「いっぺん東京のひとに訊いてみたかったことがあるんよ」と言った。「広島の原爆と、長崎の原爆、どっちが東京で有名なん？」

「有名」という言い方にひっかかりを感じながらも、正直に答えた。広島のほうが「有名」だ。東京の友だちに訊いても、きっと全員同じ答えになるだろう。

「なんで広島のほうが有名なん？」

「だって……やっぱり、世界で初めて原爆が落とされたんだし……」

「初めてじゃけえ偉いん？」

「有名」と「偉い」は違う。なんだか理屈をねじ曲げられているような気がしたが、言い返す前に、さらに言葉はつづいた。

「二番目でも三番目でも関係ない思うけど。オリンピックと違うんじゃもん」

「それはそうだよ、わかってるよ」

「じゃったら、橋本くんは、もしも広島が世界で百番目に原爆を落とされた街じゃったら、すぐに忘れるん？」

「そんなことないって」

「でも、言うとること同じ」

「違うよ、全然違うってば」

ムキになって言い返したが、もう真理子の話は終わっていた。ボクシングの一ラウンドが終わってコーナーに戻ったように、自分の買ったパンを袋から出して食べはじめる。

売店には菓子パンや調理パンもあったのに、真理子が選んだのは、一番安くてなにも塗っていないコッペパンだった。それを両手で持って、うつむいて、少しずつ、休みなく、リスが木の実を食べるようにかじっていく。飲み物は紙パックの牛乳だった。甘いものが嫌いなのか。甘いもので気分が浮き立ってしまうのが嫌なのだろうか。

「小学校の頃は宇品に住んでたって、一学期に図書室で言ってたよな」

黙ってうなずいた。

「それって、お母さんの病院が近所だから？」

また黙って、さっきより小さくうなずいた。

「お母さん……なんの病気なの？」

真理子はコッペパンを食べ終えて、牛乳を飲み干したあとの紙パックをゴミ箱に捨てて来て、それからやっと答えてくれた。

「病気とケガの両方」

どこの、とマナブが訊こうとしたら、逆に質問された。

「橋本くん、去年の八月六日はなにしとったん？」

すぐには思いだせない。東京にいた。テレビで平和祈念式典を観たような気もするし、それはニュースでちらっと観ただけだったようにも思う。

答えに窮していると、「じゃあ九日は?」と重ねて訊いてくる。さらに、「十五日は?」とも問いはつづく。長崎の原爆の日も、終戦記念日も、記憶は曖昧だった。十五日は甲子園の高校野球をテレビで観ていただろうか。球場では正午になると試合が中断して、選手も観客も黙禱をする。そのとき一緒に黙禱したのかどうか、記憶をたどってもまるで思いだせない。

「ごめん……」と謝ると、真理子は、違う違う、と苦笑してかぶりを振って、「ほんまに訊きたいことは、ここから」と、また別の日付を口にした。

「八月八日は?」

なにをしていたかは、やはり覚えていない。ただ、それがなんの日付かは、菊江さんに教わったので、わかる。

「福山が空襲された日だよね」

真理子は、「知っとったん?」と少し驚いて、笑った。拍子抜けしたようにも、喜んでいるようにも、ほっとしたようにも、あるいは怒っているようにさえ見える、複雑な笑い方だった。

「死んだひとの数は?」

「そこまでは……」

「三百五十四人」

さらりと言った真理子は、「お母さんのお兄さんや、妹や、弟も」と付け加えた。人数はマナブが調べていたとおりだったが、その中に真理子の親戚が含まれていたというのは、想像もしていなかった。

「ケガをしたひとは、八百六十四人で……お母さんも、その一人」

当時十二歳だったお母さんは、上半身に重いやけどを負った。爆風で飛んできたガラスや金属の破片が全身に突き刺さって、内臓をやられた。二つある腎臓《じんぞう》のうち一つは戦後間もなく摘出したし、おとなになってからは肝臓の働きも悪くなっている。体の中に残った破片を取り除くために何度も手術を繰り返し、そのたびに、ただれたような傷痕が残った。ケロイドになってしまったやけどの痕にはお尻の皮膚を移植して、お尻に新しい皮膚ができたら、また移植する。四月からの入院も、通算何度目かになる皮膚の移植手術のためだった。神経を傷つけられた後遺症で去年から指を動かしづらくなった左手の治療とリハビリも一緒におこなうので、退院の目処はまだ立っていない。

真理子はそこまで話すと、「電車で戻って、平和公園に行ってみん？」と誘った。

マナブは黙ってうなずいた。

フェリー乗り場と隣接して『宇品』の電停があったが、真理子は外の通りに出た。次の『向宇品口《むこうじなぐち》』も通り過ぎる。歩きながら、真理子はお母さんの話をつづけた。

空襲でお母さんのきょうだいはみんな死んでしまったが、幸いにして両親は無事だった。

八月八日は広島市にいた父親——林田のおじいさんは、空襲の難を逃れたのと引き替えに入市被爆をしたものの、若いうちはまだ「ぶらぶら病」の症状は出ていなかった。両親そろって、重い傷を負って後遺症に苦しむ娘のために、ひたすら働きつづけ、治療費を捻出した。大きな病院のある広島市に移り住み、これを朝晩塗ればケロイドが消えるという怪しい湧き水も汲みに行ったし、もっと怪しげな数珠《じゅず》も買った。

お母さん自身も中学を卒業すると勤めに出た。だが、後遺症のある不自由な体では、やれる仕事は限られている。なにより、顔のやけどの痕は、化粧で隠せるようなものではなかった。

ひどい差別や偏見の目にさらされてきたらしい。

「知っとる？　顔のケロイドを治してもらうんは、病院の支払いで国民保険が使えんけえ、ぶちお金がかかるんよ」

「……なんで？」

「美容整形と同じで、好きでいじっとるだけなんじゃけえ、いう理屈」

「でも、戦争の被害者なんだから——」

「だったら、アメリカの大統領に言うて。空襲したんはアメリカなんじゃけえ。日本の総理大臣でもええよ。日本とアメリカが戦争せんかったら、こがあなことにならんですんだんじゃもん」

マナブは、さらに「でも……」と返しかけたが、それ以上はなにも言えなくなった。真理子も「そんなん言いだしたらもう、空襲で死んだひとやら家を焼かれたひとやら、日本中で数えきれんけえね」と力の抜けた苦笑いを浮かべて、話を戻した。

お母さんには、結婚をして子どもを産みたい、という夢があった。顔のケロイドが負い目になっていないわけがない。後遺症で不自由な体で子どもを産んで育てるのは大変だし、家計のこともある。それでも、その夢だけはどうしても叶えたかった。

「だって、お母さん、空襲に遭うたせいで、いろんなことをあきらめてきたんよ」

子どもの頃からスポーツが得意だった。水泳の大会で優勝したこともある。上の学校に進んだらテニスをやりたい、と思っていた。大学まで行って学校の先生にもなりたかったし、銀行や役所に勤めることにも憧れがあった。そんな夢がぜんぶ潰えてしまったからこそ、お嫁さんになって、お母さんになる夢だけは、守りたかった。それすらあきらめてしまうしかないのなら、自分がこの世に生まれてきた意味は、いったいどこにあるというのだろう……。

結婚をした。子どもを二人産んで、育てた。その間もずっと後遺症に苦しめられ、病院との縁も切れず、どんなに働いても生活は楽にならなかった。

働き詰めだったおばあさんは、真理子が小学三年生のときに亡くなった。その頃からおじいさんも「ぶらぶら病」の症状が出てきて、「ほかにもいろいろあって、おじいちゃんは一人で相生団地に引っ越してしもうたんよ」――その「いろいろ」については話してくれなかったが、歩調を速めて、つづけた。

「橋本くんは、ウチがたのこと、もう誰かから聞いとるんかもしれんけど」

真理子はそう前置きして、「お母さんはお父さんのこと、ほんまに、少しも恨んどらんのよ」と言った。

初めて聞く話だ。マナブは表情を消した。筋書きはわからなくても、悲しい終わり方の話になることは、察しがついた。

「ケロイドやら腎臓が片っ方しかないことやらを承知で結婚してくれて、一緒におるときは面倒もよう見てくれて、我慢もぎょうさんしてくれたんじゃけえ、感謝をすることはあっても、恨むスジやらありゃあせんのんよ、いうて……」

去年の暮れに、お父さんは不意に家を出て行った。好きな女のひとができたのか、それとも、もう我慢の限界だったのか、このウチの大黒柱でいることにうんざりしてしまったのか。

「わからんけどね、うちはどうでもええし、うちはおじいちゃんとおばあちゃんの味方で、お父さんのことはあんまり好いとらんかったし」

真理子は淡々とした口調で言った。声にも表情にも感情はこもっていない。それで逆に、お父さんとのもともとの関係が、なんとなくわかる。

多いときには祖父母と四人家族の合計六人が暮らしていた借家は、今年の正月からは三人暮らしになった。四月にお母さんが入院してしまうと、真理子と広志が二人きりで残される。

「それで……相生団地に引っ越してきたの？」

「そう。うちは広志と二人で留守番でもかまわんかったけど、おじいちゃんの『ぶらぶら病』もどんどん悪うなっていっとるしね」

話はそれで一区切りついた。ドラマでいうなら「前回までのあらすじ」が終わった。歩きながらの話で助かった。桟橋のベンチに座ったままだったら、どんな相槌を打てばいいのかわからなくて、いまよりもっと重苦しい気分になってしまっていただろう。

『海岸通』の電停が見えてきて、真理子は足をやっとゆるめた。

「お母さん、今度の入院で顔のケロイドを治すんよ」

治すといっても、やけどを負う前に戻るわけではない。ケロイドになった頬や首筋の引き攣《つ》り具合が、皮膚の移植によってほんの少し良くなる、という程度らしい。手術の傷痕も残るし、移植した皮膚がうまく周囲の皮膚と馴染むかどうかもわからない。それで半年以上も入院して、痛みや苦しみで大変な思いをして、当然、お金もかかる。

「うちは、そんなんせんでええよ言うたんじゃけど、広志がおるけえね」

お母さんは広志のために移植手術を受けることを決めた。広志はお母さんのことが大好きで、お母さんには少しでもきれいになってほしい、と願っているから——。

「あの子、黙っとるんじゃけど、保育園でお母さんのケロイドのこと言われとったみたい」

いじめるほうも気にするほうもアホなんよ、と真理子が付け加えた言葉が、肩の後ろのほうから聞こえた。知らず知らずのうちに足を一人で速めていたことに、マナブはそれで気づいた。

東京のお母さんの顔が浮かぶ。思いだしたわけではないのに、広志の話を聞いていたら勝手に浮かんできた。七月に会ったときのおなかが大きなお母さんではなく、もっと昔の、「いつ」とは決められない頃のお母さんが、こっちを見て微笑んでいる。

足がさらに速まった。真理子の「どうしたん？」の声が背中に当たる。

「俺、母ちゃんがいないから、よくわかんない」

前を向いたまま言った。いままでの話とはなんの関係もない言葉だったが、真理子は訊き返さず、戸惑った声もあげずに、黙って小さくうなずいた——マナブは気づかなかったけれど。

市内の中心部に向かう電車は、宇品通りから御幸橋《みゆきばし》を渡って千田《せんだ》通りに入った。市役所の角を曲がって、鯉城《りじょう》通りへ。広島城は昔から鯉城と呼ばれていて、それがカープの命名の由来でもあった。

車内はしだいに混み合ってきて、並んで座っていた二人のすぐ前に、おばあさんが立った。マナブは電車が途中の電停に停まったタイミングで、電車を降りるふりをして席を立ち、離れたところで吊革を握った。「どうぞ」と声をかけるのは恥ずかしいが、お年寄りには席を譲ってあげたい。そんなときには、いつも、この作戦を使う。

目配せをしたわけではないのに、真理子もすぐに席を立って、マナブの隣に来た。マナブはなにも言わない。真理子も黙っていた。

鯉城通りを南から北へ進んだ電車は、紙屋町《かみやちょう》の交差点の手前で赤信号につかまった。信号が青の相生通りを、別の路線の電車がゆっくり走ってきて、交差点を渡る。

「あの電車、見て」

真理子が言った。ほら、あそこ、と指でも差した。くすんだ緑とアイボリーに塗り分けられた車輛だった。

「あの電車が、どうかしたの？」

「ヒバクデンシャ」

被爆電車——被爆した電車、でいいのだろうか。

「原爆が落とされたあともずうっと走っとるんよ、あの電車」

広電は、原爆を落とされた直後の広島で、いちはやく復旧した。わずか三日後に焼け野原の中を運行再開して、広島の人びとを大いに勇気づけたのだという。そこまではマナブも知っていたが、当時の車輌がいまも現役で走っているとは夢にも思っていなかった。

信号が青に変わり、マナブと真理子を乗せた電車は、ゴロゴロと車輪を鳴らして走りだした。交差点を左折して鯉城通りから相生通りに入る。被爆電車との間には別の電車が割り込んでしまったので、もう車輌をあらためて見ることはできなかった。

「特別な電車って、やっぱりお客さんも特別な気持ちで乗ってるの？」

マナブが訊くと、真理子は考える間もなく「全然」と返した。「たまたま来たら乗るだけ」

「乗ったあとは？」

「なんもせんよ。ほかの電車に乗るときとおんなじように、外を見たり、寝たり、連れのひととしゃべったり、本を読んだりするだけ」

歩道で署名活動をするひとたちの姿が車窓から見えた。核兵器廃絶。世界平和。子供たちに核のない未来を。のぼりや横断幕に書いた文字を全部読む前に、電車は通り過ぎてしまった。

『紙屋町』の電停を出た電車は、加速してすぐにブレーキをかけて『原爆ドーム前』に着いた。

ホームに降り立ってから、真理子が教えてくれた。この電停は去年までは『相生橋』という名前だったのだという。

「うちは『相生橋』のままでよかったと思うけどね」

そう言って横断歩道を渡り、平和記念公園に入っていった。

＊

八月六日をあさってに控えた公園の周辺は、大勢のひとであふれかえっていた。いろいろな音楽が、てんでに鳴り響く。マイクを使った演説も、聴衆が人垣をつくっているものから、歩いているひとが通りすがりに聞くだけのものまで、たくさんある。声が重なりすぎて演説の内容の細かいところまではよくわからなかったが、みんなの意見がばらばらだということだけは伝わる。真っ向からぶつかり合う意見もあれば、途中までは似たようなことを言いながら、最後で正反対の結論になる二つの意見もある。肩から拡声器を提げて英語で演説する白人の青年もいた。「ノー・モア」という言葉を、歌のフレーズのように繰り返していた。

あさっての式典中は、静かな雰囲気を保つために平和大通りを車輌通行止めにするらしい。初めての試みだと新聞に書いてあった。同じ新聞に、市立図書館で開かれている原爆詩人・峠三吉《とうげさんきち》の遺作展や、八月六日から福屋百貨店で開かれる丸木《まるき》位里《いり》・俊《とし》夫妻の『原爆の図』展の案内記事も出ていた。

マナブは広島に来るまで、峠三吉や丸木位里夫妻のことはなにも知らなかった。一学期にそのことを打ち明けると、ヤスやユキオには「そんなんも知らんのか」と驚かれ、あきれられた。小学校の平和学習で教わったのだという。ユキオの学校では峠三吉の詩を暗誦《あんしょう》できるまで覚えさせられた。「じゃけえ、わし、いまでも覚えとるど」とユキオは目を閉じて諳《そら》んじた。

〈ちちをかえせ　ははをかえせ／としよりをかえせ／こどもをかえせ〉

〈わたしをかえせ　わたしにつながる／にんげんをかえせ〉

〈にんげんの　にんげんのよのあるかぎり／くずれぬへいわを／へいわをかえせ〉

平和記念公園の中に建立《こんりゅう》された詩碑《しひ》は、マナブも何度か訪ねた。「かえせ」という強くて悲しい言葉を見るたびに、平和記念公園が平和を「記念」している理由がよくわからなくなる。だいいち、公園の名前だって「原爆記念公園」のほうが理屈が通るはずなのに。いつも疑問に思いながら、ヤスやユキオには言えずにいる。

『原爆ドーム前』の電停からずっと、真理子とマナブは一言もしゃべらず、一度も休まず、昼下がりの陽射しを浴びて歩きつづけた。

途中で通りかかった『原爆の子の像』には、ふだん以上に千羽鶴がたくさん供えられていた。五月や六月頃の修学旅行生に代わって、団体のおとなたちが目立つ。ほとんどの団体客は、手を合わせてお祈りをすませると、記念撮影をする。撮影の場所が空くのを待っているひとたちも多かった。なにを記念する写真なのだろう。広島を訪ねた記念？　平和を祈った記念？　なんかヘンだよなあ、とマナブはいつも思う。東京にいても同じように思ったかどうかは、わからない。

水盤《すいばん》のある慰霊碑まで来た。

真理子は碑の前でやっと足を止めた。手を合わせてお祈りをしてから、また元安川のほうに歩きだしながら、暑さで赤く火照った顔をマナブに向ける。

「橋本くんは慰霊碑の中になにが入っとるか知っとる？」

「……亡くなったひとの名簿」

「原爆死没者名簿」という正式な呼び名も知っていたが、また物知りだと突き放されそうな気がしたので、黙っていた。

「じゃあ、今年、名簿に何人増えたか知っとる？」

首を横に振ると、真理子は「二千人以上増えて、これで八万七千人ぐらいになったんよ」と教えてくれた。正確には、増えたのは二一七二人。死亡が確認された被爆者は八万六九七五人になった。

「さっき宇品でも訊いたけど、東京のひとに訊いてみたいこと、まだあるんよ」

「……なに？」

マナブは路面に落ちる自分の影を見つめる。

「もしも広島の原爆で犠牲になったひとが百人や五十人やったら、こがあな大きな公園をつくって、式典を毎年毎年やっとると思う？」

クイズではない。知っているかどうかでは答えられない質問だった。

近くの木でセミが鳴きだした。最初は一匹だったが、それで仕事を思いだしたみたいに、ほかのセミも一斉に鳴きだした。そのにぎやかさに紛らせて、マナブは小さな声で「やる、と思う」と言った。

「じゃあ、やる理由って、なに？」

元安橋のたもとで、立ち止まって訊かれた。マナブも立ち止まる。川の向こう岸では、長髪の若い男たちがフォークギターをかき鳴らして、英語の歌を歌っていた。相生橋のほうからは、街宣車の演説が聞こえる。スピーカーから軍歌とともに聞こえる胴間声の演説はエコーが効き過ぎて、なにを言っているのかちっとも聞き取れない。

「だから、やっぱり……」首をひねりながら、マナブは言った。「犠牲者の人数じゃなくて、原爆って世界で初めての核兵器だし、アメリカとソ連が核戦争したら地球が滅亡するかもしれないから、もう二度と原爆の悲劇は繰り返さないっていうか……」

「ふつうの空襲は繰り返してもええん？」

「いや、そうじゃなくて……そうじゃないんだけど……後遺症のこともあるから……」

言葉が止まる。真理子のお母さんのことを思いだしたせいだ。

真理子は沈黙の理由を見抜いたのか、質問を重ねる代わりに、「物知りの橋本くんでも知らんと思うけど」と皮肉交じりの前置きをして、初めて聞く言葉を口にした。

戦時災害援護法――。

実際にはない法律だった。空襲で負った傷の後遺症で苦しんでいるお母さんのようなひとたちは、国からなんの補償もされていない。野党や弁護士会や市民団体が援護法の制定を求めているが、政府はまったく聞く耳を持たないのだという。宇品の桟橋で話していたとおり、それを認めてしまうと人数が多すぎてきりがない、ということなのだろうか。

「原爆には原爆医療法があって、被爆者健康手帳があれば治療費を国が出してくれるんじゃけど、ふつうの空襲にはなんにもないんよ。ぜんぶ自分で払わんといけんの」

おんなじぐらいひどいケロイドでも、と付け加えた。

マナブはうつむいた顔を上げられなくなってしまった。セミしぐれはいっそう大きく響く。地面の影に、汗のしずくが一粒落ちた。

しばらく間をおいたあと、真理子は「ごめん」と言った。肩の力を抜いて、胸の奥まで息を吸い込み、気分を切り替えたのがわかる、さばさばした口調だった。

「暑いけえ、頭がぼーっとして、自分でもワケのわからんこと言うたね、ごめん」

そんなことないよ、とマナブは野球帽のツバを少しだけ上げた。

「いま慰霊碑の前でお祈りしたよね、うち」

「うん……」

「それ、ちゃんと原爆の犠牲になったひとの冥福を祈って、もう二度と戦争が起きんように、世界中が平和になるように、いうて本気でお祈りしたんよ。そこは信じてよ」

「わかってるよ」すぐに応えた。「信じてる、っていうか、最初からわかってた、そんなの」

あたりまえじゃないか、そんなの言われなくても疑うわけないだろ、俺のことバカにすんなよ、と口をとがらせた。子どもじみたしぐさを、わざとした。真理子は、「なんなん、その顔」と笑う。笑ってくれて、よかった。

「でも、言うとくけど」

真理子はふだんの口調に戻る。「うちは生徒会で千羽鶴を折るんは好かんし、体育館で平和学習をするんも好かん」

「……なんで？」

「うちは千羽鶴をお母さんのために折る。顔も知らんひとのために折るんじゃのうて、うちは、うちが一番元気になってほしいひとのために千羽鶴を折りたいし、世界が平和にならんでも、お母さんの顔が奇跡で治るんじゃったら、そのほうがええ思うとるよ」

きっぱりと言う。迷いも負い目もない。いまの慰霊碑でのお祈りの話とは矛盾していても、理屈よりも深い根っこのところでは正しくつながっているような気がして、マナブはなにも言い返せなかった。

「なんか、なにを言いたいんか、ようわからんようになった」

真理子は照れくさそうに笑った。「ごめん、自分でも全然わからんの」と、初めてかもしれないほど素直に謝って、また照れくさそうになって、「あ、そうだ」と言った。

「橋本くんに訊こうと思うとったこと、忘れとった」

「なに？」

「さっき電車の中で、おばあさんに席を譲ってあげた、よね？」

「いや、べつに、譲ったっていうか、立ったほうが景色がよく見えるし……」

「いつもそうしとるん？」

うん、まあ、べつに、そんな……と曖昧に、もじもじしながら応えた。

「ああいうの、うち、わりと好き」

真理子はそう言って、じゃあね、と小走りになって元安橋を渡った。

マナブは橋のたもとに残ったまま、呆然として真理子を見送った。さっきまで静かだった方角の木立でもセミが鳴きはじめた。NHKで中継される平和祈念式典では、毎年セミしぐれが絶えず聞こえていることを、ふと思いだした。

＊

原爆投下から三十回目の八月六日は、早朝から騒然としていた。

午前六時二十分頃、白いヘルメットをかぶった若い男が原爆ドームに登って、〈日帝の朝鮮侵略反対、天皇の訪米反対〉〈祈念式典――侵略戦総動員攻撃粉砕、被爆者抹殺――英霊化を許すな〉などと書いた垂れ幕を下げたのだ。パトロール中の警官に発見され、説得をされても、男は降りようとはしない。最後は広島県警機動隊のレンジャー隊員が出動して、一時間がかりで身柄を確保した。

さらに、平和祈念式典の最中にも事件が起きた。広島市の荒木武《あらきたけし》市長が平和宣言を読み上げようとした直前、糾弾状《きゅうだんじょう》を手に持った若い男が参列者席から大声をあげて飛び出し、市長に駆け寄ろうとしたところを私服警官に取り押さえられたのだ。

曇り空のもと四万人が集まった式典に、アメリカでフォード大統領と首脳会談をおこなっていた三木《みき》首相の姿はなかった。ちなみに、三木首相は帰国後の八月十五日に現職総理としては戦後初めて靖国《やすくに》神社を私的参拝している。

一方、マレーシアの首都クアラルンプールでは、八月四日に日本赤軍のメンバー五人がアメリカとスウェーデンの大使館を襲撃し、アメリカ領事をはじめ五十二名を人質にとっていた。犯人グループは服役中の同志の釈放を求め、日本政府は超法規的措置で要求に応じることを決定。広島で祈念式典がおこなわれた八月六日午後には、犯人グループはリビアへ出国すべく大使館から空港へ移動したのだった。

そんな世相のなか、カープの戦いはつづく。

八月六日の試合は、神宮球場でのヤクルト戦だった。先発・永本投手、救援・宮本投手のリレーでヤクルト打線を五安打一点に抑え、三対一で快勝。特に宮本投手のピッチングがよかった。先発・佐伯投手との完封リレーを見せた前日の試合につづいての好救援だった。これで六勝〇敗七セーブ。跳び蹴り退場という鮮烈な広島デビューを果たした「キックの宮」は、いまや押しも押されもせぬ抑えの切り札になったのである。

さらに翌七日には、三十年前の広島が絶望のどん底から立ち上がったように、一人の男がみごとな復活を遂げた。八月二日に復帰を果たしたばかりの金城投手が、この試合でもリリーフに起用され、二イニング三分の一をパーフェクトに抑えた。しかも、金城投手が登板した七回の時点では六対七でリードされていた試合も、打線が奮起して、終わってみれば十対七と逆転——金城投手は復帰後初勝利を飾ったのだ。

敵地でのヤクルト三連戦を三連勝で終えたカープは、七月八日以来の首位に立った。

この勢いで広島に帰りたいところではあるのだが、まだ遠征は終わらない。

八月八日、広島市民球場では、原爆犠牲者を追悼する『ひろしま盆踊り大会』が開かれた。

広島市民球場は、カープの本拠地である以前に、広島市民の球場なのである。


六日の余韻が八日までは残っていた広島の街も、長崎で式典がおこなわれる九日になると、まるでバトンを長崎に渡したかのように、落ち着きを取り戻した。張り詰めていた空気がゆるんで、ぽっかりと穴の空いたような静けさが街を包む。

六日までは街の至る所に警官が立っていたんだな、と警官の姿を見かけなくなってから、マナブは気づいた。ほんとうに騒がしかったよなあ、と近所の家でつけているテレビの高校野球中継の音を聴きながら、思う。

近所の物音や話し声よりも遠くを走る街宣車の演説のほうがよく聞こえ、自分で歩いて眺める平和記念公園よりもテレビに映る公園の風景のほうが目になじんでしまう、そんな夏を、広島の人びとは毎年送っているのだ。

街が静かになると、家の軒先で風鈴が鳴っていたことに、遅ればせながら気づく。同じように、「平和」をめぐる落ち着かない数日間が過ぎ去って、ふと振り向くと――。

勝征さんの仕事が本格的に始まっていた。

毎日、朝早く車で出かけ、夕方に帰ってくると、晩ごはんも食べずに車を置いて出かける。帰りは真夜中。たいがい酔っぱらっているので、流川や薬研堀あたりの繁華街に出向いているのだろう。ウチにいるときは、よく歌を口ずさんでいる。お気に入りは、細川《ほそかわ》たかしの『心のこり』で、歌い出しの「わたしバカよねー、おバカさんよねー」のところだけを、何度も何度も歌うのだ。マイクを持つ手つきになっていることもあるから、スナックで歌っているのかもしれない。

ときどき留守中に電話がかかってくる。

東京にある『マジカルサンデー』の会社からのこともあれば、広島弁丸出しのおじさんやおばさんからのこともある。

『マジカルサンデー』からの電話は、「アジア極東本部、営業戦略局企画部マーケティングアドバイザー室、主任補佐待遇のワタナベ」という若い女性がかけてくる。伝言は預からない。深入りしてはならない。勝征さんとの暮らしを六年以上もつづけていれば、それくらいのコツはつかめてくる。

広島弁の電話は、機嫌の良くないひとが多い。自分の名前も名乗らず「おらんのなら、ええわ」と電話を切ってしまうおじさんもいるし、留守だとマナブが言っても「ほんまに？　ほんまにおられんのん？」としつこく問いただすおばさんもいる。

勝征さんがかけ直す電話も、最初はお詫《わ》びや言い訳から始まる。ところが、途中から話はどんどん景気良くなっていく。

信じてほしい、任せてほしい、細かいことを心配していたらチャンスを逃してしまう、善は急げ、早い者勝ち、時は金なり、先んずれば人を制す、これは早ければ早いほど儲けられるようにできているブィジネスなのだから……。

そして決まって、電話の最後には「いひひひひひっ」と、妙にひらべったい声で笑うのだ。

電柱や壁にベタベタ貼られていた「原爆」「反核」「戦争」「平和」のポスターが、町内会の掃除であらかた剝がされた頃――お盆明けのある日、午前中の涼しいうちに宿題をしていたら、ヤスがいきなり訪ねてきた。

「麦茶くれや、麦茶」と家にずかずかと上がって、扇風機の前にどっかりと座り込み、「微」だったスイッチを「強」に変える。ちゃぶ台の上の『夏休みの友』に気づくと、まだマナブが手を付けていない三択問題の解答欄に、勝手に「2」と書き入れる。

マナブが持ってきた麦茶を一気に飲み干すと、単刀直入に用件を切り出した。

「のう、マナブ、こんなの父ちゃん、なにを考えとるんな」

勝征さんのこと――。

「毎晩ウチに来て、立ち呑みのおっさんら相手に、まあ、ようしゃべるしゃべる」

「……どんなことしゃべってるの？」

「カープの話が多いんじゃけど、ときどき、ふっと小声になることがあるんよ。おっさんらの声も急に低うなって、顔をくっつけて、ぼそぼそしゃべって、うんうん、うなずいて……カネの話をしよるんじゃと思う」

話の中に金額が交じる。それも数十万円から百万円単位の大きな数字だという。

「わしは店の外で素振りやシャドーピッチングしよるけえ、細かいところまでは聞こえんのじゃけど、最後におっさんらが笑うんよ」

悪い予感がする。いや、もはやそれは確信に近い。

「どんなふうに？」

恐る恐る訊くと、ヤスは体を丸めて上目づかいになって「いひひひひーっ……」と声色をつくって笑う。「性根《しょうね》の悪そうな笑い方なんよ。わかるか？」

「うん……なんとなく……」

「ゼニ儲けをするときの笑い方じゃ、あれは」

ヤスはきっぱりと言い切って、「こんなの父ちゃんが来るまで、ウチの店のおっさんらはそがあな笑い方はしたことなかったんよ」とつづけた。

さらに心配なことがある。

「ゆうべは客がおらんかったけえ、こんなの父ちゃん、母ちゃんにいろいろ話をしとった。そしたら、やっぱり途中から声が低うなって、母ちゃんも……ゼニ儲けの笑い方をしとった……」

ヤスは「これ、覚えとるか」と、七月に勝征さんからもらった名刺をマナブに見せた。

「わしはあのときはメシを食うほうが忙しゅうて、こんなの父ちゃんが言うとること、半分もわからんかったんよ。エージェントやらビージェントやらシージェントやら、言うとったよのう」

「うん……」

「あと、母ちゃんのことも誘うとったような気がするんじゃけど……エージェントいうんは、結局のところ、なんな。羽振《はぶ》りが良うなるんは、メシを食わせてもろうて、おおかたわかったんじゃが、そもそも、どがあな理屈でカネが儲かるんよ」

俺も細かいところはよくわからないんだけど、と前置きして、早口に説明した。

「親」が「子」を増やし、「子」が「孫」を増やしていけば、カネが儲かる。「親」から仕入れた商品を「子」が売れば売るほど、「親」はなにもしなくても儲かる仕組みだ。「子」のほうも自分が売らなくても、別の誰かを誘って「孫」にすれば、「親」から仕入れた商品を「孫」に卸すだけで、仕入値と卸値の差額が自動的に儲けになる。家系図のように、一人の「親」が「子」を何人も持ち、その「子」がたくさんの「孫」をつくって、さらに「孫」が「ひ孫」を増やしていけば、「親」に入ってくるお金は莫大《ばくだい》なものになる、らしい――。

「ちょっと待てや」

話をさえぎって、「悪い、わし全然わからん」と苦笑する。「こがあな商売が通るんなら、日本中の誰も仕事せんでええがな」

マナブも苦笑交じりに「だよね……」とうなずいた。

「それに、いまの話を聞いとったら、大儲けするんは『親』だけじゃがな。下のほうのモンは、自分より下ができんかったら大損と違うんか」

そのとおりだった。だからこそ、勝征さんは「一日でも早く始めないと」と電話で繰り返している。だが、マナブはこのままえノートに図を落書きして、愕然《がくぜん》としたのだ。一人が五人ずつ下を増やしていくとすれば、「子」は五人でも、「孫」は二十五人で「ひ孫」は百二十五人、さらに六百二十五人、その次は三千百二十五人になる。東京や大阪ならともかく、まだ百万人都市ですらない広島で、そんな人数をほんとうに集められるのだろうか。「違う違う、そういう計算じゃないんだ、もっと難しい方程式があって、ルートがエックスで、ピタゴラスの円周率が大事なんだよ。中学生にはわからないって」と勝征さんには笑われたのだが。

ヤスは名刺をしまって、「まあ、理屈はどがあでもええ」とマナブを怖い目でにらみつける。

「こんなの父ちゃんは、母ちゃんをだまそうと思うとるんとは違うよの？　母ちゃんからカネをむしり取って、自分だけが大儲けしよう思うとるつもりじゃなかろう？　のう？」

「うん……それは、だいじょうぶ」

だと思う——は、心の中だけで付け加えた。

ヤスはうなずいて、マナブから視線をはずした。麦茶のコップを口に運びかけ、中身が入っていないことに気づくと、決まり悪そうにちゃぶ台に戻す。

「……お代わり、要る？」

返事はなかった。ヤスはしばらく黙って考え込んでから、ふと思いだしたように、ちゃぶ台の上のシャープペンシルを手に取り、『夏休みの友』の文章題の解答欄にとぐろを巻くウンコの絵を描き入れた。

「おう、そうじゃ」

気を取り直したのだろう、明るい声になって、「今度の今度の土曜日、暇か？」と言う。相生中学のグラウンドで野球部の試合があるのだという。

「ブロック大会の一回戦じゃ。組み合わせが悪うて、二回戦からはよその場所で試合じゃけえ、地元でやれる試合はそこだけなんよ。せっかくじゃけえ、ユキオと二人で応援に来いや」

「うん、行く……絶対に行くけど、地区大会って、もう終わったんだっけ？」

「いや、今度の土日で準決勝と決勝じゃ」

すでにベスト4に残った時点でブロック大会進出は決めているが、ヤスは優勝以外は考えていない。「わしがおったら優勝は決まりじゃけえ」と自信たっぷりに笑う。

やっと、いつもの調子に戻った。気をつかってくれたのかもしれないし、マナブのことよりも自分自身のために、いつもの調子に戻ってから帰りたかったのかもしれない。

だが、「ほんじゃあ」とヤスが引きあげたあとの部屋には、言いたくても言えなかった言葉がずっと残っているような気がした。

それがどんな言葉なのかはわからないまま、マナブはウンコの絵を消しゴムで消し、三択問題の解答欄にヤスが書き込んだ「2」を「1」に書き換えて、扇風機の風量を「微」に戻した。

＊

　ヤスの予告どおり、野球部は地区大会で優勝した。三番・センターのヤスは、準決勝と決勝の二試合で七安打四打点三盗塁という活躍ぶりで、リリーフの切り札としても、二試合とも最終回を三者凡退でぴしゃりと抑えた。まさに有言実行なのである。

　ブロック大会の初戦も、ヤスは大活躍だった。三番打者として四打数二安打を放ち、二本目のヒットが勝ち越しタイムリーになった。センターの守備でも、あわや同点打という打球をスライディングキャッチして、飛び出していた二塁ランナーを封殺した。バックネット裏で見物していたおっさんたちから「おおーっ」と声があがるほどのファインプレイだった。

　そして、相生中学の一点リードで迎えた最終回、ヤスは三年生のエース・兼光《かねみつ》さんからマウンドを引き継いで登板した。

「がんばれよ！」

　マナブが声援を送ると、マウンドの上でVサインをつくって不敵に笑う。

　背番号14——外木場投手と同じである。

「カッコええど、ヤス！」

ユキオも両手をメガホンにして声をかける。ヤスは、騒ぐな騒ぐな、と手で制して、キャッチャーの永田さんから受け取ったボールをこねて指に馴染ませる。

その生意気な態度に、相手の江波西《えばにし》中学のベンチから一斉にヤジが飛んだ。

「こんな、一年じゃろうが、横着じゃのう！」「あとでシゴうしたるど、こらぁ！」「相生も落ちたもんじゃのう！　一年坊主やら使うなや、おう！」「チビ！」「ハゲ！」「江波西をナメとったら、えらい目に遭うてもしらんど！」――もっとも、その一年坊主に勝ち越し打をゆるし、ファインプレイで逆襲の芽を摘まれたのは、まぎれもない事実なのだ。

ヤスは表情も変えずにヤジを聞き流し、投球練習を始めた。

すると、江波西中のベンチは、たちまち静まり返ってしまう。

速いのだ。投げ込んだボールがキャッチャーミットに吸い込まれると、パーン！　と気持ちいい音が響く。コントロールもいい。永田さんの構えたミットはほとんど動かない。

なによりマウンドで見せる一挙一動が堂々としている。永田さんが返すボールを捕るしぐさ、プレート付近の土をスパイクのつま先で均《なら》す様子、センターのほうを向いて膝の屈伸をする姿、一球投げるごとに帽子をかぶり直してツバを下げる表情……。

「ヤスはいま、外木場さんになりきっとる」

ユキオは感心しきった顔で言う。とりわけ、ロージンバッグを指にはたきつけたあとで足元に放り投げる手つきが、そっくりなのだという。

「ロージンバッグなんて、どこにあるわけ？」

「じゃけえ、カッコだけよ、カッコだけ真似しとるんよ」

それってあんまり意味がないと思うけど……と首をかしげているうちに、早くもヤスは先頭打者を打ち取った。三球三振。それも二球つづけて空振りをしたあげく、最後はど真ん中のストレートを見逃した。まさに手も足も出なかったのだ。

相生中学のベンチは大いに沸き立ち、江波西中のヤジは「まぐれまぐれ！」「サービスじゃ！」「こんな、いまマウンドの前から投げたん違うか！」と負け惜しみめいてきた。

だが、当のヤスは三振を奪っても冷静だった。味方の声援にもほとんど応えず、相手のヤジはもっと無視して、右の手首をぶらぶらさせながら、早くも意識は次の打者に集中している。

「よっしゃ、これも外木場さんじゃ」

ユキオは満足そうに大きくうなずく。「調子のええときの外木場さんは、一人アウトにしても、なんもうれしげなことせんのよ。次のバッターのことしか考えとらん。勝ってカブトの緒を締めっぱなしじゃ。そこが外木場さんのエラいところなんよ」

ふうん、とマナブは微妙に気の抜けた相槌を打った。

ユキオやヤスをはじめ、広島の連中はみんな、外木場投手には特別な思いを持っている。尊敬と憧れが濃厚に入り交じった熱いまなざしで背番号14を見つめている。

正直に言うと、その理由がよくわからない。巨人の王選手や長嶋監督ならともかく、外木場投手がそこまでのスーパースターだとは思えないのだ。

巨人の堀内投手、阪神の江夏投手、ヤクルトの松岡投手、中日の星野仙一《せんいち》投手、大洋の平松投手、パ・リーグなら阪急の山田《やまだ》投手、近鉄の鈴木《すずき》啓示《けいし》投手、南海の江本《えもと》投手、日本ハムの高橋直樹《なおき》投手、太平洋の東尾《ひがしお》投手、ロッテの金田《かねだ》留広《とめひろ》投手……ほかのチームのエースと外木場投手の違いは、どこにあるのだろう。

そんなマナブの胸の内を見抜いたように、ユキオはつづけて言った。

「外木場さんは、プロ入り初勝利がノーヒットノーランじゃったんよ」

「ほんと？」

「おう。昭和四十年のことよ」

さすがに、「すごいな」とマナブも認める。

「そこいらのピッチャーなら、もう、大感激の大喜びよ。ほいでも――」

ユキオはニヤッと笑って「外木場さんは違うたんよ」と言った。「試合が終わったあと、新聞記者に囲まれて、なんて言うたと思う？」

「……わかんないよ」

「ええか、よう聞いとけよ。外木場さんは、あんまりみんなが褒めるけえ、面倒臭うなったんじゃろう、『なんなら、もういっぺんやってきましょうか？』言うたんよ」

しかも、外木場投手は言葉どおり、その後もパーフェクトを一回、ノーヒットノーランを一回達成した。合計三回の無安打無得点を記録しているのは、太平洋戦争で戦死した伝説の名投手・沢村栄治《さわむらえいじ》と外木場投手の二人しかいないのだという。

「カッコええじゃろ？　さすが外木場さんじゃろ？　ほんま、すごかろう？」

ユキオが熱い口調で外木場投手を讃《たた》えている間に、ヤスはつづくバッターも軽々とツーストライクに追い込んだ。空振り一球に、見逃し一球。打てそうな気配などまったくない。

「一球遊ぶと思う？」

「ヤスの性格なら三球勝負じゃろう」

二人の予想どおり、ヤスはあっさりと勝負に出て、あっさりと空振りに打ち取った。ボールがキャッチャーミットに収まってからバットを振ったのでは、当たる道理がなかった。

二者連続、三球三振である。江波西のベンチは、点差がわずか一点だということも忘れて、ヒット一本、いや、ボールにバットを当てることに必死になってしまった。

三人目のバッターはバットを思いきり短く持って構えた。もはや最初にヤジを飛ばしていたときの威勢の良さはどこにもない。バントに毛の生えたような腰の退《ひ》けたスイングで、なんとか前に転がしただけの打球は、ボテボテのピッチャーゴロに終わった。

試合が終わり、ホームベースを挟んで整列をすると、ヤスの体の小ささがあらためてわかる。ユニフォームもよく見ればブカブカだった。

だが、マウンドに立っているときには、誰よりも大きく見えたのだ。『ドカベン』の里中《さとなか》や『キャプテン』のイガラシのように、いままではマンガでしか知らなかった「小さな大投手」の意味を、マナブは初めて現実の世界で実感した。

ベンチに引きあげるヤスは、ブロック大会初戦突破を喜び合う先輩たちをよそに、にこりともしていなかった。三者連続での三球三振を逃したのが、よほど悔しかったのだろう。

なんなら、もういっぺんやってきましょうか——。

外木場投手の名言は、ヤスにもよく似合いそうな気がした。

「惜しい惜しい、連続三振の記録は次の試合に取っとけや」

三塁手の西山さんがヤスの肩を叩いて声をかけた。

すると、ヤスはムスッとした顔のまま「カーブを投げられりゃあ、なんぼでも三振は取れます」と言った。「ほいでも、一点差でパスボールをされたら困りますけえ」

バッテリーを組む永田さんへの不満をぶつけた。しかし、永田さんは三年生なのだ。ヤスの近くにいた先輩たちの表情がこわばった。声をかけた西山さんも、そがあなこと言うなや、と顔をしかめる。だが、ヤスは平然とした様子で、悠々《ゆうゆう》と歩く。ふてぶてしさにかんしては、新人時代の外木場投手をすでに超えているのかもしれない。


帰り道、ユキオは外木場投手の話のつづきをしてくれた。

「外木場さん、いままでに獲ったタイトルは最優秀防御率だけじゃけど、ほんまはもう一つ、ぶちすげえ記録を持っとりんさるんよ」

シーズン最多敗戦——。

一九六九年に十一勝二十敗で初めて記録して以来、通算三回になる。おとと しと去年は二年連続で記録した。おととしが十二勝十九敗、去年は十八勝十六敗。

数字をすらすらと諳んじたユキオは、「エースの勲章《くんしょう》じゃ」と胸を張った。

「そんなの自慢にならないんじゃない？」

マナブがあきれて言うと、「アホ、少しはモノを考えや」と逆に叱られてしまった。

「つまらんピッチャーなら、一敗か二敗しかさせてもらえんうちに見切りをつけられてしまうわい。十敗でもしたら、絶対に二軍落ちじゃ。そうじゃろ？」

「うん……」

「ほいでも、外木場さんは、負けても負けても登板させてもらえたんよ」

なんでじゃ思う？　と訊かれた。ほかにろくなピッチャーがいなかったから、と正直に答えていいのかどうか迷っていたら、ユキオはさっさと答えを口にした。

「監督やファンが、ずーっと『次は勝つ』『今度こそ勝つ』て信じとった、いうことよ」

なるほど。言われてみれば、確かにそういうモノの見方も、ある。

「今年はやっと、その恩返しをしてくれとるわけじゃ」

「……そうだね」

外木場投手は、ゆうべの試合にも先発していた。八月二十九日の阪神戦である。立ち上がりから調子が悪かった。阪神の主砲・田淵選手にホームランを打たれるなどして、四回途中でマウンドを降りて、試合も負けた。これで十四勝十二敗。よく勝っているが、よく負けてもいる。

「今年は、最多勝と最多敗戦の両方になるかもしれんが、カープのエースは、それでええ……いうて、カントクさんが言いよりんさった」

「勝ってくれ」の期待に応えることだけがエースの条件ではない。応えられるときもあれば、できないときもある。期待を心ならずも裏切ってしまうことのほうが、たぶん、多い。弱いチームというのは、そういうものだ。

それでも、エースは「勝ってくれ」の期待を背負いつづける。逃げるわけにはいかない。たとえ結果が伴わなくても、オノレの不甲斐なさを噛みしめることの連続でも、広島のひとたちの「今度こそ」「明日こそ」を一身に背負ってマウンドに立ちつづける。それこそがカープのエースのあるべき姿で、だからこそ負け数が勲章にもなる……。

カントクさんの受け売りとは思えないほど熱い口調で言ったユキオは、「カープで一番ぎょうさん勝って、一番ぎょうさん負けたピッチャーって知っとるか？」と訊いてきた。

長谷川良平《はせがわりょうへい》さんという。通算成績は百九十七勝二百八敗で、どちらも歴代トップである。一九六三年に現役を引退したあとは監督や投手コーチも務め、今年からはＲＣＣの解説者になっている。

「デビューした年は二十七敗もしとるけど、三十勝して最多勝のタイトルを獲った年もあるんよ」

一九六五年のシーズン途中から二年半にわたる監督時代の通算成績は、百三十五勝百九十九敗――順位は、五位・四位・最下位だった。

「惜しかったよ、現役であと三勝して、監督であと一敗しとったら、現役で二百勝・二百敗、監督でも二百敗の大記録達成じゃったんよ。二百勝はともかくダブルの二百敗は、狙うてできるもんと違うけえ、惜しかったのう」

ユキオはそう言って、「どうせなら、あと一敗するまで監督やらせてやりゃあよかったのに、ケチくさいもんじゃ」と笑ったあと、真顔に戻ってつづけた。

「『明日こそ』いうんは今日負けたモンにしか言えん台詞じゃけえ、カープは、セ・リーグのどこのチームよりもたくさん『明日こそ』をファンに言うてもろうとるんよ……」

またカントクさんの受け売りなのか、それともユキオが自分で考えた言葉なのか、最後に「なーんての」と照れくさそうに笑ったので、オリジナルだったのだろう。

「おう、イワシ雲が出とる」

ユキオの声につられて山のほうの空を見上げると、イワシの群れのような小さなかけらが集まった雲が、夕陽のオレンジ色にうっすらと染まって浮かんでいた。

秋の雲だ。夏休みももうすぐ終わりなんだな、とあらためて気づく。

今年の夏休みは長かった。いままでで一番長い夏休みだったかもしれない。

いろいろなことがあった。小学生の頃には考えなかったことをたくさん考えたし、小学生の頃より世の中が急に難しくなってきたような気もする。それでも、宿題の『夏休みの思い出』の作文には、今日のヤスの大活躍の様子をカッコよく書いてやろう、と決めた。

# 第九章

　九月になって、ペナントレースもいよいよ終盤戦に突入した。

　カープは首位を走っている。九月七日、百九試合を終えた時点で、五十六勝四十四敗九引き分け——シーズン終了までまだ二十一試合も残していながら、最下位に終わった去年の五十四勝を超えたのである。

　そのカープを一ゲーム差で阪神が追い、さらに一ゲーム差で中日が追っている。優勝争いはこの三チームに絞られたと言っていい。

　九月九日、ユキオは『赤ヘルニュース』の最新号を教室の後ろの掲示板に貼った。

〈いよいよ天下割れ目の大決戦！　中日3連戦はじまる！〉

　二学期になっても、あいかわらず国語は苦手なのである。

　以下、誤字・脱字は無視して——。

〈今シーズンのカープは阪神には相性がいい。すでに勝ち越し決定なのだ。だから阪神はどうでもいいです。問題は中日！　去年も優勝した中日は、終ばん戦の戦い方を知っていると、市民球場の関係者は言っています。ピッチャーでこわいのは星野仙一と松本《まつもと》だけですが、バッターは高木守道《たかぎもりみち》と谷沢《やざわ》と井上《いのうえ》がいます。気をつけないとだめだ。今日からの3連戦で優勝のゆくえは決まります。カープの先発は、池谷・外木場・佐伯の三本柱、中日のほうは松本・星野仙一・稲葉《いなば》でしょう。ねらうのはもちろん3連勝ですが、2勝1敗でもいいです。1勝2敗はいけません。3連敗はもっとだめです。でも、中日との対戦はこれで終わりなので、もう試合をしなくてもいいので、気が楽だ。がんばれカープ！〉

記事の横には、景気づけなのだろう、八月二十六日のヤクルト戦で逆転ホームランを打った山本浩二選手の写真を、新聞から切り抜いて貼っていた。

ホプキンス選手や三村選手に迎えられてホームインする山本浩二選手の頭上には、紙吹雪が降りそそいでいた。スタンドからグラウンドに降りてきたおっさんが、選手と一緒にホームベースの手前で山本浩二選手を待ち構えて、パアーッと祝福の紙吹雪を散らしたのである。

主審がすぐそばにいても、おとがめなし。カープやヤクルトの選手たちも見て見ぬふりをしているのか、おっさんに悪びれた様子は微塵もない。野球帽をかぶり、ダボシャツと腹巻き、足には雪駄なのか草履《ぞうり》なのか。そういうおっさんが、わざわざ紙吹雪を準備して球場に持ってきて、歓喜と共に撒き散らしているのである。

しかも、その舞台は広島市民球場ではない。岡山県営球場なのである。カープよりもむしろ阪神の縄張りだとされている岡山でさえ、そういうおっさんが登場している。ましてや、今夜からの中日三連戦は、市民球場でおこなわれるのだ。スタンドは大いに盛り上がるだろう。盛り上がりすぎることも、大いにありうるだろう。

なにかが起きるかもしれない。マナブはキナくさい予感を胸の片隅に感じていたが、クラスの連中は少々の揉め事は当然のものとして考えている様子だった。「松本はバッターが構える前にポンポン投げてくるけえ、ひきょうな奴じゃ」「空振りしたふりして、バットを投げちゃりゃええんよ」「浩二に首位打者を獲らせるには高木と井上にだけはヒットを打たせちゃいけん」「打たれるぐらいなら、当てちゃれ」「おう、ほいで向こうが文句つけてきても、こっちにはキックの宮がおるけえ」……と、早くも殺気立っている。

始業チャイムが鳴って、チンチク先生が教室に入ってきた。朝の挨拶をして、出席を取ると、連絡事項を伝える前に「今夜から中日戦じゃのう」と言う。「デーゲームじゃったら授業を休みにしてやるところじゃったのに、残念残念」

おおーっと教室を盛り上がらせておいて、「冗談じゃ」と笑ったが、目は真剣だった。

中日との第一戦、カープは四対〇で快勝した。先発の池谷投手は完封で十六勝目を挙げ、疲れの溜まっている救援陣を休ませてくれた。さらに二つのファインプレイが、試合の行方を決めただけでなく、球場とベンチを大いに盛り上げて、いい雰囲気を第二戦以降へとつなげている。

最初のファインプレイは一回表、二死三塁で谷沢選手が放ったヒット性の当たりを、レフト水谷《みずたに》選手がバレーボールの回転レシーブのような格好でダイビングキャッチしたのだ。

さらに三回表には、高木守道選手のセンター前ヒットで二塁走者の新宅《しんたく》選手がホームに突っ込んでくるところを、センター山本浩二選手の好返球とキャッチャー道原《みちはら》選手のブロックで、みごとに防いだ。特に、道原選手のブロックは体当たり同然の気迫に満ちていて、新宅選手がホームベースに触れることすら許さなかったのだ。

しかし、そのプレイこそが、プロ野球史に残る大事件の伏線になってしまったことを――選手もファンも、カープをこよなく愛する中学生たちも、まだ、知らない。

その日の昼休み、マナブは「ちょっと」と真理子に声をかけられ、廊下に連れ出された。二人で話すのは八月に宇品に出かけて以来のことだった。

「横山のおばあちゃん、先週から入院しとるんよ。おじいちゃんもおばあちゃんも、最初は誰にも言うとらんかったけど……」

ゆうべ、庄三さんが真理子の家を訪ねて、林田のおじいさんに頼み事をした。

ウチには電話がないので、緊急のときの連絡先を、林田さんのウチにさせてほしい――。

もしも病院から急ぎの電話がかかってきたら、たとえ夜中でも取り次いでほしい――。

「そんなん頼まれたのは初めてなんよ。おじいちゃんもびっくりして、菊江さんの具合がよっぽど悪いんじゃろうか、って」

もともと菊江さんには不整脈の持病があり、狭心症の発作を起こしたこともあるらしい。今回の入院も、心臓の精密検査のためだった。最初は夏風邪をこじらせて近所の病院に通っていただけだったのが、念のために検査をしてみると、心臓の調子が思いのほか悪く、もっと大きな病院に回されたのだ。

「でも、検査だけなら――」

緊急の電話がかかってくることはないんじゃないか、とマナブが言う前に、真理子は、言いたいことはわかってる、と目で制した。

庄三さんは菊江さんの病状について、それ以上は話してくれなかった。あとは何度も頭を下げて「面倒かけますが、こらえてつかあさい」と頼み込むだけだった。退院の時期も、「わしは当分の間は広島におりますけえ」という言葉からすると、まだはっきりとしていないのだろう。

　真理子が「お見舞いに行ってもええですか?」と訊くと、庄三さんはおっかない顔を少しだけゆるめて、「ばあさんも喜ぶわ」と応えてくれた。けれど、「もうちいと落ち着いたら会いに来てやってな」と、いますぐのお見舞いはやんわりと断られてしまった。

「やっぱり、ほんまに具合が悪いんじゃと思う」

「俺……このまえ、おばあちゃんに会ったんだ」

「いつ?」

「夏休みの終わる頃だったんだけど、たまたま、おばあちゃんのウチの前で」

路地を歩いていたら、菊江さんが玄関の外に出ていた。植木鉢のアロエにジョウロで水をやっているところだった。マナブが挨拶をすると、体を起こして、「ああ、マナブくん、今日も暑いねえ」と笑った。

「そのとき、ちょっと元気なかったんだ。少し痩せたみたいだったし、顔もちっちゃくなってて。夏バテしちゃったのかな、って思ってたんだけど」

そうではなかったのだろうか。ほんとうは、その頃から心臓の調子が悪かったのだろうか。

　会うのは夏休みに入ってから初めてだった。「通り道でも意外と会えんもんじゃねえ」と少し寂しそうに笑う菊江さんを見ていると、たまには遊びに行けばよかったかな、と思った。

菊江さんは、「カルピスでも飲んでいく?」と誘ってくれた。

「それで上がったん?」

真理子に勢い込んで訊かれ、ひるみながら、首を横に振った。

「用事があって、時間がなくて、急いでたから……」

嘘をついた。真理子にも、菊江さんにも。

菊江さんと差し向かいで話をするのが、急に気詰まりになってしまったのだ。夏休みになにをしたのか訊かれそうな気がした。東京のお母さんのことをうまく話せる自信がなかったし、逆に、なにもなかったかのように知らん顔をして黙っている自信もなかった。「友だちと約束してるから」と言って、その後ろめたさで「ごめんなさい」と頭を下げると、菊江さんは「べつに謝ることなんてないんよ」とおかしそうに笑って道を空けてくれて、それっきり、だった。

いまになって悔やむ。ウチに上がっていれば具合の悪さに気づいたかもしれない。もしかしたら、菊江さんにも、じつはマナブとゆっくり話したいことがあったのかもしれない。

真理子も、「そのまま行ってしもうたん?」と拍子抜けしたように言う。責めるようにも言われた。自分でもさすがに八つ当たりだと認めたのだろう、「まあ、用事があったんなら、しょうがないけど」と決まり悪そうにうつむいた。

チャイムが鳴った。真理子は「おばあちゃんのことでなにかわかったら、うちにも教えて」と言って、教室に戻る。

そんなこと言われても困るよ、と最初は思った。調べる方法なんてないじゃないか、と言い返したかった。だが、このままだと、あの日の嘘の後悔がどんどん重くなってしまう。

歩きだした真理子の背中に向かって、「俺、調べてみる」と言った。振り向いた真理子と目が合ってから、ああそうだ、ヤスの母ちゃんに訊いてみればいいんだ、と思いついた。

「だいじょうぶだよ」

Vサインをつくって、俺にまかせろよ、と笑った。真理子は「べつに心配しとらんけど」とそっけなく言ってから、「でも、わかったら教えて」と笑い返してくれた。

＊

中日との「天下割れ目の大決戦」第二戦は、広島が外木場投手、中日は星野仙一投手というエース同士の対決になった。

この試合まで、外木場投手は十四勝十三敗、星野投手は十三勝五敗四セーブ。それぞれの同僚、十六勝十敗の池谷投手や十三勝十四敗の松本投手らと最多勝を激しく争っている。しかも、前回の直接対決——九月二日の試合では、一対〇で星野投手が投げ勝っている。外木場投手にとっては雪辱を期して臨む大一番である。

打者と打者にも対決はある。カープの主砲・山本浩二選手が首位打者に輝くには、打撃十傑にしぶとく名を連ねている高木守道選手や井上選手、谷沢選手、さらには島谷《しまたに》選手といった中日勢に固め打ちをさせるわけにはいかない。

もちろん、個人タイトルは二の次だというのは誰もがわかっている。昨日の初戦を快勝したカープには三連勝の目が出てきた。中日にとってはここで三連敗すると優勝戦線から大きく後退してしまうことになるし、一勝二敗でもかなりキツい状況に陥る。ただし、中日が今日と明日を連勝して二勝一敗で終えると、優勝の行方はさらにもつれてしまうはずだ。

とにかく、カープも中日も、今夜の試合は勝つしかない。

広島市民球場のスタンドも大いに盛り上がっていた。水曜日というのに、前夜の一万九千人をはるかに超える二万五千人の観衆が詰めかけた。それはすなわち、悲願の初優勝にかける二万五千人分の夢と希望であり、祈りであり、そして殺気ですらあったのだ。

試合は二回裏に動いた。キャッチャー道原選手のタイムリーヒットに外木場投手の犠牲フライで、カープが二点を先制したのだ。

「幸先ええことじゃ。バッテリーで二点を取ったら、投げるほうでも勢いがつく」

早くも紙吹雪が舞い散る外野スタンドで、カントクさんは満足そうに言った。「特に道原は若いけえ、このタイムリーでリードも冴《さ》えるわい」

隣に座ったユキオは、フライング気味に撒いてしまった紙吹雪を急いで拾い集めながら、「カントクさんの言うたとおりじゃね」と笑った。

「おう。守備のほうは水沼《みずぬま》のほうが一枚上手《うわて》じゃが、野球は打って点を取らんことにはどないもならんけえ、この試合は攻めの勝負に出た、いうことよ」

今シーズン前半は水沼選手が正捕手だったが、八月からは打撃のいい道原選手がスタメンでマスクをかぶることが増えていた。今夜の試合も古葉監督の起用がずばり的中したわけで、それは同時に、試合前に「今日の道原は調子がええけえ楽しみじゃ」と言っていたカントクさんの予言が当たった、ということでもある。

市民球場開設以来グラウンド整備をつづけているカントクさんは、選手がグラウンドを走るときの土の撥ね方を見るだけでも、調子がわかる。その日のカープの先発投手のコンディションに合わせて、マウンドの土のこね具合を微妙に調整することもあるのだという。グラウンド整備に細かく注文をつけてくる若手選手はほぼ間違いなく大成するし、逆に足元にまったく無頓着な選手の多くは、膝や腰の故障で選手生命を縮めてしまう羽目になるらしい。

そんなカントクさんの話を、子どもの頃から間近に聞いていたユキオなのだ。しかも、今夜は、「天下割れ目の大決戦」に、「おっちゃんが切符買うちゃるけえ、一緒に観よう」と誘ってもらったのだ。

「ええか、今夜の試合は、のちのちカープの歴史に残ることになるはずじゃけえ、しっかり観とけ。それを市民球場でじかに観とるんと観とらんとでは、おとなになってからのイバり方に差がつくんよ」――カープファンとしての英才教育を受けているのである。

しかし、中日の反撃も早かった。

カープに二点を先制された直後、三回表にさっそく一点を返したのだ。それも、先発した星野仙一投手のソロホームラン――外木場投手に負けじと、自ら反撃ののろしを上げたわけだ。

「星野はピッチャーのくせによう打つねえ。これで三号ホームランじゃ」

ユキオは悔しそうに言って、膝の上に広げた大学ノートにペンを走らせた。「中学生になったんじゃけえ、そろそろスコアをつけてみんか」というカントクさんの勧めで、二学期に入ってからスコアをつけるようになった。球場に出かけるときはもとより、テレビやラジオの実況を見て、聴いて、自己流の記号やマークを駆使してカープの戦いを記録していく。「観戦」や「応援」から一歩進んで、「記録」「取材」になったのだ。

カントクさんは、どれどれ、とノートを覗き込んだ。〈星野仙一〉が〈星野仏一〉になっていたが、気を取り直して、「よっしゃよっしゃ、こがあなふうに書いて残すことで『次』につながるんよ」とうなずき、『スポチュー』復活の日を夢見て、語りはじめる。

「中國新聞のお偉いさんも、カープが優勝したら、本気で『スポチュー』の復刊を考えてくれるわい。新幹線が通って、セ・リーグで優勝したチームがあって、それでスポーツ新聞がないいうて、おかしな話じゃがな」

もともと中国・四国地方のスポーツを引っぱってきた広島県である。高校野球では、広島商業がおととしのセンバツで準優勝、夏には全国制覇という大活躍で地元を大いに盛り上げた。都市対抗では、まだ優勝こそないものの、三菱重工広島や電電中国、日本鋼管福山は全国でも強豪として知られている。東洋工業は日本サッカーリーグの名門だし、バレーボールならミュンヘンの金メダリスト・猫田《ねこだ》選手を擁する専売広島、陸上は去年の高校駅伝で世羅《せら》高校が優勝したばかりである。

「ほいでも、やっぱり野球よ。プロ野球よ。カープががんばらんと、『スポチュー』も復活できんのよ……」

『スポチュー』こと『スポーツ中国』が創刊されたのは、昭和三十九年。西暦で言い換えれば一九六四年——東京オリンピックの年である。高度経済成長期まっただなかでもある。そういう時代背景があってこそ、東京や大阪とは比ぶべくもない広島という小さな商業圏でスポーツ新聞を発行する、という無茶ができたのだろう。

一月二十五日付けの創刊号の一面トップ記事は、当然ながらカープ。キャンプイン直前の白石勝巳《しらいしかつみ》監督の談話を掲載した記事の見出しは〈成算あり〝優勝作戦〟〉だった。同じ一面にある寸評コラムには、いかにも創刊号らしい、こんな言葉も記されていた。

〈位置について、ヨーイ・ドン。走れ走れ、みんなのカープ。負けずに走るスポーツ中国〉

この年のカープは四位だった。

成績以上に球史に残ったのは、誤審をきっかけに千数百人のファンがグラウンドに乱入し、球場の窓ガラスを手当たり次第に叩き割り、場内放送設備や両軍ベンチを破壊した事件である。その事件をきっかけに、グラウンドとスタンドを隔てる金網の高さが一メートルから二メートルになった。畑のまわりにイノシシよけの鉄条網を張り巡らせるのと変わらない、まことにわかりやすい対症療法だった。

ちなみに、当時の『スポチュー』では、カープの打線は「原爆打線」と呼ばれていた。見出しにも〈原爆打線さく裂〉とある。原爆投下からまだ二十年足らずだというのに、意外と大らかで、とにかくやることなすこと、発想そのものが荒っぽかったのだ。

創刊からわずか一年と一週間後、昭和四十年一月三十一日付けで、『スポチュー』はあまりにも短い歴史に、ひとまずのピリオドを打った。終刊号の一面トップ記事の見出しは、〈優勝へ突っ走れ！　カープ　あすキャンプイン〉という哀しいものだった。

その年のカープは開幕間もない五月一日に球団史上初の単独首位に立ったものの、慣れない位置によほど緊張したのか、翌日から七連敗して四位に転落した。途中で指揮官も白石勝巳監督から長谷川良平監督に代わって、結局五位でシーズンを終えた。

以来、『スポチュー』復刊の動きは、ウワサにも出てこない。

だが、もしも今年カープが初優勝を飾れば――。

来年すぐに復刊というほどオイルショック後の現実は甘くなくても、ユキオたちの世代がカープ初優勝の感動を青春の原点に持ってくれれば、いつかは――。

「ユキオ、よう見とけよ。ここからのカープの戦いぶりは、一試合一試合が伝説になるんじゃ」

カントクさんは力んで言って、ユキオの肩をつかんで揺さぶる。大学ノートのスコアを覗き込み、中日の助っ人・マーチン選手の名前が〈マチーン〉となっているのを見つけても、ええんじゃええんじゃ、と黙ってうなずく。

「のうユキオ、カープが優勝してシーズンオフになったら、おっちゃんと一緒に国語の勉強するか、のう」

「カントクさんも、漢字が苦手なんですか？」

肩をもう一度揺さぶり、ついでに頭を一発はたいてやりたい気持ちをグッとこらえて、カントクさんは、わはははっ、と鷹揚に笑うのだった。

＊

試合は中盤戦に入った。カープのリードはわずかに一点。五月や六月頃の外木場投手であればまったく心配は要らなかったが、いまは違う。

開幕から大車輪の活躍をつづけてきた外木場投手は、夏場に入って疲れが出てきたのか、急に調子を落としていた。七月終わりまでに十三勝を挙げていながら、八月はわずか一勝に終わり、この試合まで三連敗を喫している。九回を投げきった試合じたい、七月一日が最後だった。

「完投は無理して狙わんでええんじゃ」

ヤスは両腕を大きく振りかぶって言う。「七回まで踏ん張ってくれりゃあ、あとは宮本がおるし、三輪《みわ》もおる。昨日の試合で池谷が完封してくれたけえ、リリーフ陣も休養たっぷりじゃ」

ゆっくりと左脚を上げ、右脚一本で体を支える。端を丸めたタオルを握った右腕を、後ろにグイと引く。右膝のバネを利かせて体を反らし、腰をひねって、右腕を振り下ろすと、タオルがマフラーのように一瞬たなびいて、前腕にシュルシュルッと巻き付く。

「内角低め一杯じゃ。ええ球筋じゃったろうが」

幻のボールを投げ終えた姿勢のまま、正面にしゃがんだキャッチャー役のマナブに言う。マナブが「うん、ばっちり」と応えると、満足そうにうなずいて、体を起こす。理屈ではシャドーピッチングにストライクもボールもないのだが、タオルが巻き付くのは、腕をうまく振り切っている証拠なのだという。

「ほんなら、ちょっと休もう。今夜は蒸すけえ……」

ヤスは天地逆さにして道ばたに置いたビールケースに腰かけると、タオルでこめかみの汗を拭き、Tシャツの裾を引っぱって、腹や背中に風を入れた。

片桐酒店の前で、ラジオの実況中継に聞き耳を立てながら、三十球ほど投げ込んだ。一イニングのリリーフなら充分な球数だったが、ヤスが自ら課している今夜のノルマは百球——先発完投の一試合分だった。

「とにかくスタミナじゃ。スタミナさえつきゃあ、先発できるんよ」

右肩をぐるぐる回し、市民球場のナイター照明でぼうっと明るくなっている東の夜空を眺めて、ひとりごとのように言う。

相生中はブロック大会のベスト4まで勝ち残っている。一回戦から準々決勝までの四試合、ヤスは抑えの切り札として全試合に一イニングずつ登板し、まだヒットを一本も打たれていない。

ただ、このまえの日曜日におこなわれた準々決勝は、危なかった。一点差で迎えた最終回、内野陣にエラーや判断ミスが相次いでノーヒットながらも二死満塁のピンチに陥ったのだ。最後は渾身の速球勝負で三振に打ち取ったものの、もしも打球が内野に転がっていたら、どうなっていたかわからない。

一夜明けてもヤスの怒りはおさまらず、「ガチガチになって体が動きゃせんのじゃけえ、情けなかろう？　みんなキモがこまいんよ、三年のくせに」と月曜日の教室でひとしきり文句を並べ立てた挙げ句、先発投手への転向を一人で宣言したのだ。

「試合が競ってしもうたけえ、いけんのよ。一点もやれん思うたら、そりゃあ緊張もするわ。ほいで、なんで競るかいうたら、わしらが打ってもピッチャーが打たれるけえ、接戦になるわけじゃろ？　で、なんで打たれるかいうたら、兼光さんの力が足りんけえよ」

実際、さすがにブロック大会にもなると、相手中学の打線も強力である。相生中の三年生エースの兼光さんでは抑えきれない。二回戦、三回戦、そして準々決勝と打撃戦がつづいた。ここでもまた、三番打者のヤスが合計十一打数七安打九打点という活躍を見せなければ、勝利は覚束《おぼつか》なかった。しかも、次の日曜日――九月十四日におこなわれる準決勝の相手は、三年連続での県大会出場を狙う強豪・比治山《ひじやま》中なのだ。

「じゃったら、わしが最初から投げりゃええんよ。そうじゃろ？　兼光さんに任せとったら、わしが全打席ホームラン打っても追いつけんよ。スタミナ、スタミナいうて、高校野球から上は九回まであっても、中学は七回なんじゃけえ、アウトが二十一じゃ。ぜんぶ三球三振なら六十三球でカタがつこうが」

初球を打たせて取って二十一球で終える、という発想はない。とにかく強気なのだ。自己中心で傲岸不遜なのだ。そして、「今日から一週間スタミナのつく特訓をすりゃあええんじゃろうが」と、じつに単純で、しかし自分で決めた特訓は決してサボらない真面目な奴なのだ。

「よっしゃ、やるど」

ビールケースから立ち上がって、またタオルの結び目をボールのように握る。「マナブ、今度はバッターの真似して、そこに立ってくれや」

「うん……」

うなずきながら、店の中をちらりと見た。

今夜は空いている。常連の中でも特にカープの好きなおっさんたちは、ラジオの実況では気がすまずに市民球場で大一番を見守っているのだ。ふだんより一人あたりの縄張りが広くなった立ち呑みコーナーに陣取るおっさんたちは、数人——その真ん中にいるのが、勝征さんだった。

今夜の立ち呑みコーナーは、ときどき急に静かになることがある。呑んでいる人数が少ないし、試合展開が緊迫しているせいもあるのだが、なにより話し声そのものが、低く、小さくなるのだ。顔を寄せてぼそぼそとしゃべって、ひそひそと隣同士で耳打ちしながらうなずき合って、そして話に一区切りつくと、みんなそろって「いひひひっ」とひらべったい声で笑う。その笑い声の音頭を取っているのも、やはり、勝征さんなのだ。

「おいマナブ、肩が冷えるけえ早うせえ、もうちょっと離れて構えてくれ」

「うん……わかった」

何歩かあとずさっても、やはり店の中の様子が気にかかる。客が満杯ではないぶん、ヤスの母ちゃんの忙しさにも余裕がある。定位置のレジ前からほとんど動かず、酒を注ぐときもカウンターの外に出てくることはないが、おっさんたちの話に相槌を打ったり、一緒に笑ったり、ときには小声でなにかを訊いたりして、笑うときも一緒に、同じようなひらべったい声で笑う。

ちょうどいまも、そう――。

母ちゃんの笑い声が聞こえ、ヤスはムッとした顔になる。店を見るときのまなざしも険しい。その険しいまなざしを、そのままマナブにも向けてくる。

マナブにしても、勝征さんが片桐酒店に来ているとは思わなかったのだ。

ヤスの母ちゃんが配達と店の客の応対で目の回るほど忙しい夕方をはずし、立ち呑みコーナーのおっさんたちの酔いが回る前に、と七時半頃に店を訪ねた。すると、立ち呑みコーナーに勝征さんがいた。営業に使っている軽自動車を店の横に駐めて、サイダーをちびちび飲みながら、日本酒や焼酎を呑むおっさんたちよりもはるかに陽気に、立ち呑みコーナーに陣取っていた。

菊江さんのことをヤスの母ちゃんに訊きたかったが、とてもそんな雰囲気ではなかった。しかたなく、勝征さんに知られずにひきあげようとしたら、ロードワークから帰ってきたヤスに出くわして、「いまからシャドーピッチングするけえ、手伝うてくれ」と引き留められたのだった。

ヤスはマナブを呼び戻すと、またビールケースに腰を下ろした。「なんか、特訓する気分になれんのう、どうも……」と舌打ち交じりに、汗はひいているのにタオルで首筋を拭く。

「ごめん……」

「謝らんでもええ」

それより、と話を変えた。「こんなのことで、ちいと気になるんじゃが……」

クラス委員の選挙のことだった。二学期が始まって最初のホームルームの時間に、クラス委員を決めた。ちょうど一週間前になる。

小柳仁美が一学期につづいて女子の代表委員に立候補した以外は、誰も立候補者はいなかったので、委員はお互いの推薦で決めることになった。マナブは学習委員と厚生委員と図書委員に推薦されたが、すべて断った。体育委員に満場一致で選ばれたヤスに「クラスのためじゃ思うて我慢せえや」と迫られ、しかたなく、「途中で転校したら、かえってクラスに迷惑がかかるから」と説明した。

そのときは、転校のベテランはそういうことにも気をつかわんといけんのじゃのう、と感心していたヤスだったが、しだいに不安になってきたのだという。

「五月に引っ越してきたばかりで、二学期の途中でまた引っ越すやら――」

おかしかろうが、とヤスが言う前に、「でも、一番早いときは、一ヵ月で引っ越したから」とマナブは言った。「だから、小学生の頃からずっと、クラス委員はやらないって決めてるんだ」

「こんなが引っ越すときいうんは、要するに、父ちゃんの仕事が失敗したときじゃろうが」

マナブは黙ってうなずいた。

「どうなんか」

「どう……って？」

「二学期のうちに引っ越しせんといけんような気がしとるんか、いま」

頬がこわばって、背中も固まってしまった。

「のう、マナブ、どうなんか」

息をゆっくり吸って、吐いて、「だいじょうぶ」と笑った。「万が一の話をしただけだから」

ヤスはしばらくマナブを見つめてから、「ほんなら、まあ、ええわ」とうなずいた。

「よし、バッターやってくれ」

マナブは黙ってダッシュした。マウンドとバッターボックスぐらいの距離を見計らって、バットを構えるポーズをとった。

ヤスは小柄な体をうんと大きく見せるダイナミックなフォームで、幻のボールを投げ込んだ。

ど真ん中のストレートだな、とマナブは感じたが、投げ終えたヤスは体を起こすと、「悪い悪い」と笑って言った。「ビーンボールが顔面に行ってしもうた」

マナブは大げさにのけぞり、頰をさすって「痛たたっ」と笑う。だが、ヤスは笑い返さず、「つまらん芝居はええけえ、早うバットを構えてくれや」と言うだけだった。

＊

外木場投手は七回まで持たなかった。六回に同点に追いつかれてしまったのだ。しかも、マーチン選手を二塁ゴロに打ち取りながら、三塁ランナーだった高木守道選手が俊足を活かしてホームインという、まさに野球に勝って勝負に負けた痛恨の失点だった。

カープは七回から宮本投手を投入した。このまま宮本投手に任せて、打線の勝ち越し点奪取を待つか、それとも明日の第三戦でもマウンドに立てるよう、早めに三番手にスイッチするか。先が見えないぶん、継投も難しくなってしまった。

一方、中日の星野投手は、調子じたいは決して良いわけではなかったが、要所要所を締めている。試合の「勢い」や「流れ」は、明らかに中日のほうにある。

しかも、古葉監督は終盤に来てキャッチャーを交代した。先制点を叩き出した道原選手を引っ込めて、リードと強肩にまさる水沼選手にマスクを託したのだ。

「いけんよ、どないしよう、道原さんの勢いを消してしもうた」

スコアをつけるのも忘れて浮き足立つユキオを諌《いさ》めて、カントクさんは「心配すな」

と、どっしり構える。「古葉クンは勝負師じゃけえ、切り札の出しどころはようわかっとる」

「でも……」

「この試合、カープにも中日にも、もうひとヤマずつあるはずじゃ」

どちらのヤマが先に来るか。そして、どちらのヤマが大きくて、それを確実につかめるか。

「カープはミヤを一イニング早う出してしもうたが、中日のほうは鈴木孝政《たかまさ》がまだベンチに控えとる。この差が、ちいと気になるところじゃ」

中日の抑えのエース・鈴木孝政投手は、この試合まで七勝八敗十四セーブを記録している。一方、カープの宮本投手は八勝一敗九セーブ。安定感なら宮本投手に分があるものの、七回から登板して、残り三イニング、中日の強力打線を抑えきるのは至難《しなん》の業《わざ》である。

「それに、中日は足の速い選手が多いけえ、守るほうは神経を倍も使わんといけん。古葉クンもそれを思うて、キャッチャーを水沼に代えたんよ。道原の勢いを捨ててでも、水沼の強肩で向こうの勢いを止めんといけんと思うたんじゃろう」

ユキオは、なるほど、と大きくうなずいて、尊敬の熱いまなざしをカントクさんに送る。カントクさんの解説は、いつも理路整然としていて、話すことすべてに納得がいくのだ。

「ほんまにすごいです、カントクさん。RCCで解説すればええですよ」

「なに言うとるんな。RCCのナイターは金山次郎さんで決まりじゃ。今年からは長谷川良平さんもおってじゃ」

三十九歳の古葉監督は「クン」でも、往年の名選手に対しては「さん」付けを惜しまないカントクさんなのである。

「ほいでも、金山さんの解説より、いまのカントクさんの話のほうが役に立ちます」

RCCのナイター中継は「実況」というより「応援」のために放送しているフシがある。特に一九六二年以来RCCの解説ひと筋の金山次郎さんは、徹底したカープびいきで知られる。

相手チームのことはボロクソに言うし、凡ミスをしたカープの選手に対してもボロクソ。カープがリードをしていればご機嫌で、リードされていれば不機嫌になる。ラジオを試合途中からつけたリスナーは、実況の上野《うえの》隆紘《たかひろ》アナがスコアを紹介する前に、金山さんの口調でカープがリードしているのかいないのかを察するほどなのだ。しかも、カープに不甲斐ないプレイが相次いだときには、「わしゃあ、今夜はもうしゃべらんけえ」とヘソを曲げて、ほんとうに黙り込んでしまう。ベテランの解説者からカープのOBに戻り、それすら通り越して、ただのカープファンのおっさんになってしまうことも、しばしばなのである。

だが、カントクさんは「そこがええんじゃがな」と言い切って、真顔でつづける。

「今年、ほんまにカープが優勝するんじゃったら、その試合は金山さんに解説してもらいたいんよ。市民球場でもどこでもええ、放送席の一番ええ場所から、カープが優勝を決める瞬間を見せてあげたいんよ」

それだけのことを金山さんはカープにしてくれたんじゃけえ、恩返しをせんといけん、今度はこっちが恩を返す番なんじゃ……。

途中からはユキオにではなく自分自身に語りかけるようにつづける。

金山次郎さんは、カープの生え抜き選手ではないものの、松竹ロビンスから移籍して、一九五三年の盗塁王に輝いた。カープにとっては球団史上初の個人タイトルである。

「自分の記録だけと違うんよ。金山さんがチームを変えてくれたんよ。大振りして、ホームランか三振かいう野球とは違う、きめの細かい『足』の野球じゃ。機動力じゃ。古葉クンや現役の大下クンやらの土台は、金山さんがつくってくれたようなものなんよ」

そんな金山選手の広島移籍は、ファンの熱意あってこそ、だった。松竹ロビンスの本塁打王・小鶴誠《こづるまこと》選手ともどもの獲得を夢見て、結核で県立病院に入院中だった一人の男性が中國新聞に〈なるもならぬも金、金、金。一千万円の強化資金が集まるか、集まらないかにあるのだ。カープを愛するファンよ。その分に応じてこの募金に参加し、夢の実現に協力しようではないか〉という募金呼びかけを投稿し、それに応えてお金が続々と集まったのだ。

さらに、呼びかけの主は、金山・小鶴両選手に宛てて、週に一度の割合で〈二百万の広島県民があなたをお待ちしています。なにとぞこの願いをかなえてください〉というはがきを送りつづけ、最後には、広島入りの可能性があるのなら墨で、だめならペンで返事をよこしてほしい、と迫った。すると、金山選手から来た返事には〈貴殿の御期待にそふべく努力いたします〉――文字どおり墨痕《ぼっこん》鮮やかに記されていたのだった。

昨年から打撃コーチも兼任している大ベテラン・山本一義《かずよし》選手のことも、カントクさんは口癖のように「一義のおるうちに優勝せんといけん」と言う。「もうスタメンで出る力はのうても、引退する前に格好のつくような花道をこさえてやるんが、わしらの恩返しなんよ」

広島商業時代から「戦後、広島が生んだ最強打者」と呼ばれ、法政《ほうせい》大学でも主将で四番を務めた山本一義選手は、プロ入りにあたって大いに悩んでいた。

一九六〇年、まだドラフト指名制度がなかった頃の話である。特に熱心に声をかけてきた球団は、広島商業と法政大学の直系の大先輩にあたる鶴岡《つるおか》監督が率いる南海ホークスと、地元・広島カープだった。

前年の日本シリーズで巨人を四戦全勝で下した南海は、当時のパ・リーグの看板球団である。山本選手獲得にあたっても破格の条件を提示したと言われる。

一方のカープは、創立初年度の一九五〇年以来一度も三位以内のAクラスにすら入ったことのない弱小球団——一九六七年までつづいた十八年連続Bクラスは、いまなおセ・リーグ史上第一位なのである。当然、契約金などの条件も南海とは勝負にならない。しかし、広島は、生まれ育ったふるさとなのだ。地元選出で、のちに首相にもなる池田《いけだ》勇人《はやと》通産大臣も、山本選手と膝を突き合わせて「ふるさとを明るくしてほしい！」「ふるさとを強くしてほしい！」「ふるさとを優勝させてほしい！」と、延々二時間にわたってカープ入りを説得したのだ。

地元への「情」か、より高いレベルに身を置きたいプロの「業」か。大いに迷い、悩んで、苦しんだ山本選手は、両親に相談すべく広島に帰省した。

「ほいたら、えらいことが待っとったんよ」

カントクさんは、しみじみと嚙みしめるように言う。ユキオは、まいっちゃうなあ、と苦笑する。もう何度も聞かされてきた話だ。今夜はシラフだが、酒の入っているときには途中から涙声になってしまうこともある。

「どこから話が漏れたんか知らんが、一義が広島に帰ってくる日も、乗ってくる汽車も、みんな知っとったけえ……」

特急『かもめ』で広島駅に降り立った山本選手を、数多くのカープファンが出迎えた。口々に、カープに来てくれ、広島を選んでくれ、と訴えた。思いも寄らなかった光景を目の当たりにした山本選手はいたく感激して、ハラを決めた。帰広した翌日にはカープの球団事務所を訪ねて、入団の意志を告げたのだから、山本選手もオトコである。

「あのまま南海に入っとったら、毎年のように優勝争いじゃ。個人タイトルの一つや二つは獲れたかもしれんし、年俸もぎょうさんもろうとるよ。ほいでも、一義はカープ一筋で、カープをずうっと支えてくれたんよ。練習の虫で、徹夜で素振りをして、若手の手本になってくれたんよ。これぞミスター・カープじゃ。おっちゃんらに言わせりゃ、『広島の山本』は、やっぱり『浩二』の前に『一義』なんよ」

一九六〇年代のカープを支えてきた大打者も、年齢による衰えは隠せず、今シーズンは代打起用がほとんどだった。来年はもう現役で打席に立つことはないかもしれない。

「じゃけえ、カープは今年優勝せんといけんのよ。来年になったら遅いんよ。一義のおるうちに優勝せんと……」

祈りの呪文を唱えるようにつぶやくカントクさんをよそに、グラウンドでは、中日の猛攻が始まっていた。八回の表、二イニング目に入った宮本投手がつかまったのだ。

高木守道選手がヒットで出て、次打者のローン選手は四球を選び、ノーアウト一塁、二塁。一打勝ち越しの場面で、与那嶺《よなみね》監督はとっておきの代打を起用した。山本浩二選手と首位打者を争っている井上選手である。

だが、カントクさんは「バッターよりもランナーに気をつけんといけんど、バッテリーは」と言った。「ダブルスチールか、ヒットエンドランもある」

「でも、バッターは井上じゃけえ、好きに打たせるん違う？」

「みんながそがあ思うとるけえ、走らせる意味があるんじゃがな」

現役時代から俊足で鳴らし、ホームスチールを通算十一回というプロ野球記録を持っている与那嶺監督は、「足」の使い方を知り尽くしている。一方、古葉監督も、現役時代には二度の盗塁王に輝いている。こちらも「足」についてはプロ中のプロである。

「与那嶺さんと古葉クンの腹の探り合い、裏のかき合いよ。野球いうんは、打って投げるだけと違うんよ。奥が深かろう？」

「はい……」

「ちゅうても、作戦だけで決まるもんとも違う。生身の人間のやることじゃけえ、理屈の計算ではすまんのよ」

カントクさんの言葉どおり、与那嶺監督はランナーを走らせた。重盗だったのか、ヒットエンドランだったのか。いずれにしても、井上選手のバットは空を切った。古葉監督はみごとに中日の作戦を読んで、宮本投手にウエストボールを投げさせたのだ。ボールは中腰になった水沼捕手のミットに収まった。自慢の強肩の見せどころである。

用兵・配球ともに、古葉監督の勝負勘は冴えに冴えていた――はずだった。
だが、水沼捕手は三塁への送球をあせりすぎた。いや、あまりにもきれいにウエスト
ボールが決まったので、ほんの一瞬、しめた、と隙ができたのだろうか。
送球動作に入った右手から、ボールがポロッと落ちてしまった。守備の名手による痛
恨の落球で、二塁三塁オールセーフである。
「これがある、野球にはこれがあるけえ、怖いんよ……」
気落ちした宮本投手は、そこから三連打を浴びて、三点を失ってしまった。
その裏のカープの攻撃が無得点に終わると、市民球場のスタンドにもさすがに敗戦ム
ードが漂いはじめた。三点差。残りは一イニング。しかも中日には、鈴木孝政投手も控
えているのだ。
しかし、カントクさんは「まだあきらめることはありゃあせん」と言う。「星野もだ
いぶへバっとるけえ、そこにイキのええ代打をどんどんぶつけてやりゃええんよ」
その声が聞こえたかのように、最終回、古葉監督は代打攻勢に出た。すると、打席に
送った久保《くぼ》選手と佐野《さの》選手が連打を放って、上位打線につなげたのだ。
「与那嶺さん、星野続投でいってくれよ、頼むど、エースの面子《メンツ》を立ててやってくれ
や。星野のままなら逆転サヨナラじゃけえのう」
これもまた当たった。三村選手が左中間を深々と破る二塁打を放って、二人のランナ

ーは生還——一点差にまで詰め寄った。ここからはクリーンナップに回る。一死二塁。ワンヒットで同点、ホームランなら逆転サヨナラ。大きなヤマが、最後の最後でついにカープに巡ってきたのだ。あとは、それをつかめるか、逃してしまうか。

完投目前だった星野投手に代わって、サウスポーの竹田《たけだ》投手がマウンドに向かう。

「鈴木孝政と違うん？」

「ホプキンスは左投手に弱いけえ、ワンポイントじゃや。与那嶺さんもさすがじゃや、勝負をあせらんと、一つずつアウトを取ってくる」

中日ベンチの狙いどおり、ホプキンス選手は三振に倒れてしまった。だが、カープには山本浩二選手がいる。中日も満を持して、鈴木孝政投手の登板である。

不動の四番打者と抑えのエースの対決に、市民球場の興奮は最高潮に達した。喚声というより悲鳴や怒号のほうが近い。殺気立った迫力に気おされて、ユキオは身をすくめた。市民球場の外野席には数えきれないほど通ってきたユキオだが、ここまで異様な雰囲気になったスタンドは初めてだった。

カントクさんも周囲を見回して眉をひそめた。

「こりゃあ、ヘタな終わり方になったら収まらんど……」

＊

時間は、三十分ほど前にさかのぼる。

外木場投手から宮本投手に継投したところまで、マナブはカーラジオで聴いた。

「あとはウチに帰ってからだな。今夜の試合はまだまだもつれそうだし」

勝征さんは軽自動車のエンジンを切って、外に出た。助手席のマナブも車を降りる。足元の草むらから、虫の音《ね》が聞こえる。

相生団地から少し離れたところにある空き地だ。正式な契約を結んでいるのかいないのか、勝征さんのように駐車場代わりに使っているひとが何人もいて、通りに出やすくて街灯の明かりも届く位置から順に、奥のほうに向かって、早い者勝ちで場所が埋まっていく。今夜は遅くなったので、草むらの広がる暗い一角にしか駐められなかった。

「ああ、そうだ」

外の通りに向かって歩きながら、勝征さんが「相生団地の取り壊し、来年から始まるみたいだぞ」と教えてくれた。さっき片桐酒店で、常連の一人から聞いたのだという。団地と周辺の一帯が区画整理されて、市の再開発事業に組み込まれる。将来は、いま工事中の高層アパート群とひとまとまりの街になるらしい。

「自治会がいくら反対しても、車も入らない団地なんて、いままで残ってたほうがおかしいんだよ、実際のところ」

団地の中の路地は狭すぎて、軽自動車でさえ通れない。車を持っているひとは近くの空き地に駐めるしかないし、団地のまわりに空き地が増えたのも、すでに区画整理が進められているからだという。

「マイカーはともかく、救急車や消防車が入れないとヤバいだろ」

「うん……」

「だから、しかたないよな。あとは立ち退き料をしっかり貰うかどうかっていう話だよ」

いまの住民は新しい団地に優先的に入居することができるし、工事中の引っ越し先も、市か業者かが斡旋してくれるらしい。

「でも、何年もかかるんだよね」

「街が全部完成するまで十年って言ってたから、最低でも三、四年はかかるんじゃないか」

長すぎる。老人がほとんどの団地の住民は、そんなに待てるのだろうか。そして、新しい団地の家賃を払っていけるのだろうか。

だが、勝征さんは「長い工事になったほうがいいんだよ」と言う。「片桐さんのところで呑んでる連中は建築や土木の関係が多いから、工事をやってる間は仕事はいくらでもあるし、そうすれば酒屋も商売繁盛だ」

なるほど、とマナブがうなずくと、「世の中ってのはそうやって動いて、その動きに乗ってカネが回っていくんだ」と言う。よくわかる。ただ、いまのマナブの「なるほど」は、理屈の筋道を頭で理解した「なるほど」であって、心が納得したわけではなかった。

菊江さんの顔が浮かぶ。庄三さんの顔も浮かぶ。真理子と、広志と、まだ会ったことのない林田のおじいさんや真理子のお母さんのことも、思った。

結局、ヤスの母ちゃんには菊江さんのことを訊けなかった。タイミングをはかっているうちにヤスの特訓が終わり、立ち呑みコーナーでは勝征さんも話に一区切りつけて、「マナブ、そろそろ帰るか」と声をかけられてしまったのだ。

勝征さんは酒を一滴も呑んでいないのに上機嫌だった。帰り際に、ヤスの母ちゃんと二言三言、約束を確認するような口調で話していた。細かいところは聞こえなかったが、「銀行」と「ハンコ」という言葉が、空耳だと思いたくても思えないほど、くっきりと聞こえてしまった。

「おい、マナブ……どうした？　早く来いよ」

気がつかないうちに遅れてしまったマナブを、立ち止まって待ってくれた勝征さんは、「どうした？」と心配そうに訊く。「おまえ、今日、なんか元気なかったなあ」

意外とよく見ているのだ。見ているのだが、しかし——。

「なあ……お母さんのこと、もういいだろ？　しかたないよ、お母さんにはお母さんの人生があって、幸せになりたいっていう気持ちだってあって……それはもう、ほんと、しかたないんだ」

根本的なところで、なにも見ていない。なにも見ていないのだが、それでも——。

「さっき練習してるところをちょっと見てたんだけど、ヤスくんはいいフォームで投げてるなあ。見てるだけでもわかるよ、あいつはモノになるぞ、ほんとに。野球の才能もすごくあるし、オトコだよ。お母さんとお姉さんのこと、なにがあっても自分が守るって言ってるんだろ？　カッコいいよなあ。でも、もう、だいじょうぶだ。そんなこと考えずに、大好きな野球のことだけ考えればいいんだ」

「……そうなの？」

「ああ。もうすぐ、酒屋なんてバカらしくてやってられなくなる。お父さんにはわかるんだ、うん、ヤスくんのお母さんもずーっと苦労してきたんだけど、やっと報われるんだ」

「……ほんとうに、そうなの？」

「おまえ、なんだよ、そんな怖い顔で見るなって、親のこと」

勝征さんはぎごちなく笑って、マナブの知らなかった話を「これ、ヤスくんにはナイショだぞ」と教えてくれた。片桐酒店の経営状況は、ヤスが思っている以上に悪化している。このままだと、勉強のできる姉ちゃんも大学や短大には進めないし、ヤスの高校進学も、たとえば野球の特待生で授業料を免除してもらうなどしないと難しいかもしれない。

「さっきは再開発の工事で酒屋も商売繁盛するって言ったんだけど、ほんとうは、ちょっと違うんだよ」

すでに工事が進んでいる高層アパートの団地ができあがれば、そこに新しい商店街やショッピングセンターができることになっている。当然、そこには酒屋も入る。「権利金のことを考えると、大きな資本がバックについてる店だ」——片桐酒店が地元の利を活かして出店することは、理屈ではありえても、現実的にはまず不可能だという。

「あるとすれば、片桐さんの持ってる酒販免許を使って別の業者と組むっていうことで、ヤスくんのお母さんもそれを考えてるみたいだったんだけど、甘いんだよ、そんなの。そういうのが全然わかってないんだ、シロウトだから」

勝征さんにしては珍しく、話に冗談が交じらない。

「組んだら、だめなの？」とマナブは訊いた。

「あたりまえだろ。だまされるだけだよ。そんなことしたら……店を乗っ取られて、終わりだ」

勝征さんは笑わずに答え、「だから、考えるしかないんだ」とつづけた。「このまま町の酒屋でやっていくのか、別のところでしっかり儲けていくのか」

「それで、『マジカルサンデー』なの？」

ああ、と勝征さんがうなずいたとき、通りの先に人影が現れた。団地から駆けてきた二人——先を走る一人はおとなで、懐中電灯を持って追いかけているのは、女の子だった。

庄三さんと、真理子だった。

「沢口さん！」

マナブが思わず呼び止めると、二人は同時に振り向いた。真理子のほうが冷静で、マナブと勝征さんが一緒にいるという状況をいち早く察し、必要なことをすぐさま言った。

「橋本くん、お父さんの車に、おじいちゃんを乗せてあげて！」

「え？」

「横山のおじいちゃんを、県立病院まで乗せてあげて！　早う！」

菊江さんは病院で倒れた。昼間は心臓の検査を受け、夜になって休んでいるときに脳《のう》梗塞《こうそく》を起こしてしまった。心臓の動きがおかしくなっていたせいで血のかたまりができて、それが脳の血管に詰まったのだ。

病院から真理子の家にかかってきた電話では、意識不明とのことだった。「ぶらぶら病」で病院との縁が切れない林田のおじいさんに言わせると、こういうときに病院が意識不明と言うのはよほどのことなのだという。だから、もしかしたら、菊江さんの容態《ようだい》は相当悪いのかもしれないし、万が一のことを言うなら――。

「言わんでもええよね、そんなこと」

真理子の言葉に、マナブも、そうだよ絶対にそうだよ、と何度もうなずいた。

代わりに、真理子も少しは楽しいことを考えたいのだろう、「橋本くんのお父さんって、けっこう、ええひとなんじゃね」と笑った。「あんなにすぐに話が通じて、乗せて行ってもらえるとは思わんかったもん」

マナブだってそうだ。勝征さんは、必要最小限の説明だけですべてをわかってくれた。すぐさま空き地に駆け戻り、車を外の通りに出した。庄三さんに「乗ってください！」と言って、真理子には「県立病院でいいんだよな！」と確認して、庄三さんが乗り込むと、ドアを閉める間もなく急発進して、ぐんぐん加速して、相生通りに向かっていったのだ。

「広電やバスじゃったら、もっと時間がかかっとったし……」

庄三さんは電話を取り次がれて大あわてで林田のおじいさんのウチに来て、話を聞いてすぐさま駆けだしたので、ポケットの中の小銭はともかく、タクシー代は持っていなかったはずだ。真理子が追いかけていったのも、せめて往復のタクシー代だけでも渡そうと思って、鋳物《いもの》の貯金箱を持って走ったのだった。

「ほんまに助かった」

真理子は嚙みしめるように言って、「ありがと」と笑った。東京と同じ「ありがと」でも、広島では「が」にアクセントがある。それが大阪の「おおきに」とちょっと響きが似ていて、いいな、といつも思っている――真理子が言ったから、というのではなく、と思う、たぶん。

マナブと真理子は横山さんの家の前で、どちらからともなく立ち止まった。あまりにも急だったので、部屋の明かりを消すことも玄関に鍵を掛けることも忘れている。顔を見合わせて、また、どちらからともなくうなずいて、玄関の引き戸を開けた。

茶の間に入ると、ちゃぶ台の上に、蓋を取った菓子箱がいくつも置いてあった。箱の中には、細かくちぎった画用紙や和紙や折り込み広告が、色分けされて入っていた。赤っぽい色を集めた箱、白っぽい色を集めた箱、青っぽい色を集めた箱、黒っぽい色を集めた箱……。

真理子は、座布団の脇にあった新聞の折り込み広告を手に取った。

「おじいちゃんがこれをちぎっとるときに、電話がかかってきたんかなあ」

広告はすでに半分ほどちぎり取ってある。

「広告、ほら、あそこにもある」

部屋の隅を目で指し示す。茶だんすの前に、新聞から抜き取った広告が、うずたかく積み上げられている。もうずいぶん以前から溜めているのだろう。

「紙吹雪？」と訊くマナブに、真理子は「違うと思う」と返した。「紙吹雪やったら、べつに色分けして箱に入れんでもええもん」

「じゃあ、なに？」

答える代わりに、真理子は「橋本くん、ここ、見て」とちゃぶ台の下を指差した。大判の画用紙があった。外に出してみた。画用紙には描きかけの――いや、「描きかけ」ではなく、正しくは「貼りかけ」だった。それは、背景の青空にとりかかったばかりのちぎり絵だったのだ。

どんな絵柄になるのかは、まだまったくわからない。ただ、そのちぎり絵で描き出そうとしているものは、マナブにも真理子にもわかった。

「……横山のおじいちゃん、やっぱり『原爆の絵』をあきらめとらんかったんやね」

真理子はつぶやくように言った。黙ってうなずくマナブは、茶だんすとは反対側の部屋の隅に目をやって、途中で反古になったちぎり絵を何枚も見つけた。背景もできていないうちに画用紙を引き裂いたもの、絵柄のあらましがわかるようになってから大きく×印をつけたもの、ほとんど完成寸前まで来ていながらクシャクシャに丸めてしまったもの……。

「おばあちゃんの入院中に、一人で紙をちぎって、糊で貼っていったんじゃね、おじいちゃん」

「うん……」

「うち、こういうものの上手い下手はわからんけど、全部おんなじ絵のような気がする」

「そうだと思う、俺も」

反古の絵を手に取った。石を積んだ広い河原のある川だ。橋が架かっている。青空の下、一面の瓦礫の街も広がっていた。ここまで貼り込んでいて、なぜクシャクシャにして捨ててしまったのだろう。

「これ、どこの橋か、沢口さんはわかる?」

「爆心地のほうかなあ……」

場所よりも気になることがあった。最初は見逃していたが、一度「あれ?」と思うと、インクの染みのように胸の中にたちまち広がって、消せなくなってしまった。

マナブはためらいながら、クシャクシャになった絵を指差した。

「これ、仕上がってないんじゃないかな」

「……そう？」

「川と河原と橋はできあがってるけど、ほんとうは、まだ一番大切なものが残ってるような気がするんだ」

人間がいない。歩いているひとがいない。倒れているひとがいない。なきがらがない。やけどや深い傷を負って苦しんでいるひとたちの姿が、どこにもない。

マナブがそれを説明する前に、真理子は「うちも、そう思う……」と低い声で言った。

そのとき、原田さんのウチから、おっさんの胴間声が聞こえた。

「よっしゃ！　一点差じゃ！」

市民球場では、カープが最終回の反撃を繰り広げていた。久保選手と佐野選手の代打攻勢でランナーを二人置いて、三村選手が二点タイムリー二塁打を放ったのだ。

＊

「今夜はもうええ、ここまでで充分じゃ」

カントクさんは祈るように言った。最後の最後に迎えた大チャンスに盛り上がるユキオが「なんで？」と不服そうに訊くと、「明日のことも考えんといけん」と諭すように返す。

「ええか、ユキオ。三連戦を三連勝できれば、そりゃあ最高じゃ。ほいでも、贅沢言うたらいけん。この三連戦は二つ勝てばええんよ。昨日勝ったけえ、今日がもしもだめでも、明日勝てばええんじゃ。そう考えたら、今夜はここまででええんよ」

もちろん同点打が出れば、それにまさる喜びはない。しかし、たとえ負けたとしても、九回裏の反撃は間違いなく明日につながる。選手の士気が上がるだけでなく、星野仙一投手の完投勝ちを狙っていた中日ベンチを最後にあわてさせて、抑えのエースまで引っぱり出したのだ。

「これで鈴木孝政は明日の試合に出てきても、連投じゃ。昨日と合わせたら三連投になる。それだけでもカープにとっては大きなことよ」

そう考えれば、いっそ山本浩二選手があっけなく凡退してくれたほうがいい。空振り三振でも、ボテボテの内野ゴロでも、とにかく観衆が「あーあ……」とため息をつくような終わり方であれば、「まあええ、ここまでよう追い上げた」と、敗戦の悔しさをうまく明日の試合への期待に切り替えることができるだろう。むしろ、同点や逆転サヨナラの光景が脳裏をよぎることのほうが怖い。振り切れた針は、もう元には戻れなくなってしまうのだ。

「明日、明日、今夜の『流れ』は中日にあるんじゃけえ、欲をかいたらいけんど……」

その思いもむなしく、事態は最悪の展開を見せた。

山本浩二選手は打ったのだ。会心の一打が、センター前に抜けたのだ。

しかし、当たりが良すぎた。打球が速すぎた。二塁ランナーの三村選手は一気に三塁を回ったが、ホームベースの手前では、中日のセンター・ローン選手からの送球を受けた新宅捕手が待ちかまえていた。全力疾走の三村選手はスライディングする余裕もなくホームに突入する。そこに新宅捕手のキャッチャーミットが、顔面直撃――。

三村選手はヘルメットが吹き飛ぶほどの勢いで、地面に叩きつけられた。

荒っぽいプレイだった。そこまでやらなくても、と言いたくなるようなプレイでもあった。前夜はカープの道原捕手にパンチ同然のブロックをくらってもんどり打った新宅捕手だけに、その意趣返しの狙いはあったのか、なかったのか……。

いずれにしても、審判の判定はタッチアウトだった。

試合終了――。

ところが、起き上がった三村選手が新宅捕手にクレームをつけたことから、状況は一変する。二人の小競《こぜ》り合いに、両軍の選手が加わって揉み合いとなったのだ。

市民球場のスタンドを埋めた観衆も黙ってはいられない。山本浩二選手の快打に一度は同点の夢を見ただけに、このまま「残念じゃったのう」「また明日じゃ」とはいかなくなってしまったのだ。次から次へと観衆がスタンドからグラウンドに飛び下りていく。広島の選手たちの制止を振り切り、ベンチからバットまで持ち出して、中日の選手に襲いかかった。その数は約二百人にも達し、中日の星野仙一、ローン、竹田、大島《おおしま》、神垣《かみがき》、谷沢の六選手が負傷してしまった。

さらに、中日の選手がなんとかグラウンドからひきあげたあとも、球場の外では約三千人の群衆が正面玄関に群がっていた。球場のドアのガラスが割られ、選手が乗ったバスに四方八方から石が飛んできて……もはや「騒動」ではなく「暴動」と呼んだほうが近い。

広島県警機動捜査隊は、群衆の一人を器物損壊などの容疑で現行犯逮捕した。興奮しきった群衆も、それを見ればさすがに我に返るだろうと目論んでいたのだが、まったくの逆効果——「わしらが助けちゃるど！」「ポリ、どかんかい！」という怒号とともに三百人ほどが機動隊を追い回し、ついには逮捕者を奪い去ってしまったのである。

県警は二百五十人の機動隊を増員し、ようやく騒ぎを収めたものの、球団は警備上の不安から、翌日の試合の中止を決定した。

これが日本プロ野球史上に残る暴動事件のあらましである。

悲願の初優勝に向けて大きく前進するはずだった対中日三連戦は、かくして一勝一敗のまま、最終戦を十月まで持ち越すことになった。ほんとうならここで終わるはずの中日との直接対決が、シーズンの最後の最後に残されてしまったのだ。

そのことが、のちに大きな重圧となってカープにのしかかってくる。

しかし、いまは九月十日。ペナントレースの大詰めまでは一ヵ月以上ある。

八月にレコードが発売されたカープの応援歌『それ行けカープ』の歌詞も、まだ中学生たちは覚えきっていなかった。

# 第十章

広島は川の街だ。図書室で大判の地図を広げ、あらためてマナブは実感した。

広島市内を南北に貫いて流れる太田川《おおたがわ》は、複雑に枝分かれして、広い中洲《なかす》をいくつもつくっている。ヤスの母ちゃんたちが、ときどき市内のことを「デルタ」と言っている意味が、地図を見るとよくわかる。広島の街は、中洲——デルタが集まってできているのだ。

太田川から分かれた川は全部で六つある。東から順に、猿猴川《えんこうがわ》、京橋川、元安川、本川、天満川《てんまがわ》、太田川放水路。本川はそもそも太田川の本流にあたり、「旧・太田川」と呼ぶひとや、昔のまま「太田川」で通すひともいる。

川が多ければ橋も多い。T字形の相生橋や、平和記念公園に架かる元安橋や本川橋、平和大通りの通る平和大橋と西平和大橋、それに広電の停留所にもなっている猿猴橋や御幸橋あたりは、すぐに、ああ、あそこか、とピンと来るのだが——。

「住吉橋、わかった？」

閲覧テーブルの向かい側に座った真理子に、小声で訊いてみた。別の地図を広げていた真理子は、「あったよ」と地図から目を上げずに応え、「平和公園のまっすぐ南、二号線を越えてちょっといったところの、旧・太田川に架かる橋」と説明した。「川を渡った先が舟入本町《ふないりほんまち》で、あと、近所に住吉神社がある」

言われたとおり指でたどって、やっと見つけた。原爆ドームと橋の距離も指で測り、爆心地からけっこう近いんだな、と嚙みしめた。

庄三さんのちぎり絵の舞台は、住吉橋だった。

「場所がわかったら、今度は住吉橋の写真じゃね」

真理子は席を立った。マナブも「俺も探すよ」とあとを追うと、「橋本くんはこっち」と、原爆にかんする本を集めた『未来への本棚』のコーナーを指差して、自分は『わたしたちの広島市』のコーナーに向かう。

『未来への本棚』から写真集を何冊か選んで、閲覧テーブルに戻った。窓を広くとった図書室で見つめる写真は、穴ぐらのような平和記念資料館で見た写真や展示物に比べると、なまなましさは薄かった。放課後の図書室は静かで、涼しくて、グラウンドで練習している運動部の掛け声が、耳に邪魔にならない程度の大きさでずっと聞こえている。そんななかでページをめくっていると、写真に残された三十年前の風景が、実際よりもさらに昔のもののように思えてくる。

だめだ、とマナブは目を強くまたたいた。「歴史」の勉強じゃないんだぞ、と自分に言い聞かせた。これはすべて、庄三さんの胸に刻み込まれた「記憶」の風景だ。焼け野原になった街や、ぼろぼろの服で路上に座り込むひとたちの姿を、庄三さんは間違いなく三十年前に目の当たりにして、もっとつらいものを、いま、記憶の奥底から引きずり出そうとしているのだ。

ゆうべ、庄三さんは勝征さんの車で帰ってきた。庄三さん自身は県立病院まで送ってもらうだけのつもりだったが、勝征さんは「こういうときには『足』がすぐに使えたほうがいいんですから」と、病院の前でずっと待っていてくれたのだ。

「結果オーライだったよ、いま市民球場のまわりはすごいことになってて、大騒ぎだから」

暴動だよ暴動、やっぱりカープのファンは怖いよなあ、と勝征さんに言われても、マナブと真理子には相槌を打つ余裕もない。カープの試合が途中だったことすら、すっかり忘れていた。

「……おばあちゃんの具合、どうだったの?」

マナブが思いきって訊くと、さすがに勝征さんも、そうだよな、それが一番気になることだよな、という顔になって、言った。

「おばあさん、とりあえず今夜のヤマは越せそうだ」

マナブも真理子もほっとして頬をゆるめたが、庄三さんは黙って台所の流し台に立ち、水道の蛇口の水を手のひらで受けて、乱暴な手つきで顔を洗った。

勝征さんも笑わずに、「でも、意識不明はつづいてる」と付け加えた。「もともと心臓もだいぶ弱ってるみたいだし、油断はできない」

庄三さんも戸締まりだけ終えると、すぐにまた病院に戻る。今夜は念のために泊まり込むのだという。万が一深夜に容態が急変した場合、電話の取り次ぎで林田のおじいさんや真理子に迷惑をかけてはいけない、とも考えたのだろう。

「まあ、でも、マナブと……沢口さん、だっけ？　二人が留守番してくれて助かったよ。おじいさんも戸締まりと火の元のこと、車の中でもずっと気にしてたから」

ねえ、そうですよねえ、と勝征さんは台所に声をかけたが、庄三さんの返事はない。男のおしゃべりは嫌いなんだろうな、とマナブにもわかる。だが、勝征さんは気まずさなど一切なく、あっけらかんとした顔で「おばあさんの昔の大事な写真が盗まれたり、火事で燃えちゃったりするのを、すごーく心配してたんだ」と小声で教えてくれた。

庄三さんが部屋に戻ってきた。よほど荒っぽく顔を洗い、水を飲んだのだろう、はだけたシャツの胸はびっしょり濡れている。首筋から鎖骨のほうに広がるケロイドが透けて見える。

あぐらをかいて座り込んだ庄三さんは、マナブにも真理子にも声をかけず、膝をいらだたしげに揺すりながら、煙草をくわえた。マッチを何本か擦りそこねて、やっと火が点いても、二口三口吸っただけですぐに灰皿に捨てる。

「よし、じゃあ、もう留守番も要らないし、帰るか」

勝征さんが立ち上がり、マナブと真理子も目配せし合ってうなずいたとき、庄三さんの低くにごった声が聞こえた。

「二人とも、ここにあったものを見たんか」

ちぎり絵のこと――。

マナブは黙ってうなずくだけだったが、真理子は「ごめんなさい」と言葉にして謝ったあと、膝を揃えて座り直し、背筋をピンと伸ばして、マナブが思いも寄らなかったことをつづけた。

「ちぎり絵、うちにも手伝わせてください」


住吉橋は原爆の爆心地から約一・四キロという至近距離だったが、幸い崩落は免れた。東側のたもとにはケガ人の臨時救護所が設けられ、運び込まれた重傷者は、たもとの船着き場から宇品や似島に運ばれたのだという。

「じゃあ、いまでも昔の橋のままなの？」とマナブは訊いた。

「ううん。その年の十月に阿久根《あくね》台風の水害があって、それで壊れてしもうた、って」

真理子は広島のガイドブックを広げて、いまの住吉橋の写真を見せてくれた。大きなアーチ橋だ。救護所の名残は、なにもない。

「でも、別の本に、こういうのがあった」

郷土史をマナブに見せる。原爆を落とされた直後、本川には数えきれないほどの遺体が浮かんだ。それを引き揚げた場所が住吉橋のたもとだったのだ。上流からは次々に遺体が流れてくる。川岸の空き地では、うずたかく積み上げられた遺体が、まるで薪のように焼かれていく。そんな光景が、何日もつづいたのだという。

「横山のおじいちゃんは、それを見たんよね……」

真理子の声は震えて、かすれていた。

うなずくマナブは、声も出せない。

ゆうべ、庄三さんは真理子の願いをなかなか聞き入れてくれなかった。「紙をちぎるだけでも手伝わせてください」と食い下がっても、眉間に深い皺を寄せて壁をにらみつけ、「要らんことはせんでええ」と言うだけだった。

だが、真理子はあきらめない。「おばあちゃんに見せてあげるんですか？」と、マナブがひやっとするようなことも、まっすぐに訊いた。「じゃあ、一日でも早く仕上がったほうがええんと違うんですか?」——今度は勝征さんが、ぎょっとした顔になった。

「これ、『原爆の絵』でしょう? 去年も、このまえも、描こうと思うても描けんかった絵でしょう? うちにも手伝わせてください。絵の具やら色鉛筆やら画用紙やらを貸すだけじゃのうて、ちゃんと、なんでもええけえ、手伝わせてください」

庄三さんは黙って、煙草をまたくわえた。今度は一本目のマッチですぐに火が点いたが、代わりに背中が丸まった。

勝征さんは、話がまったく見えずにしばらく困惑していたが、やがてちゃぶ台の下のちぎり絵に気づき、失礼しまーす、と口の動きだけで言って、手に取った。さらに反古にしたちぎり絵も見つけて、たびたびすみませーん、と一枚ずつ見ていった。その図々しさと、意外なほどの察しの良さが、思いがけない展開を呼んだ。

ははーん、そういうことか、と事態を把握した勝征さんは、真理子に話しかけた。

「この絵はアレだよなあ、きみが貼るのは、やっぱり違うかもなあ」

のんきな声で言う。真理子がムッとしたのがマナブにもわかったが、勝征さんはつづけて、もっとのんびりと、「でも、紙がたくさんあったほうがいいのは確かだもんなあ」と笑った。

庄三さんの吐き出す煙草の煙が、マナブのほうにも漂ってくる。

「よしっ、こうしよう」

勝征さんは自分の膝を一つ叩いて、「沢口さんとマナブは、もう今夜は遅いし、留守番も終わったんだから、帰って寝ろ」と言った。

「お父さんは？」

「俺は、これから庄三さんを病院まで送って行く」

庄三さんは戸惑った顔で振り向き、「いや、もう、それは――」と断りかけたが、「こうなったら乗りかかった船ですから、お供しますよ。病院の往復の『足』は橋本交通の専属ドライバーにお任せください、わははは っ」と笑って自分のペースに巻き込む。こういうところの話の運び方は、ほんとうに上手いのだ。

「まあ、あとはお父さんが話すから。二人は明日も学校なんだし、さっさと帰って、さっさと寝て、宿題やったのか？　歯をみがけよ、じゃあまた来週！」

『8時だョ！　全員集合』の加藤茶《かとうちゃ》のようなことを言って、ほらほら帰って帰って、とニワトリを追い立てるように身振り手振りでせかす。話を途中で切られてしまった真理子は不服そうだったが、勝征さんは、心配するな、いいからいいから、と不器用なウインクでなだめた。

そして、実際――。

夜遅く帰ってきた勝征さんは、寝入っていたマナブを揺り起こして、「庄三さん、明日から手伝ってもいいって言ってくれたぞ」と告げた。「絵の場所は住吉橋っていうと

た。

勝征さんは、庄三さんが『原爆の絵』をちぎり絵で描こうとした理由も聞き出してい
「広島の市内にあるんだってさ。あとは自分で調べてみろ」

「……住吉橋って？」

ころらしい」


「菊江さんは、庄三さんが仕事でウチを空けてる間、ずーっと、新聞の折り込み広告や雑誌をちぎってたんだ。絵の具や絵筆で描くのは難しくても、ちぎり絵だったらできるんじゃないかって、庄三さんには内緒でな」

八月の終わり、心臓の検査で入院する前に、初めて、ちぎった紙を入れた箱を庄三さんに差し出した。「うちが入院しとる間、これでちぎり絵をつくってつかあさい。おじいさんがあの日見たものを、うちにも見せてつかあさいな」と頼んだ。けれど、その絵が仕上がる前に、菊江さんは倒れてしまったのだ。

「なんか、こういうのって虫の知らせってやつなのかもなあ」

勝征さんはそう言って、庄三さんの言葉を最後に伝えた。

「菊江さんのこととは関係なく、とにかく、しっかり覚悟して手伝ってくれ、ってさ」

なにを――。

なぜ――。

勝征さんは言葉をそのまま伝言しただけで、それ以上のことは付け加えず、「じゃあ、お休み」と部屋を出て行った。

『未来への本棚』のコーナーにあった全部の写真集に目を通してみたが、住吉橋そのものの写真は見つからなかった。

ただ、川から引き揚げられた遺体を撮った写真があった。モノクロなので正確な色はわからないが、全身がどす黒く変色していた。やけどのせいなのか、水でふやけてしまったのか、川に浸かっているうちに腐敗して体内にガスが溜まったのか、胴体も手足も空気人形のように膨れあがって、性別すらわからない。背丈からすると、子どもなのだろう。地面にじかに横たえられて、上にトタン板が掛けられていた。写真に添えられた解説文によると、撮影した少し後、遺体はその場でガソリンをかけられて火葬されたらしい。

真理子が苦しそうに息をつく。並んで座ったマナブの喉の奥も、低く鳴った。

「……もういいかな、いいよな、だいたいわかったもんな」

マナブはわざと軽く言って写真集を閉じた。遺体は、目の前から消えたあとも、まぶたの裏側に焼きついて離れない。

真理子は席を立って、気分転換するように閲覧テーブルのまわりをぐるっと一周してから、マナブの向かい側の席に座る。「ねえ」と珍しく自分から話しかけてきた。

「橋本くんのお父さんって、すごいねえ」――とりつく島もない様子だった庄三さんをどうやって説得したのか。「橋本くん、訊いたん？」

「訊いたけど、教えてくれなかった。病院まで送り迎えした貸しを返してもらっただけだ、とか笑って言ってたけど、そんなのじゃないよ、絶対に」

うちもそう思う、と真理子はうなずいて、「けっこうええひとじゃね、お父さん」と言う。「親切じゃし、頭も良さそうじゃし、面白いことをよう言うてじゃし」

褒められて悪い気はしない。けれど、照れたり謙遜したり、ましてや素直に喜んでうなずいたりするには、それこそ勝征さんには貸しが多すぎる。

「沢口さんは？」

話題を変えたくて、逆に訊いてみた。「俺、沢口さんがちぎり絵を手伝うって言って、びっくりしたんだけど……なんで？」

真理子は少し言葉に詰まったあと、「橋本くんはなんで手伝うことにしたん？」と、さらに訊き返してきた。

正直に言えば、なりゆきで、こうなってしまった。もっと正直に言うなら、真理子の巻き添えになった。それでも、ここで「俺は関係ないから」と、やめてしまいたくはない。

言葉で説明することはできず、「なんとなく……」と答えただけで黙り込んでしまったマナブだったが、真理子は、わかるよ、とうなずいて、「うちも、なんとなく」と笑った。

＊

真理子が先に帰ったあとも、マナブは『未来への本棚』の本に読みふけった。「よそモン」がいくら本を読んで勉強をしても、なにもわからない――そうかもしれない。それでも、日付や数字や名前を知っている、という段階から少しでも先に進みたかった。

図書室の閉室時刻になって、しかたなく席を立った。

窓からふとグラウンドに目をやると、野球部が練習をしている様子が見えた。レギュラーの選手が守備位置について、試合形式のノックを受けている。マウンドに立っているのは、エースの兼光さんではなく、ヤスだった。日曜日の試合は、ヤスが先発に抜擢されるのかもしれない。

ランナーが一塁にいる。セットポジションをとったヤスは、素速いモーションで牽制球を放った。リードの大きかったランナーはあわてて身をひるがえす。タイミングは完全にアウトだったが、タッチをあせった一塁手の安永さんは送球をミットの縁に当てて落としてしまった。

ヤスは先輩のミスにも悔しさを隠さず、マウンドの土をスパイクで蹴り上げた。悪い悪い、と安永さんが手振りで謝るのを無視して、投げ返されたボールも、いかにも腹立たしげに、グラブではたくように捕った。

次の打球はゲッツーを狙えるピッチャーゴロだった。猛然とダッシュしたヤスは打球を素手で捕り、体を反転させると、迷わず二塁に送球した。二塁に入ったショートの川村さんがグラブをほとんど動かさずにすむ絶妙の送球だった。

だが、川村さんの一塁送球は大きく逸れてしまい、キャッチャーの永田さんのベースカバーも遅れて、球がファウルゾーンを転々とする間に、打者走者は三塁まで進んでしまった。

ヤスが川村さんに向かってなにか言った。声は聞こえなかったが、口調の強さは表情からわかる。エラーを責めているのだろうか。先輩を相手に？　永田さんが割って入ると、ヤスはようやく興奮を鎮め、小さく頭を下げて、マウンドに戻った。だが、歩き方にも右肩を回すしぐさにも、まだ怒りは残っていた。校舎の三階から見てもわかるほどなのだから、グラウンドにいる先輩たちには、もっとはっきりと伝わっているだろう。

もともと生意気なヤスだが、ここまで先輩に反抗的な態度を見たのは初めてだった。試合を三日後に控えて、張り切りすぎているのだろうか。ゆうべの暴動の興奮が伝染してしまったのだろうか。それとも、もっと個人的に、不機嫌になってしまう理由が――。

マナブは窓のそばから離れた。そそくさと逃げるような身のこなしになってしまった。

ヤスが不機嫌になる理由を考えると、どんなに遠回りをしても、結局最後は勝征さんのことに行き着いてしまう。

今日は朝から、ヤスとは二人きりになる機会はなかった。たまたまタイミングがそうだっただけなのか。勝征さんのことを蒸し返されるのを、半ば無意識のうちに避けていたのか。それとも、じつはヤスに無視されていたのか。だんだんわからなくなってくる。

昇降口で靴を履き替えた。ふだんどおり正門から出て下校するには、グラウンドの脇の小径《こみち》を通らないといけない。ズックの踵を踏んだまま、つま先を地面にトントン、トントン、トントン、と何度もつっかけて、まるで紙相撲の力士のように体の向きを少しずつ変えていった。グラウンドが真後ろになったところで、やっと地面につっかけるのをやめて、ズックに踵を入れた。裏門に向かって歩きだす。ノックの打球の音が背中に聞こえても振り返らなかった。

＊

翌朝——九月十二日の朝、ユキオは『赤ヘルニュース』の最新号を掲示板に貼った。
大見出しは〈優勝を巨人戦で決めよう！〉で、必要最低限の誤字・脱字を修正した記事の本文は、以下のとおり。

〈大変なことになってしまった。読者のしょ君はおとつい（9月10日）の中日戦のあとの市民球場のぼう動に参加しましたか？　参加した人は反省して下さい。みなさんごぞん知のように、ぼう動のせいで昨日の中日戦は中止になってしまった。本当ならゆうべの試合で中日との対決は全部終わったところだったのに、ぼくが弟子入りしているカントクさんの予想では、それが10月19日に回されるかもしれません。カープにとっては、今シーズン最後の最後の試合が、ライバルの中日戦になる恐れが出てきたのです！　もしも、10月19日の試合で「勝ったほうが優勝」ということになったら、カープの選手はきん張でエラーや三振ばかりしてしまうだろう、とカントクさんは心配していらっしゃいました。だから、カープは、その前にある10月15日の巨人戦で優勝を決めなくてはいけないのだ。もちろん、その前に決まるのは大かんげいです。フレー、フレー、カープ！　読者のしょ君も応えんしてください〉

掲示板の前には、たちまち人だかりができた。二学期に入ってから、すなわちカープ初優勝がしだいに現実味を帯びてきてからの『赤ヘルニュース』は、もはやユキオ一人の趣味ではなくなっていた。一年三組の生徒はもちろん、チンチク先生をはじめ各教科の先生も読むのを楽しみにしていて、授業前の雑談はまずカープのことから始まるのだ。

カープは今日から市民球場に巨人を迎え撃つ。勝率四割にも達しない最下位でも、カープとは互角以上の戦いをつづけている。いままで二十一試合戦って、巨人の十一勝九敗一分けだった。

その対戦成績をすらすらと諳んじたユキオは、「ええか、よう聞いちょけよ」と数学の先生の口癖を真似て、つづけた。

「巨人にも意地があるけえ、全部のチームに負け越すわけにはいかん思うとるよ。あと二つでカープには勝ち越せるけえ、この三連戦で決める気でくるわい。それに、巨人は昨日まで六連敗じゃ。ここでカープに二連敗したら、八連敗のファースト記録になってしまうんよ」

「ファースト記録」は「ワースト記録」の間違いだろうとマナブは思ったが、話に水を差すのはやめておいた。

実際、カープの先発投手を佐伯、池谷、外木場と予想して、「巨人はおそらく堀内、小川《おがわ》、高橋一三《かずみ》で来る思う。ポイントは小川じゃ、カープはのらくら投げてくるピッチャーは苦手にしとるけえ」と語るユキオは、授業中には見たことがないぐらい堂々として、自信に満ちていて、小さな間違いの一つや二つで話をさえぎることなどできそうにない。

教室にチンチク先生が入ってくる。教壇から掲示板の『赤ヘルニュース』に目を留め、「おっ、また新しいのが出とるのう。あとで見せてもらわんといけん」と言った先生は、朝の挨拶を終えると、連絡事項を伝える前に「今日から巨人戦じゃのう」とカープの話を始めた。「カープの先発は誰になるんじゃろか」

ユキオは「はいはいっ」と手を挙げて立ち上がり、さっきの話を頭から繰り返していった。

教室があきれた笑い声に包まれる中、引き戸が勢いよく開いて、ヤスが駆け込んできた。

「ほんまはアウトじゃけど、今朝は特別に大目に見ちゃろう」

笑って言ったチンチク先生は、左頬が腫れあがったヤスの顔を見ると、驚いて目を剝いた。口の端も切れて、血がにじんでいる。

「おい片桐、どがあしたんな、顔……」

「下向いて走っとったら電信柱にぶつかりました。それで遅うなりました」

ヤスは台詞を棒読みするように言って、席に着いた。先生は「電柱に？　ぶつけた？」と不審そうに首をかしげたが、ケガの様子をよく見ていない男子の何人かが「アホじゃのう」「頭から星が出んかったか？」とみんなを笑わせたので、話はそれきりになった。

マナブもチンチク先生と同じように、ちょっとおかしい、と思っていた。おでこならともかく、頬や口の端がいきなり電信柱にぶつかるものだろうか。ああいう場所にできる、マンガでお馴染みの、ああいう傷は、むしろ——。

振り向いて確かめたかったが、できなかった。目が合うのが怖い。

ゆうべの勝征さんは、日付が変わる頃に帰ってきた。建て付けの悪い玄関の引き戸をまともに開けられないくらい酔っぱらっていた。寝ていたマナブを叩き起こして、「ハーンコ、ハンコハンコハーンコ、ぺったんぺったんぺったんヨォ……」と民謡のような節回しで歌っていた。流川のスナックを三軒もハシゴして、祝杯を挙げていたのだという。

「ハーンコ、ハンコハンコハーンコ、ぺったんぺったんぺったんヨォ、ハーンコ、ハンコハンコハーンコ、ぺったんぺったんぺったんヨォ……」

その呂律《ろれつ》のあやしい節回しは、一夜明けたいまも耳の奥から消え去ってはいない。

朝のホームルームが終わると、ヤスはマナブの席に来た。

「おう、ちょっとええか」

低く、すごんだ声だった。ほんの数分のホームルームの間に頬はさらに腫れあがり、口の端には乾いた血がこびりついたままだった。「ケガ……どうしたの？」と訊いても、「要らん世話じゃ」とはねつけて、「ええけえ、こっち来い」と先に立ってベランダに出た。

向き合うと、もう、よけいな前置きはなかった。

「ゆうべ、母ちゃんに言われた。こんなの親父の商売に一枚嚙んでみる、て」

勝征さんのあの歌が、またよみがえる。

「朝のうちに郵便局に行って、定期を解約して……ほかのおっさんらと一緒に、こまいことはようわからんけど、契約書いうんか？　それにハンコ捺した、いうて」

姉ちゃんは反対していた。『マジカルサンデー』でカネが儲かる仕組みが、どうしても納得いかない。「わしも、ようわからんけど、姉ちゃんと同じこと思うとった」とヤスは言う。「なーんもせんとカネだけが入るんじゃったら、日本中の人間が、なーんもせんでええん違うんか。のう、こんなは、そこのところをどがあに思うとるんな」

マナブは黙ったまま、身振りでも表情でも、なにも応えない。それは確かにそうなんだけど、そんなに単純じゃないみたいなんだ、もっと難しくて複雑な仕組みがあって、俺たちにはわからなくて……。しゃべってしまうと、結局は勝征さんと同じことしか言えない。

ヤスはマナブの沈黙をはじき飛ばすような大きな舌打ちをして、つづけた。

「母ちゃんも詳しいことはようわかっとらんかった。ほいでも、いまより金持ちになったら、姉ちゃんとわしを大学まで行かせてやれるし、酒屋をやらんでもすむようになる、いうて……」

母ちゃんが店を畳む話をしたのは、初めてのことだった。経営が苦しいのはヤスも知っていたし、店がつぶれてしまう心配はしょっちゅうしていたが、自分たちのほうからやめてしまうのは想像すらしていなかった。わが家の家業が酒屋だというのは、母ちゃんと姉ちゃんとヤスが家族だというのと同じぐらい、どうにもならないほどあたりまえのことで、死んだ父ちゃんがのこしてくれたこの店は、父ちゃんそのものでさえあったのだ。

「わしは立ち呑みだけやめてくれりゃよかったんじゃけどのう」

ヤスは首をひねりながら「父ちゃんも天国で怒っとるかもしれん」と苦笑して、またキッとまなざしを強めて、マナブに迫った。

「のう、マナブ……こんなが保証してくれえや」

にらみつけるだけでなく、途方に暮れたようなまなざしでもあった。

「言うちゃあ悪いけど、わし、こんなの親父のことは信じとらんよ。ほいでも、マナブは連れじゃけえ、おまえの言うことは信じちゃる。こんなが、父ちゃんの話は心配要らん言うんじゃったら、わしも、もう心配せんけえ」

泣きたくなった。そこまで信じてくれているうれしさが、同じぐらいの悲しさに変わる。

「だいじょうぶだよ」

マナブは言った。「このまえから言ってるだろ、信じろって」

ほんとほんと、絶対だいじょうぶ、と笑って何度もうなずいた。

ヤスは笑い返さず、「わかった……」とつぶやくように言った。

*

その日の巨人戦は、ユキオの予想通り、佐伯投手と堀内投手の先発で始まった。

二回表に一点先行したのは巨人だったが、カープもその裏の攻撃でシェーン選手が同点ホームランを放った。さらに三回にも、二死満塁からまたもやシェーン選手の二点タイムリーヒットが出た。

堀内投手はあえなく三回途中で降板して、スタンドは大いに盛り上がった。ラジオの実況中継によると、古葉監督の巨大な張りぼてをかぶったおっさんが応援の音頭をとり、若い連中は旗や幟《のぼり》を高々と掲げて通路を走りまわっているらしい。

だが、原田さんの家から聞こえるラジオの音声をよそに、横山さんの家の茶の間は空気がピンと張り詰めて、息が苦しくなるほどだった。

部屋の隅で体育座りをしたマナブは、庄三さんがちゃぶ台に覆いかぶさって手を動かす姿を、じっと見つめる。膝をしっかり抱いて、顎を引き、口をちゃんと結んでいないと、庄三さんの全身からたちのぼる迫力にはねとばされてしまいそうだった。

庄三さんは昨日も今日も、昼間は病院で菊江さんに付き添い、夜は家に帰って、ひたすらちぎり絵をつづける。菊江さんの容態は、主治医によるとひとまず落ち着いているらしいが、まだ意識不明のままだった。

ゆうべ、庄三さんは初めて人間の姿を貼り込んだ。ちぎった紙の中で黒っぽいものと赤っぽいものを選んで、焼け焦げた遺体と血まみれになった遺体を、「黒」と「赤」の複雑な組み合わせで描き出した。新聞の折り込み広告や雑誌のグラビアは、一枚ずつ微妙に「黒」や「赤」の濃淡や色合いが違う。それが作品に奥行きや広がりを与えてくれるのが、ちぎり絵の面白さでもあり難しさでもある。

だが、庄三さんは、絵の出来映えなど考えてはいない様子だった。貼る位置も「どこ」と細かく決めているのではない。手の動きに従うだけで、糊のつけ方も丁寧ではない。ただとにかく、勢いと迫力にすべてを委ねるようにして、なきがらを一体ずつ増やしていく。

数時間後、川面は遺体で埋め尽くされた。これでほぼ完成だ、今夜は仕上げで細かいところを貼り込むだけだ、とマナブも真理子も思っていた。

ところが、庄三さんが今夜手にしているのは、川の水の「青」だった。青っぽい紙を入れた箱を手元に置いて、ちぎってある紙をさらに細かくちぎりながら、画用紙に貼り付ける。「黒」と「赤」で描かれた無数の遺体の上に「青」を貼っていき、ゆうべせっかく貼り込んだ遺体を、川の水で覆い隠してしまう。

「足らん……」

紙をちぎりながら、糊をつけながら、貼りながら、うめくように言う。同じ言葉を、何度も何度も、呪文のように繰り返す。

「足らん……まだ足らん……足らん、足らん……まだ足らん……」

「青」の紙はたっぷりある。なにが足りないのか。そもそも、庄三さんはどんな絵を仕上げたいのか。訊きたくても訊けない。声をかけるのはもちろん、ちゃぶ台にこれ以上近づくのさえためらわれる。

さっき大きな蛾《が》が部屋に入り込んで電球の笠のまわりをバタバタ飛んでいたときも、庄三さんは顔を上げず、手も止めなかった。ラジオの音声も耳にはまったく届いていないのだろう、大歓声が沸き起こり、原田さんが「よっしゃあ！」と快哉《かいさい》を叫んだシェーン選手の二点タイムリーの場面でも、なんの反応もなかった。

四回の攻防は、巨人もカープも無得点だった。五回も〇点。序盤から点の取り合いだった試合が落ち着いて、実況の声も少し静かになった。

六回表の巨人の攻撃が始まる前、玄関の引き戸が静かに開いた。

「こんばんは」

真理子の声だった。庄三さんはあいかわらず返事もせず、顔も上げず、ちぎり絵をつづける。

代わりにマナブが玄関に出て、真理子を迎えた。

「おじいちゃんの晩ごはん……お弁当にしたほうがええかと思うて、つくってきた」

ゆうべは結局、飲まず食わずだったのだ。

「橋本くんは、もう晩ごはん食べた？」

「いや、まだ……」

「お弁当、もう一つあるよ」

「俺、食べていいの？」

「うん。持って帰って食べてもええし、ここで食べてもええよ」

「……つくってくれたんだ」

「一人分も二人分も、手間はあんまり変わらんもん」

いつもどおり口調はそっけないし、表情はムスッとしている。

それでも、いままでとは違う。真理子がつくってくれた弁当は、海苔を巻いたおにぎりと卵焼きが二切れ、赤いウインナーが一本、炒めた薄いカマボコが二枚、昆布の佃煮と広島菜の漬け物、そしてデザートに種なしブドウが数粒だった。ごちそうというわけではない。卵焼きは焦げていたし、おにぎりもきれいな三角形ではなかった。それでもウインナーに包丁でタコさんの切れ目を入れているところが、ちょっと意外で、なんだかうれしい。

ただ、庄三さんは「きりのええところでよばれるけえ」と言って弁当箱をちゃぶ台の下に置いたきり、結局最後まで弁当に箸をつけることはなかった。

庄三さんは「青」の紙をちぎりつづけ、貼りつづける。川面を埋め尽くしていた「黒」と「赤」の遺体がほとんど「青」に消されてしまった。遺体が川底に沈んでいる、ということなのだろうか。何重にも重なり合って沈んだ遺体を描くには、こうして実際に「黒」と「赤」を「青」の下に隠してしまわなければならない、ということなのだろうか。

つぶやく言葉が、いつからか、変わっていた。

「違うんよ……違うんよ……違う、違う、違う……違うんよ……」

もどかしそうだった。悔しそうだったし、悲しそうだったし、申し訳なさそうでもあった。

シェーン選手の犠牲フライで貴重な追加点が入った。四対一。原田さんが「よっしゃあっ！」と声をあげて、奥さんに「ええかげんにしんさい！」と叱られた。

だが、庄三さんの手は止まらない。つぶやきも途切れない。最後の遺体が消えた。庄三さんはぐったりとした様子で、遺体を「青」の下に隠した川面を見つめた。

試合が終わる。先発の佐伯投手が完投で十一勝目を挙げ、シェーン選手が全打点を稼いだ。

「カープは勝ったんか……」

庄三さんがぽつりと言ったのは、ラジオ中継が終わってしばらくたってからのことだった。

＊

翌朝、マナブと真理子は広志を連れて、ふだんより三十分以上も早く、朝七時前に家を出た。

広志の通う相生小学校では、毎月第二土曜日に古新聞と古雑誌を集めることになっている。登校するときに家から持ってきた新聞や雑誌を校門の前に置き、それをまとめて業者に引き取ってもらって、代金を平和活動のために寄付するのだ。

「みんな七時半ぐらいから持ってくるんよ。八時前には学校の先生が来るけど、その前に行ったらええし、途中で先生が来ても、事情を説明したら許してくれる思うよ」

雑誌の表紙やグラビアから「黒」や「赤」を見つけて持ち帰ることにしていた。

ゆうべ「青」をたっぷり使って無数の遺体を消し去った庄三さんは、二人を帰らせるときに、「明日はまた、ひとじゃ」と言った。原爆の熱線を浴びて全身にやけどを負い、痛みと熱さと渇きに苦しみながら水を求めて川を目指し、折り重なるように水の中に沈んでいった、何十人、何百人ものひとたちを、描く。

「黒い紙と赤い紙を、明日、どがあなもんでもええけえ持って来てくれんか」

色画用紙や折り紙ではだめだ、という。きれいに塗りつぶされた「黒」や「赤」とは違う、さまざまな色が隣り合って、混じり合って、溶け合った、複雑な「黒」――ひとの体が焼け焦げた「黒」。そして、鮮やかだったり、くすんでいたり、滴るような水気があったり、染みのように乾いていたりする、複雑な「赤」――ひとの肌にこびりついて、その上からさらにどくどくと流れ落ちる、血の「赤」。

「こっちのほうが近道なんよ」と広志が道案内して、川の土手道に出た。

川面や河原には朝霧が立っていた。川が何本も流れている広島の街は、秋が深まるにつれて霧の朝が増える。街ごと白い霧に包まれてしまい、信号すら見えなくなってしまうこともある。

今朝の霧は、街のほうまでは流れていなかったが、少し上流に架かった橋はぼんやりと霞んでいた。

その橋の下の河原に、数人の人影が見えた。中学生なのか、高校生なのか、みんな黒い学生服に制帽姿だった。

「なにしとるんやろ、あのひとたち」

広志が振り向いて訊くと、真理子は人差し指を口の前で立てた。マナブも、しーっ、静かに、黙って、と両手を上下させて伝えた。二人とも気づいていた。人影の雰囲気がおかしい。背の低い一人をほかの連中が取り囲んで、詰め寄っている。

取り囲んだ連中はみんな、見覚えがある。野球部の先輩たちだ。

そして、真ん中にいるのは、ヤスだった。

正面に立った先輩が、なにか言いながら距離を詰めて、ヤスの肩を小突いた。よろめいて一歩あとずさると、今度は真後ろの先輩が背中にスポーツバッグをぶつけた。前かがみになってつんのめったところに、横から回し蹴りが飛んだ。倒れたら、さらに尻を蹴られた。ケンカというより、一方的にいたぶっているだけ。それも、いま始まったばかりではなさそうだった。

ヤスが立ち上がると、また正面の先輩がなにか言った。言葉は聞き取れなかった。ヤスの反応もわからない。だが、なにか言ったのだ、きっと。正面の先輩はヤスにつかみかかろうとして、左右の仲間に押しとどめられた。

助けないと——。

マナブは顔をゆがめる。土手を駆け下りて先輩たちの中に突っ込んでいっても、勝てるわけがない。ヤスを助けるどころか、二人まとめてやられてしまうのがオチだろう。わかっている。それでも、放っておくわけにはいかない。

すくんでしまう足を、地団駄を踏むように動かした。カバンを足元に置いて、逆にカバンを武器にしたほうがいいだろうか、と持ち直し、やっぱり邪魔になりそうだ、とまた足元に置く。

「橋本くんは行かんほうがええよ」と真理子は冷静に言って、広志を振り向いた。「ヒロくん、なんでもええけえ、歌を大きな声で歌いながら、橋まで歩いて」

「……歌うん？」

広志の前にしゃがみ込んで目の高さを合わせ、嚙んで含めるように「大きな声で歌うて、ゆっくり歩くんよ」と言う。「それで、橋を渡る前に、あそこの中学生らが土手に上がって逃げて行くかもしれんけど、放っとけばええけえね。その代わり、その子らが見えんようになるまで歌うんをやめたらいけんよ」

マナブに向き直り、「ひとが見とる前で悪いことできるような根性ないよ」と笑う。

「お姉ちゃん、僕『それ行けカープ』歌いたい」

「なんでもええよ」

「途中で終わったら？」

「なんべんでも歌うて」

「歌詞よう覚えとらん」

「覚えとるところだけ、ずーっと歌うたらええんよ。早う行きんさい」

そんなやり取りをしている間も、先輩たちはヤスを小突いて、蹴って、しつこく文句をつけている。ぶん殴ってノックアウトしたいのではなく、「これ以上痛い目に遭いたくなかったら……」と脅しをかけているような感じだった。

広志は歩きだした。大きく息を吸い込んで、歌が始まった。『それ行けカープ』は、歌い出しからサビになる。

「カープ！　カープ！　カープ広島！　広島カープ！」

最初は困惑していた広志だったが、声を出すと緊張もほぐれたのだろう、胸を張って、腕を振って、行進の足取りとともに歌いつづけた。

――空を泳げと　天もまた胸を開く　今日のこの時を　確かに戦い　はるかに高く
はるかに高く　栄光の旗を立てよ――

正しい歌詞は覚えていない。サビ以外のメロディーはすべてハミングでつないだ。

そして、サビでひときわ声を張り上げる。

「カープ！　カープ！　カープ広島！　広島カープ！」

そこだけ繰り返す。

「カープ！　カープ！　カープ広島！　広島カープ！」

なおも繰り返す。

「カープ！　カープ！　カープ広島！　広島カープ！」

その声が河原にも届くと、真理子の予想どおり、先輩たちは急に浮き足立った。ヤスを囲んでいた輪がほどけた。地面に置いたカバンをあわてて提げて土手の斜面を駆け上る先輩もいれば、捨て台詞のような怒鳴り声をヤスにぶつけてから走りだす先輩もいる。みんな、橋のたもとから中学校の方角に全力疾走して、こっちを振り返る余裕すらなかった。まるでマンガの悪者たちのような逃げっぷりだった。

誰もいなくなった土手道を、広志は歌いながら行進する。

「カープ！　カープ！　カープ広島！　広島カープ！」

小学校へは、橋を越えて、さらに土手道を進む。もう先輩たちの姿は見えなくなっていたが、広志は大声で歌うことが気持ちよくなったのか、歌も行進もやめずに橋を通り過ぎていった。

ヤスは一人で河原に残っていた。土手を駆け下りてくるマナブに気づいていないはずはないのに、知らん顔をして学生服の土埃を払い、草むらを探ってカバンを拾い上げて、ついでにそばに落ちていた石も手に取った。野球のボールよりずっと大きくて重い石を、川面に叩きつけるように放り投げた。大きな音とともに、水しぶきが上がる。

「ヤス！　だいじょうぶ？」

返事はない。顔のあちこちが腫れた表情からわかるのは、ヤスが思いきり不機嫌で、悔しそうで、怒っているということだけだった。

「いま、上から見てたんだ……」

ほら、あそこから、とマナブは土手道を振り仰いだ。ちょうど橋のたもとにさしかかるところだった真理子は、歩きながら目をちらりと河原に向けて、マナブに声をかけた。

「うち、先に行く」

「……すぐ行くから、俺も」

「橋本くん要らん。うちと広志だけでええよ」

そのまま、「じゃあね」と足を止めることなく通り過ぎてしまった。

ヤスは「なんな、こんなら、男子と女子が一緒になにしよるんな」と怒った声で言う。

話せば長くなる。それに、いまは庄三さんの話よりも——。

「野球部の先輩だろ？　さっきケンカしてたのって」

ヤスはそっぽを向いて「関係ねえわ」と口をとがらせる。

「……昨日のケガも、同じだったの？」

「忘れた」

「先輩のくせに、なんであんなことするんだよ。めちゃくちゃだよ」

「知らん」

「だって……明日、試合なんだろ？　そんなの……おかしいって、ほんと……」

ヤスは「おかしい思うんなら、やったほうに言うてくれんかのう」と、うんざりした声で言って、まあええか、と短く息をついてから、やっとマナブに目を戻した。

「心配せんでええんよ。わし、明日の試合は出んことになったけえ」

「なんだよ、それ」

詰め寄ろうとしたマナブは、足を一歩踏み出したところで動けなくなった。

ヤスは怒った顔をして、目から涙をぽろぽろ流していた。

相生中学が創部以来初めてブロック大会に進み、ベスト4まで勝ち残っているのは、一にも二にもヤスの活躍のおかげだった。明日の準決勝でも、当然ヤスは必要不可欠の戦力で、それは先輩たちもよくわかっていて、わかっていても、しかし――。

「一年生のくせに横着じゃいうて文句つけてきたんじゃ、あんなら」

ヤスは川面をにらみつけて言った。マナブは図書室から見た練習の様子を思いだして、ため息を呑み込んだ。ヤスも「そりゃあ、失敗するたんびに一年生に叱られとったら、先輩にしてみりゃあメンツが立たんじゃろうの」と冷ややかに笑って、「ほいでも」とつづける。

「エラーやら三振やらをして、なんでヘラヘラ笑えるんな」

ぴしゃりと言った。「自分が失敗したら本気で謝るんがスジじゃろうが。ひとに迷惑かけたんじゃけえ。交通事故を起こして、被害者が年下じゃったら『まあ、わしのほうが目上なんじゃけえ、こらえんさい』でおしまいか？　そがあなワヤクソな話あるか」と一気につづけると、マナブは、だよね、と小さく相槌を打ってうなずくしかなかった。

ヤスは、課題だったスタミナ不足の克服のために、二学期に入ってから毎朝早起きをして土手道をランニングしていた。そこを先輩たちに待ち伏せされた。

昨日は、最初から「おどりゃあ、なんを調子こきよるんな！」といきり立っていた。二年生と三年生の全員の前で土下座をして、「一年のくせに横着させてもろうてすみません、先輩の皆さんのぶんも必死にやりますけえ、こらえてつかあさい」と謝れ、と言われた。

相手にしなかったら、殴られて、蹴られて、倒れたところを踏まれて、起こされて、また殴られて、蹴られた。

それでも、ヤスは頑として黙っていた。

「殺されても、言えんもんは言えん。あたりまえのことじゃ。野球は実力の世界じゃろう。野球の上手いモンが試合に出て、下手くそなモンは補欠で、もっと下手は球拾いになるんがあたりまえ違うんか。おう？　わしの言うとること、どこか違うとるか？」

ヤスは途中からマナブに背を向け、足元の石を拾ってはサイドスローで川に放っていく。どの石も水面で一回跳ねただけで、あっけなく沈んでいった。

今朝も先輩たちは橋のたもとで待ち伏せをした。だが、表情が昨日とは違う。「やっぱり土下座はできんわのう、さすが片桐はオトコの中のオトコじゃ」「こんなも、もう怒るな怒るな。一晩たったら頭も冷えたじゃろう」と、にやにや笑いながら話を切り出した。

強気で生意気なヤスの唯一の弱点——片桐酒店を、狙われた。

先輩の一人が言った。「わしのイトコの連れが呉《くれ》のほうでゾクに入っとるんじゃけど、こんながたの店に、今度行ってみようか言いよりんさるけえ、よろしゅう頼むわ。

サービスしたってくれえや、のう」

隣にいた先輩が「サービスが足りんと暴れ回るん違うかのう」と笑い、「ゾクが十人いっぺんに入ったら、もう、万引きし放題じゃけえのう」と語尾を持ち上げて、また笑う。

ただの脅しだ。嘘に決まっている。頭ではすぐに見抜いていたが、心と体がひるんだ。

「ゾクのひとは学校やら行っとらんけえ、今日の昼間に来るかもしれんのう。こんながたの店、夕方からは酔っぱらいのおっさんがぎょうさんおるが、昼間は母ちゃんだけじゃろう。どがあなるんじゃろうかのう、わしゃあ、もう、心配で心配でかなわんど」

別の先輩がおどけて言った言葉に、ヤスは本気でおびえた。表情から戦意が消えたのを察した先輩たちは、それでいっぺんに優位に立った。

「のう片桐、わしらも昨日、反省したんよ。こんなが悪いわけでもねえのに謝って歩くいうんは、やっぱりおかしいわ。じゃけえ、もう謝らんでええよ。すまんかったのう、ワヤを言うて」

三年生で一番体格のがっしりした三塁手の西山さんが、小柄なヤスの体に覆いかぶさるように肩を抱き、その腕に少しずつ力を込めて、言った。

「その代わり、明日、下痢でもせえや」

のう、と笑って、ヘッドロックをかける。

そこから先は、さっきマナブが見たとおりだった。

土手の斜面を上っていたヤスは、途中で不意に足を止めた。

「のう、マナブ」

振り向かずに言った。あとを追って歩いていたマナブも同時に立ち止まり、ヤスとの距離を保ったまま、「なに？」と返す。

「こんなは酒屋の商売いうてもピンとこんかもしれんけどの、アホが十人来て、缶詰を一個ずつ万引きしたら、もうそれだけで、ウチがたの店は大損じゃ。特級のウイスキーを盗られてしもうたら、一日分の儲けがのうなる。そういう商売よ」

「うん……」

「万引きをされんでも、いっぺんに狭い店に入ってこられて、酒瓶が何本も棚から落ちて割れてしもうたら、もうおしまいじゃ。母ちゃんも姉ちゃんもお人好しじゃけえ、弁償しんさい、とは誰にもよう言わんよ。こっちが損をかぶるだけじゃ」

マナブはなにも応えない。応えられない。

「あーあ、わしゃあ、ほんまは幽霊もＵＦＯもコックリさんも、なーんも信じとらんのじゃけどのう……アホの嘘ばなしだけ信じてしもうて、かなわんのう……」

つくりもののあくびと一緒に伸びをしたヤスは、「こがいな根性なしじゃったかのう、わし」と首を左側にかしげて、右手で一発、自分の右頬を殴りつけた。

本気のパンチだった。ゴン、という鈍い音がマナブにも聞こえた。

「あー、ほんま、アホじゃアホじゃ、あー、もう、けたくその悪い話じゃのう……」

ゴン、ゴン、ゴン、ゴン、と何度も頬を殴りながら歩きだしたヤスは、すぐにまた立ち止まり、坂の下のマナブを振り向いて、言った。

「やっぱり、こんなの親父の商売でほんまにカネが儲かるんじゃったら、店は要らんのう」

いまさっきから思うようになった、と付け加え、「父ちゃんも、もう怒りゃあせんよ」と笑って、また一発、ひときわ強く頬を殴った。

*

カープは土曜日の試合にも快勝した。巨人先発の小川投手に七回途中までノーヒットに抑えられていながら、その七回に集中打をお見舞いして、鮮やかな逆転勝利を飾ったのである。決勝打は、大ベテランの山本一義選手のバットから生まれた。今季かぎりの引退がほぼ決まっている往年の主砲が、代打で意地を見せたのだ。

巨人はこれでシーズンの負け越しが決まり、二リーグ分裂以来初めての八連敗も記録して、すっかり意気消沈してしまった。

カープ三連勝の可能性が大いに広がった日曜日の午後二時、夕方からの大事な試合の主役となるべき選手が、広島市民球場からほど近い基町《もとまち》グラウンドに立っていた。そこにいてはならないはずの選手なのだ。決してありえない光景なのだ。けれど、確かにその選手は、スコアボードすらないグラウンドで、坊主頭の中学生たちに取り囲まれていたのだった。


小一時間前、片桐酒店にユキオが駆け込んできて、店番をしていた母ちゃんへの挨拶もそこそこにヤスの部屋に向かった。

「おうヤス！　おおごとじゃ！」

襖を開けるのと同時に、叫ぶ。畳に仰向けになって『ドカベン』を読んでいたヤスは、「なんじゃあ、いきなり」と気色ばんで体を起こしたが、ひるまず、まくしたてた。

「早う支度せえ！　なにをだらけとるんな！　早う、早う！」

「……おかしげなこと言う奴じゃのう」

怪訝そうに眉をひそめたヤスは、舌打ち交じりにまた寝ころがった。今度は腕を枕にして体を横に倒し、ユキオに背中を向ける。

「わし、ゆうべから腹がピーピーで、寝とらんといけんのよ。外にはよう出れん」

比治山中学とのブロック大会準決勝戦は、午後二時から基町グラウンドでおこなわれる。そろそろ試合前の練習が始まっているだろうか。監督には連絡をしなかったが、どうせ先輩たちが適当な理由で「片桐は休む言うとりました」と伝えるだろう。それでいい。もう、どうでもいい。

「帰れや、早う去《い》んでくれ」

「ええけえ、支度せえ！」

「おんどりゃあ、たいがいにせえよ」

「コージに会えるんど！」

「うん？」

「コージじゃ！　コージさんじゃ！　わからんのか！」

わかる。わからないわけがない。広島の野球少年にとって「コージ」と言えば、ただ一人しかいない。だからこそ――。

「ユキオ……いま、なに言うた？」

声が震えた。「会える、言うたか？」と、今度は裏返った。ゆっくりと体を起こして、「じなくそたれよったら、こんな、しばき倒しちゃるど」とユキオをにらみつける。

そこに、階下から「こんにちはーっ」とマナブの声が聞こえた。「おばさん、ヤスくんいますか！　二階ですか？　失礼しまーす！」

　母ちゃんの「ユキオくんも来とるんよお」の声は、階段を踏み鳴らして駆け上がる音に紛れてしまった。いつも母ちゃんに「マナブくんは東京の子じゃけえ、遠慮しいじゃねえ」と言われているマナブがこんなに騒がしく訪ねてくるのは、初めてのことだった。

「ヤス！　大変大変大変大変！　すごいすごいすごいすごい！」

「なんじゃ、やかましいのう。コージさんでも来とる言うんか、コラ」

「なんで知ってんの？」

「……え？」

「そう、コージさん……カープの山本浩二、基町のグラウンドに来て、相生中の一年生の秘密兵器の子はどこにおるん、て言って……それ、ヤスだよ、ヤスのことだよ！　コージさんが、ヤスに会いに来てるんだよ！　俺、もうびっくりしちゃってさ、で、迎えに来たんだよ……」

　引き取って、ユキオが「じゃけえ言うたろうが！　早うせえ！」とハッパをかける。

　ヤスも、もう迷わなかった。ためらいも捨て去った。Tシャツを脱ぎ捨てて、半パンを勢いよく膝まで下げて、ついでに白ブリーフまで下げてしまって、「おおっ、いけん！」と手で隠したが――頼りないモジャモジャが、ちょっとだけ、見えた。

自転車のサドルから尻を浮かせて、背番号14が突っ走る。それを追いかけるマナブとユキオは、途中で何度か目を見交わして、やったな、とうなずき合った。

昨日、マナブがユキオにこっそり話したのは、相談というより泣き言に近いものだった。ヤスが先輩の恨みを買うことなく試合に出るには、どうすればいいのか。さんざん考えたが、いいアイデアが浮かばなかった。一番簡単で、たぶん一番正しいのは、野球部の監督かチンチク先生に言いつけることだったが、二人ともそれだけはやりたくなかった。

出口の見えない話の最後に、ユキオは「カントクさんにちょっと訊いてみるわ」と言った。「野球のことならなんでもわしに任せとけ、言いよりんさるけえ」

「こんな話でもいいの？」

「野球部の揉めごとは、野球のことじゃろうが。とにかく、カントクさんに言うてみる」

マナブはもとより、じつを言えばユキオも、それほど期待していたわけではない。ほかのおとなに頼るよりはましだろう、という程度だった。

ところが、ユキオから話を聞いたカントクさんは、明日の試合の時刻と場所を確認すると、「よっしゃ」と力強くうなずいた。「この話、わしが預かった！」――そして、コージさんの登場と相成《あいな》ったのだ。

三人が駆けつけると、すでにグラウンドは大騒ぎになっていた。

なにしろ赤ヘル軍団の若き主砲、山本浩二選手なのである。中日の井上選手やヤクルトの若松選手らと首位打者を激しく争っているコージさんが、普段着姿で、ふらりとやってきたのだ。今日もナイターで巨人戦があるのに、わざわざ中学生の試合を見物に来てくれたのだ。

相生中学も比治山中学も、もはや敵味方の区別はない。両チームの選手たちに取り囲まれたコージさんは、「サインください!」の声にも気さくに応じてくれて、みんなが差し出すグローブや帽子にペンを走らせていた。「順番ど、順番を守らんといけんど、押すな押すな」とカントクさんが張り切って人垣を整理する。騒ぎを聞きつけた近所のおじさんやおばさんたちもいる。比治山中学の監督はノックバットにサインをしてもらって感無量の面持ちだったし、さっきまで「片桐が下痢で休み? かなわんのう……」と天を仰いでいた相生中学の監督も、サイン入りのバッティンググローブを乙女のように胸に抱いている。

「ほんまじゃ……ほんまの、ほんまに、コージさんじゃ……」

ヤスは自転車を乗り捨てて、うわごとのようにつぶやきながら、グラウンドに下りた。

間違いない。面長の顔に、スッと通った鼻筋、太い眉、豹やチータを思わせる鋭く細い目、そして髪は、気合の入ったアイパー。紛れもなく山本浩二そのひとである。

列をなした最後の一人にサインを書き終えたコージさんは、あらためてみんなを眺めわたす。

「ほいじゃあ、ちいと偉そうなことじゃが、試合の前にカバチをたれさせてもらうかのう」

その一言で、人垣は誰からともなく相生中学サイドと比治山中学サイドに分かれた。主審を務める江波西中学の監督は、塁審の部員三人を従えて両チームの間に立ち、お願いします、とコージさんにうやうやしく頭を下げた。思いも寄らないハプニングのはずなのに、コージさん本人を含む誰もが当然のことのように受け止めている。それがスターの貫禄というやつなのである。

コージさんは軽く咳払いして、両チームの選手を交互に見やった。

「今年のカープは、おかげさんで調子がええ」

緊張して声の出ない先輩たちをよそに、ヤスは一人で「オッス!」と答えた。

「優勝まで、あとちょっとじゃ」

今度は全員そろって「オッス!」と声を張り上げる。

「去年までずーっと最下位じゃったカープが、なしてこがあに強うなったか、わかるか？」

みんなは口々に言った。コージさんや衣笠選手が打ちまくっているから、移籍してきた大下選手が盗塁や守備で活躍しているから、エースの外木場投手ががんばっているから、ホプキンス選手とシェーン選手の外国人二人がよく打つから、古葉監督の作戦がズバズバ当たるから、新幹線が開通して遠征が楽になったから……。

ひととおり答えが出尽くしたあと、コージさんは嚙みしめるように、誰も言わなかった正解を口にした。

「軍団になったからじゃ」

赤ヘル軍団の「軍団」――戦う男たちの集団である。誰が名付けたのかは知らない。中國新聞かＲＣＣラジオか、それともスタンドに陣取る応援団だったのだろうか。夏場の新聞記事にはまだ「赤ヘル集団」と書いてあるものも多かったが、いまや「赤ヘル」といえば「軍団」だった。

横からカントクさんが「団結力いうやつじゃ。チームワークよ」と補足する。

「プロも中学生もおんなじじゃ。野球は一人じゃあできん。そうじゃろう？　チームとチームの戦いは、結局、どっちのチームが一つにまとまっとるかで決まるんよ」

「……オッス」

「ほいでも、仲良しこよしでもいけん。野球は実力の世界じゃ。年上が年下に負けることも、なんぼでもある」

その言葉に、相生中の先輩たちは、気まずそうに下を向いた。

「後輩に負けて悔しかったら、もっと練習すりゃええんよ。野球の悔しさは、野球でしか晴らせんのじゃけえ」

ほんまじゃ、とヤスはグイッと胸を張りかけたが、そこにコージさんの声が降りそそぐ。

「レギュラーの選手は、補欠の選手に支えられとるいうんを忘れたらいけん。オノレ一人の力で試合に出られた思うとったら、大間違いじゃ」

ヤスはうつむいて「オッス」と応えた。

「試合中もそうじゃ。野球は団体スポーツじゃけえ、どがあにすごい選手でも、一人ではなんもできん。じゃけえ、チームは『軍団』にならんといけんのよ」

「……オッス」

「生協のスーパーに看板が出とるじゃろう。『一人はみんなのために、みんなは一人のために』いうて。野球もおんなじよ。誰かがミスをしても、みんなでそれを取り返していきゃあええ。一つや二つのエラーでピッチャーがカリカリしとったら、なーんもできやせんわい。違うか？」

いかにも頼りがいのある太い声に圧されて、ヤスはうつむいたまま、首を横に振った。

「逆に、ピッチャーの調子が悪いときはバックが守《も》り立てんといけんのよ。のう、わしの言うとること違うか？」

鋭い目で射すくめられた先輩たちは、あとずさりながら何度もかぶりを振る。

コージさんはそれを見て、ようやく「よっしゃ、ほんなら、しっかりがんばれ」と相好を崩した。「勝っても負けても悔いの残らんよう、一所懸命やりんさい」

その言葉に、敵も味方も、レギュラーも補欠も、一年生も二年生も三年生も、一斉に「オッス！」と声を張り上げた。

横で話を聞いていたカントクさんは満足そうにうなずくと、腕時計に目をやって「おう、コージ、そろそろ市民球場に行かんと練習が始まるど」と言った。

「ありゃ、もうそがあな時間ですか。ほんなら、試合の最初のほうだけチラッと見せてもろうてひきあげますわ」

両チームは、大急ぎで試合開始に向けて準備を始めた。選手以上に監督が張り切り、審判も張り切って、球拾いやグラウンド整備をする補欠の選手もきびきび動く。コージさんが試合を見てくれる。自分のプレイをコージさんに見てもらえる。夢のような話だった。

「おう、片桐」

背番号1の兼光さんがヤスに声をかけ、アンダートスでボールを渡した。「下痢ピーが治ったんなら、こんなが先発じゃ。わしはリリーフで控えとくけえ」

ニヤッと笑う兼光さんに、ヤスは帽子を取って一礼した。ふだんはツバをつまんで応えるのがせいぜいのヤスが、先輩に初めてまっとうな敬意を示した。

すると、昨日の朝ヤスにヘッドロックをかけた西山さんが、ムスッとした顔でヤスに近づいてきて、声をかける。

「打たせて取れよ。さっき比治山のフリーバッティング見とったら、みんな振り回しとったけえ、低めに投げときゃあ間違いない」

ヤスも少しだけ口をとがらせて、それでもまた帽子を取って「三遊間にガンガン打たせるんで、よろしゅうお願いします！」と頭を深々と下げた。西山さんは「おおっ？」とおどけた顔でびっくりして、「エラーしても、あんまり怒るなよ」と笑った。

「……打って取り返してくれるんを、信じとりますけえ」

「横着なこと言う奴じゃのう、ほんまに」

頭を軽くはたかれた。ヤスは「あたたっ」と坊主頭を撫でながら笑う。西山さんは「もうええけえ、早うウォーミングアップせえ」とマウンドに顎をしゃくり、そっぽを向いたまま、「みんなでしばいて、すまんかったの」と低い声で言った。

試合の準備が整った。先攻は比治山中学。マウンドではヤスが投球練習を終え、あとはプレイボールを待つだけである。

そこに、主審からコージさんにリクエストが寄せられた。

「えらい図々しいお願いですが、コージさんに始球式をやってもらえんでしょうか」

コージさん本人以上に、カントクさんが驚いて「いけんいけん、キャッチャーが大ケガしてしまうわ。プロの球を中学生が受けられるわけがなかろうが」と断ったが、両チームの選手たちはもちろん、コージさん目当てで集まった見物客も大いに沸いて、みんなすっかりその気になってしまった。そうなると断れないのが、スターの宿命である。

コージさんは「ほいじゃったら、やらせてもらいますわ」と応えてマウンドに向かう。カントクさんは「いけん、やめとけ、ほんま」と本気で心配していたが、「手加減しますけえ」と笑って、左腕をぐるぐる回す。

「……あれ？」

カントクさんの隣にいたユキオとマナブをはじめ、誰もが怪訝そうな顔になった。山本浩二選手は右投げ右打ちなのである。

一瞬の間をおいて、カントクさんは、カカカカッと笑った。

「中学生の試合の始球式なら、それくらいがちょうどええ」

プロなんじゃけえ、とカントクさんは念を押す。

「ほんまは意外と背がこまいんですね、コージさん」とユキオは言った。

だが、カントクさんは「そこがスターと凡人との違いよ」と笑い飛ばす。「試合になると大きゅう見えるんがスターで、縮こまってしまうんが凡人じゃ」

なるほど、と二人はうなずいた。

マウンドに立ったコージさんは、ヤスからボールを受け取ると、すぐにワインドアップモーションに入った。右利きのコージさんがあえて左で投げるとはいえ、プロの球なのだ。手加減してくれるのはわかっていても、キャッチャーやバッターだけでなく、グラウンドにいた全員が身を固くした。ユキオやマナブたち見物客も、もちろん。

だが、その緊張は、コージさんの左腕からボールが放たれた直後、ほぐれた、というか、ゆるんだ、というか、くずれた。山なりのスローボール――しかも一塁側に大きく逸れて、なおかつキャッチャーのはるか手前でバウンドしてしまったのだ。

グラウンドが静まりかえるなか、一人きりの拍手喝采をしたカントクさんは、きょとんとするユキオとマナブに、「わからんのか、佐伯じゃ、佐伯のスローボールの真似じゃ！」と種明かしをしてくれた。

外木場、池谷につづく第三の先発投手として活躍している佐伯投手である。金曜日の試合でも巨人を一点に抑えて完投し、十一勝目を挙げたばかりだった。その佐伯投手の得意球こそが、「ハエが止まる」と呼ばれた超スローボールなのだ。

「速い球を投げるんはプロじゃったらなんぼでもできる。逆に、遅い球を投げることのほうが、意外と難しいんよ。じゃけえ、暴投もしかたないわい。努力賞いうことでよかろうが」

二人はまた大きくうなずき、カントクさんと同じように立ち上がって、拍手でコージさんの始球式を讃えた。まわりの見物客も一人また一人と立ち上がる。拍手喝采のなかを、コージさんは、やあどうも、いやいやいや、どうもどうもどうも、と両手を掲げてマウンドを降りる。

「ほんなら、わし、市民球場のほうに帰りますわ！　今日の試合もがんばりますけえ、応援よろしゅう頼んます！」

誰かが「ホームラン！」とリクエストすると、「任せといてつかあさい！　バックスクリーンにぶち込みますけえ！」と力強く応えてくれた。「優勝します！　今年のカープは優勝です！」

声高らかな予告ホームラン、そしてV宣言に、見物客も大いに沸いた。誰よりも喜んだユキオは、居ても立ってもいられなくなったのか、いきなり『それ行けカープ』を大声で歌いだした。

やがてそれは、見物客はもちろん、グラウンドにいる相生中と比治山中の選手たちや、自転車で通りかかっただけのおっさんをも巻き込んだ大合唱になった。

コージさんはますますゴキゲンになって足を止め、両手をメガホンにして「優勝したら、皆で流川に呑みに来てつかあさいや！」と言った。「『スナック・アキ』をよろしゅう！　清酒でもウイスキーでも、ええ酒を置いとりますし、わしのことを言うてくれたら勘定もママに勉強させますけえ、えっと呑んでつかいや！」

路上駐車していた軽自動車に乗り込んだコージさんは、最後にクラクションを鳴らした。軽自動車ならではのプファプファッという薄い音をグラウンドに響かせて、市民球場のほう——球場のある方角へ帰っていった。

『それ行けカープ』の大合唱は、誰が音頭をとったわけでもなく、いつしかバンザイの連呼に変わっていた。


ヤスが第一球を投げ込んだ。ど真ん中のストレート。コースは甘くても、スピードがあり、球威があり、なにより気合が入っている。

比治山中のトップバッターは呆然と見送るだけで、審判が「ストライークッ！」と右手を高々と突き上げると、相生中のベンチから鬨《とき》の声にも似た歓声があがる。

「ええど！　ナイスピッチン！」

レフトを守る藤井さんに励まされ、二塁手の池田さんからも「打てりゃせん、打てりゃせん、バッターかかしじゃ！」と声援を送られたヤスは、照れくさそうに野球帽のツバを下げ、センターのほうを向いて、両手を大きく広げて言った。

「打たせていきますけえ、よろしゅうお願いします！」

「おう！」——野手八人と、ベンチに控える補欠の先輩全員の声がそろった。


試合は、二対三で相生中が負けた。

先発のヤスは、前半の四回までは無得点に抑えていたのだが、後半になってスタミナが切れてしまったところを狙われた。後半の五回と六回で三失点してしまったのだ。

それでも監督はヤスに完投させた。スコアも接戦だったし、来年からのことを考えると、ここで七イニングを投げきる経験を積んでおくのはなによりの財産になる。

ヤスに先発を奪われた兼光さんは、リリーフの準備はつづけていたものの、「この試合、片桐に最後まで投げさすけえ」という監督の決断を素直に受け容れた。「コージさんに『一人はみんなのために、みんなは一人のために』いう根性を教えてもらいましたけえ」と、さばさばとした笑顔で、才能あふれる後輩のために中学時代最後のマウンドを譲ってくれた。

ほかの三年生も同じだった。犠牲バントを命じられても、自分の代打に二年生を出されても、いっさい不満顔は浮かべない。そうなると後輩たちも燃えずにはいられない。

三年生がバントで送ってくれたランナーを還せなかった二年生は「すんません！」と、自主的にグラウンドの端までウサギ跳びをした。三年生の代打に立ちながらピッチャーゴロに倒れた二年生は、間に合うはずもない一塁にヘッドスライディングして、右手の指四本をまとめて突き指してしまった。

そしてヤスは、最終回の七回——残る力を振り絞って速球を投げ込んだ。三者凡退。最後の打者は空振りの三振。男の意地だった。ベンチに戻り、七回裏の相生中の攻撃が無得点に終わって敗戦が決まると、声をあげて泣いた。そんなヤスを「びいびい泣くんは小学生ど」「チン毛生えとるんじゃろうが、しっかりせえ」「三点に抑えたんじゃけえ、合格じゃ」「ほうよ、謝るんは打てんかったわしらのほうなんよ」と慰める先輩たちも、目に涙を浮かべていた。

野球部は生まれ変わった。そんな先輩と後輩の絆の深さは、相生中野球部の伝統として、翌年からも脈々と受け継がれていくことになるのだが、それは、のちの話。

とにかく、コージさん直伝の野球哲学は、そこまでの大きな影響力を持っていたのである。

その日の巨人戦、山本浩二選手はタイムリー二塁打を放ったものの、残念ながら約束のホームランは打てなかった。

だが、試合は四対三で勝った。六回まで巨人をノーヒットに抑えていた外木場投手が七回に突然崩れ、一点差まで追い詰められたものの、渡辺《わたなべ》投手と宮本投手の継投で逃げ切ったのだ。

みごとに三連戦三連勝を飾ったカープは、セ・リーグで六十勝一番乗りをはたした。残りは十六試合。前年に優勝した中日の最終成績は七十勝で、前々年の巨人は六十六勝でペナントを制した。今季の優勝ラインをその間をとって六十八勝にすると、カープは残り試合を八勝八敗の五分でしのげばいいことになる。

いよいよ、優勝が「夢」ではなく、具体的な「ゴール」として見えてきたのだ。

ちなみに数年後——カープが「常勝赤ヘル軍団」と呼ばれるようになり、山本浩二選手が広島のスターから球界のスターへと出世した頃、テレビのものまね番組にそっくりさんが登場した。

奇しくもご本人と同じ広島在住、本職はスナック経営の、秋本和之《あきもとかずゆき》さんである。顔はそっくりだが野球経験はゼロで、サウスポーでパチンコの玉を弾くのが趣味。そして、座右の銘は「一人はみんなのために、みんなは一人のために」だという。

むろん、これもまた、のちの話である。

# 第十一章

九月二十日、倒れてから十日ぶりに菊江さんの意識が戻った。まだ薄目を開けてぼんやりと天井を見ている程度だし、酸素吸入のマスクもはずせない。起き上がることはおろか、話のできる状態にもほど遠い。それでも、一週間たった今日、二十六日にお見舞いに出かけた近所のおばさんが声をかけると、確かにまばたきの反応があった、という。

「目を開けてても、ひとの顔とか、景色とか、ちゃんと見えてるのかなあ」

マナブは新聞の折り込み広告をちぎりながら、ぼそぼそと言った。少し間をおいて、ちゃぶ台を挟んで座った真理子の「うん……」という低い声が返ってきた。マナブは、だいじょうぶだよな、見えてるよな、と自分で確認するように相槌を打ち、また新しい広告を手に取った。

ちゃぶ台の上には「赤」「青」「黒」「その他」の箱が置いてある。ちぎった広告の色合いを見て、それぞれの箱に入れていくのだ。

庄三さんのちぎり絵は、「赤」「青」「黒」がすぐになくなってしまう。血の「赤」、川の「青」、そして原爆の熱線を浴びて焼け焦げた遺体の「黒」。木々の「緑」はちっとも減らない。それが、「原爆のあとは七十五年間、草木一本生えない」という言葉の意味と重さを、どんな勉強の本よりもはっきりと教えてくれる。

今夜も庄三さんは食事もろくにとらず、一心不乱に紙を貼っていくだろう。折り重なって川に沈む無数の遺体を「赤」と「黒」を貼って描き、その上に川の水の「青」を貼り込んで遺体を隠す。川がすべて「青」で覆われると、そこにまた「赤」と「黒」を重ねていく。毎晩毎晩、箱に入れた紙が尽きるまで、それをひたすら繰り返すのだ。

画用紙は、糊でふやけ、乾いたあとはゴワゴワに波打って、手で触るとはっきりわかるほど分厚くなった。いつ仕上がるのか。どういう状態になれば完成するのか。マナブにも真理子にもわからない。庄三さんに訊いても答えてくれない。もしかしたら、庄三さん本人にもわからないのかもしれない。

「でも……」

マナブはちぎった広告を「赤」の箱に入れて言った。「俺、おばあちゃんに早く見せてあげたほうがいいと思うけど」

真理子の返事はなかった。だって早くしないと、とさらに言いかけたマナブも、口をつぐんで、ちぎった紙片をさらに細かくした。

コトダマという言葉を、今日の昼間、学校でユキオから教わったばかりだった。言葉には魂がこもっているので、縁起でもないことを口にしたら、それが現実になってしまう、とカントクさんに聞いたらしい。

巨人との三連戦をみごとな三連勝で飾ったカープは、つづく大洋との三連戦も二勝一分け、ヤクルトとの二連戦を一勝一敗、そして、おとといには大洋との今季最終戦を引き分けで乗り切って、首位を固めている。

だが、優勝を争う中日と阪神もしぶとい。首位のカープとは、ともに一ゲーム差の同率二位。残り試合数はカープが十、中日が十三、阪神が十四なので、もっと突き放しておかないと、最後の最後で逆転されてしまう恐れも大いにあるのだ。

「ええか、おまえら、今日からはもう『もしもカープが優勝できんかったら』やら『阪神や中日がこのまま負けんかったら』やら、口が裂けても言うたらいけんど」

菊江さんについても同じなのかもしれない。意識を取り戻したといっても、血栓による脳梗塞は入院後も何度も起きて、脳の細い血管があちこちで塞がれている。太い血管が詰まってしまったら、手術をしないと命にかかわる。だが、すっかり弱ってしまった菊江さんの心臓は、もう大手術には耐えられないらしい。

もしも――。

万が一――。

浮かんでくる言葉はいくつもある。それをコトダマにしてはならない。

マナブはまた新しい折り込み広告をちぎりながら、話を変えた。

「庄三さん、今日の帰りは何時頃になるって言ってた？」

真理子も紙をちぎる手を止めずに「九時過ぎに広島駅に着くって」と返す。

「じゃあ、病院は」

「面会時間過ぎとるけえ、無理じゃろうね」

「昨日もだろ？」

「うん」

「朝も早いんだよな？」

「始発のバスに乗らんと間に合わん、て言うとったよ」

庄三さんは菊江さんが目を覚ますと、仕事に再び戻った。いまは、呉市の工事現場に通っている。広島からだと国鉄で一時間以上かかる距離だった。

「こんなときぐらい、市内で仕事すればいいのになあ」

広島の市内は、あちこちでビルの建設が進んでいる。この三月に新幹線が開業したことで、さらにはずみがついた。とび職人の働き口はいくらでもあるはずなのだ。だが、庄三さんは決して市内では仕事をしない。菊江さんが倒れる前からそうだった。入院後はさすがに日帰りできる現場に絞っているものの、広島市の外に出てしまうことには変わりない。

「見るのが好かんのやて。うち、おばあちゃんから聞いたことある」

「見るって、なにを？」

「とびの仕事って、工事現場の高いところに登るやろ。そうしたら、広島の市内が見渡せるやろ。それが好かんの、おじいちゃんは」

「なんで？」

「昔と変わってしもうたんが好かんのんと違う？」

「……ふうん」

広島の戦後の復興は、不死鳥にたとえられるほどめざましかった。道路が拡張され、オフィスビルが建ち並び、原爆で家を失ったひとたちがバラック小屋を建てて住み着いた一画も、高層アパートの団地に生まれ変わりつつある。いまではもう、原爆の傷痕は街からほとんど消え去った。それはしみじみと感慨深く、うれしいことではないのか？

だが、真理子は「ウチがたのおじいちゃんも、気持ちはようわかる、って」と言った。

「そう？」

「うちも、なんか、ちょっとわかるような気がするけど」

そう言ったあと、すぐに首を横に振って、「嘘、ほんまはようわからん」と自分の言葉を打ち消す。「うちらは昔のことなんも知らんのに、生意気言うたらいけんね」なんも知らんのに、という一言が、マナブの耳に刺さるように響く。ただ、その刺さり方は、夏頃とは微妙に違う。「よそモン」はたくさんいるんだ、と最近よく思うようになった。

マナブは正真正銘の「よそモン」だったが、広島に生まれ育っていても、ユキオのウチのように祖父母や両親が戦後に引っ越してきた同級生だって、厳しく見れば「よそモン」になる。そもそも、昭和二十年八月六日以降に生まれたひとはみんな、原爆については「よそモン」になってしまう。

五年後、十年後、二十年後と、広島の街は「よそモン」がどんどん増えていく。戦争や原爆を知っている世代は、それでいい、と思ってくれるだろうか。「平和がつづくんが一番じゃ。戦争やら原爆やらは知らんでもええ」と喜んでくれるのだろうか。それとも、心の片隅では、少し寂しくなってしまうのだろうか。

「うちのほう、もう全部終わったよ」

真理子は手元に溜めておいた「赤」「青」「黒」「その他」の紙片を、それぞれの箱に入れた。

「あ、俺もこれでラストだから」

マナブはあわてて最後の広告をちぎった。住宅展示場のカラー広告だった。手に残っていたのは背景の森の部分で、分類は「その他」になるが、みずみずしい緑色は庄三さんの絵に使われることはないだろう。

真理子は箱をちゃぶ台の下に移し、入れ替わりに手紙を置いた。

〈お帰りなさい。ご飯は炊飯器のスイッチを入れるだけにしてあります。オカズは冷蔵庫の中にあります。生野菜も残さずに食べてください。また明日、夕方に来ます。洗たくものは玄関にまとめて置いて行ってください。明日は原田さんのおばさんが洗ってくれるそうです。今日のぶんの紙はちぎって箱に入れてありますが、明日も仕事だったら、できるだけ早く寝てください〉

行こうか、と目を見交わして、外に出た。

午後六時過ぎ。七月の頃は、まだこの時刻になっても太陽は空にあった。夕陽がまぶしすぎてボールが見えないので、広島市民球場のナイターは試合開始時刻がほかの球場より三十分遅いのだと、ユキオが言っていた。

だが、九月が終わろうとするいまは、西のほうを見ると夕陽は山の端に沈み、残照が空を茜色に染めている。夏の頃には蒸し暑くてたまらなかった夕凪も、お彼岸を過ぎたあたりから少しずつしのぎやすくなった。

季節はもう秋だ。マナブが広島で過ごした最初の夏が終わった。二度目の夏を迎えられるかどうかはわからない。東京のおばあちゃんからもらったお小遣いは手つかずのまま、自転車はまだ買っていない。

＊

週明け、九月二十九日の『赤ヘルニュース』には、外木場投手の名前が大きく躍った。

〈昔、西鉄ライオンズ（いまの太平洋クラブライオンズ）のエースだった稲尾《いなお》投手（去年までライオンズのかんとく）は、ファンから「神様、仏様、稲尾様」と呼ばれていたそうです。しかし、もうそれは古いのだ！　これからは「お日様、お星様、外木場様」で決まりましたよね〉

スケールは大きくとも、迫力に欠ける謳い文句である。

だが、一時は調子を落としていた外木場投手が、ここに来て本来のピッチングを取り戻し、エースの名に恥じない活躍を見せているのは確かだった。

前節、九月十八日の大洋との試合では、一失点完投勝ち。しかも、七回一死までパーフェクトに抑えるという、「あわや……」のおまけ付きだった。

二十四日の大洋戦も七回まで一失点。一点差を逃げ切ろうとした古葉監督の継投策が失敗して、試合は引き分けに終わったものの、外木場投手自身は先発の責任を十分に果たしていた。

ただし、そこまでなら、エースとしては当然の仕事である。ユキオが大騒ぎするほどのものではない。外木場投手の真骨頂は、二十八日のヤクルト戦に発揮されたのだ。

〈みなさんもご在じのとうり、土曜日と日曜日、カープは新がた県でヤクルトと二連線を戦いました〉

誤字脱字は訂正して、つづける。

〈土曜日の試合は、佐伯投手が完投して、山本浩二選手がホームランを打って、9対2で勝ちましたが、問題は日曜日の試合です〉

古葉監督は、新潟シリーズの二連戦と、明日とあさって、すなわち九月三十日と十月一日に甲子園でおこなわれる阪神との二連戦が、優勝に向けての大きなポイントだと踏んでいた。

計四戦で四連勝できれば、もちろん、最高である。だが、首位争いをする阪神も強い。しかも甲子園である。阪神との戦いは一勝一敗でも善しとすべきだろう。そうなると、遠征の四連戦を勝ち越しで終えるには、なにがなんでもヤクルトに二連勝しなくては……。

二十七日の試合を九対二で快勝したカープは、二十八日の試合も二点リードして終盤まで来た。ヤクルトの残る攻撃は八回と九回のみ。カープのマウンドには、先発の池谷投手から金城投手、渡辺投手とつないで、抑えの切り札・宮本投手が立っている。二連勝は目前に迫っていた。

ところが、八回裏のカープの守備は急に乱れた。衣笠選手のエラーをきっかけに宮本投手のコントロールが急に定まらなくなって、二つの死球と内野安打で同点に追いつかれ、さらに一死満塁。ヒットはもちろん犠牲フライでも勝ち越されてしまうし、押し出しの四死球も怖い。しかも、ここで打席に迎えるのは五番の大杉選手だった。日本ハムファイターズから移籍してきたばかりの大杉選手は、今季はまだセ・リーグのピッチャーに慣れていないのか、パ・リーグ時代の豪打が嘘のような不調がつづいているが、それでもやはり、怖い打者である。

この大ピンチに、古葉監督は思いも寄らない勝負手を打った。今季はこれまですべて先発で起用してきた外木場投手を、初めて救援のマウンドに送ったのだ。

〈読者のしょ君、これはすごいことなのですよ。なぜなら、外木場さんは、ルーツかんとくから、キャンプのときに「今シーズンは先発一本やりでいく」と約束してもらっていたのであります。古葉かんとくも、その約束をずっと守っていたのだ。しかし、こうなっては、もう外木場さんにおさえてもらうしかありませんよね！〉

外木場投手は、リリーフ登板を喜んで受け容れた。男である。これぞエースである。そして絶体絶命のピンチをみごとに乗り切った。外野フライすら許されない状況で大杉選手を三振に打ち取り、つづく大矢《おおや》選手も抑えたのだ。

さらに、同点で迎えた九回表、一死二塁のチャンスで打席に入った外木場投手は、センターを越えるタイムリー三塁打を放ち、それが決勝点になった。打った外木場投手もすごければ、チャンスにあえて代打を送らなかった古葉監督もすごい。

〈ベンチと選手がひとつになったカープに、もうこわいものはありません！　赤ヘル軍団は、明日から甲子園で阪神と最後の勝負です。ひょっとしたら、明日の試合も、外木場投手が先発するかもしれません！　がんばれ外木場！　がんばれカープ！　みんなも心をこめて応えんしましょう！〉

この日の『赤ヘルニュース』には、新しいコーナーが設けられていた。

〈赤ヘル料理教室〉

中國新聞の家庭欄でも見て思いついたのだろうか。紹介された料理は〈特性赤ヘル丼〉――誤字脱字の類は、今後はすべて、あらかじめ訂正しておくことにする。

〈特製赤ヘル丼を食べて、カープを応えんしよう。作り方はカンタン、お茶わんにごはんをよそって、その上に紅ショウガをのせるだけ。白いごはんが隠れるぐらい、たくさんのせよう！〉

掲示板の前に群がって記事を読んでいた男子の何人かは、歯でしごくように、よだれを啜り上げた。紅ショウガの酸っぱさとヒリヒリした辛さを想像して、よだれが湧いてきたのだろう。

「わしがたの近所のパン屋が、こないだから赤ヘルパンいうんをつくって売りよるど」

石本が言った。思わぬタレコミに「ほんまか、ほいじゃあ、帰りに寄ってみるわ」と、さっそく店の場所を尋ねるユキオは、すっかり新聞記者気分なのである。

石本の説明によると、『相生ベーカリー』特製の赤ヘルパンとは、マーガリンを塗った食パンにイチゴジャムを重ね塗りしたものらしい。

それを聞いて、みんなは拍子抜けした顔になった。昔からお馴染みの、通称ジャムマーガリンである。ジャムの赤い色を赤ヘルになぞらえているにしても、あまりにも芸のない話だった。

だが、石本は「ジャムの塗り方が違うんよ」と言う。「おばちゃんに言うたら、背番号で塗ってくれるんじゃ」

たとえばじゃのう、と得意げにつづけた。山本浩二選手の8、大下選手の1、衣笠選手の3、山本一義選手の7……。

「ちょっと待てや、イッさん」

勉強のできる藤森が割って入った。「そがあな塗り方じゃったら、ふつうに隅から隅まで塗るよりジャムが少ないんと違うか？」

みんなも顔を見合わせて、そうじゃそうじゃ、とうなずき合った。当の石本は誰よりも驚き、呆然として、急に元気をなくしてしまった。ジャムの量までは考えが至らなかったのだろう。

「それで値段はおんなじじゃったら、店が丸儲けじゃがな。ちいとは割引しとるんか？」

勢い込んで訊く藤森に対し、石本はがっくりとうなだれて、「ふつうのジャムマーガリンより、手間賃で五円高えんよ……」と言った。

みんなはまた顔を見合わせて、『相生ベーカリー』いうんはゴウツクな店じゃのう、あそこには行かんほうがええのう、と無言で言い交わし、石本はますます落ち込んでしまう。

「あのさ、こういうのはどうなの？」

マナブが言った。「今度は二ケタの背番号をリクエストするんだよ。そうすれば元が取れるんじゃないか？」

ヤスも「おう、そりゃあええ」とうなずき、すぐさまユキオが話を引き継いだ。

「ジャムをえっと使いそうな数字じゃったら、39はどうじゃ、竹原《たけはら》高校から去年のドラフト二位で入ってきた望月《もちづき》さんの背番号じゃ。おとし広陵から入った加川《かがわ》さんなら48じゃけえ、これもジャムをよう使うで？　あとは野崎《のざき》ヘッドコーチが76で、阿南《あなん》コーチが75じゃ。古葉監督の72も悪うないが、野崎さんや阿南さんのほうがジャムが多かろうよ」

だが、石本は力なくかぶりを振って、半べその声で言った。

「いけんのよ。二ケタの背番号を言うたら、おばちゃんは『うちゃあ不器用なけえね、ジャムで数字を二つもよう書けんのんよ、ごめんねえ』言うて……」

逃げられるのである。そして「大下さんの1にしときんさい、なんでも一番がええんよ」と強引に決められて、ジャムの細い線を一本だけ塗られるのだという。

落ち込む石本を押しのけるように、今度は田辺啓子が新たな情報をもたらした。江戸時代からの名勝・縮景園《しゅっけいえん》の近所にオープンしたばかりのケーキ屋さんが、赤ヘルケーキを売り出しているのだという。

「店長さんはパリで修業したいうけえ、本格派なんよ。ケーキの名前もフランス語やけえ、よう覚えきらんのん」

赤ヘルケーキも、むろん、店長がつけた正式な名前ではない。イチゴよりも小さくて色が鮮やかな深紅の果実がたくさん載ったショートケーキだった。その果実の赤い色と円い形が、いかにも赤ヘルなのだという。

「いかにも赤ヘルいうて、見た目だけなん違うか？　どがあな味なんよ」「あのねー、甘いんやけど、酸っぱいんよ」「酸っぱいいうて、梅干しみたいなんか」「そういう酸っぱさと違うんよ」「赤カブ漬けみたいなんか？」「それとも違うんやけど……でも、赤いんよ、真っ赤っか。きれいなんよー。じゃけえ、女学院のお姉さんやらは、みんな『赤ヘルケーキ』て呼びよるんよ」

のちに、相生中学の生徒たちも知ることになる。赤ヘルケーキの上に載っているのは木イチゴだった。フランス語でフランボワーズ、英語ならラズベリーである。さすがパリ仕込みの店長は、広島の八百屋ではまず手に入らない貴重な果実を惜しげもなくケーキに使っていたのだ。

商品名は、Les larmes de framboise——木イチゴの涙。

しかし、すでに定着してしまった「赤ヘルケーキ」の呼び名は、その後も長く市民に愛され、店長を嘆かせることになったのである。

ユキオが月曜日の『赤ヘルニュース』で予言したとおり、火曜日——九月三十日の阪神戦に先発したのは、外木場投手だった。

新潟では一イニング三分の二しか投げなかったとはいえ、休養はわずか一日である。

しかし、エースは、やはり大黒柱だった。四安打完投で、二対一の投手戦を制したのだ。逆転優勝のためには二連戦二連勝が必須だった阪神は、翌十月一日の試合には江夏投手の好投で意地の勝利を挙げたものの、優勝戦線からは脱落した。

あとは、中日とのマッチレースである。

〈最大の敵は、じつはスケジュールなのだ〉

ユキオは『赤ヘルニュース』の『社説』で書いていた。

シーズンも最終盤に入ると、各チームとも試合の日程は不規則になる。特にカープは、試合と試合の間が何日も空くスケジュールを組まれていた。これは諸刃の剣である。日程に余裕ができれば、外木場・池谷・佐伯の三本柱の先発陣をフル回転させられる。だが、その一方で、試合勘が鈍ると打線の調子を保つのが難しくなってしまう。さらに、試合がつづいていれば、目の前の一試合一試合を勝つことだけに集中できるが、間が空いてしまうと、優勝への重圧がひしひしと背中にのしかかってくるのだ。

〈しかし、ご心配なく!〉

ユキオは特ダネをスクープしていた。

〈新聞記者の人が「優勝のプレッシャーはありませんか?」と質問したら、カープの選手は全員プレッシャーの意味を知らなかったそうです。ごく秘情報によると、カープの選手はホプキンスとシェーン以外は英語が全然できないので、プレッシャーに負けるはずがないのです。すごいぞカープ! さすが赤ヘル! 読者の皆さんも英語の成績は気にしなくていいとぼくは思った〉

十月五日、ひさしぶりに地元に帰ってきたカープは、巨人を迎え撃った。この試合、市民球場の一塁側スタンドには、マスコミで話題を集めていた謎の類人猿ヒバゴンの着ぐるみが登場し、応援を大いに景気づけた。試合も七対四で快勝。古葉監督が仕掛けた早めの代打策が的中して、ベテラン山本一義選手が決勝タイムリーを放ち、外木場、渡辺、佐伯、金城とつないだ四投手のリレーも成功した。大詰めに来て、監督の用兵も冴えわたっているのである。

残り五試合。二位の中日とは一・五ゲーム差をつけている。しかし、中日は残りが八試合あり、カープとの直接対決も残している――そう、あの乱闘事件の余波で中止になった試合が、十月十九日の最終戦に組み込まれてしまったのだ。優勝の行方が最終戦にまでもつれるようなことになれば、カープ、危うし。

『赤ヘルニュース』にも、ユキオの悲痛な訴えが躍った。

〈読者の皆さん、お父さんに伝えておいてください。カープは10月10日から市民球場でヤクルトと戦います。この三連戦で三連勝すれば、優勝の可能性が大きく広がるのだ。読者の皆さんのお父さんも、流川や新天地でカープの選手に会っても、「飲みに行こうやあ」と誘わないであげてください。断られても、怒ってこづき回すのはやめてあげてください。選手の体が一番大事です。めざせV1、カープがんばれ！〉

市民球場の一塁側スタンドに陣取る私設応援団は、十月四日から「千人ボタン運動」を始めた。直径八ミリの赤いボタンを白い布に留め付けて大きな赤ヘルを描こう、というのである。布のサイズは縦五メートル、横七メートル、準備したボタンの数は十五万個というスケールの大きな企画の仕上げは、十二日、本通商店街での優勝祈願パレードだった。当然ながらカープの面々の参加は叶わないものの、古葉監督が張りぼてで登場するという話だった。

また、日清のインスタントラーメン『出前一丁』はカープのユニフォームパジャマを抽選でプレゼントするキャンペーンを始め、広島市も〈祈る！　優勝　がんばれカープ〉の垂れ幕を市民球場正面に掲げた。

官民一体となって、カープ、カープ、カープ、カープ……。

そんな興奮の陰で、新聞の片隅にひっそりと小さな記事が載った。

〈マルチ商法か　『マジカルサンデー』に当局関心〉

*

十月十日、優勝の行方を左右する対ヤクルト三連戦が始まった。

体育の日のデーゲームである。市民球場に詰めかけた観客は、球団発表二万六千五百人の超満員だった。ちょうど半年前、四月十一日におこなわれた中日戦の観客数は八千人だったことを思うと、夢のような話である。その試合で跳び蹴り事件を起こして「キックの宮」の通り名を得た宮本投手も、いまや抑えの切り札として、赤ヘル軍団に欠かせない一員になっているのだから、関係者の感慨もひとしおである。

試合も投打の柱が大活躍した。一回裏の攻撃で一死二、三塁から早くも敬遠された山本浩二選手は、次に打席が巡ってきた三回裏、二死一塁の場面では、みごとに豪打一閃《ごうだいっせん》、節目の三十号となるツーランホームランを放った。その二点のリードを、外木場投手は軽々と守り抜いた。ヤクルト打線をわずか二安打に抑えて、十九勝目を挙げたのだ。

相生団地の近所の丸栄《まるえい》ストアは、ゲームセットと同時に特売タイムになった。十月に入ると、カープの勝利に合わせてセールをおこなう店が増えてきた。デーゲームならその日のうちに、ナイターなら翌日の朝から、採算度外視の安売りが始まるのだ。

丸栄ストアでも「ただいまカープがヤクルトに二対〇で勝ちました！」の店内放送を合図に、レジのおばさんたちは一斉にカープの赤い野球帽をかぶり、BGMも『それ行けカープ』に変わって、店長が手当たり次第に〈半額！〉のシールを貼っていく。

マナブも混み合った店内でおばさんたちにもみくちゃにされながら、半額になった食パンやインスタントラーメンやレトルトカレーや野菜を手に入れた。カープの帽子をかぶっていたおかげで、青果売り場の店員さんに「おっ、ボク、よう似合うとるど」と買い物カゴにリンゴを一つ入れてもらった。

明日はハムやソーセージを狙って、あさってはオヤツのお菓子に的を絞ろう。カープが勝てば勝つほど、家計が楽になる。「特売なんかで、みみっちい買い物するなよ。男は釣りを受け取らないぐらいがイキってものなんだぞ」と勝征さんにはあきれられるものの、そんな勝征さんだからこそ、絶体絶命のピンチに陥る事態に備えて、節約できるところは節約しておきたいのだ。

だが、その「絶体絶命」が、すでに我が身に迫っていることを、マナブはまだ知らない。血相を変えたヤスが、丸栄ストアから帰ってくるマナブをじりじりしながら待ちかまえていることなど、夢にも思っていなかったのだ。

「どこに行っとったんな、おどりゃあ」

家の前に仁王立ちしたヤスは、マナブの顔を見るなり、喧嘩腰で言った。

「……買い物だけど」

きょとんとして応えると、「なんな、その態度は」と詰め寄ってくる。「おどりゃあ、知らん顔して逃げよう思うとるんか？　おう？」

「知らん顔……って」

さっぱりわからない。困惑して「なに怒ってるわけ？」と訊くと、「新聞ぐらい読んどけ！　アホ！」と、胸ぐらをつかまれ、激しく揺さぶられた。

「信じとったんど、わしゃあ、こんなのことを、信じとったんど……」

わからないまま——その言葉で、わかった。

ヤスに押されて何歩もあとずさり、足がもつれて、尻もちをついてしまった。ヤスも胸ぐらをつかんだ手を放さなかったので、マナブにのしかかるような格好で地面に倒れ込んだ。

その態勢で、ヤスは右の拳を振り上げた。息をはずませて、低くうめきながら、左手でマナブの胸を押さえつける。逃げられない。マナブは顔をゆがめる。だが、もう抵抗はしない。覚悟はできていた。

勝征さんは、また負けてしまったのだ。自分が商売にしくじっただけでなく、ヤスの母ちゃんまで巻き添えにしてしまったのだ。頭ではなく心で、受け止めた。そのぶん、いまの状況を妙に冷静に考えることができた。倒れたはずみに野球帽が脱げかけて、ツバが顔の上半分を隠している。それが邪魔になって、ヤスはまだ殴ってこないのだろうか。

「……帽子、取ろうか」

思わず言ったあと、なんかバカみたいだなあ、と自分の言葉につい笑ってしまった。

するとヤスは黙って、マナブの頭から帽子をむしり取った。それを地面に投げ捨て、「女の色の帽子をかぶっとるけえ、しばけんかったがな！ボケ！」と怒鳴りつけて、立ち上がって、地団駄を踏んで、もう一度赤い野球帽を拾い上げ、メンコのように地面に叩きつけて、「このクソボケたれが！」と帽子に向かって憎々しげに言って、肩で荒々しく息をつきながら、「やれクソ！ほんまに胸クソの悪いこっちゃ！ほんまにのう……ほんまに……ほんまに……」とつづけて、声がしだいに小さくなって、消えたあと、ハナをズズッと啜り上げて、ようやく体を起こしたマナブを振り向いて、少しだけ笑って言った。

「……やっぱり、わしは、カープの帽子は去年までのほうが好きじゃ」

力が抜けて、怒りも消えて、優しさすら感じさせるような笑顔だったから、マナブの目はたちまち涙で潤んでいった。

いま、勝征さんは片桐酒店にいるのだという。勝征さんの口車に乗せられて『マジカルサンデー』になけなしのお金を支払った常連のおっさんたちに取り囲まれているらしい。

野球部の練習から帰宅したヤスは、それで事態を知った。そして、おっさんたちが怒っているほんとうの理由も、わかってきた。

おっさんたちは『マジカルサンデー』のエージェントではあっても、「親」ではない。広島地区の「親」はあくまでも勝征さんただ一人で、おっさんたちは「子」――自分で「孫」を見つけてこないかぎり、稼ぎのほとんどは「親」に持って行かれてしまうのだ。要するに、おっさんたちは、勝征さんが最初から自分たちを利用するつもりで、もっと言えばだますつもりで話を持ちかけたのではないか、と問い詰めていたのだ。

勝征さんが必死に「ですから、それは何度もご説明したはずですが……」と弁解しても、おっさんたちは納得しない。興奮のあまり、「おどれの頭カチ割って、赤ヘルにしちゃろうか！」と一升瓶を逆さにつかんで振りかざすおっさんまで出てくる始末だった。

「あたりまえじゃ」

ヤスは陽が落ちて暗くなった路地に座り込んで、隣に座ったマナブに言う。「そもそも最初から、汗水垂《あせみずた》らさんでもゼニが儲かるいうだけで夢の話じゃ。おとぎ話じゃ。おとぎ話の細かいところまでいちいち聞いとるアホがどこにおるんか、いうんじゃ」

めちゃくちゃな話だ。理不尽な言いぶんでもある。それでも、「汗をかいて稼ぐ以外の仕事はしたことがないんよ、あのおっさんらは」とつづけるヤスの口調は、どこかイバっていて、誇らしげにも聞こえて、マナブは黙ってうなずくしかなかった。

「ほいでも、母ちゃんは、ずーっとこんなのクソ親父のことをかぼうとったんよ。おっさんらを、まあまあ、まあまあ、いうてなだめて……橋本さんも被害者みたいなもんじゃけえ、いうて……自分が一番大損をこいとるのに、ほんま、お人好しなんよ……」

なんでじゃ思う？　と訊かれた。黙ったままでいたら、「こんなの親父じゃけえに決まっとろうが。こんなとわしが連れじゃけえ、母ちゃんはクソ親父のことをこらえてやったんじゃ」と怒った早口で言われ、「わかれや、それくらい」と頭を一発はたかれた。土で汚れた帽子を脱いでいたせいで、けっこう痛かった。坊主頭は髪の毛のクッションがないんだな、と関係ないことを、ふと思った。

ヤスはその一発で多少は気がすんだのか、「もうええわ」と立ち上がった。「こんなに文句言うてもしかたないけえ」

マナブも立ち上がって、「ほんとに……ごめん」とあらためて謝ったが、ヤスは「もうええ、て言うたろうが」と舌打ちするだけで、許してやる、とは言ってくれなかった。

代わりに、歩きだしてすぐに足を止め、振り向いて、訊いてきた。

「引っ越すんか」

「うん……たぶん……」

広島にはもういられないだろう。

ヤスは、ほうか、とうなずくだけだった。

マナブはくちびるを嚙みしめる。引っ越すな、と言ってほしかったわけではない。もしかしたら、の期待もしていない。できるはずもない。甘ったれるなよ、と心の中で自分を叱る。しかたない。文句は言えない。悪いのは——。

「おう、なにやってるんだ、こんなところで」

薄暗い路地の先から、のんきな声をかけられた。

勝征さんだった。

ヤスに気づくとさすがにギクッとしたものの、「さっきまで店にいたんだ、おじさん」と自分から言った。「いやー、まいったまいった、みんなに吊し上げられちゃって」

「……どがあなったんですか、結局」

「いやあ、もう、どがーもこがーも、まいっちゃうよなあ、ほんと」

あははっ、と笑う。首筋をポンポン叩いて、「あー、疲れた……」と息をつく。「マナブ、ビールって冷蔵庫の中にあるよな？　風呂入って、グーッと吞んで、寝ちゃおう寝ちゃおう」

ヤスの顔がこわばった。ええかげんにせえよコラ、と低くうめいた。

「……ん？」

勝征さんはどこまでものんきで、ヤスの我慢はもう限界に達していた。

「お父さん！」

マナブは二人の間に割って入り、「どうするんだよ！みんなのお金、どうするんだよ！」と勝征さんに詰め寄った。「お父さん、絶対にだいじょうぶだって言ったじゃない！」

「いや、だからさ……あのな、俺だって、まさかこんなことになるとは思ってなくて——」

「信じたんだよ！　みんなお父さんの話を信じて、ヤスだって僕のことを信じてくれて、でも、それ、裏切られちゃったんだよ！」

「ちょっと待て、そんなこと言うんだったら、俺だって信じてたんだよ、本社を。あいつらほんとに調子のいいことばかり言うから……だから、俺もみんなとおんなじっていうか、被害者同士っていうか、仲間っていうか——」

「違う！　全然違う！」

勝征さんの胸に頭突きをするように迫っていった。「嘘つき！」と泣きながら怒鳴った。「信じてたんだよ！　みんな信じてたんだよ！　お父さんのこと、信じてたんだよ！」

さすがに勝征さんも口を結んで、言い訳をみずから封じた。マナブはうつむいて、相撲取りのぶつかり稽古のように、勝征さんの胸板に頭を当てて、泣きつづける。

勝征さんは、大きく息をついた。マナブの背中に手を回し、軽く拍子をつけて叩いて、「なんとかするよ」とつぶやくように言う。「ならないかもしれないけど……やってみるから」

マナブは嗚咽交じりにうなずく。グリグリ、と坊主頭が胸を押す。

勝征さんはヤスにも、「やるだけのことは、やってみる」と言った。

「……一つだけ教えてつかあさい」

「うん？」

「わしの母ちゃんのこと、最初から、そっちの金儲けのために利用しよう思うたんですか」

やれやれ、と勝征さんは苦笑して、「さっきも店でみんなに説明したんだけど、『親』と『子』があって――」と答えかけたが、ヤスは「能書きはええんです、もう」とさえぎった。「母ちゃんが大損こいても、自分さえ儲けられるんなら、どうでもええ、思うとったんですか」

「そんなことないよ。みんなそろって商売がうまくいけば、最高だと思ってた」

「いきゃあせんかった！　母ちゃんは金を持って行かれただけじゃ！」

「だから、結果はそうなったけど……おじさんは、とにかく、これはいい話だと思って、早くエージェントになればなるほど得をする仕組みだから、早く始めて、早くみんなで幸せになりましょう、って……いまは信じてくれないかもしれないけど、おじさんは本気で、そう思ってた」

ほんとだぞ、と念を押した勝征さんは、ヤスが不承不承ながらも小さくうなずいたのを確かめると、また苦笑して、「同じことをお母さんにも言われたんだ」と言った。「それで、お父さんの仏壇の前で……いまと同じことを、お父さんに説明した」

ヤスはじっと勝征さんを見つめる。

「写真を見るのは初めてだったけど、ヤスくんは、お父さん似なんだな」

ヤスの返事はなかったが、勝征さんはマナブの両肩をそっとつかんで体を離し、「今夜からしばらく留守番を頼むぞ」と言った。夜行で東京に行く。『マジカルサンデー』の会社と直談判してくる、という。

「電話には出なくていいし、戸締まりはしっかりして、尾行には気をつけて、少し遠回りしてウチに帰ってくるようにな。なにかあったら大声を出して助けを呼ぶんだぞ」

この期に及んで、本気とも冗談ともつかないことを言う。「ま、要するに、いつもどおりにやればいいってことだ」と、誰も笑い返せる状況ではないときに笑う。

「さあ、夜汽車の長旅に備えて、とりあえず風呂とビールだ」

さっさと家の中に入ってしまった勝征さんを、マナブとヤスは呆然と見送った。

「こんなのクソ親父、よっぽどの大物か大バカたれか、どっちかじゃのう……」

毒気を抜かれたように、ヤスは言う。

マナブも、黙ってうなずくしかできなかった。

＊

夜が更けて街が寝静まった頃、広島駅のホームから夜行列車が出発した。もう日付は十月十一日に変わっている。

広島発〇時五十分の寝台特急『あかつき1号』——長崎を昨日の夕方十七時二十三分に出発して、終点の新大阪着は翌朝六時十分。新大阪で六時二十二分発の新幹線『ひかり64号』に乗り継げば、東京には九時三十二分に着く。

広島を朝一番に発つ新幹線『ひかり158号』は六時三分発で、東京に着くのは午前十一時四十四分になってしまう。飛行機の朝一番の便を使っても、羽田に着くのは午前十時ちょうど。それより早い時刻に上京するには、こうして夜行列車と新幹線を組み合わせるしかない。

三段寝台の下段ベッドに横になった勝征さんは、早々にカーテンを引いて、読書灯のかぼそい明かりを頼りに週刊誌を開いた。グラビアのヌード写真のおっぱいが、列車の揺れに合わせてゆさゆさと動く。夜行列車はよく揺れる。快適さは新幹線とは比べものにならない。

一時間や二時間早く東京に着いたからといって、それでなにかが決定的に、あるいは致命的に変わってしまうわけではないのだ。すでに『マジカルサンデー』の本社でも逃げの手は打っているだろう。隠すべきものは隠し、場所を移すべきものは移し、弁護士のセンセイに相談し、決して表舞台には立つことのないセンセイにも泣きついて、貧乏くじを押しつける先もとっくに決めているはずだ。沈みつつある船から逃げ出す連中も、あわよくば手みやげ付きで逃げたい奴らも、そろそろコトを終えている頃だろう。

たいして実りがないのは承知で、少しでも早く東京に向かうべく夜汽車に乗り込んだのは、いわば、ヤスの母ちゃんたちに対するせめてもの誠意だったのだ。俺もアレだな、意外と生真面目なところあるよな、お人好しなんだなあ、と自分でも思う。

もっと正直に理由を探るなら、土下座程度ではすませてくれそうにないおっさんたちから「ワタクシ、今夜のうちに広島を発ちます、旅の支度もありますので、どうも、そろそろこのあたりでご勘弁を……」と逃げるための方便でもあったのだが、そこについての感想や感慨や自画自賛は特になく、代わりに寝酒に買ったポケット瓶のウイスキーを一口啜る。

週刊誌のメイン記事の一つは、プロ野球について。最下位独走中の巨人に、シーズンオフには粛清の嵐が吹き荒れるという。その一方で、レフトを守る高田《たかだ》選手の三塁手へのコンバートや、パ・リーグの「安打製造機」張本《はりもと》選手を日本ハムから補強する話も進んでいるらしい。まだシーズンは終わっていないのに、マスコミの報道は早くもストーブリーグに突入している。結局、「プロ野球の話題」とは、ほとんどが「巨人の話題」なのだ。

カープのことは、記事のマクラについでのように触れられているだけで、それも、最後の最後は中日が地力を見せて逆転優勝するだろうというニュアンスだった。そりゃあそうだよなあ、しょせん地方都市のチームなんだもんなあ、と勝征さんはウイスキーを啜る。全国のレベルで見てみれば、広島の街があんなに盛り上がっていることのほうが不思議なのだ。

週刊誌をぱらぱらとめくる。いろいろな広告が雑居ビルのように並んでいるページで指が止まった。精力増強の漢方薬や、コンパニオンの濃厚密着サービスが売り物の温泉旅館や、競馬予想のテレフォンサービス、会員制社交クラブのお誘い……そんな広告の中に、〈ビジネスチャンスに、めんそーれ〉という謳い文句のものがあった。めんそーれ。七月から始まっている沖縄海洋博ですっかりおなじみになった、「いらっしゃい」という意味の沖縄の言葉だ。〈脱サラ大歓迎！〉〈説明会随時！〉という惹句も躍る。

おおっ、と思わず広告に吸い寄せられそうになる目を、あわててつぶった。いかんいかん、なにやってるんだ、と自分を叱り、週刊誌を閉じて、読書灯も消した。

マナブくんのために——。

ヤスの母ちゃんの言葉がよみがえる。

マナブくんのために、今度の話をおおごとにはしません——。

助けてもらったのだ。救われたのだ。

母ちゃんは誰よりもたくさんのお金を失ってしまったのに、立ち呑みコーナーのおっさんたちから勝征さんをかばって、茶の間で二人きりになっても「うちが要らん欲をかいたんが一番いけんかったんよ」と自分を責め、その代わり、勝征さんを仏壇の前に座らせて言った。

「橋本さん、仏壇に手を合わせてくれませんか。真ん中の位牌が、うちのダンナです。圭子と康久の父親です」

「はあ……」

「ダンナに誓うてください。橋本さんはほんまのほんまに、うちらのためを思うて、うちらの家族やお客さんらをみんな幸せにしてあげよう思うて、『マジカルサンデー』の話を持って来てくれたんでしょう？　それ、信じてええんでしょう？」

「それは、もう、はい……」

「うちは橋本さんのことを信じとります。マナブくんのお父さんのことを信じられんかったら、康久に叱られます」

マナブのことを持ち出されると弱い。ヤスのことを言われると、もっと、つらくなる。

「仏壇、拝んでやってください。うちのダンナに、心配せんでええ、言うてやってください。だますつもりもなかったし、自分だけが儲けようとしたわけでものうて、たまたまマンの悪いことになってしもうただけなんじゃ、て言うてやってください」

そして、母ちゃんはまた「マナブくんのために」とつづけたのだ。

「マナブくんのために、もう、こそこそ夜逃げをせんでもええようにしてあげんと……」

仏壇の上の鴨居《かもい》に、ヤスの父ちゃんの遺影が掲げてあった。頬骨がグッと張って、眉毛が太くて、いかにも意志や腕っぷしが強そうで、だからこそ、笑ったときには思いきり優しそうになるんだろうな、と感じさせる顔立ちだった。

仏壇を拝みながら、なにを思い、ヤスの父ちゃんになにを語りかけたのかは、もう忘れた。

列車はレールを叩く音を響かせながら、東へ向かう。広島を出た『あかつき1号』は、四時三十三分着の姫路までノンストップで山陽本線を駆け抜ける。

眠れない。ウイスキーも空いた。こういうときにも酒を買い込むのを忘れないあたり、まだまだ俺も図太いところがあるじゃないか、と少し褒めてやりたい気もしなくはない。

毛布を掛けて、枕の位置を調整し、軽く舌打ちして読書灯を点けた。枕元の週刊誌を手に取って、さっきの広告のページを探す。

「広島は、どうも暑苦しいよなあ、いろんな意味で……」

わざと声に出してつぶやいた。

*

翌朝の教室は、始業のチャイムが鳴っても、なかなか静かにならなかった。飛び石連休の狭間になった半ドンの土曜日という中途半端さに加えて、やはりカープ——前日の快勝の余韻にひたりつつ、今日の圧勝の予感に胸はずませて、誰もが浮き足立っている。

なにしろ『朝の会』で教室に入ってきたチンチク先生みずから、教壇から生徒を見渡しての第一声が「出たのう」である。

クラス全員、それだけでわかる。幽霊の話でも便秘の話でもない。先生は手を頭上に掲げ、親指以外の指四本を立てて、ゆっくりとした口調で「残り四試合で——」と言う。すると、すぐさまユキオが指を三本立てた手を突き出して「さん！」と応える。

優勝へのマジックナンバーのことだった。

「そうじゃ、やっと出たんじゃ」

先生は満足そうにうなずき、「今日の試合にカープが勝って、中日が大洋に負けりゃあ、いっぺんに1に減る」と言った。そうなると、うまくすれば明日の日曜日に優勝が決まる。

先生はチョークを手に黒板に向かい、カープの残り試合の日程を書いていった。

11日（土）広島―ヤクルト（市民球場）／中日―大洋（川崎球場）
12日（日）広島―ヤクルト（市民球場）
13日（月）……休み
14日（火）中日―巨人（中日球場）
15日（水）広島―巨人（後楽園球場）
16日（木）中日―阪神（甲子園球場）
17日（金）……休み
18日（土）……休み
19日（日）広島―中日（市民球場）★カープ最終戦

20日（月）……休み

21日（火）中日―阪神（中日球場）★中日最終戦

メモを見ることもなく、さらさらと書いた。もうすっかり覚え込んでいるのである。チョークを白から黄色に持ち替えた先生は、カープの四試合を丸で囲んで、「残り四試合でマジック3いうことは、中日がどがあに勝っても、カープがこの四試合で三つ勝つか引き分けでええ、いうことよ」と言った。

「勝てる勝てる！」

ユキオがさっそく応えると、ほかの男子もいっせいに拍手をした。椅子の上に立った藤井がその拍手を引き取って、三三七拍子の指揮をとる。先生も叱るどころか、三三七拍子に乗って、黒板に書いた五つの〈中日〉に黄色のチョークで大きな×印をつけて、〈→アホ〉とも書いた。

生徒も教師も興奮している。はしゃいで、浮かれている。

だが、『朝の会』が終わって、「よし、じゃあ今日もカープに負けんように、しっかり勉強せえ」と先生が教壇を下りようとしたら、「ちょっといいですか？」と小柳仁美が手を挙げた。「みんなに相談したいことがあるんです」――ふわふわした空気を一瞬で引き締めるような、決意に満ちた口調だった。

　仁美はデパートの手提げ袋を持って教壇に上がった。手提げ袋を教卓に置き、その中から取り出したのは千羽鶴だった。

「これ、みんな覚えとる？」

　一学期にクラス全員でつくって、原爆病院に寄付したものだという。仁美が両手で高々と掲げた千羽鶴には、確かに〈早くお元気になってください　相生中学一年三組より〉という短冊も付いていた。みんなはそれぞれうなずいたが、仁美は千羽鶴を掲げたまま、なかなか話しだそうとしない。顔は怒っているようにも見えるし、悲しんでいるようにも見える。

　沈黙がつづく。チンチク先生は困惑して、「小柳さん、そろそろチャイムが鳴るけえ……」と声をかけた。それでやっと踏ん切りがついたのか、仁美は静かな口調で話しはじめた。

　一年三組が贈った千羽鶴を病室に飾ってくれていたのは、国本《くにもと》さんというおじいさんだった。

　先週、肝臓ガンで亡くなった。享年六十七。三十七歳で被爆したことになる。いまの自分と同い年だと知ったチンチク先生は、咳払いして神妙な顔になり、話のつづきを聞いた。

原爆が落とされたとき、国本さんは爆心地から一キロ足らずの紙屋町にいた。ちょうど建物が衝立になってくれたので爆風の直撃は受けずにすんだものの、戦後はずっと病院との縁が切れず、この数年は放射線性白内障《はくないしょう》で、目がほとんど見えていなかったという。

「うち、生徒会の先輩と一緒に千羽鶴を届けたとき、そのおじいさんに会うたんよ」

国本さんの目は、白内障で灰色に濁っていた。千羽鶴を差し出してもよくわかっていない様子だったが、付き添いの奥さんが鶴に指で触れさせると、「おう、きれいじゃのう、きれいじゃのう」と喜んでくれた。

「生徒会のOBで、広大で平和サークルをしておられるひとも来てくれて、おじいさんに原爆のことを訊いてみたんよ」

サークルや大学の自主ゼミで、そういう調査を進めているらしい。

「被爆したひとらも、どんどん亡くなってしまうし、歳もとってしまうやろ？　お元気なうちに証言を集めとかんといけんのんよ。一言一言が、貴重な証言で、あとになってから聞こうと思うても、間に合わんもん」

だが、国本さんは首を横に振って、「忘れてしもうた」と言った。「わしゃあ頭が良うないけえ、古いことは思いだせんのよ」

すまんのう、と申し訳なさそうに言う。年寄りじゃけえ、こらえてつかあさいや、と力なく笑う。中学生たちはそこであきらめたが、広島大学の先輩は「紙屋町で被爆したひとの話は、何人か聞かせてもろうとるんです」と言って、分厚いノートにまとめた聞き書きを読み上げた。

福屋百貨店の火災、市内電車の車内に折り重なっていた乗客の黒焦げの遺体、ねばついた油交じりの黒い雨……。

どの話を聞いても、国本さんは「忘れた」としか言わない。「そがあなこともあったかもしれんし、なかったんかもしれん」と濁った目でぼんやりと天井を見つめるだけだった。

「なんでもええんです」大学生は食い下がった。「つまらんことでもええですけえ、教えてください」

すると、国本さんは目をつぶって、ぽつりとつぶやいた。

「つまらんことは、どこにもありゃあせん」

怒ったわけではない。教え諭すような口調でもなかった。もっと静かに、淡々と、

「ひとの生き死にの話に、つまるもつまらんも、ありゃあせんよ」と目をつぶったままつづけ、あとはもう、誰がなにを話しかけても応えなかった。

「うちは、ずうっとそのおじいさんのことが気になっとったんよ。じゃけえ、暑中見舞いも送って、おばあさんから返事も来て……」

その返事の手紙で、国本さんの具合が良くないのを知った。容態が持ち直したら一度病院にお見舞いに行こうと思っていたが、結局それきりになってしまった。

国本さんが亡くなったことは、奥さんが教えてくれた。手紙でも電話でもなく、ゆうべ、わざわざ仁美の家を訪ねてきたのだ。千羽鶴を持っていた。棺に一緒に入れるかどうか悩んだが、おじいさんの遺志を尊重しよう、と思ったのだという。

国本さんはカープの創設以来の大ファンだった。資金不足で球団が存亡の危機に瀕したときには樽募金もしたし、県営球場に通い詰めてラッパ部隊とともに応援の音頭も取ってきた。移籍の話が進んでいた長谷川良平投手がカープ残留を決めたときには、数百人のファンとともに歓迎の幟を持って広島駅で出迎えた。スジガネ入りなのである。

だからこそ、今年のカープの快進撃がうれしくてたまらなかった。毎晩ラジオにかじりつき、勝った勝った、と喜んでいた。そして、退院したら市民球場に応援に行くんだ、と病状が悪化して土気色になった顔で笑っていたのだという。

奥さんは千羽鶴を仁美に差し出して、お願いがある、と言った。

千羽鶴で紙吹雪をつくって、カープの応援に使ってほしい――。

病気と闘う国本さんの最期の日々を見つめていた千羽鶴には、戦後三十年におよぶ無念が染み込んでいる。その無念を、市民球場のスタンドで晴らしてやりたい、というのだ。

「でも、大変は大変なんよ」

仁美は、ふう、とため息をついて言った。「千羽鶴の糸を切って、ほどいて、鶴を一羽ずつ広げて元の四角い折り紙にして、それをはさみで切って紙吹雪にするんじゃけど……ゆうべ試しにやってみたら、けっこう時間がかかったんよ」

特に小さな鶴を広げていくところに、手間がかかる。仁美はゆうべ百羽まで紙吹雪に変えたが、一人ではそれが限界だった。まだ、鶴は三百羽以上残っているらしい。

「それで、さっきも先生が黒板に書いたみたいに、カープが市民球場で試合するんは、今日と明日と来週の日曜日やろ？　今日は学校がお昼までしかないし、明日も休みやから、来週の日曜日の試合しかないんよ。それに間に合うように、みんなで手分けして——」

そこまで話したとき、ユキオが声を張り上げた。

「いけん！　来週の日曜日やったら、もうカープの優勝が決まってしもうとるがな！　消化試合じゃ！　そがあな試合で応援しても身が入りゃせんよ！」

最終戦前に優勝する、と決めつけている。どこからも反対の声はあがらない。チンク先生も「それはそうじゃ」と腕組みをしてうなずいた。「応援いうんは、ハラハラドキドキするけえ、気合が入るんよ。北山くんの言うとおりじゃ」

国語の授業では叱られどおしの先生に褒められたユキオは、さらに勢い込んでつづけた。

「じゃけえ、今日からじゃ！　今日と明日の二連戦で撒かんといけんのよ！　わし、どっちも市民球場に行くけえ、紙吹雪を預かっちゃる！　一回から九回まで、えっと撒いちゃる、グラウンドに積もるほど撒いちゃるけえ、任せえや！」

「でも……今日はお昼までしかないんよ？　昼休みもないし、カープは今日デーゲームやろ？　放課後も残っとったら、試合に間に合わんのと違う？」

「だいじょうぶじゃ！　二時間目、国語じゃがな！」

教室中の視線がチンチク先生に向けられた。

先生は腕を組み直し、咳払いを繰り返して、いけんいけん、と首を横に振った。ただし、目は足元に落ちて、生徒の誰の顔も見ていない。「いまやりよる説明文の単元、中間テストの前に最後まで終えとかんと、試験の問題がつくれんのよ……」と言い訳する声も、いかにも弱気で、逃げ腰だった。

そこにユキオの追撃が加わった。歌だ。『それ行けカープ』である。

「カープ、カープ、カープ広島、広島カープ……」最初はあえて静かに入る。「カープ、カープ、カープ広島、広島カープ……」

そこに誰からともなく手拍子を加えて、歌声はたちまちテンポが上がる。

「カープ、カープ、カープ広島っ、広島カープッ……カープ、カープ、カープ広島っ、広島カープッ……」

　歯切れの良くなった歌声が、どんどん重なっていく。男子だけではない。女子の声も交じっていた。チンチク先生はあわてて腕組みをほどき、「こら、やかましい、隣近所の教室に迷惑じゃろうが、おい、ほれ、やめんか」と手振りで歌声を抑える。もう、それで勝負はついたようなものだった。

*

　真理子はちゃぶ台の前に座ると、カバンから出した国語の教科書を開いた。本に挟んであった赤い紙吹雪を「赤」の箱に、青い紙吹雪は「青」の箱に、緑や黄色や紫の紙吹雪は、まとめて「その他」の箱に入れる。

　国本さんの千羽鶴をほどいてつくった紙吹雪を、庄三さんのちぎり絵のために持ち帰ったのだ。はさみでまっすぐ切った紙吹雪ではなく、わざわざ、こっそり、指で折り紙をちぎった。仁美が『朝の会』で国本さんのことを話したときから、そうしようと決めていたのだという。

「考えてみればあたりまえのことかもしれんけど……千羽鶴に黒い紙は使わんのやね。縁起悪いもんね、やっぱり」

真理子はからっぽの「黒」の箱を覗き込んで言った。いつものことだ。「赤」や「青」に比べて、「黒」の箱はなかなか紙片が増えていかない。

「今日の広告も少ないよ」

マナブも折り込み広告をちぎりながら応えた。「赤」や「青」はすぐに見つけられるが、「黒」は広告やカレンダーの文字のところしか使えない。それでも、庄三さんのちぎり絵に「黒」は欠かせない。原爆の熱線を浴びて焼け焦げた遺体の「黒」は、ほかのどの色とも取り替えの利かない、かけがえのない「黒」なのだ。

「でも、千羽鶴の紙をちぎり絵に使うのって、俺、すごくいいと思った」

「ほんま？」

「うん、お世辞じゃなくて、本気で」

学校で真理子と話をするのは難しいが、横山さんの家なら、自然な感じでおしゃべりができる。真理子のそっけなさも、教室にいるときより少しはやわらいでいるように見える。

「だってさ、千羽鶴に染み込んだ国本さんの気持ち、庄三さんにもわかると思うんだよ。二人が同じ気持ちかどうかは知らないけど、でも、お互いにわかってるよ、絶対に」

「うん……」

国本さんは仁美たちに原爆の記憶をなにも語らなかった。一方、修学旅行で広島を訪ねた小学生や中学生に、原爆の悲惨さを伝えてくれるひとたちもいる。原爆の絵を描こうと思っていても描けなかった庄三さんは、菊江さんのために鬼気迫る様子でちぎり絵に取りかかったが、きっといまも広島には、原爆の絵をどうしても描けないひとが何人もいるだろう。思いだしたくないひともいれば、忘れたくないひともいる。語り継ごうとするひともいれば、そうでないひともいる。みんな同じではない。同じではないから、なんとなく、ほっとする。それは、広島に来たばかりの頃は感じなかったことだった。

「だから」とマナブはつづけた。「国本さんの千羽鶴が庄三さんのちぎり絵の中に入るのって、俺、国本さんも喜ぶと思うし、庄三さんもうれしいと思う」

真理子は少し照れくさそうにうなずいた。ありがと、と小声で言ってくれたような気がしたが、聞き間違いかもしれない。ただ、つづく言葉は、はっきりと聞こえた。

「今日の小柳さん、ちょっと良かったね」

「俺、ほんとは、沢口さんは手伝わないかと思ってた。いままでは、そういうとき、全然やらなかっただろ？」

「時間がなかったし、一人でもサボる子がおったら間に合わんもん」

「小柳と、もうケンカしないの？」

「べつに最初からしとらんよ。気が合わんだけ」

「今度からは、もう合う？」

さあ、と面倒くさそうに首をかしげ、折り込み広告を一枚手にとって、隅のほうから小さくちぎっていく。マナブは、まあいいか、と苦笑して自分の作業に戻った。

しばらくして、今度は真理子のほうから話しかけてきた。

「橋本くんは？　片桐くんとケンカしたん？」

「……え？」

「最近学校であんまり話をしとらんし、たまにしゃべるときも、なんか片桐くんのほうはいつも怒っとるように見えるし」

うちの勘違いかもしれんけど、と付け加えた真理子に、マナブは少し間をおいてから言った。

「そんなことないよ」

狙ったわけではなかったが、どっちを否定しているとも受け取れる、曖昧な言い方になった。

真理子も、ふうん、と応えるだけで、ヤスの話はそれきり終わった。

カープは、この日のヤクルト戦も勝った。二対一。先制されたのを追いついて、延長十回に相手のエラーでサヨナラ勝ちという、優勝へのはずみをつけるには最高の勝ち方だった。

中日も大洋に競り勝って食い下がってはいるものの、これでマジックナンバーは2になった。いよいよ秒読みである。

サヨナラ勝ちの瞬間、スタンドに舞った無数の紙吹雪の中には、ユキオが撒いた国本さんの千羽鶴もあった。投手戦で紙吹雪をなかなか出せなかったぶん、最後の最後に思いきり撒いた。少しでも高く。少しでも遠くまで。花咲かじいさんになった気分だった。

意気揚々とグラウンドからひきあげるカープの選手たちに、声援が飛ぶ。バンザイをするファンも多い。そこまでは後楽園球場や甲子園球場と同じ光景でも、市民球場のスタンドには、手を合わせて選手たちを拝んでいるひとたちもいる。「ありがとう！」と礼を言っているひともいる。席に座ったまま、整備の始まったグラウンドをじっと見つめるひともいるし、夕暮れの迫る空を見上げて立ちつくすひともいる。目をつぶって、なにかを一心に祈っているひとも、驚くほどたくさんいる。あとで知ったことだが、この三連戦あたりから、家族の遺影を掲げてスタンドで観戦するひとが、目に見えて増えてきたのだという。

ユキオはスタンドの通路から客席を振り仰ぐ。あのひとらは、いったいなにをしよるんじゃろうかのう……と首をかしげ、ようわからんのう、と笑って、また出口に向かって歩きだす。

それでも、紙吹雪を入れていたスーパーのレジ袋の底に、ピンクの紙片が一枚だけ残っているのに気づくと、わざわざ外野席の最前列まで行って、グラウンドに撒いた。

まるで季節はずれの桜の花びらのように、紙吹雪がひらひらと舞い落ちる。

国本さんの最期の日々を見守っていた鶴が、花びらに姿を変えて、宙を舞う。

ユキオは、自分でもよくわからないまま胸が急に熱くなって、グラウンドに向かって思わずぺこりと頭を下げた。

グラウンド整備のトンボをかけていたカントクさんは、そんなユキオの姿を見て、それでええ、それでええ、と無言で何度もうなずいた。

# 第十二章

その日の夕方、マナブの家の玄関の引き戸が、いきなりドンドンッと叩かれた。

ひやっとして、息を詰め、身がまえた。

「マナブ、マナブ、マナブ、おらんのか?」

ユキオの声だった。肩の力が抜けた。戸を開けると、カープの快勝に頬がゆるみっぱなしのユキオと、もう一人、そっぽを向いて、ヤスが立っている。

「マナブ、風呂に行こうや。『相生湯』いうんがすぐそこにあるんよ」とユキオは言った。

「でも、風呂はウチにもあるし……」

「そがあなことはわかっとるわい。ほいでも、こんなががたの風呂は、ヨーグルトがつくか? 六時までに『相生湯』に入ると、今日はチチヤスのヨーグルトがもらえるんよ」

これもまた、カープ勝利のお祝いだった。このヤクルト三連戦の間、『相生湯』ではカープが勝った日にかぎり、中学生以下の子どもに風呂上がりのヨーグルトをふるまうのだという。

「行こうや、マナブ」

「うん……」

ヤスをちらりと見た。ヤスはまだそっぽを向いて黙っている。二人のぎごちなさを察しているのかいないのか、ユキオは「こんなも誘うちゃろう言うたんは、ヤスなんど」と、いたずらっぽく言った。「ウチで晩めしも食わしちゃる、いうて」

男のくせにようしゃべる奴じゃのう、とヤスの横顔が不機嫌そうになる。

「こんながた、父ちゃんが仕事でおらんのじゃろ? ラーメンじゃと栄養がつかんけえ、ヤスの母ちゃんがつくってくれるんじゃて」

ユキオがヤスを誘いに寄ったら、母ちゃんが台所で揚げものの支度をしていたらしい。

「今夜はカツじゃ。カープもカツ、ヤスがたの晩めしもカツ。さすがヤスの母ちゃんじゃ、ようわかっとる。わしがたはなーんもわかっとらんけえ、イイダコを煮てしもうた……」

がっかりするユキオの後ろで、ヤスは横を向いたまま「鯨《げい》カツじゃけど」と言った。

「風呂のあと、食いに来いや」

『相生湯』は半ドンの仕事を終えたおっさんたちで混み合っていた。みんなゴツい。首の後ろと二の腕から先だけが赤銅色に日焼けしたおっさんもいれば、背中で般若《はんにゃ》がにらむおっさんもいる。白髪のじいさんや禿げたじいさんも、体格こそおっさんたちに負けていても、そのぶん年季の入った凄みがある。

「このへんには、風呂のない古いアパートも多いんよ」

ユキオが小声で教えてくれた。戦争が終わったあと、急場しのぎで建てたおんぼろのアパートがまだ何軒も残っていて、水道の代わりに井戸の水を使っているところもあるらしい。古いぶん家賃も安く、原爆で家族を失って一人ぼっちになったお年寄りも多く住んでいる。「原爆孤老」という言葉を、このまえテレビのニュースで知ったばかりだった。

相生団地と同じように、このあたりも再開発の地区になっている。数年がかりで、道幅の広い新しい町に生まれ変わる。古いアパートも、共同の井戸も、たぶん『相生湯』も、すべて取り壊されてしまうのだろう。

お湯はウチで沸かすのよりだいぶ熱かったが、おっさんたちは平気な顔で長風呂を楽しんでいる。顔見知りを見つけては大きな声で話しかけて、湯船から出ると、みんなタオルで前を隠すことなく、洗い場を歩く。ぶらぶら、である。威風堂々《いふうどうどう》たるぶらぶら、なのである。マナブとヤスとユキオは気おされて、体を洗いながら、何度もうつむいた。

おっさんたちはみんなカープファンのはずなのに、あそこはジャイアンツであり、猛々《たけだけ》しいタイガースであり、天まで昇るドラゴンズであり、高々と潮を吹くホエールズだった。タオルをしっかりと腰に巻き、結び目がほどけて落ちてしまうのを案じる中学一年生の少年たちとは、いろいろな意味でモノが違う。

肩を寄せ合って湯船に浸かるときにも、タオルをはずすときに横からぽろりと見えてしまうんじゃないかと不安になるマナブたち三人は、まだまだスワローズなのだった。

脱衣所で風呂上がりのヨーグルトをふるまわれたユキオは、一瓶たいらげて服を着替えてから「わし、ヨーグルト食うと下痢ピーになるんよ」と打ち明けた。すでに予兆が訪れているのか、なにか妙な内股になり、腰を引いて、足踏みまでしている。

「こんな、タダのもんなら腹こわすんをわかっとっても食うんか。いやしい奴じゃのう」

ヤスがあきれて言うと、ユキオは「違うわい」と下腹をさすりながら言い返す。「ヨーグルトは白じゃ、白星じゃ、カープのために縁起モンを食うんは市民の義務で、県民の務めじゃ」

「ほんなら朝から晩まで餅でも食うとけ」

ヤスに頭を一発はたかれたユキオは、「あたたたっ」と手で頭を押さえると、それで下腹の防御がおろそかになったのか、あわててトイレに向かう。

ヤスはそんなユキオの用足しを待つでもなく、「もうええ、去《い》のう」と、マナブをうながして『相生湯』からひきあげてしまった。

「さっきも言うたけど……晩めし、食うていけ」

「うん……」

二人きりになった。マナブの歩調は自然と遅くなる。勝征さんのことを、ヤスはもう蒸し返したりはしない。だが、許してやる、と言われたわけでもない。もう一度、もっとしっかり謝れば……と思いかけて、違うよな、と打ち消した。そうじゃないというのはわかるのに、じゃあどうすればいいのかが、わからない。気がつくと、ヤスとの距離は電柱から電柱までよりも広がっていた。ヤスはヤスで、自然と足を速めていたのかもしれない。

交差点の信号待ちで追いついた。片桐酒店までは、横断歩道を渡って、あと少し。

ヤスはやっと口を開いた。

「わしがたは酒屋じゃ。売っとるもんは酒で、客は皆、酔っぱらいたいけえ酒を買いに来る。立ち呑みの客は、言うてみたら、ウチに帰るまで待ちきれんほど早う酔いたいんよ」

マナブは黙ってうなずいた。

「酔っぱらういうんは、シラフのときに通じる理屈が通じんようになる、いうことじゃ。ほいで、シラフのときにはよう言わんことも、酔うた勢いで言うてしまう、いうことじゃ」

「……わかるよ」

「ほいで、わしがたの店は酒を売りよるけえ、酔っぱらいしかおらんのじゃ」

話を振り出しに戻したヤスは、「それだけわかっとりゃあええ」と、青信号になったばかりの横断歩道を小走りに渡った。

片桐酒店は今夜も常連のおっさんたちでにぎわっていて、店に近づくと酔った胴間声が聞こえてきた。昼間の試合でカープがサヨナラ勝ちしたのだ。マジックナンバーは2になったのだ。おっさんたちはご機嫌そのもので祝杯を酌み交わしている真っ最中、のはずだった。

だが、外の通りまで漏れ聞こえる声は、笑ってはいない。

誰かが怒っている。「そうじゃそうじゃ」と相槌を打つおっさんの声も怒っている。誰かがなだめるようなことを言うと、別の誰かが「やかましい!」と怒鳴る。「こんなはアレの肩を持ついうんか、ほいじゃあ、わしらに弓引くんとおんなじど!」

さらに「アレも半分は被害者みたいなもんじゃけえのう」と言った誰かに、「そがあなカバチをたれるんなら、こんながアレのケツを持ってくれえや、のうコラ！」と怒号が飛ぶ。

アレ——誰のことなのか、考えを巡らせる前に、マナブの胸は強く締めつけられた。ヤスは足を止める。いけん、母ちゃんおらんのか、とつぶやいて、マナブを振り向いた。

「風呂に行っとる間に、おっさんら、悪酔いしてしもうとる」

マナブも立ち止まってうなずいた。覚悟はできていたつもりだったが、ここまでの雰囲気だとは思わなかった。怒りというより、もはや憎しみに近い。

「昨日はとりあえず母ちゃんが話を収めたんじゃけど……やっぱりいけんのう、酔いが回るとやっぱり出てきて、止まらんようになる」

恨みいうんはそういうもんじゃ、とヤスはマナブをじっと見つめる。いつもより、おとなびた表情になっていた。マナブは目をそらしかけたが、すぐにまたヤスを見つめ返す。

「どがあする？　もう、ここで帰るか？」

来た道を引き返せば、おっさんたちに見つからずに帰ることができる。「晩めしはあとで弁当にして、持って行っちゃるけえ」とヤスも言った。

だが、マナブは首を横に振って、店に向かって歩きだした。

「じゃけえ、わしゃあ言うたろうが、よそモンに気ィ許したらいけんのよ……」

呂律の怪しい声で誰かが言う。「胸くその悪い話じゃのう」と別の誰かがうめくような濁声《だみごえ》で言って、「田舎モンじゃ思うてナメられたんよ、わしら」といらだたしげに痰《たん》を切ったおっさんが、その痰を吐き捨てるために店の外に出て、マナブに気づいた。

マナブは肩を一瞬縮めたが、立ち止まらない。店から次々に出てきたおっさんたちの険しい視線を容赦《ようしゃ》なく浴びながら、歩く。力強い足取りではない。途方に暮れてとぼとぼと、目に見えない縄でつながれて引っぱられているような歩き方でもあったが、足は止めなかった。

走って追いかけてきたヤスが並んで歩いてくれた。

ええんか、とヤスは前を向いたまま小声で訊く。いいんだ、とマナブも振り向かずに応える。目を見交わさなくてもいい。マナブは思う。そのほうが照れくさくないし、なにより、目が合うと泣いてしまいそうだった。

ヤスは、かなわんのう、と少しだけ笑って、まいっちゃうよなあ、とマナブもかすかに笑い返し、そして二人同時に頬を引き締めた。

おっさんたちは無言で待ちかまえていた。まなざしの険しさはいっそう増して、コップ酒を呷《あお》る呑みっぷりもさらに荒々しくなった。だが、さすがに、中学一年生の子ども相手に毒づいたり脅したりするわけにもいかない。重苦しい沈黙が店内に澱《よど》むなか、二人は店に入る。ヤスは誰とも目を合わさずに「ただいまーっス」と小さな声で言って、マナブはもっと小さな、消え入りそうな声で「おじゃま、します……」と誰にともなく会釈をした。

そのまま、店から住まいのほうに通り抜けようとしたら、白髪頭のおっさんが、「おうコラ」と呼び止めた。ほっとけ、とヤスには目配せされたが、マナブは上がり框の手前で立ち止まった。怖いので返事はしない。顔も向けられない。

「わしら、自分のゼニをどうこう言うて怒っとるわけと違うんど。こんなの親父が、どがあしても返せんいうんじゃったら、わしらのゼニは、まあ、こらえちゃってもええのう、と訊かれて、まわりも「そうじゃそうじゃ」と応えた。その合いの手に「いや、わしゃあ困る……」と不本意そうな声が交じったが、声の主は左右と後ろから頭をはたかれた。

「ほいでも、片桐のトモちゃんのゼニだけは、返してもらわんといけん」

トモちゃん——片桐知子。ヤスの母ちゃんだ。

「親父も知っとるはずじゃ、トモちゃんの出したゼニが、どがあに重いもんか。女手一つで、店を守って、圭子ちゃんやヤスを育てながら貯めてきたゼニじゃ。そこいらのあぶく銭とはワケが違うんよ。こんなの親父にも、腕一本斬り落としてでも、血のしょんべんを搾ってでも、トモちゃんの払うたゼニだけは返してもらわんといけんのよ」

白髪のおっさんは、年かさのぶん、怒りをぶちまけたりはしない。だからこそ、「腕一本」「血のしょんべん」という言葉が、ぞっとするほど生々しく聞こえる。

だが、そばにいた角刈りのおっさんは、不服そうに「おやっさん、あんたが甘えことを言うとるけえ、アレが図に乗ったんじゃがな」と割って入った。「わしらもトモちゃんも、おやっさんが言うけえ、あんたのことを信じて、話に一枚嚙んだんで？　さっきからカッコのええことばあ言うてくれてじゃが、あんた、そこのところ、どがあに思うとるんよ。うん？」

「わしゃ知らんよ、そんなん……ハンコをついたんは、こんなが自分でしたことじゃ」

「なんじゃあ？　おうコラ、黙って聞いとりゃあええ気になってから、おっさん、あんたぁ、ほんまは橋本の外道と連れになって、わしらをだましとったん違うかコラ、おう」

「おんどりゃあコラ、誰に口ききよんな！」

話の矛先が、マナブからずれた。ヤスはほっとした顔になって「行こうで」とマナブに声をかけたが、マナブは動けない。白髪と角刈りのおっさんは、二人とも立ち吞みコーナーの常連で、いつも仲良く酒を吞んでいたのだ。それを勝征さんが壊してしまったことがつらい。勝征さんが夜逃げ同然に引っ越してしまったあとも、二人の生活は広島でつづく。仲直りができるのかどうか、わからないから、つらくてたまらない。

おうマナブ、早うせえ、いまのうちに上がろう、とヤスが案じていたとおり、白髪と角刈りの同士討ちを止めようとして、アイパーのおっさんが、またマナブを責め立ててきた。

「おうおうおう、よう考えようで、一番悪いんは誰な、おう？　東京から来て、えっと調子のええことしか言わんかった橋本のアホ違うんか。のう、旅のモンに、わしら好き勝手に横道《おうどう》なことやられたんで？　キャン言わせんといけんのん違うんか」

おっさんたちの視線が、再びマナブに注がれる。さっきはまだ困惑交じりだったが、いまは違う、はっきりと敵意が剝き出しになっている。

「よう見てみんなさいや、せがれも横着な顔をしとるわい、ほれ、この目つき、えっと小狡《こずる》いことをしてきたコソ泥の目つきよ」

まわりのおっさんたちは、さすがに見かねて「もうええがな」とアイパーのおっさんをなだめ、「せがれに言うてもしょうのないことじゃ」と諭したが、逆にそれでよけい意地になったのか、アイパーはヤスを振り向いて言った。

「おう、ヤス、気ィつけや」

にやにや笑ってマナブに顎をしゃくり、「こんなから目ェ離すと、財布がのうなっとるかもしれんけえのう」と言う。

血の気が引いた。こめかみが一瞬凍りついたように冷たくなり、すぐにカッと熱くなった。

ヤスに手首をつかまれた。

「もうええ！　こげな酔っぱらいにはかまわんでええけえ！　なんも聞かんでええ！　飲んだくれのたわごとじゃ！　早う二階に行こう！」

マナブの手首をグイッと引っぱって、上がり框のガラス戸を開けた。

「おうコラ、なんな、ヤス……わしゃあ、こんなの母ちゃんのために言うてやりよるんで？」

「要らん世話じゃ！」

ヤスは怒鳴り返し、思いきり胸を反らしてつづけた。

「男は、親よりも連れのほうが大事なんじゃ！」

おっさんたちは口をぽかんと開けるだけで、なにも返せなかった。

＊

男は——。

口にしたあとで、ちょっと大きく出すぎてしまったか、と悔やんだ。だが、いまさら引っ込めるわけにもいかない。

「男は、人生に一度は大きな勝負をしなきゃいかんのですよ」

勝征さんは力んで言った。「それは、まあ、勝負ですから、勝つときもあれば負けるときもあります。禍福《かふく》はあざなえる縄のごとし、人間万事塞翁《さいおう》が馬、なんです」

ちゃぶ台を挟んで座った相手の表情は固くこわばったままだった。

おばあちゃん、とマナブは呼んでいる。マナブにとっては血のつながりは永遠のものでも、お義母さん、と勝征さんはかつて呼んでいた。別れたカミさんの母親である。マナブにとっては血のつながりは永遠のものでも、勝征さんとは、もはや赤の他人である。さっきも、ついうっかり昔のように「お義母さん」と呼んでしまい、「あんたとは、もうとっくに縁を切ってるんだからね！」と邪険に突き放されたばかりだった。

梅子《うめこ》という名前どおり、人生の酸味あふれる、シワくて酸っぱくて、苦くて辛くてケチで細かくて執念深くて了見《りょうけん》の狭いばあさんである——と、勝征さんは思う。

「それで、どうなったのさ、その勝負は」

「……手に汗握る、いい勝負でした」

「そんなことどうでもいいのよ、結果はどうなったのって訊いてるの」

「全力を尽くしましたので、悔いはありません。すがすがしい汗を流して——」

「結果っ！」

ムチで打つような厳しい口調につられて、思わず同じテンポで「負けっ！」と返してしまった。あとはもう、ひたすら頭を下げるしかない。梅子さんはマナブのために、将来の学資の足しになれば、とお金をコツコツ積み立てている。それをつかえばヤスの母ちゃんの出資金を返せるし、マナブとヤスの友情も壊れずにすむ。

「お願いします！　必ずお返しします！　すぐにというわけにはいかなくても、必ず返しますから、どうか、貸してください！」

昼間は『マジカルサンデー』の本社に出向いたのだ。広島を発つ前に覚悟していたとおり、ケンもホロロの扱いで、出資金を取り戻すどころか、「出るところに出れば、橋本さん、おたくも共犯扱いですよ」と脅され、「出るところに出ないようにするんでしたら、マニラにでもご一緒しましょうか」と、もっと脅されて、ほうほうの体で逃げ帰って、夜になって梅子さん宅を訪ねたのだった。

「マナブは、どこに住んでるときも、ずっと夜逃げ同然で引っ越して行ったんです」

「誰のせいなの！」

「ワタクシですっ！」

ははーっ、と平伏した。しかし、訴えは止めない。

「でも、広島を出て行くときぐらいは、マナブにも、ちゃんと友だちと別れさせてやりたいんです。いままでみたいに逃げるように引っ越すんじゃなくて、いつかまた会おう、って笑ったり泣いたりしながらお別れができるようにしてやりたいんです！」

「……あんた、また引っ越すのかい？」

勝征さんは両手を畳についたまま、むっくりと顔を上げた。

「じつはですね、お義母さん――」

梅子さんが「親子じゃないわよっ」と打ち消すのをさえぎり、亀が首を伸ばすように身を乗り出して、「博多なんです、博多で勝負しようと思いまして」と言う。

「博多って……九州の？」

「そう、新幹線の終点です。ひかりは西へ、ディスカバー・ジャパン、広島まで来たんだったら、中途半端に神戸や大阪まで戻るより、いっそ九州でしょう」

しかもですね、と梅子さんににじり寄って、つづける。

「会社は博多にあるんですが、商売をするのは沖縄なんです」

夜行列車の車中で、週刊誌の広告を読んだのだ。最初は眉に唾をつけて、こういうのにひっかかるバカがいるんだよなあ、と笑っていたものの、説明を読めば読むほど、なるほど、これはいい、と思えてきたのだ。

「……沖縄で、なにするの」

「基本は不動産です。海洋博で景気にはずみがつきましたから、その波に乗って。ただ、ワタクシ、広告の世界にも手を広げようと思ってまして……具体的に言えば、看板です」

沖縄が日本に返還されたのは三年前——一九七二年のことだった。いまもまだ返還前の名残で、車はアメリカと同じ右側通行をつづけている。だが、それも三年後の一九七八年には本土と同じ左側通行に切り替わる。

「車の走る向きが変われば、道路に出てる看板の向きも変えないと、看板の裏ばかり見て走ることになっちゃうでしょ？　それじゃまずいでしょ？　ぜーんぶ取り替えですよ」

そこにビジネスチャンスがある、と広告に出ていた。早いもの勝ち。いまなら、まさに濡《ぬ》れ手《て》で粟《あわ》、入れ食い状態で顧客がつく、という。

だが、梅子さんの反応は鈍い。『マジカルサンデー』の損失補塡のみならず、あわよくば新規事業に投資まで……と狙った勝征さんに、しみじみと、諭すように言う。

「マナブがかわいそうだと思わないのかい？　ふらふらしどおしの父親に巻き込まれて、迷惑ばっかりかけられてさあ……あんた、親として情けないと思わないの？」

勝征さんは再び平伏して、黙り込む。

それを見て、梅子さんはため息を吞み込み、天井を見上げて、言った。

「あんたはしゃべらずにすむから土下座するのよねえ、いつも」

勝征さんは顔を上げない。

「広島は原爆を落とされただろう？　戦時中も戦後も大変だったんだろう？　せっかくそういうところに住んでるんだったら、そろそろマナブに教えてやったほうがいいんじゃないの？　あんただって、東京の空襲のときには――」

「ははーっ！」と、梅子さんの言葉をさえぎった。「それはそうとして、ここはマナブの友情のためにですね、ひとつ……」

梅子さんは黙って、ぬるくなったお茶を啜る。

「お願いします！」

勝征さんは畳におでこをこすりつける。

*

階下から、店のシャッターを下ろす音が聞こえた。午後十一時過ぎ、立ち呑みコーナーの最後の客がひきあげて、ようやく片桐酒店も店じまいである。

「土曜の晩はいつも遅いんよ」

ヤスは布団に横になったまま、ぽつりとマナブに言った。部屋の明かりは消えているので顔は見えなかったが、こっちを向いているのは声の響き具合でわかった。

「平日は十時頃には閉めるんじゃけど、明日は日曜日じゃし、カープの優勝も決まりそうじゃけえ、おっさんらの尻も長うなる」

隣の布団から、マナブは「うん……」と低い声で相槌を打った。

ヤスとマナブが二階に上がった直後は立ち呑みコーナーも騒がしかったが、急ぎの配達に出ていたヤスの母ちゃんが店に戻ってくると、もうおっさんたちは声を荒らげたりはしなかった。代わりに、話す声すべてが低くなる。「もうええけえ、ありがとう、もうええけえね」とおっさんたちをなだめる母ちゃんの声が、ときどき二階にも聞こえてきた。

晩ごはんは母ちゃんがヤスの部屋まで持って来てくれた。

「ごめんなあ、酔っぱらいの言うことやけえ、堪忍《かんにん》してやってな」

母ちゃんはマナブに謝って、「よかったら今晩は泊まっていきんさい」とも言ってくれた。「どうせウチに帰っても一人やろ？　明日は学校も休みなんやし、マナブくんが泊まってくれたら、ヤスも大喜びやけえ」

マナブは黙ってうなずいた。声に出して返事をすると、泣いてしまいそうだった。いまでも、同じ。「修学旅行みたいじゃねえ」と笑いながら布団を出してくれた母ちゃんの笑顔がよみがえると、黙っていても泣きたくなる。布団に入ったいまも、目の上に載せた腕に、涙がじんわりと染みてくる。

シャッターが全部下りると、階下はまた静かになった。

ヤスは寝返りを打って仰向けになりながら言った。「日本中のいろんな街を知っとるんじゃのう、こんなは」

さっきまで、ヤスに訊かれるまま、勝征さんと二人で住んだ街を順にたどっていたのだ。小学校に入学してからだけでも、引っ越しは九回にのぼる。東京、名古屋、また東京、大阪、神戸、札幌、そしてまた大阪、さらにまた名古屋、三たびの東京……。

「わしは生まれてからずうっと広島じゃけえ、ようわからんけど、あっちこっち引っ越すいうんは、どがあな気分な」

少し時間をかけて考えてから、「よくないよ」と答えた。「引っ越しなんて、ほんとは、もう、したくないよ」

「ほうか？　転校生いうたらカッコええがな。マンガの主人公はみんな転校生じゃろうが」

「まあ、ほいでも……」

最初は慰めてくれているのかと思ったが、どうも本気でうらやましがっている様子だった。

「で、転校したあと、前の学校の連れと文通やらするんか」

「……新しい住所は教えるな、ってお父さんに言われることのほうが多いから」

「借金取りが来るけえか」

「あと、まあ、ヤクザとか、いろいろ」

かなわんのう、とヤスは苦笑して、「どこの街が一番好きじゃったんか」と訊いた。

マナブは長い間をおいてから咳払いをして、お芝居のあくびもして、蚊に刺されたわけでもないのに首筋に爪を立てて掻きながら、なるべくひらべったい声をつくって——。

「ひろしま」

答えるのと同時に、ごろんと体をひっくり返し、枕に顔を埋めた。ヤスも黙って寝返りを打ち、マナブに背中を向けると、窮屈な姿勢でシャドーピッチングを始めた。

マナブが泣きやんだ頃、ヤスはいきなり言った。

「屁ェこいちゃろうか?」

「は?」

「こいちゃる」

きっぱりと言われても——。

「心配すな、スカ屁と違うんじゃけえ。音のするのをこくけえ、臭うない」

いいよいいよ、やめてくれよ、とマナブがあわてて止める前に、ヤスは仰向けに寝ころがり、両脚の太股を抱きかかえて、尻をグイッと上げた。

「ええか、よう聞いとけよ……おう、ええ感じじゃ、よう溜まっとる……」

ウッ、と息を詰めた。出た。長く尾を引いた。しかも、音がしたのに臭かった。ヤスもすぐにそれに気づき、ダルマのように体を起こして「おい、窓開けようや、窓」と言った。

「いけんのう、クジラを食うたら、絶対に屁が臭うなるんよ。なんでじゃろうか」

「知らないよ、そんなの」

窓を開けた。新鮮な空気と一緒に、湿り気も部屋に流れ込んできた。雨が近い。夜空に星は見えない。分厚い雲が垂れ込めて、いまにも降りだしそうだった。

「明日の試合、雨で中止かもなあ」

マナブのつぶやきをよそに、ヤスはまだ一人で「いや、ほんまなんよ、クジラを食うたら屁は臭うなるし、ウンコのカサが増えるんよ、なんでじゃろうか、世界の七不思議じゃのう……」とぶつくさ言っていた。

*

日曜日は朝から雨になった。市民球場のカープとヤクルトの最終戦も、雨天中止が早々に決まり、月曜日にスライドされた。

「今日が明日になるだけやったら、池谷さんが先発でいけるけえ、問題ないよ」

朝食のときに、ヤスの姉ちゃんが言っていた。どちらにしても、優勝のヤマは水曜日——十五日の巨人戦だという。

「野球として一番ええんは、明日のヤクルト戦にカープが勝って、マジックナンバーが1になって、あさってに中日が巨人に負けてくれることじゃね。そうしたら、なーんもせんでも、あさって胴上げじゃもん」

そこまでは、ヤスやマナブにもわかる。だが、姉ちゃんは「カープとして考えると、どうすればええんか、ようわからんね」と言う。

月曜日にカープがヤクルトに勝つ。それはもう決まり。仮定ではなく、前提である。カープの次戦は水曜日、後楽園球場の巨人戦なので、火曜日のうちに東京に移動することになる。

しかし、その火曜日に、中日対巨人のデーゲームがある。中日が負けるか引き分けると、水曜日の試合を待たずにカープの優勝が決まる。胴上げである。お祭り騒ぎである。そこに主役の選手たちがいなければ格好がつかないではないか。

「ほいじゃったら、カープは火曜日も広島におりゃあええが。そうしたら、わしらと一緒に優勝のお祝いができるけえ」

ご飯を頬張ってヤスが言うと、姉ちゃんは「中日が勝ったらどがあするん」と、そっけなく返した。「胴上げはできんわ、東京に着くんが遅うなるわで、もう、いけんいけん」

「やっぱり、さっさと東京に行くん違う？」

母ちゃんが、ヤスのご飯のお代わりを大盛りでよそいながら言った。

「うん、うちもそう思う。ちょっと寂しいけど、それが一番ええよねえ」「中日が負けるんを当てにしとったらいけんよ。自分で勝てばええことなんやけえ」「そうそう、勝負ごとはなんでもそう」「中日が負けてくれる思うて、緊張の糸をいっぺん切ってしもうたら、なかなか結び直せんもんなんよ」「もしも水曜日に巨人に負けたら、おおごとじゃもんなあ」「ほんまよ。じゃけえ、火曜日の早いうちに東京に行っとかんといけんの」

母ちゃんと姉ちゃんのおしゃべりの声は、テンポが早く、甲高い。その勢いに圧されて相槌すらろくに打てずにいたマナブに、母ちゃんが声をかけた。

「マナブくんは、お代わりええん？　ご飯はえっと炊いとるけえ、遠慮せんでええんよ」

恐縮してかぶりを振ると、姉ちゃんが横から「ほんなら、野菜食べんさい。チシャ揉み、うちのぶんもあげるけえ」と小鉢をマナブの前に置いた。「ビタミンを摂らんとニキビができるよ」

チシャはレタスの原種である。ちぎって塩揉みしたチシャを酢みそで和えて、炒った煮干しとゴマを散らしたチシャ揉みは、夏場から秋にかけての食卓には欠かせない惣菜なのだ。

「姉ちゃんは口だけええことを言うて、自分の好かんもんをマナブに押しつけるんじゃもん」

ヤスが笑って言う。姉ちゃんはすまし顔で、飴《あめ》色になるまでよく漬かった広島菜の漬け物でご飯をクルッと巻いて、口に入れた。

「ご飯はおにぎりにして、お弁当をこさえてあげるけえ、お昼にでも食べんさい」母ちゃんがマナブに言うと、ヤスは「母ちゃんの卵焼き、甘うて美味いんど」と得意そうに胸を張り、姉ちゃんはすまし顔のまま「うちのチシャ揉み、お弁当にも入れてあげる」と言った。

マナブは黙って、胸一杯になって、ごはんを食べる。女のひとの声を聞きながらの食事は、夏休みに東京でおばあちゃんとお母さんに会って以来だった。みそ汁を啜る。ヤスのウチのみそは白くて甘い。「府中《ふちゅう》みそいうて、京都のほうのおみそとおんなじなんよ」と母ちゃんが教えてくれた。口の中いっぱいに広がった甘みが、ゆっくりとみぞおちに染みていった。

傘を借りてヤスのウチをひきあげる前に、トイレに行くふりをして、台所に一人で回った。洗いものをしていた母ちゃんに泊めてもらったお礼を言って、勝征さんのことをあらためて謝ろうとしたら、「そがあなことはせんでええの」と笑顔で軽くにらまれた。

「それより、ヤスとこれからも仲良うしてやってな」

「はい……」

「どこに行っても、ずうっと、な」

マナブは、こくんとうなずいた。胸がまた熱くなる。「広島であったこと、ええ思い出だけ、ぎょうさん持って行きんさい」と笑う母ちゃんも、目は赤く潤んでいた。

「途中まで送っちゃるけえ」とついてきたヤスは、雨の中を並んで歩きながら、「やかましかったろう、すまんかったの」と謝った。

「そんなことないよ……」

「母ちゃんと姉ちゃんは、まあ、よう、しゃべくるんよ。女いうんは、ほんま、べらべらべらべら、かなわんよ。なにをやらせても二対一で負けなんよ。男はわし一人じゃけえ、多数決で勝てるわけがなかろ？　母ちゃんは怒ると怖えし、姉ちゃんも弁が立つけえ、勝てん勝てん」

口ではぶつくさ言いながら、勝てないことが少しうれしそうでもある。

だから、マナブもつい「いいじゃないか、そういうの」とうらやましさを表に出した。

「……そうか？」

「うん、だって、あの親父と二人きりって、けっこうキツいもん」

「ええがな、どげなクソ親父でも」

ヤスは笑いながら言った。「おらんよりは、ましじゃ」

黙り込んだマナブの傘に、ヤスは自分の傘をぶつけて、「まあ、あげな父ちゃんじゃったら、おっても迷惑するだけか」とまた笑った。

今度はマナブの頬もゆるむ。それを確かめて、ヤスは中途半端なところで「ほんなら、ここで」と立ち止まった。

「こんなが泊まってくれたおかげで、ゆうべと今朝は、男と女が二対二になって、助かったわ」

「俺も……すごく楽しかった」

「また泊まりに来いや」

「うん……」

マナブは一人で歩きだした。その背中を黙って見送ったヤスは、マナブが最初の角を曲がる前に踵を返し、傘をぐるぐる回しながら、水たまりにズックの底を勢いよく打ちつけるような足取りでウチに帰っていった。

＊

相生団地の路地を進むと、横山さんの家にひとが何人も出入りしていた。みんな気ぜわしそうだったが、はずんだ様子は一切ない。出てくるひとも入っていくひとも、そろってうつむいて、口数が少ない。なにが起きたのかマナブもすぐに察した。

ちょうど外に出てきた真理子は、マナブが路地にたたずんでいることに気づくと、傘も差さずに駆け寄ってきた。

「ゆうべ……」

声が震える。菊江さんの容態が急変して、そのまま亡くなった。臨終を看取ったのは、庄三さんだけだった。

「でも、おじいちゃんが間に合っただけでも、よかったと思う」

真理子の頰を涙が伝う。

「絵は――」

マナブが訊くと、泣き顔のまま、笑った。

「おじいちゃんが、おばあちゃんの指を持って、さわらせてあげた、って」

血や炎の「赤」に触れたのだ。川の水や空の「青」もさわったのだ。そして、焼け焦げた遺体の「黒」も、目ではなく指先で感じ取ったのだ。

「もう、そのときは……おばあちゃん、意識はなかったんやけどね」

「うん、でも……いいよ、いいと思う」

真理子も目尻の涙を指で拭いながら、「手伝わせてもらってよかったね」と言った。

「うん、よかった……」

「もうすぐ、おばあちゃん、ここに帰ってくる。おじいちゃんが連れて帰ってくれるんよ」

病院の霊安室で一夜を過ごした菊江さんのなきがらは、庄三さんと長年暮らしたこのウチに帰ってくる。

「おう、これを敷《し》きゃあ、ちょっとは歩きやすかろうが」

近所のおじさんたちが「ねこ」と呼ばれる手押しの一輪車を押してやって来た。車にはムシロが何枚も積んである。それを敷けば、雨でぬかるんだ路地も少しは歩きやすくなる。

「知っとるか、キリスト教の結婚式は、こがいして道をつくった上を歩くんど。バージンロードいうんじゃ。庄三さんのところは、どうせ式やら挙げとらんじゃろう。最後の最後ぐらいは結婚式と同じことをしてやろうやあ、のう?」

一人のおじさんが涙ぐみながら言った。顔を見るのは初めてでも、声でわかった。いつもラジオでカープの試合を聴きながら大声で応援している原田さんだった。

＊

月曜日の午後の授業は英語と社会だったが、どちらも国語に振り替えになった。英語の林《はやし》先生は呉に住んでいる又イトコの奥さんの妹のダンナの実家に不幸があり、社会の三谷《みたに》先生は胃の調子が良くないので、二人そろって午後から有給休暇を取ったのだ。朝のホームルームでそれを伝えたチンチク先生は、悔しさを隠しきれない様子だった。一年三組の生徒たちも同じだ。林も三谷も先生のくせにワヤをしやがるのう、という憤りが黒雲のように教室にたちこめていた。

二人の教師が休暇を取ったほんとうの理由を、生徒たちは先刻ご承知だった。日曜日から雨天順延されたカープとヤクルトの最終戦は、午後一時半プレイボールである。この試合を終えると、カープは東京に遠征に出る。遠征中に優勝が決まる可能性は大いにあるので、優勝を目指すカープを地元で応援できるのは、今日が最後ということになる。

だから出かけたのだ。向かったのだ。二人とも授業よりもペナントレースを優先し、生徒よりもカープを選んで、ズル休みをしたのだ。

あとで知った。チンチク先生も、昨日の試合の中止が決まるとすぐ、教頭の自宅に電話をかけたのだという。遠い親戚のおばあさんが急に亡くなってしまった、と話を切り出したとたん、教頭に「アホ」と叱られたらしい。タッチの差で、林先生と三谷先生の電話に先を越されてしまったのだ。しかも、教頭はゆうべのうちに試合の雨天順延を見越し、「月曜日にズル休みできる教師は一学年につき二人まで」というルールを決めていたのである。

厳格なのか甘いのか、よくわからない。ただ一つ確かなのは、広島市内のさまざまな職場の上司や責任者はみんな似たような融通を利かしていた、ということだった。そうでなければ、平日のデーゲームに二万四千人もの大観衆がスタンドを埋められるはずがないではないか。

「おとなはワヤくそだらけじゃのう……」

誰かがぽつりと言うと、別の誰かが「わしも早うおとなになりてえのう」と応えた。

しかし、負けてばかりはいられない。うらやむだけでは先に進めない。

「先生らがそがあなことするんじゃったら、こっちも遠慮なしにやらせてもらうけえのう」

ユキオがカバンから取り出したのは、小さなトランジスタラジオとイヤホンだった。

今日のヤクルト戦は、五時間目の途中から試合が始まる。イヤホンのコードを制服の中に通し、詰め襟から外に出して、耳元をうまく手で隠せば、授業中でもラジオの中継を聴ける。

すると、ヤスも「気が合うのう」と笑って、制服の袖口を見せた。ヤスもラジオを持ってきている。こっちはイヤホンのコードを袖に通していた。これなら、先生に見つかりそうなときにはイヤホンを耳からパッと抜いて手に握り込んでしまえばいい。

さらに、男子が何人も寄ってきて、「わしも持ってきとるで」「わしのラジオも見てくれや。自分でパーツ買うてつくったゲルマラジオど」と持参のラジオを見せる。

理科の得意な庄司は「イヤホンの音は耳じゃのうてもええんど」と、イヤホンをくわえて奥歯で嚙み、マスクで口ごと覆い隠す作戦を立てていた。イヤホンの音が奥歯を震わせて、ちゃんと聞こえるのだという。「理屈から言うたら、のどちんこにイヤホンをあてても聞こえるはずなんよ」と、みんなが止めるのにイヤホンを喉の奥に押し込んで、ゲロを吐きそうになった。

ふだんの庄司は、冷静で、おとなしくて、無茶をしてまでみんなを笑わせようとする性格ではない。没収される危険を顧みずにラジオを持ってきた連中も、真面目な生徒がほとんどだった。

みんな、いつもとは違う。妙に張り切って、はしゃいで、興奮している。さすがに女子は男子ほど盛り上がってはいなかったが、それでもおしゃべりの笑い声がふだんより甲高く聞こえる。

一年三組だけのことではなかった。一組や二組や四組にもラジオを持ってきた生徒は何人もいたし、二年生と三年生の先輩には、学校を早退して市民球場に向かった生徒も少なくなかった。その日の保健室の日誌には〈腹痛7、頭痛4、吐き気・悪寒各1……全員早退〉と記されている。数年前にインフルエンザの流行で休校したときをしのぐ数字だった。

五時間目に教室に来たチンチク先生は、英語科の備品のラジカセを手に提げていた。

「今日の国語は、アナウンサーのしゃべり方の勉強じゃ」

きょとんとする生徒たちに、「イヤホンでこそこそ聴かんでもええ、授業なんじゃけえ堂々と聴きゃええんよ」と笑って、教卓に置いたラジオのスイッチを入れる。チューナーは当然、すでにＲＣＣに合わせられている。

「試合が始まったら、中継をしっかり聴いて、アナウンサーがどげなふうに試合を上手に説明しとるか勉強せえ」

それが授業なのである。

「ほいで、試合が始まるまで、先生がつくったカセットでも聴いといてくれ」

ラジオを切って、カセットデッキの再生ボタンを押し込んだ。大きなボリュームで響きわたったのは、忘れもしない、オールスターゲームのラジオ中継だった。山本浩二選手と衣笠選手の二打席連続アベックホームランの場面をダイジェストしてつないでいるのだ。

先生は「永久保存版じゃけえのう」と胸を張り、「生徒には貸しちゃらーん」と裏声で言って、ケケケッと笑った。

やはり、おとなたちは少しワヤになっている様子だった。


カープの先発マウンドを託された池谷投手は、日曜日からスライドしての登板だった。九月後半から調子を落とし、中継ぎに回っても結果を出せずにいた池谷投手だが、雨で休養が一日延びたことが幸いして、序盤から快調なピッチングをつづけている。ところが、打線が援護できない。ヤクルトの先発・アンダースローの渡辺投手から三回裏に先制点を挙げたものの、その後はヒットがつづかず、チャンスをことごとくつぶしていた。

動きが固い。音だけのラジオ中継でも、それははっきりと感じ取れる。教卓の椅子にどっかと座ったチンチク先生は、仏頂面で腕組みをして、「いけんのう、いけんのう……」と組んだ脚を貧乏揺すりさせた。なまじランナーが出るぶん、もどかしさがつのる。

五時間目が終わる。六時間目も終わる。試合はまだつづいている。得点差はわずかに一点。カープのマウンドは、七回途中まで無失点で抑えた池谷投手から、金城投手に代わっている。追加点が一点でもあればずいぶん楽になるはずなのに、打線はまったく低調で、ヤクルトのマウンドが渡辺投手から安田投手に代わると、ランナーすら出せなくなってしまった。

六時間目のあとは『帰りの会』だが、先生は座ったまま「連絡事項、特になしっ!」と不機嫌そうに言って、それで終わり。日直が「もう帰ってええんですか?」と訊くと、「用事のあるモンは好きにせえ」と吐き捨てるように応え、手で追い払う。めちゃくちゃである。

『帰りの会』が手抜きで早々に終わると、マナブと真理子は目を見交わして教室を出た。

菊江さんとの最後のお別れのときが迫っている。

「優勝が決まったら、このへんも大騒ぎになるんじゃろうねえ」

真理子は、通りの先のほうに見える市民球場の照明灯を眺めながら言った。そんなに楽しみにしているような口調ではなかった。

「横山のおばあちゃん、カープが優勝するところを見られんかったんよね。いまごろ天国で、残念がっとるんかなあ」

　質問とも独り言ともつかない口調でつづけ、「でも、おばあちゃんは騒がしいのが苦手じゃけえ、優勝が決まって街じゅうワヤくちゃになるのは好かんかもしれんね」と言う。

「うん……」

「橋本くんは？　ワヤくちゃの大騒ぎになるんは、どう？」

　マナブは曖昧に首をかしげた。よくわからない。大騒ぎになってもならなくても、自分はそれを外から見ているだけだろう。広島に生まれ育って、何年もカープを応援してきたヤスやユキオとは違う。弱くて貧乏だった頃のカープをずっと支えてきたおとなたちとは、もっと違う。

「俺、もともと巨人ファンだから、優勝には慣れっこなんだよね」

　いきなり話を変えて、「だから、初優勝の気持ちとか、全然わかんなくて」と笑った。

　真理子は笑い返さず、黙ったままだったので、「カープのことは、まあ、好きだけど……」と付け加えた。だがすぐに、いまのは言い訳みたいだったと気づき、急に恥ずかしくなって、また笑って言った。

「今年の優勝って半分まぐれみたいなものなんだし、今度はいつ優勝できるかわからないんだから、パーッと盛り上がればいいんじゃない？」

いまのはイヤミな奴の言いそうな台詞だった。ヤスやユキオがそばにいたら、一発ポカッと殴られていたかもしれない。

真理子は、ふうん、とうなずくだけで、なにも言わなかった。マナブもイヤミな奴になったまま、黙ってしばらく歩いた。

平和記念公園の森が見えてくる。

「うちは、静かで、なんにものうて、だーれも騒がん、ふつうの日の広島が、一番好き」

真理子はぽつりと、言葉の一つずつを区切りながら言った。

＊

菊江さんは、マナブや真理子が午後の授業を受けているうちに、茶毘《だび》に付された。おとといの夜に亡くなって、昨日の朝にわが家に帰ってきて、ゆうべのうちにお通夜、今日の午前中に火葬場の小さなホールで告別式を営んで、最後の対面……というあわただしさだった。

近所のひとたちは「菊江さんもエラかったんじゃけえ、ゆっくり休ませてあげんさい」「遠くから来る親戚や知り合いもおるじゃろうに」と口々に言っていたが、庄三さんは「もうええんじゃ」と譲らず、葬儀会社の担当者をせっついて、お別れの儀式を早々に終えてしまった。

急いだのには理由があった。

「ばあさんを、明日の晩にはクニに帰してやりたいけえ」

お通夜のとき、庄三さんはさらりと、当然のことのように言った。

クニ——菊江さんの生まれ故郷、そして家族とともに暮らしていた、愛媛県の松山市のことだった。銀行員のダンナさん、絵の上手な長男、お裁縫の得意な長女、おかっぱ頭の次女、まだ赤ちゃんだった次男……みんな、戦争で亡くなってしまい、菊江さんは幸せな「わが家」を戦争で奪い去られてしまったあと、広島で庄三さんと出会ったのだ。

「わが家」のお墓は、松山にある。ダンナさんも子どもたちも、そこに眠っている。庄三さんは、菊江さんの遺骨も「わが家」のお墓に納めてもらうよう、ダンナさんの家やお寺と話をつけていた。菊江さんが脳梗塞で倒れたあとすぐに松山を訪ねて、その相談をしたのだという。

「それがスジじゃろうが」

庄三さんは淡々とした口調で、近所のひとたちに言った。

「戦争がなけらにゃあ、ばあさんはずうっと松山で、いまごろは孫もおるよ。ダンナさんと仲良う連れ添うて、悠々自適よ。そうじゃろう？　違うか？」

違う、とは誰も言えない。

「戦争のせいで独り身になって、たまたま広島に出てきて、わしと縁ができた、いうだけのことじゃ。ずうっと根っこをたどっていきゃあ、戦争が終わってからのばあさんの人生は、おまけのようなものよ」

そんなことはない、とも言えない。

「わしは、ばあさんをダンナや子どもらのもとに帰してやりたいんよ。生きとるうちは帰ろう思うても帰れんかったんじゃけえ、死んだあとは一日でも早う帰してやりたいんよ」

「それは、要するに……分骨する、いうことか？」

ご近所の長老格の瀬能《せのう》さんが訊くと、庄三さんは「いや、みんな向こうに持って行きますけえ」と言った。「お骨《こつ》も位牌も、とにかく一切合財クニに帰すんですわ」

「あんたの墓には菊江さんは入らんのんか？」

「わしの墓やら、ありゃせんですよ。先祖代々の墓に入れてもらうだけですし、その中には前の女房もおりますけえ、わしの取り合いでケンカになったらいけんでしょうが」

珍しく冗談めかして言ったが、笑うひとはいなかった。

庄三さんにも、もちろん「わが家」があったのだ。原爆を落とされなければ、奥さんや娘さんたちと死別することはなかったのだ。

それぞれの「わが家」をうしなった二人が巡り会って、新しい「わが家」をつくり、二十年以上の歳月を過ごしてきた。だが、最後の最後に帰っていく先は――。

「庄三さんよ。あんたの気持ちはようわかるよ。ほいでも、それでほんまにええんか？」

瀬能さんが諭すように言う。「悪いことは言わんけえ、せめて分骨にしんさい」

庄三さんは首を横に振る。

「わしは、ばあさんが生きとる間にえっとええ思いをさせてもろうたんじゃけえ、今度は――」

茶だんすの上に並んだ五人の遺影を振り仰いで、「あんたらの番じゃ」と言う。「三十年も待たせてしもうた」

そうかあ、もう戦争が終わって三十年なんじゃのう、とうなずくひとも何人かいた。

「ほんなら、あんたと菊江さんが夫婦でおった二十何年は、どがあなるんな」

食い下がる瀬能さんに、庄三さんは寂しそうに笑って、またかぶりを振った。

「こっちがそっちに勝ったらいけんのですよ」

「はあ？」

「勝ったらいけんのです、絶対に」

「カバチをなんぼたれても、勝ったらいけんもんはいけんのです」

瀬能さんは言い返そうとしたが、言葉にはならず、もどかしそうに咳払いしてうつむいた。

「ほいでもなあ」

菊江さんと仲良しだった井ノ口《いくち》のおばさんが、まわりに同意を求めるように左右を見回しながら言った。「菊江さんはご主人のことを大事にされとったけえ、お墓が別々になったらやっぱり寂しいんと違うかなあ」

だが、庄三さんは寂しげな笑みをさらに深めて応えた。

「ばあさんと二人で決めたことなんよ、これは」

「そうなん?」

「何年も前に決めたことじゃけえ、言いたいことはあるじゃろうが、もう、こらえてつかい」

頼んますわ、と庄三さんは誰にともなく頭を下げた。頼んますわ、すんません、すんません、と居住まいを正して膝をそろえ、体の向きを変えていきながら、何度も何度も頭を下げた。

「いや、ほいでも……」

＊

菊江さんの遺骨は、骨箱に納められ、ちゃぶ台の上に置いてあった。骨箱の前には白木の位牌と線香、水とご飯、そして菊の花と、くだものが供えられていた。

「すまんことじゃが、傷んでしもうたらいけんけえ、くだものはあとでみんなで分けるようにしてくれんか」

庄三さんはマナブと真理子に言って、「メシと花はもうええ」と、ご飯を盛った仏器と花立てを片付けようとした。

「おじいちゃん、それ、あとでうちらがするけえ」

真理子が止めた。「おばあちゃんのおるうちは、なんも片付けんでええけえ、ここに一緒におってあげて」

そうそう、とマナブもうなずく。火の元やゴミの始末は、ぜんぶまかせてほしい。いまはとにかく、庄三さんには菊江さんとの最後のお別れのことだけ考えていてほしい。

庄三さんは少し困った顔で笑って、「ほんなら、柿でも剝いてあげるけえ」と、くだものを盛り合わせた皿から柿を取って台所に立った。真理子は腰を浮かせてまた止めようとしたが、「ええんよ、体を動かしとるほうが気が楽じゃけえ」とまた笑う。近所のひとたちは、もうひきあげた。菊江さんがこの家で過ごす最後の時間に付き添うのは、マナブと真理子だけ——庄三さんは、そう決めていたのだという。

「あんたらに手伝うてもろうた絵は、ばあさんにやったけえ」

庄三さんは台所で柿の皮を剝きながら言った。

「じゃあ……おばあちゃんと一緒に……」

真理子が言いかけた言葉を引き取って、「燃やした」と言う。「灰になってしもうた」

マナブと真理子は思わず顔を見合わせた。住吉橋を描いた『原爆の絵』は、菊江さん以外の誰にも見られないまま、この世から消えてしまった。

「すまんかったの、手伝うてもろうたのに」

二人はあわてて首を横に振った。

「のう、マナブくん」

「……はい？」

「あんた、お父さんから昔のことは聞いとるんか」

「昔、って……」

「戦争中のことじゃ」

答えられなかった。庄三さんはこっちに背中を向けたまま、包丁で柿を剝く手を止めない。代わりに真理子が横から、それ、うちも知りたかった、というまなざしで見つめてくる。だから、うつむいて黙り込むしかない。なにも聞いていない。勝征さんはなにも話してくれない。尋ねようとすると、いつも冗談に紛らせて逃げられてしまう。

「いや、まあ、ええんじゃ……すまんかったの、急にヘンなことを訊いてしもうて」

庄三さんは訊いたことを少し悔やむように言って、ふう、と息をつく。なるほど、そうかそうか、と納得したようなため息に聞こえなくもなかった。

茶の間に戻ってくると、また『原爆の絵』の話になった。

「ばあさんは、わしの絵を空の上に持って行ってくれたんよ」

庄三さんはほっとした顔で言った。「空の上で、みんなに見せてくれるんじゃ」

「みんな、って……？　原爆で死んだひとのこと？」と真理子が訊いた。

「原爆だけじゃのうて、戦争で死んだひと、みんなじゃ」

「生きてるひとは？」とマナブが訊く。

「あんたらのために描いたんと違う」

庄三さんはきっぱりと言う。子ども相手にやわらげた口調ではなかった。

マナブはしゅんとしてしまい、逃げ道を探すように柿に手を伸ばした。皮の剝き残しがあちこちにあって実の切り分け方も無骨《ぶこつ》な柿の実は、見た目は良くなかったが、食べると甘かった。その甘みに、菊江さんの穏やかな笑顔が重なった。おじいさんは怒っとるんと違うんよ、という菊江さんの優しい声も、どこかから聞こえる。

しばらく沈黙がつづいたあと、庄三さんは遠くを見るまなざしになって、言った。

「あんたらは、あがあな悲しい絵を描いちゃあいけん」

あがあな絵を描くんは、もう、わしらで終《しま》いにしてくれや、とつづけた。

また間が空いた。マナブも真理子も黙っていた。沈黙の気まずさは不思議なほど感じない。黙っているのも言葉のうちなのかもしれない、と初めて知った。

「それだけ言うときたかったんよ、あんたら二人に」

庄三さんはかすれた声で言って、立ち上がった。鴨居に掛けてあった上着を羽織って、使い古して革が白く剝げたボストンバッグを、部屋の隅から持ってきた。

そろそろ宇品の港へ向かわなくてはならない時刻だった。宇品からフェリーで四国に渡る。松山のお寺に菊江さんのお骨《こつ》を届けて、それですべてが終わる。

庄三さんはバッグにお骨と位牌を入れ、菊江さんの「わが家」五人の遺影も一緒にしまった。

「ばあさん、長いこと世話になったのう」

バッグのファスナーを閉じる前に、お骨に声をかける。「向こうに帰ったら、安気《あんき》に休みんさいよ……」と畳に膝をつき、バッグに両手を差し入れた。分厚い手のひらと節くれ立った太い指で、白い布でくるまれた骨箱を乱暴にこするように撫でて、うん、うん、と何度もうなずく。

マナブと真理子は目配せして、外に出た。

玄関の前には、隣近所のひとたちも菊江さんの見送りのために集まっていた。

マナブが玄関の引き戸を閉めると、家の中から庄三さんの濁った泣き声が聞こえてきた。


菊江さんと最後のお別れをする人垣から、マナブはそっと抜け出した。路地の奥のほうに歩いていって、ここなら邪魔にならないだろう、というところで立ち止まる。

お別れの実感が湧かない。昨日菊江さんのなきがらと対面したときは、生まれて初めて遺体をじかに見たせいで、悲しむ前に怖さのほうが先に立った。お骨になってもピンと来ない。仏壇の位牌と向き合うときとたいして変わらない気もする。

そもそも、菊江さんとの付き合いも、団地のひとたちとは比べものにならないほど浅い。のこされた庄三さんとも、これから長く付き合えるわけでもない。そんな自分がみんなと一緒に菊江さんを最後に見送るというのは、なんだか申し訳なくて、居たたまれない。

無意識のうちにさらにあとずさっていて、みんなから一人だけぽつんと離れてしまった。それに気づいた真理子が「どうしたん?」と近づいてきた。「こんなに後ろにおったら、おばあちゃんが見えんよ」

「いいんだ。だって、どうせカバンの中に入ってるんだし、どっちにしても、もうお骨になってるんだし……」

子どもが駄々をこねるような言い方になってしまった。真理子もあきれたように笑って、「だったら、うちもここでええわ」と並んだ。

「……なんだよ」

マナブはまた一歩あとずさってしまう──さっきとは違う理由で。

真理子は空を見上げて、「橋本くんは『黒い雨』のこと知っとる?」と訊いた。

マナブも夕焼けに染まった空を見つめて、うなずく。三十年前、原爆を落とされたあとに広島に降った雨は、重油のように黒く、ねばついていたという。その雨は強い放射能を帯びていて、雨に濡れたひとたちの体を深く傷つけていった。

「おじいちゃんの絵、おばあちゃんと一緒に燃やされて、火葬場の煙突から煙になって、空にのぼっていったけえ、今度降る雨には、おじいちゃんの絵も混じっとるんよね」

だから、と真理子は言った。「やっぱり、おじいちゃん、生きとるひとのために描いてくれたんよ、あの絵を」

バス停のほうから、車のクラクションが聞こえた。団地のひとたちがタクシーを呼んだのだ。お金を出し合って、宇品のフェリー乗り場まで、広島の街なかを一回りしてから向かうよう、運転手に頼んである。これが、優しかった菊江さんへの最後の最後のはなむけだった。

瀬能さんが、玄関の引き戸を開けて、家の中に声をかけた。

「おう、車が来たど。名残惜しいけど、そろそろ出んと、六時のフェリーに間に合わんけえ」

ボストンバッグを胸に抱いて出てきた庄三さんは、集まってくれた近所のひとたちの人数の多さに少したじろいだあと、眉間に皺を寄せて、深々とお辞儀をした。

＊

その日のヤクルト戦は、カープが逃げ切った。池谷投手と抑えの金城投手が完封リレーをして、なんとか虎の子の一点を守り抜いたのだ。

マジックナンバーは、ついに1――。

ゲームセットの瞬間、一年三組の教室はどっと沸き返った。だが、チンチク先生の表情は固い。男子たちも一人また一人と、ついゆるんでしまった頬をつねって引き締める。野球のことを少しでも知っているなら、とても今日の勝利を手放しで喜ぶわけにはいかないのだ。

優勝のプレッシャーなのか、赤ヘル打線の調子は、ここに来て明らかに落ちている。結果だけを見れば、このヤクルト三連戦は三連勝という最高のものだったが、カープが挙げた得点は三試合でわずか五点しかない。三試合で一失点という投手陣の踏ん張りがなければ、逆に三連敗していた恐れだって大いにあったわけだ。残り二試合。打線はスランプから立ち直るのか。投手陣は援護のないまま、あと二試合を乗り切っていけるのか。

翌日の火曜日、カープの選手たちは、水曜日の巨人戦のために、飛行機組と新幹線組に分かれて上京した。

同じ火曜日、名古屋では中日対巨人戦がおこなわれていた。中日が負けるか引き分けると、その瞬間、カープの優勝である。東京でのカープの定宿・パールホテル両国では、優勝祝賀会の準備も進められていた。

だが、さすがに中日も昨シーズンの覇者である。六対四で巨人を下して、奇跡の逆転優勝への望みを首の皮一枚でつないだ。試合が終わった時刻、すなわち、この日のカープの優勝が消えた時刻は、午後四時三十七分だった。

広島の街は、そこから無気味な静寂に包まれた。中日勝利で肩透かしをくった脱力や放心の静けさではない。むしろ逆、明日の決戦に備えて気力と体力を蓄えるための、つかの間の休息である。夕方のベタ凪のなか、じわじわと潮が満ちていくように、緊張が高まっていったのだ。

相生中学の各運動部の部室でも、ラジオの中継を聴くためのリハーサルが進められていた。乾電池を入れ替え、チューナーのつまみをRCCに合わせるとガムテープを貼って固定して、少しでもクリアな音声で聴けるようにラジオを置く位置や向きも細かく調整する。外部アンテナを取り付ける本格的な部もあれば、二台のラジオを部室の隅と隅に置いて「ステレオじゃ！」と無邪気に喜ぶ、勉強のできない部員ぞろいの部もある。

ラジオの前の場所決めにも、それぞれの部の伝統や個性があらわれる。テニス部はひたすら年功序列で二年生が最前列を占領していたが、実力主義のサッカー部はレギュラー陣から優先して場所を選んで、民主的な陸上部はあみだくじで決めていた。

野球部はテニス部と同様に年功序列――さらにOBが強い。すでに引退しているはずの三年生が、ラジオのすぐ前のいい場所にべたべたと〈予約席〉の紙を貼って、ヤスを大いにくさらせていたのである。

放課後に開かれた臨時の職員会議では、「運動部の連中は部室にラジオやラジカセを持ち込んで、ロッカーに隠しているらしい」という情報がもたらされていたが、強行手段は控えるべしという方針が満場一致で決まった。さらに、明日はたとえラジオの持ち込みを現行犯で見つけたとしても、没収は翌日回しにする、ということも確認された。校則をふりかざして多感な中学生の反抗心に火を点けようものなら、校舎の窓ガラスの一枚や二枚は割れてしまうかもしれない。

さらに、職員会議では「視聴覚教室のテレビを体育館に持ってきて、みんなで観るんはどうじゃ？」というアイデアも出されたが、「勝っても負けても大騒ぎになるけえ、生徒をひとところに集めんほうがええ」という反論で立ち消えになった。代わりに、卒業アルバムの製作を請け負っている写真スタジオの店主に連絡をつけて、優勝決定の瞬間の様子を撮影してもらうことにした。いい写真が撮れたら修学旅行より大きな扱いにしよう、とアルバム委員会の顧問を務める木下先生は張り切っていた。

とにかく初めてのことなのだ。なにが起きるかわからない。もはや非常事態なのである。暴動。戒厳令。超法規的措置。そんな物騒な言葉まで浮かんでくる。実際、優勝決定の夜には広島県警が市内の要所に機動隊を配備する、という噂だった。

広島市内のすべての中学生の中で、最高の特等席を得たのは、間違いなくユキオだった。

市民球場である。カントクさんが「こっそり入れてやるけえ」と約束してくれた。

もちろん、遠征中のカープの選手はいない。無人のスタンドに座って、無人のグラウンドを眺めながら、トランジスタラジオを聴くだけだ。

それでも、グラウンドの芝生と土には、選手たちの汗と涙が染み込んでいるのだ。スタンドには、弱くて貧乏だった頃からカープを愛しつづけてきたひとたちの応援の声と、カープうどんのダシの香りが染み込んでいるのだ。悲願の初優勝の瞬間を迎える舞台として、これほどふさわしく、誇らしく、輝かしい場所はない。

「わしも、明日のグラウンドは、試合のある日に負けんぐらい、きれいに整備しちゃる。マウンドも、バッターボックスも、ファウルラインも、いままで見たことのないほどの出来映えに仕上げちゃる」

それがグラウンドキーパーとしての意地とプライドと愛だった。

「ええか、ユキオ。よう見とけよ。心を込めてグラウンドをじーっと見とったら、選手の姿が浮かんでくるはずじゃ。こんなが、ほんまのほんまにカープを愛しとるんじゃったら、見える！」

「はいっ！」

ユキオは力強くうなずいた。

マナブは、明日は家でラジオ中継を聴くことに決めた。

テレビ放送もあるものの、後楽園球場の巨人戦は、日本テレビ系列の広島テレビが中継——ユキオやヤスに言わせれば「巨人のエコヒイキしかせん巨人テレビ」なのだ。一方、ＲＣＣのラジオ中継は、実況・上野アナ、解説・金山次郎さんの黄金コンビである。

ならば、音を消したテレビで映像を観ながら、ラジオ中継を聴こう。カープに対するみんなの熱すぎる思い入れには、最後の最後まで、じつは、やっぱり、ついていけなかった。だからこそ、最後の最後だけは、みんなと同じことをやってみたい。

ウチに帰ると、「よっ、元気にしてたか？」という勝征さんの上機嫌な声に迎えられた。金曜日の夜に上京して以来、四日ぶりのわが家である。陽の高いうちにひとっ風呂浴びて、持ち帰った駅弁を肴にビールを呑んでいた。

「祝杯だ」

「……なんの？」

「ヤスくんのウチのお金、取り返してやった」

「ほんと？」

Ｖサインをつくって、「俺が本気出せばこんなもんだ」と笑う。「まあ、向こうの会社に乗り込んで、ちょっと荒っぽい手も使ったんだけどな」

ガードマンを何人も倒して社長室に向かった。拳銃を背中に突きつけられてもひるまなかった。金髪の美女の誘惑にも負けなかった。向こうの用心棒は香港から雇い入れたカンフーの達人だったが、ヌンチャクの攻撃を連続バク転でかわしつつ、社長を人質に取って交渉をつづけた。なんとかお金は取り返したものの、敵の一味は黒マントをひるがえしてヘリコプターで逃げ出してしまい、しかもビルには時限爆弾が取り付けられていたのだ……！

身振り手振りを交えた武勇伝はマナブの耳をすり抜けていくだけだったが、お金をヤスの母ちゃんに返したことだけは、いくらなんでも事実だろう。ほっとした。母ちゃんの顔が浮かぶ。姉ちゃんとヤスの顔も浮かぶ。みんなとびきりの笑顔だったのが、なによりうれしい。

「それと、アレだ、次の仕事も決めたから。ちょうど東京にいるときに説明会があったから、話を聞いて、面接もして、お父さんすっかり気に入られちゃってさ、いきなり営業部長だ」

新しいビールを冷蔵庫から出して、あらためてどっかりとあぐらをかいて座り込む。

マナブは黙って勝征さんの正面に座った。

「だから、急な話だけど、引っ越しだ」——覚悟はできていた。

「今度はどこ？」

「とりあえず博多だけど、来年になって本格的に仕事のエンジンがかかったら、沖縄に引っ越すことになるだろうな」

勝征さんは新しい仕事について、手短に説明してくれた。沖縄の道路看板の付け替えという商売がどの程度まっとうなのかはわからない。ただ、なにもしなくてもお金が儲かるということではなさそうだったので、それだけで、よかった。

「向こうは一日でも早く来てほしいって言ってるから、今週中に荷造りして、来週のアタマに引っ越しちゃおう。ちょっと忙しいけど、できるよな？」

「……うん」

「なんかアレだってな、明日の試合でカープの優勝が決まるかもしれないんだろ？　じゃあ、学校から帰ってきたら、テレビを観ながら一緒に荷造りするか」

うなずくと、勝征さんは、ごろんと仰向けに寝ころがった。膝を立てて、太ももの裏をペチペチ叩きながら、「あと、明日マナブにやってほしいこと、もう一つあるんだよ」と言う。

「やってほしいっていうか、考えるだけなんだけどな、うん、簡単簡単、すぐできるよ。荷造りしてる間に決めてくれ」

「決めるって……なにを？」

勝征さんは太ももを叩いていた手で腹の肉をつまみながら、天井に向かって言った。

「お父さんと一緒に博多に行くか、東京のおばあちゃんのウチに行くか、どっちでもいいから、決めちゃえ」

口調は食堂でカレーかラーメンかを訊くように軽かったが、黙り込んだマナブがいくら待っても、顔をこっちには向けてくれなかった。

# 第十三章

後楽園球場の三塁側スタンドは、赤い野球帽や赤いジャンパーで炎の色に染まっていた。

赤い旗が揺れる。幟がはためく。鯉のぼりが泳ぐ。ホイッスルと太鼓と厳島《いつくしま》神社ゆかりのしゃもじの音が、試合の序盤から途切れることなく鳴り響く。ワンプレイごとに紙テープがグラウンドに投げ込まれ、紙吹雪がスタンドに舞う。

カープ悲願の初優勝がかかった十月十五日、巨人戦——。

前半戦は息詰まる展開だった。四回を終えて〇対〇。カープの先発・外木場投手の快投は期待どおりのものだったが、打線がいけない。直前のヤクルト三連戦で合計五得点しか挙げられなかった不調は、まだつづいている。二回にはツーアウト一、二塁、四回にはワンアウト二塁のチャンスをつくったものの、あと一本が出ないのだ。

「新浦《にうら》は、こがあにええピッチャーじゃったかねえ……」

広島市民球場のスタンドで、ユキオはもどかしそうに言った。無理もない。巨人の先発・新浦投手はここまで二勝十敗で、巨人が最下位に沈んだ元凶とまで呼ばれているのだ。そんなピッチャーから一点も奪えないのは、やはり、優勝のプレッシャーゆえなのだろうか。

だが、隣に座ったカントクさんは「新浦はもともと悪いピッチャーとは違うけえ」と言う。「長嶋さんも将来のエースじゃいうて期待をかけとるけえ、今年は経験を積ませよう思うて、打たれても打たれても我慢して使うてやっとる。そういう我慢が来年に活きてくるんよ」――実際、翌年から新浦投手は四年連続で二ケタ勝利を挙げ、最優秀防御率のタイトルも二回獲得するのだが、それはまた別の話であり、先の話であり、ユキオにとってはどうでもいい話である。

「長嶋監督の我慢が、今日の試合で活きてしもうたん違う?」

心配でたまらないユキオを、カントクさんは「そがあにあわてるな」と笑ってなだめた。「後半になりゃあ風向きも変わるわい」

文字どおりの風向きの話だった。ＲＣＣラジオの上野アナの実況によると、今日の後楽園球場はホームベースからマウンドへの、ピッチャーから見て向かい風が吹いているらしい。その風のおかげで、新浦投手の得意なカーブやフォークのキレが良くなっているのだという。

「ラジオをよう聴いてみい。外木場クンも今日はストレート一本じゃのうて、カーブをようけ放っとる。風向きを考えたピッチングをしとるんよ」

なるほど、とユキオはうなずいた。

「まあ、逆にバッターのほうから言うたら追い風じゃけえ、こすったような打球でも、風に乗って伸びていくわけじゃ。案外と下位打線や大下クンらが一発長打で決めてくれるかもしれん」

ユキオはその場面を思い描き、胸を躍らせながら、さらに大きくうなずいた。

「ほいでも、終盤にはどうなっとるか、わからん。後楽園でも市民球場でも、十月のデーゲームは試合の途中で風向きがコロコロ変わるけえ、油断ならんのんよ」

「そうなん？」

「夕方になると気温がグーッと下がってくるし、雲も出てくるし、なんちゅうても女ゴコロと秋の空じゃけえのう」

説明の後半はユキオにはよくわからなかったが、カントクさんは腕組みをして背筋を伸ばし、「どっちにしても、最後の最後は、カープと巨人のクリーンナップ勝負で、リリーフ勝負で、意地と意地の勝負じゃ」と力んで言った。

しかつめらしさのわりには、たいしたことを言っているわけではない。ユキオも「たいていの試合はそうじゃけどね」と苦笑して、きれいに土が均された無人のグラウンドを見つめた。

グラウンドにも、スタンドにも、人影はない。試合が始まるまでは数人の職員がスタンドの掃除をしていたが、いまはもうみんな事務室に戻って、テレビに釘付けになっているはずだ。

午後の空に目をやった。遠く離れた東京の空は、広島よりも一足早く、陽が傾いているだろう。選手たちの影もだいぶ長くなっているかもしれない。

トランジスタラジオのボリュームを上げた。後楽園球場の歓声が、がらんとした市民球場の静けさに吸い込まれていく。

五回表、カープの攻撃が、七番の水谷選手から始まる。


後楽園球場がどよめいた。

水谷選手がレフトフライに倒れたあと、つづく道原選手が打ったボテボテのゴロを、巨人のジョンソン三塁手が後ろに逸らしてしまったのだ。打球がレフトのファウルゾーンに転がる間に、道原選手は二塁に達した。そもそもファウルではなかったかと長嶋監督や巨人の内野陣は審判に詰め寄ったが、判定が覆るはずもなかった。

「いまのって、絶対に長嶋監督のファンサービスだぞ」

茶碗や皿を新聞紙にくるんで段ボール箱に入れていた勝征さんは、仕事の手を休めてテレビに顎をしゃくった。カメラは抗議を終えて小走りにベンチに戻る長嶋監督の背中を映していた。

屈辱の最下位に沈んだ巨人である。しかも、この試合に勝てなければ、目の前でカープ優勝の胴上げを見せられることになる。投げやりになって、やる気が失せてしまっても、決して不思議ではない。

だが、満員のスタンドを見ると、イヤでも燃えるのが、長嶋茂雄である。ましてや草野球まがいの情けないエラーの直後なのだ。抗議としては少々の無理スジではあっても、背番号90がベンチからグラウンドに出ることでお客さんが喜ぶのなら、行くしかない。

「平日のデーゲームなのに来てくれたお客さんに、なにかお礼がしたかったんだよ。ベンチの奥に引っ込んでるだけじゃ気がすまなくて、せめて抗議にかこつけてグラウンドに出て、お客さんに自分を見てもらおうと思ったんだよ。だから、ベンチに戻る前に、ちょっと王選手に近寄ってただろ？　背番号1と背番号90が並んだだろ？　ＯＮのそろい踏みを見せてくれたんだ」

考えすぎなんじゃないか、とマナブは思う。だが、勝征さんは「うまくいかないときでも、しょぼくれた顔は見せられないんだ。それがスーパースターの義務だよ、夢を売る商売のサガってやつだよ」とつづけ、そうだよ、うん、俺もそういう男だもん、と大きく何度もうなずく。

なぜ長嶋さんと自分が一緒になるのか、どういう了見で長嶋さんと自分を同列に扱えるのか、マナブにはさっぱりわからない。いや、ほんとうは、ちょっとわかる。わかるからこそ、情けなくなってしまう。

「全国の視聴者にとっては、今日の試合のハイライトは、いまのONそろい踏みの場面だよ」

「……お父さんも？」

「あたりまえだろ。それが世間の常識だ。カープが勝ったただの負けただので盛り上がってるのは、日本中で広島県だけなんだから」

商売にしくじったいまとなっては、もはや勝征さんにカープの応援をする義理はない。今日もマナブがラジオをつけようとしたら、「ＲＣＣなんて、カープカープカープってうるさくてしょうがないだろ。テレビでもやってるんだから、テレビにしろよ」と却下されてしまったのだ。

「田舎者ってのはかわいそうだよなあ。広島しか知らないんだから。お山の大将や井の中の蛙《かわず》ばっかりだったよ、ほんとに。その点こっちは全国あっちこっち回ってるからな、視野が広いんだよ、そもそも広島の連中とは見てる世界のスケールが違うんだよ」

また自慢をする。とにかく勝ったまま、この街を去りたいのだ。「今回はこれくらいにしておいてやるか」と手の埃を払って、意気揚々と立ち去っていきたいのだ。連戦連敗の負けず嫌いは、引きあげるときの胸の張り方だけを鍛えてきたのである。

テレビから歓声があがって、しぼんだ。ワンアウト二塁で打席に立った外木場投手がライトフライに倒れたのだ。

だが、つづく打者は、俊足好打の一番・大下選手である。勝征さんは「よーし、ここは面白い場面になったぞ」とテレビの正面に移って、どっかりと腰を下ろした。

「お父さん、カープは田舎クサくて嫌いだけど、大下は好きなんだよ。こういう小技の利くクセモノっていいよ。やっぱりアレだな、反骨精神が刺激されるっていうか、アウトロー同士っていうか……大下も日本ハムから今年移ってきたばかりの外様《とざま》だし、なにか通じるものがあるんだよ、俺たちは」

二人分の食器や鍋を箱にしまうだけなのに、さっきからムダ話ばかりで、ちっとも仕事が進まない。そのくせ、マナブのこれからのことは、決して尋ねようとしない。

「おおーっ！」

勝征さんは声を張り上げる。プレイへの反応も、いちいち大げさなのだ。

大下選手が初球を大きく空振りした。すると、サインミスだったのか、リードが大きすぎたのか、二塁ランナーの道原選手の帰塁が遅れた。巨人のキャッチャー・吉田《よしだ》選手がすぐに二塁に送球していたら、カープのチャンスは一瞬にして潰えるところだったが、吉田選手は送球しなかった。ランナーの動きを見逃してしまったのか、球を握りそこねたのか。二塁を守るベテランの土井《どい》選手が、なぜ投げないんだ、と不満をジェスチャーで示す。

「しょうがねえなあ、巨人の選手が緊張でミスしてどうするんだよ、まったく」

からかうように笑った勝征さんだったが、「まあ、でも、さっきのジョンソンのエラーもそうだけど、カープにもまだツキがあるってことか」と付け加えた一言には、微妙にほっとした様子もにじんでいた。

マナブは洋服だんすから取り出した服を段ボール箱に詰めていく。広島では冬物の服を着ることができなかった。五月にやって来て、十月に出て行く。あまりにも短い。それが最短記録というわけではないことが、哀しい。

去年の冬のお気に入りだったカーディガンを広げた。今年はもうサイズが小さくなって着られそうになかったが、丁寧に畳み直して箱に入れた。そのカーディガンは、去年のクリスマスにお母さんにプレゼントされたものだったのだ。

大下選手はカウント2―2からの五球目を打った。球種はフォーク。バランスがくずれ、上体が泳いで、左手一本でバットを当てたような格好になった。

ところが、その打球が伸びる。ホームからの追い風に乗って、ぐんぐんと伸びて、レフトフェンス直撃のタイムリー二塁打になった。

紙テープがスタンドから次々に投げ込まれ、球場の職員が急いでテープを回収する。三塁コーチを兼任する古葉監督も、ファールゾーンに落ちた紙テープを自ら拾い上げて、せっせと手に巻き取っていた。

一対〇。

カープはついに、待望の先制点を挙げたのだ。

ヤスは走っていた。

全力疾走で、学校からわが家に向かっていた。

胸がドキドキする。息苦しい。吸い込んだ息がなかなか胸の奥に届かない。アスファルトの道路を走っているのに、ズックの裏に路面の硬さが伝わってこない。自分の体の重さも、足首やふくらはぎがうまく感じ取ってくれない。雲の上を走るというのは、こういうものなのだろうか。

試合はすでに終盤である。急いで帰らなくてはならない。万が一、帰宅する前にゲームセットになってしまったら、悔やんでも悔やみきれない。

喘ぎながらスピードをさらに上げた。風景の流れ方を見ていると、間違いなく目一杯の速さで走っているはずなのに、逆にそのぶんゴールのわが家が遠ざかっているようにも感じられる。

緊張しているのか。興奮なのか。自分でもよくわからない。いままで一度も味わったことのない感覚だということだけ、確かだった。

さっきまで、野球部の部室にいた。先輩たちや同級生の部員とぎゅうぎゅう詰めになって、ラジオの実況中継を聴いていた。プレイがおこなわれているときには全神経を耳に集中させて、イニングの合間には、今日になって急病で学校を休んだ教師や生徒の名前を一人ひとり挙げていって、悪口を言いつのった。特に評判が悪かったのは、優勝決定、祝杯、二日酔いを見越して、本日のみならず明日の休暇届まで出していたチンチク先生だった。

それはそれで楽しかったのだ。五回表に大下選手の先制二塁打が出たときには、先輩と後輩の区別なく、みんなで抱き合って喜んだし、六回裏の一死満塁のピンチを外木場投手が併殺で切り抜けたときには、すでに部活を引退している三年生の木村さんが「こんならにもご祝儀で縁起物を分けちゃろう」と自分のチン毛をむしり取って、一年生と二年生の全員に一本ずつ無理やり受け取らせた――そんなことさえも、楽しくて楽しくてしかたなかったのだ。

外木場は、七回裏にも二死一、二塁のピンチを迎えた。打席は今日二安打を放っている柴田《しばた》選手。絶体絶命である。ＲＣＣラジオで解説を務める金山次郎さんも、そろそろピッチャーの代え時ではないかと言っていた。だが、古葉監督は続投を指示し、外木場投手も期待に応えて、柴田選手をセカンドゴロに打ち取った。木村さんはすぐさまズボンに手をつっこみ、「うっ、うっ」と痛みにうめきながらチン毛をむしりはじめる。その様子を「かなわんのう……」と苦笑交じりに見ていたら、不意に、ウチに帰りたくなったのだ。

なぜだろう。母ちゃんの顔が浮かび、姉ちゃんの顔が浮かんで、それから、ふだんは思いだすことのない父ちゃんの顔まで浮かんできたのだ。ほんとうに、なぜだろう。気がつくと外に駆け出していた。カバンを部室に置いたままだった。取りに戻るかどうか迷う間もなく、全力疾走していた。

男というものは、連れをなによりも大事にしなければならない。ウチよりも仲間。自分よりも友だち。連れとの付き合いは最優先だし、連れの前で家族の話をするのはカッコ悪いし、母ちゃんや姉ちゃんと一緒に歩いているところを連れに見られてしまうのは男の恥である。ずっとそう思っていた。その誓いを守って生きてきたつもりでもある。

だが、ヤスはいま、連れよりもウチを選んだ。息を切らして走りながら、母ちゃん、母ちゃん、とうわごとのように繰り返した。姉ちゃん、姉ちゃん、とも言った。そして、本人に向かっては一度も呼ぶことのできなかった「父ちゃん」を、何度も何度も何度も何度も……ウチに帰り着くまで、途中からは声にならない声で、繰り返した。

お好み焼き屋の前を通りかかった。ふつうの民家の玄関先に鉄板付きのカウンターと椅子を置いただけの、小さな店だ。カウンターはご近所のじいちゃんやばあちゃんで満杯で、座りきれなかった年寄りは店の外に人垣をつくってテレビを立ち見していた。

「ピッチャーを代えます、金城です、ピッチャーは金城です！」――上野アナの声だ。

「ここで金城はセーフティーバントを注意せにゃいかんですよ」――間違いなく、金山次郎さんの声だ。

この店でも、テレビで映像を観ながらＲＣＣラジオを聴いているらしい。

そして、いよいよ古葉監督は継投策に入ったようだ。

ヤスは力の入らない太股を一発はたき、さらにスピードを上げて店の前を駆け抜けた。

＊

「心配は要らん」

金城投手の投球練習の間、カントクさんはきっぱりと言った。「古葉クンには浮き足立ったところはありゃあせん。いつもどおり、勝負師の顔になっとるよ」

「……ラジオじゃけえ、顔はわからんのと違いますか」

ユキオの声は半べそをかいていた。試合はカープが先制したあとは、むしろ巨人のペースで進んでいる。六回、七回、そして八回と、ピンチの連続である。

「顔は見えんでも、作戦は当たっとる。六回は敬遠策で満塁にして正解じゃったし、七回も続投で成功したじゃろうが。その古葉クンが、今度は継投に出たんじゃ。だいじょうぶ、二度あることは三度ある」

最後の最後は、微妙に弱気な神頼みになった。ユキオの脳裏にも「三度目の正直」という言葉が浮かんでしまう。中盤ならともかく、もう八回裏なのだ。点差はわずかに一点で、ワンアウト一、二塁のピンチなのだ。巨人は代打に高田選手を起用した。ヒットで同点、長打で逆転である。万が一にでも逆転されてしまうと、カープの攻撃は九回表しか残されていない。

「だいじょうぶじゃ」

カントクさんは念を押して言う。オノレの弱気を叱るように、力を込めて「カープには、わしらがついとるんじゃけえ」とつづけ、無人のスタンドをぐるりと眺め回した。さっきから何度もそういうしぐさをしている。自分のいる一塁側スタンドだけでなく、外野席やバックネット裏、三塁側スタンドにも目をやって、うん、うん、とゆっくりうなずくのだ。

カントクさんには、スタンドを埋め尽くした観客の姿が見えている。いまのファンではない。もっとこの国が貧しかった頃、広島の街にまだまだ戦争や原爆の傷痕が残っていた頃、なけなしのお金で買った入場券を握りしめて球場に通っていたひとたちだ。カープが誕生する前に亡くなってしまったひとたちもいる。広島にプロ野球の球団ができることを夢見ながら、遠い戦地で亡くなったひと、原爆や空襲で亡くなったひと、枕崎《まくらざき》台風をはじめとする終戦直後の混乱の中で命を落としたひと……。

カープはずっと貧しかった。弱かった。ファンは熱く、一本気で、そのぶんガラも悪かった。

赤字続きの球団存続のために、有力選手の獲得や引き留めのために、市民は何度も募金活動をした。カープの後援会ができたばかりの昭和二十年代には、郵便物に封をする糊すら買えずに、郵便局の備品を拝借していた。若手が寝泊まりしていた寮では、球団から支給される食費のあまりの乏しさに、大家さんが庭の石灯籠や広間のオルガン、さらには家具や着物まで売り払って、選手に肉を食べさせた。雨天中止でノーゲームになっても入場券の払い戻しはなく、ウグイス嬢が「皆さまの貴重な入場料は、カープの強化資金にさせていただきます。ありがとうございました」と場内アナウンスをして終わり。そういうことには苦情を言わない太っ腹なファンなのに、試合中に相手チームの七回の攻撃を「ラッキーセブンの攻撃は……」とアナウンスすると、「おんどりゃあ、敵の応援するんか！」と鬼の形相でウグイス嬢に詰め寄るのである。

一九五七年に完成した市民球場のこけら落としの阪神戦は、一対十五の惨敗だった。よく負けた。よく負けた。球団創設二十六年で最高順位は三位。それもただ一度だけ。去年まで三年連続最下位、とりわけ去年は全チームに負け越してしまい、不甲斐なさに腹を立てたファンが試合中にスタンドで放火騒ぎまで起こしたのだった。

小さなトランジスタラジオから歓声があがる。金城投手が高田選手とジョンソン選手を抑えてピンチを切り抜けたのだ。

一対〇のまま、試合は大詰め、最終回の攻防に入る。

息を詰めてラジオの実況を聴いていたユキオは、ようやく肩の力を抜いて、「危ないところじゃったねえ」と額の汗を指で拭いながら笑った。実際、高田選手の打球を追ったファーストのホプキンス選手の足取りは、実況の上野アナによると、土と芝生の境目でけつまずいてしまうんじゃないかと思うほど危なっかしいものだったらしい。ショートゴロに倒れたジョンソン選手の打球も、三村選手の機敏な守備がなければ内野安打になるところだったようだ。ラジオの実況は、テレビと違って自分の目で確かめられないぶん、ドキドキして、ハラハラする。

「カントクさん……最後までここにおるんですか?」

「最終回ぐらいはテレビで観てみたいか?」

カントクさんはユキオの胸の内を見透して、笑って言う。「わしは、ここがええよ」

「テレビ好かんのんですか」

「そがあなことはないよ。ラジオのほうが好きじゃが、テレビも好かんことはない。今日の解説は別当《べっとう》さんじゃろう？　おとしのカープの監督さんじゃけえ、目の前で優勝を決めたら感慨もひとしおじゃろうよ」

それでも、テレビのある事務室には行かない。がらんとしたスタンドで、夕陽を浴びる無人のグラウンドを見つめたまま、胴上げの瞬間を迎える。

「ユキオは事務室でテレビ観せてもろうたらええがな。麦茶ぐらいは出してくれるわい」

「でも……」

「わしは、ここでラジオを聴く」

きっぱりと言い切って、またスタンドを見回す。のう、と動いた口元は、みんな一緒じゃもんのう、とつづけたようにも見えた。

ユキオは困惑して腰を浮かせかけたが、意を決して座り直した。

「僕も、ラジオにする」

「わしに付き合うてくれんでもええんど。せっかくのことなんじゃけえ、テレビでゆっくり観んさい」

だが、ユキオは笑ってかぶりを振った。

「来年もまたあるけえ」

胴上げが――。

優勝が――。

「来年も再来年も、どうせまたカープが優勝するけえ、市民球場で優勝を決めるかもしれんし、そのときにゆっくり見ればええんよね」

一瞬きょとんとしたカントクさんは、ははっと笑って、「そうか、ええこと言うてくれたの」とユキオの背中を叩いた。「その意気じゃ、これからのカープを支えるんは、こんならの世代じゃけえ」

分厚い手のひらで、何度も叩く。腕を振る勢いや背中に当たるときの音からすると、かなり強く叩かれているはずなのに、不思議と痛くない。

やがて背中を叩く音に、幻の大歓声が重なってきた。誰もいないはずのスタンドを埋め尽くす観客の姿が、確かにユキオの目にも見えた。みんな服装や髪形が時代遅れで、痩せていて、小柄だった。おなかを空かせているように見える。ちょっと不潔そうな感じでもあるし、貧しそうにも見える。それでも、みんな笑顔だった。楽しそうにグラウンドの選手たちに声援を送り、歓声をあげていた。

カントクさんの手はユキオの背中をゆっくりとさすりはじめた。

「ユキオから下の歳のモンは、強いカープしか知らんようになる」

カントクさんは静かに言う。それでええんよ、そうならんといけんのよ、と自分自身に言い聞かせるようにつづける。

「こんならが、都会になった広島の街しか知らんのと同じよ」

それでええんよ、それはほんまにええことなんよ、と嚙みしめる。

「ほいじゃが、忘れたらいけん、忘れてしもうたらいけんのよ」

弱かったカープのことを――。

その弱かったカープを応援してきたひとたちのことを――。

広島の街に刻まれた、悲しみと苦しみと怒りと祈りを、決して忘れてはならないように――。

のう、とカントクさんはまたスタンドを見回した。ユキオのまなざしもあとにつづいた。

スタンドを埋め尽くす観客の中には、防空頭巾をかぶった女のひとや、戦時中の国民服姿の男のひともいた。絣の上着にもんぺの少女もいた。白い布を縫いつけて夏仕様にした学生帽をかぶった少年もいた。丸縁眼鏡のおじいさんも、髪を結い上げたおばあさんも、ボロボロになった軍服にゲートルのおじさんも、頭に包帯を巻きつけたおばさんも、みんな一心にグラウンドを見つめ、白球の行方を目で追って、拍手をして、バンザイをして、紙吹雪を撒いていた。

九回表、カープの最後の攻撃が始まった。

片桐酒店の立ち呑みコーナーには異様な人だかりができていた。

平日の昼間というのに、常連のおっさんたちが十人以上集まっている。しかも、おっさんたちは酒も呑まず、ツマミもとらず、ラジオの実況中継にじっと耳をそばだてているのだ。

優勝の願掛けをして酒を断っているわけではない。試合が終わるとすぐに仕事に戻るから、ということでもない。優勝が決まったら、その瞬間から祝宴が始まるのである。ふるまい酒である。タダ酒である。片桐酒店は残念ながら一斗樽《いっとだる》を開けるほど豪気な酒屋ではないものの、ヤスの母ちゃんとの交渉のすえ、おっさんたちは一升瓶二本を得た。清酒の一級である。さらに今日の試合に負けてしまっても、三日後の中日との最終戦への決起集会ということで、焼酎を一人コップ二杯まで出してもらえる。すなわち、試合の結果がどっちに転んでも、タダ酒は確保できたのだ。ならば、わざわざその前に自腹を切って飲むアホがどこにいる、という理屈である。

酒好きの連中が、酒好きゆえに、目の前に並ぶ酒瓶を恨めしそうに見やりながら、シラフの味気なさに耐えて実況中継をじっと聴く。じりじりしている。我慢の限界が近づいている。

長い試合になっていた。午後二時に始まって、すでに午後四時五十分。後楽園球場の実況席でも、金山次郎さんが「やっと九回ですか、長いですねえ」とぼやいている。

巨人は最終回のマウンドに小川投手を送った。「なんじゃ、またピー交代かい」「早うせえ、早う！」「往生際の悪い奴らじゃのう、ドベのくせに」「おうコラ、審判、投球練習させなや、コラ！」……おっさんたちのいらだった怒号が響く。その前の攻撃でピッチャーの倉田《くらた》投手に代打を出したので、交代は当然である。点差はわずかに一点。巨人が勝負にこだわった継投策をとってくるのも、あたりまえの話なのである。しかし、もはやそんな理屈が通じる状態ではない。

カープの攻撃は、八番の道原捕手から始まった。「ミチ、初球攻撃じゃ！」「好球必打じゃ！」「さっさと打てや！」「時間かけんな！」……二球目を打った道原がレフトフライに倒れると、誰かが「よっしゃ！　ワンアウトじゃ！」と声をはずませる。もはや、なんのために試合を応援しているのかワケがわからない。

それでも、ラジオのすぐそばの棚には、ヤスの父ちゃんの遺影を収めた写真立てが置いてある。いつもは仏壇の上の鴨居に掛けてある写真を、おっさんたちが「わしらと一緒に優勝の瞬間を聴こうや」「あんたはカープのことが好きで好きでかなわんかったんじゃけえ」と持って来てしまったのだ。

つづく金城投手が、ヒットを放った。セカンドの後ろにフラフラッと上がった打球が、ライトとセンターの間に落ちたのだ。早く酒を呑みたいおっさんたちも、やはりカープにランナーが出るとうれしい。立ち呑みコーナーは大いに沸いて、その騒ぎは茶の間にも聞こえてくる。

「やかましいのう、ほんまに……」

ヤスは舌打ちして、ラジオのボリュームを少し上げた。

「あんたも向こうで一緒に聴けばええのに」と姉ちゃんに言われ、母ちゃんにも「野球の話じゃったら、おじさんらとしゃべったほうが面白いやろう？」と言われた。

わかっている。それはそうなのだ。だが、おっさんたちとにぎやかに応援するのなら、野球部の部室に残っていればよかったのだ。

「あのおっさんら、なーんも野球のことがわかっとらんのよ。シロウトじゃ」

ヤスはムスッとして言った。「そうなん？」と姉ちゃんに訊かれ、勢い込んで説明した。

ピッチャーの金城投手がランナーに出るのは、カープにとって痛し痒しなのだ。夕方になって肌寒くなったグラウンドにずっと立っていなければならない。ウインドブレーカーを着ていても、肩や肘が冷えてしまう。リードを取ったり走ったりしていると体力も使うし、息もあがる。それが九回裏のピッチングに影響してしまったらどうするのだ。

「ホンマツテントウいうやつやね」

勉強のできる姉ちゃんは、ヤスが初めて聞く難しい言葉をさらりと口にして、「誰が転んだん?」と尋ねても答えてくれなかった。

打席に大下選手が入る。おっさんたちは「送りバントじゃ!」「大下は器用なけえ、できるできる!」と気勢を挙げるが、ヤスは「ほんまにシロウトじゃのう」とまた舌打ちした。

九回裏のピッチングがいかに大切か、古葉監督が考えないはずがない。送りバントで二塁に金城投手を残してしまうより、大下選手にはあえて内野ゴロを狙わせて、金城投手を二塁でフォースアウトにしてもらったほうが、むしろカープとしては助かる。ツーアウト一塁になっても、俊足の大下選手は盗塁で二塁に進むこともできるし、無理をせずに一塁に残ったままでも、つづく三村選手が長打を放てば、たちまち貴重な追加点が入るだろう。

ヤスの説明を、母ちゃんは「なるほどなあ」と感心顔で聞いた。「さすが野球部じゃねえ、あんたが物事をこがあに筋道立てて考えとるんを聞かせてもろうたんは、お母ちゃん、初めて。お母ちゃんまで賢うなった気ィするわ」

それくらい当然じゃ、世間の常識じゃ、と胸を張ってイバる間もなく、大下選手は初球をいきなり一塁線にバントした。しかも、一塁手の王選手の守備位置が下がり気味だったので、金城投手も大下選手もセーフ──みごとなバントヒットで、ワンアウト一、二塁になった。

球場が沸く。片桐酒店も沸く。「あんたの言うたこと全然違うとるが」と姉ちゃんの冷たい言葉と視線が、ヤスの胸に刺さる。だが、母ちゃんの「しょうがないよねえ、まだ中学生なんじゃもん」の慰めの一言のほうが、もっと深々と胸に突き刺さった。

ヤスはふてくされて畳に仰向けに寝ころんだ。仏壇を下から眺める格好になる。写真がない鴨居は、ずいぶん間が抜けて見える。

「お母ちゃん……」

「うん？」

「おっさんらを甘やかしすぎなんよ」

やつあたり半分に言うと、「まあ、そがあに言わんと」となだめられた。「お得意さんなんじゃけえ、こういうときぐらいはサービスしてあげんと」

違うんよ、とヤスは口をとがらせる。ふるまい酒のことはどうでもいい。こっちが言いたいのは、そうではなくて、もっと大事な──。

「ヤスはお父ちゃんと一緒にラジオ聴きたかったんじゃろ？」

姉ちゃんにズバッと言われた。ヤスは寝ころんだまま姉ちゃんを蹴ろうとしたが、届かない。姉ちゃんは「短足じゃねえ」と余裕たっぷりに笑って、「うちはあんたが学校から帰ってきたときから、そがあな気がしとったよ」と言った。

起き上がって文句をつけたくても、顔を見られると、真っ赤になっているのがばれてしまう。目が合うと、もっと恥ずかしくなる。

「……そんなん違うわ」

両手で頭を抱え込んで、ごろんと寝返りを打った。母ちゃんと姉ちゃんに背中を向けて、「全然違うわ、アホ」とつづけた。二人が目配せして笑い合う気配が伝わる。これじゃけえオンナは好かんのじゃ、と背中を丸めた。

後楽園球場では、三村選手を打席に迎えて、巨人ベンチが動いた。ピッチャーを左腕の高橋一三投手に交代したのだ。

これでまた時間がさらにかかる。二塁ランナーの金城投手の肩が冷えるし、片桐酒店のおっさんたちの乾杯の瞬間がまた遅くなってしまう。

金山次郎さんが、おっさんたちの思いを代弁するように「まー、しつこいよねえ、ほんとに」と憤然とした声で言う。「なーんかジャイアンツが優勝を狙っとるような……ねえ、しつこいですよ、まー、なんとも往生際が悪いですよジャイアンツは」――中立の立場もへったくれもなく、解説よりも感想、というより、クダを巻く。

そのボヤきを聴きながら、母ちゃんがヤスに言った。

「あとで返してもろうてあげるけえ、もうしばらく向こうで、お父ちゃんにみんなと一緒にラジオ聴かせてあげてな」

ヤスは応えない。背中を向けたまま、動かない。

「お父ちゃん、元気な頃はほんまに連れのことを大事にしとったんよ。お母ちゃんやら、生まれたばあのお姉ちゃんのことも放ったらかしにして、お酒呑んで勢いをつけてから市民球場に行って、試合が終わったらまた呑みに行ってしもうて……ほんま、付き合いのええひとじゃったけえね、女房子どもよりも連れを選ぶんが男なんじゃ、いうてねえ」

姉ちゃんが話を引き取って、「あんたもおとなになったら、どうせお父ちゃんみたいになるんよ」と笑った。「まあ、短足すぎて結婚できんかもしれんけどなあ」

ヤスは怒らない。返事もしない。目をつぶる。思い出の残る前に亡くなってしまった父ちゃんのことを、それでも必死に思いだしていると、閉じたまぶたの隙間から、熱いものがじわじわとあふれてきた。

「長嶋さん、この試合を勝つ気だなあ」

勝征さんは感心して、なるほど、いいぞいいぞ、とあぐらをかいた膝を何度も叩いた。

ワンアウト一、二塁のピンチを背負ってマウンドに立った高橋一三投手は、もともとは先発陣の一人である。昨シーズンは二勝十一敗と大きく負け越してしまい、今季も六勝六敗と苦しんでいるが、おととしには二十三勝を挙げて沢村賞にも輝いている。

そんな主戦投手を、一点リードされている状況でリリーフに送り込んだのだ。

「天下の巨人軍が、目の前で胴上げを見せられるわけにはいかんだろう。しかも相手はカープだぞ、田舎チームが後楽園で胴上げするなんて、百年早いっていうんだ」

カープの悪口ばかり言いながら、テレビの前にでんと座り込んで、画面から目を離さない。引っ越しの荷造りも途中で止まったままだった。

マナブは自分の服を段ボール箱にしまって、ガムテープで梱包をした上から、慣れたしぐさで麻紐を箱に掛けた。荷造りの場数はさんざん踏んでいる。細い針金のついた荷札を麻紐に結わえた。荷札の送り先は、まだ空欄のまま——そこだけは、いつもとは手順が違っていた。

打席に入った三村選手を、高橋一三投手はあっさりツーストライクに追い込んだ。

「ここで三村とホプキンスをビシッと抑えたら、流れは完全に巨人だよ。本気の本気で逆転サヨナラもありえるぞ、うん」

ご機嫌な勝征さんに、マナブは箱の荷札を見るともなく見ながら声をかけた。

「お父さんは、巨人を応援してるの？」

「うん、まあ……べつにどっちが勝ってもいいんだけど、巨人のほうが馴染みがあるし、負けてるほうを応援してれば、そのまま負けても元々だし、逆転したらうれしいだろ。甲子園の高校野球を観てるときなんか、いつもそうだぞ」

思わず笑った。そういう発想もあるのか、と半分あきれて、半分納得した。誠実さに欠ける気もしないではないが、リードしている側を応援して逃げ切りを狙うよりも、なんとなく、いい。

「でもさあ、お父さん」

笑いの余韻の残る顔と声で言った。「今日の試合は巨人が逆転を狙ってるけど、もっと長ーい目で、歴史をたどっていったら、カープが大逆転しようとしてるんだよ、いま」

なるほど、と勝征さんはうなずいて、そうか、うん、なるほどなあ、とひとりごちてから、マナブを振り向いた。

「おまえはどうなんだ？　巨人ファンはもうやめて、カープのファンになったのか？」

マナブは少し間をおいて、小さくうなずいた。

だが、その前にテレビから歓声があがって、勝征さんの目は画面に戻ってしまった。

三村選手が空振り三振に倒れて、ツーアウト。打席にはホプキンス選手が入った。一発長打のあるホプキンス選手だが、高橋一三投手のようなサウスポーとの相性は悪い。このチャンスを無得点で逃してしまうと、一点差のまま、塁上に長くとどまっていた金城投手は、肩を温める間もなくマウンドに向かうことになる。

「高いカネ貰ってる助っ人ガイジンなんだから、ここで決めてくれなきゃ、わざわざニッポンまで来た意味ないもんなあ」

勝征さんは画面に顎をしゃくって、ヘヘッと笑う。冷ややかなヤジなのか、ひねくれながらも声援を送っているのか、よくわからない。

ああそうだ、と画面から目を離さず、忘れものを思いだしたようにつづける。

「おまえの持ってた巨人の帽子、夏休みに、お母さんにプレゼントしたんだってな」

「……知ってたの？」

「うん、まあな……で、お母さん、すごく喜んでて、大事にしてるってさ」

「東京で会ったの？」

勝征さんはその問いには答えず、代わりに、「そうだそうだ、大事なことまだ言ってなかったなあ」と、ちっとも大事ではなさそうなのんきな口調で言った。

「お母さんのところ、赤ちゃん産まれたぞ」

マナブが聞いていた出産予定日より少し早かった。「九月の、二十七だったかな、八だっけかな、まあ、だいたいそのへんだ」

「……男の子？　女の子？　名前は？」

「あ、悪い、それ聞いてなかった」

あっけらかんと言う。だから、ひどく嘘くさいお芝居のようでもあるし、意外とひとまわりして正直な答えのような気もしないではない。

「まあ、でも、アレだ、マナブ2号ってことでいいだろ、うん」

全身から力が抜けた。なんでいつもこうなんだろうなあ、とため息をついて、服を入れた段ボール箱に目を落とした。送り先が空欄のままの荷札を手に取って、いつもこうなんだよなあ、とまたため息をついた。

ホプキンス選手の打席はツースリーのフルカウントになった。高橋一三投手がセットポジションから投げ込んだ決め球は、内角高めのストレートだった。

打った。打球はライナーになって、画面から消えた。その瞬間、一塁ランナーの大下選手は早くもジャンプしてバンザイをしていた。

打球は伸びて、伸びて、伸びて、矢のような速さでライトスタンドに突き刺さった。スリーランで、四対〇——喉から手が出るほど欲しかった追加点が、この最終回に、しかも三点も入ったのだ。カープの勝利、そして優勝の瞬間が、これで一気に近づいた。

勝征さんは、その場面を境に黙り込んでしまった。

山本浩二選手がライトフライに倒れ、長かった九回表のカープの攻撃が終わっても、勝征さんは口を開かず、テレビの前に座ったまま、石のように動かなかった。

マナブは荷札をじっと見つめる。送り先の空欄を、にらむように見つめつづける。

＊

『赤ヘルニュース　りん時憎刑号　カープ初優勝大特集！』

　憎んではいけない。刑を与えてはいけない。しかし、ユキオは興奮していたのである。今日の喜びを明日の朝に同級生と分かち合うべく、急いで書き上げたのである。

　そして、なにしろゆうべの広島の街は無礼講だったのである。花火が鳴り、汽笛が鳴り、くす玉が割られ、提灯行列が練り歩き、繁華街・流川は車輛通行止めの歩行者天国、というより無法地帯と化した。午前三時までに延べ八万五千人が市内各地に繰り出して、ふるまい酒に酔い痴れて警察に保護されたひとは四十四名、急性アルコール中毒やケガで病院に収容されたひとは二十人に達したという。

　以下、例のごとく誤字脱字を整えて——。


〈みなさん、ついにカープはやりました！　念願の、待望の、夢の、奇跡の、初優勝でありあります！　ありがとうございます。ぼくたちのご声援のおかげです。さすがです。古葉監督と選手一同も感謝していると思います。ルーツさんもアメリカで喜んでいることでしょう。ぼくたちはカープの恩人ですね〉

おそらく、あの試合の緊張と興奮のピークは、九回表にホプキンス選手がスリーランを放った直後だったのだろう。

胴上げへのカウントダウンになった九回裏の守備は、拍子抜けするほど淡々としたものだった。金城投手のピッチングは、四点のリードを得て一気に楽になった。先頭打者の代打・萩原《はぎわら》選手は三球三振、つづく河埜《こうの》選手には四球を与えたものの、四点差なら心配は要らない。柳田《やなぎだ》選手をセカンドフライに打ち取ってツーアウトになった時点で、用意周到な古葉監督がリリーフの準備をさせていた宮本投手も、ブルペンからダッグアウトに引きあげた。

あと一人。あとワンアウト。柴田選手が打席に入る。

しかし、スタンドは静かだった。ホイッスルや太鼓やしゃもじの音は絶え間なく鳴り響いていても、うなりをあげる地響きのような迫力はなかったのだ。

〈最初、ぼくはちょっと不満でした。みんな応援にバテてしまったんだろうか、四点差になったのでがんばって応援するのが面倒になってしまったんだろうか、と思っていたのです。

でも、そうではありませんでした。

カントクさんが教えてくれました。

優勝の瞬間が近づくにつれて、「試合に勝ってほしい」というのとは違うことを、みんなは思っていたのです。だから、応援の声が静かになったのです。

カープができてからの二十六年という長い年月を、みんな、しみじみと振り返っていたのです。カープは今年のシーズンだけの成績で優勝したのではなく、二十六年もかけてゆっくり、ゆっくり、優勝に近づいていったのです。だから後楽園球場に来た皆さんは、弱かった頃のカープのことを思いだしながら、感慨にひたっていたのです。「この試合に勝って優勝だ」というのではなく、「ついにここまで来たんだ」と思って、しんみりしていたのです。

カープができたときからずっと応援してきて、市民球場ができたときからグラウンド整備をしてきたカントクさんは、「わしには、そういう気持ちがようわかるよ」と言っておられました。

ぼくは誕生日が十一月なので、まだ十二歳ですが、ぼくにもなんとなくわかる気がします。ほんとうです。昨日、ぼくはカントクさんに市民球場に特別に入れてもらって（すごいでしょう）、内野スタンドでラジオを聴きました。

市民球場も静かでした。

とても、とても、静かでした〉

カウント1―2から打った柴田選手の打球は、力なくレフトに上がった。

水谷選手は軽くバックして、キャッチする。

その瞬間、カープの優勝が決まった。

午後五時十八分だった。

〈皆さん、けさの中國新聞の『球心』を読みましたか？ 名作でしたね。津田《つだ》一男《かずお》記者は、後楽園球場の記者席で泣きながら原稿を書いておられたそうです。ぼくもさっそく読んでみて、感動しました。まだだいぶん先の話ですが、冬休みの宿題で読書感想文が出るのなら、けさの『球心』を課題図書にすればいいと思いました〉

確かに、この日の『球心』の文章は、絶品だった。

〈真っ赤な、真っ赤な、炎と燃える真っ赤な花が、いま、まぎれもなく開いた。祝福の万歳が津波のように寄せては、返している。苦節二十六年、開くことのなかったつぼみが、ついに大輪の真っ赤な花となって開いたのだ〉――書き出しの部分を暗誦できる広島市民は、あれから四十年近い歳月が流れたあとも、決して少なくはない、という。

〈カープの選手たちは本日、飛行機と新幹線の二手に分かれて、東京から帰ってきます。古葉監督、選手の皆さん、お疲れさま！

残念ながらグランドホテルでおこなわれる今日の祝賀会にはぼくたちは呼ばれていませんが、その代わり、あさっての十八日には本通商店街と金座街でちょうちん行列がおこなわれます。コーラの無料サービスもあるし、キリンビヤホール横の特設ステージでは塩見《しおみ》大治郎《だいじろう》さんと一緒にカープの応援歌を合唱できます。お楽しみに！　また、十九日には中央通り商店街で、ぜんざいの無料サービスもあります。日曜日なので楽しみですね。

でも、一番の楽しみは、二十日です。平和大通りのパレードです！　カープの親会社の東洋工業では、いま、大型トラック八台を徹夜で改造して、荷台や運転台の屋根を取り払った特製オープンカーをつくっているところだといいます。行きたいですね。見てみたいですね。選手の皆さんに「おめでとう！」と言ってあげたいですね。

ところが、二十日は月曜日なのです。学校があるのです。パレードの時間は昼の十二時半から一時半までなので、昼休みに見に行こうと思えば不可能ではありません。ぼくは朝のホームルームで先生に行かせてもらうようお願いするつもりです。皆さんも応援してください！

ところで、広島テレビで優勝の瞬間を見ていた人にお尋ねです。古葉監督の胴上げのとき、スタンドから大勢のファンがグラウンドに降りてきましたが、その中にチンチク先生はいませんでしたか？　ぼくはＲＣＣラジオだったのでわからなかったのですが、ウチのお母さんが、チンチク先生によく似た人がシェーン選手の肩を後ろからこづき回してお祝いしていたと言っていました。もし見た人がいたら、ぜひ教えてください〉

　ユキオが書いていたとおり、ゲームセットの直後、古葉監督の胴上げが始まると、内外野のスタンドから多数のファンがグラウンドに飛び降りた。その数、一万人に達したという説もある。

　彼らはいっせいに古葉監督や選手たちに駆け寄っていき、胴上げに加わったというか、邪魔をしたというか、途中からは収拾がつかなくなった。三塁側ダッグアウト前で始まったはずの胴上げが、人波に押されて、気がつくと一塁側ダッグアウト前まで来ていたほどだったのだ。

　もちろん、決して良いことではない。ＲＣＣラジオでは金山次郎さんが「選手だけでもういっぺん胴上げをしてもらいたい」と嘆き、広島テレビでは別当薫《かおる》さんが監督や選手たちのケガを案じていた。これもまた、ファンの暴動が繰り返された二十六年間の球団史の集大成だったのである。

　ちなみに、後楽園球場のフェンスは広島市民球場のそれよりもずいぶん高い。そのことを忘れたまま、調子に乗ってグラウンドに飛び降りてしまい、フェンスをよじ登れずに客席に戻るに戻れなくなった間抜けが続出した。

その中の一人にわれらがチンチク先生もいた——というウワサは、相生中学に代々語り継がれることになった。本人は定年まで真相を黙して語らなかったのだが、お立ち台で両手の拳を突き上げて男泣きする山本浩二選手の物真似は、その後何年も、十八番の隠し芸として同僚や教え子を大いに喜ばせたのだった。

〈特別付録　緊急アンケート『優勝の瞬間、あなたはなにをしていましたか？』（登校中に出会った人、先着8人にききました）

・柴田の打席のときに急に落ち着かなくなって、部屋の中でシャドーピッチングをしていました（片桐康久くん）

・スリルを味わいたくてテレビのチャンネルを一瞬でNHKに替えたり広島テレビに戻したりしていたら、兄ちゃんにしばかれました（竹原和之くん）

・押し入れにしまった布団の隙間に顔を突っ込んで、ラジオの音だけ聴いていました。息が詰まって死にそうでした（三好孝くん）

・老人ホームに入っているお年寄りにプレゼントしてあげる折り鶴を折っていました（小柳仁美さん）

・お母さんと一緒に三越の前のテレビを見ていました（浜田新一くん）
・ノーコメント（無視）（沢口真理子さん）
・応援に合わせてウチのしゃもじを鳴らしていました（国山義彦くん）
・引っ越しの荷造りをしていました（橋本学くん）〉

〈編集後記
アンケートのコーナーでもおわかりのとおり、橋本くんがお父さんの仕事の都合で、今週いっぱいで転校することになりました。

せっかく仲良くなれたのに残念ですが、カープもトレードで広島に来た大下選手や宮本選手の大活躍で優勝できたのです。きっと橋本くんも今度の学校でがんばってくれることでしょう。広島できたえた根性があれば、どこに行ってもだいじょうぶです！

橋本くんは月曜日の午後の新幹線で、九州の博多に向かいます。新しい住所がわかったら手紙を書いてくれるので、また皆さんにもお知らせしてあげますね。

月曜日なので、橋本くんはカープのパレードを見られるでしょう。広島にいた記念に、しっかり見ていってください。

では、橋本くんが新しい学校でも活躍できるように、みんなで応援しましょう。

フレー、フレー、マナブ！

フレー、フレー、マナブ！
橋本くん、いつまでもお元気で。
バイバイ！〉

# 第十四章

勝征さんが戸締まりをしていたら、遠くの空で花火が鳴った。

「なんだよ、またどこかでお祝いか？　毎日毎日、ほんとに飽きないよなあ」

あきれるそばから、今度は市民球場の歓声と拍手喝采が届く。

優勝パレードに先だって、市民球場では午前十一時から優勝報告会が開かれている。入場無料で詰めかけたファンを前に、オーナーが優勝を報告し、球団代表と古葉監督が応援に感謝する挨拶を述べ、県知事や市長の祝辞、ミス広島による花束やレイの贈呈などがつづいたあと、クライマックスは、全選手がペナントやトロフィーを持ってグラウンドを一周——すでに十一時半を回っているから、そろそろ場内一周が始まっているのかもしれない。

「よし、これで全部おしまい、と」

勝征さんは玄関に鍵を掛けて、マナブを振り向いた。

「不動産屋さんに寄って鍵を返したら、どこかで昼メシ食って、せっかくだからちょっとだけパレードを見て、それで、駅に行こう」

「うん……」

「なに食べたい？　最後なんだからお好み焼きにでもするか？　あと、牡蠣《かき》飯とかアナゴ飯も広島名物だよな」

マナブの反応が鈍いので、「牡蠣やアナゴはちょっとシブすぎるか？」と笑う。

「ごはん、なんでもいいよ」とマナブは笑い返して、ナップサックを背負い直した。東京から広島に来たときも同じナップサックを背負っていた。ゆうべひさしぶりに荷物を詰めて担いでみたら、肩紐が少し窮屈だった。半年足らずの間で背が伸びて、体ががっしりしてきたのだ。それを見た勝征さんは、「成長期なんだもんなあ」とうれしそうに言ったあと、「お父さんよりでっかくなれよ……」と、妙にしみじみと付け加えたのだった。

また花火が打ち上がる。市民球場からはホイッスルや太鼓に加えて、ラッパの音も聞こえてきた。優勝報告会は大いに盛り上がっているのだろう。

考えてみれば、ナップサックは同じでも、来たときと出て行くときでは、とても大きな違いがある。広島に来たときには巨人の黒い野球帽をかぶっていたのに、今日はカープの赤い野球帽だった。それに気づくと急に背中がくすぐったくなって、帽子のツバを下げると、今度は胸がじんとしてきた。

「まあ、メシのことは、ぶらぶら歩きながら考えればいいな」

行こう、と勝征さんはボストンバッグを両手に提げて歩きだす。

マナブは最後にウチの建物を見つめた。まだ懐かしさはない。いままでもそうだった。懐かしさという感情は、別れてからしばらくたたないと湧いてこないものなのだ。

だが、その頃にはもう相生団地の取り壊し工事は始まっているはずだ。おとなになって広島をまた訪ねることがあっても、わが家がどこにあったのか見当もつかなくなっているかもしれない。平屋建ての古い家屋が身を寄せ合うように集まって、車も通れない狭い路地がくねくねと曲りながら縦横に延びている、そんな相生団地の風景は、昔を知るひとたちの記憶の中にしか残らないのだろう。

「どうした、忘れ物か？　気になるものがあるんだったら、鍵開けてやろうか？」

「……ううん、だいじょうぶ、ごめん」

勝征さんを追って歩きだす。わが家を振り返ることなく、足を速めた。

横山さんの家の前で立ち止まった。

玄関は閉ざされ、家の中にひとがいる気配はない。

庄三さんは、菊江さんの遺骨を松山のお寺に届けると、そのまま別の航路のフェリーに乗って尾道の工事現場に向かった。半月ほどは向こうに泊まり込みだという。「ばあさんのおらんウチに帰りとうないんよ、庄三さんは」と瀬能さんは言っていた。

念のために、と引き戸に手をかけてみたが、戸は動かなかった。かえってそれで踏ん切りがついて、玄関に向かって「気をつけ」をして、おじぎをした。

『原爆の絵』を手伝わせてくれて、ありがとうございました――。

庄三さんにお礼を言った。

空襲で亡くなった家族の話を聞かせてくれて、ありがとうございました――。

菊江さんにもお礼を言って、ハムカツ美味しかったです、と付け加えた。

にこにこと微笑む菊江さんの顔が浮かぶ。ムスッとした庄三さんの顔と、黒ずんで引き攣れた肩や腕のケロイドも、まだしっかり覚えている。なにより、庄三さんの『原爆の絵』のことは、おとなになっても絶対に忘れない。たとえ実物は灰になってしまっても、記憶は、この胸に、これからもずっとある。

さようなら――。

最後に深々とおじぎをして、庄三さんと菊江さんに別れを告げた。

学校の友だちとは、土曜日にお別れの挨拶をした。

ただし、転校のベテランは、こういうときの展開はよくわかっている。転校するのをみんなに発表したあとは、それほど親しくなかった連中にかぎって、名残惜しそうにどんどん話しかけてくるのだ。「元気でな」「手紙くれよ」「あんなことがあったよな」「あのとき面白かったよな」「マナブがいなくなると寂しいよ」「俺、絶対におまえのこと忘れないから、おまえも俺のこと忘れるなよ」「お別れの記念にサイン帳に寄せ書きしよう!」……なんとなく、いろんな奴らの「お別れの思い出」づくりの手伝いをさせられているような気もしないではない。

皮肉なことに、盛り上がっている連中に邪魔されて、ほんとうに仲の良かった友だちとはなかなかゆっくり話せない。気の合う奴であればあるほど、妙にお互い照れくさくなって、なにをしゃべればいいかわからなくなってしまうし、お別れが悔しかったり寂しかったり悲しかったり腹立たしかったりして、結局お互いにスネて、ぶっきらぼうに別れることになってしまう。

相生中学一年三組とのお別れも、そのパターンどおりだった。

真理子とは教室で口をきく機会は一度もなかったし、ヤスやユキオともろくに話せなかった。

特にヤスは、マナブをウチに泊めてくれたときにはあんなに別れを惜しんでいたのに、いざ引っ越しが決まってからは、ずっと不機嫌で、ムスッとして、よそよそしい別れの言葉しかよこさない。マナブも最初からそんな気がしていた。このまま別れるのは心残りではあったが、それはそれでヤスらしくていいのかもしれない、という気もする。

勝征さんが母ちゃんにお金を返したことも、ヤスは知っているはずなのになにも言わない。でもそのほうがいいや、とマナブは思う。お礼を言うのも「すまんかったの」と遠慮するのも、ヤスには似合わないし、マナブだってどう応えればいいかわからない。このままでいいんだ、ほんとうに、と何度も嚙みしめるように思う。

一方、ユキオは「月曜日のパレード、最後に一緒に行こうや」と誘ってくれた。学校をズル休みすることに決めた、という。授業よりも『赤ヘルニュース』の取材を優先したのだ。

「パレードに行かんかったら、おとなになってから後悔しそうな気がするんよ。行って先生に叱られるんは一瞬のことじゃけど、やっぱり行きゃあよかった思うてクヨクヨするんは、一生つづくけえのう」

なるほど、とマナブがうなずくと、珍しく真顔になって、「ほいで……」とつづけた。

「ヤスも連れて来ちゃる。アレにも学校を休ませちゃるけえ、ゆっくりお別れをすりゃあええ」

「いや、でも……」

「だいじょうぶじゃ」

今度は一転ニヤッと笑って、制服のポケットからピンポン球を取り出した。ほれ、とマナブにトスして、「お別れに、これ、やる」と言う。「おんなじのをヤスにもやる言うたら、学校に火を点けてでもパレードに来るわい」

優勝の翌日、市民球場の近くを歩いていたら、路上にカープの赤い野球帽や選手のサインボールを売っている屋台が出ていて、びっくりするぐらい安かったので、自分だけでなくヤスとマナブにも買ってくれたのだという。

「……野球なのに、ピンポン球？」

「じゃけえ安上がりにできるんじゃろう。省エネじゃ」

小さなピンポン球に書いてあるサインは、〈こうじ〉——。

ひらがなである。苗字も背番号もない。ユキオもさすがに最初は怪訝に思ったらしい。しかし、髪も眉も剃り上げた屋台の兄ちゃんに「広島で『こうじ』いうたら一人しかおらんじゃろ」と諭され、「優勝して忙しゅうなったけえ、最近は漢字のサインをやめて、こっちに変えとるんよ」と教えられた。

兄ちゃんはユキオが三ついっぺんに買ったら、「おまけしちゃるけえ、これからもカープを応援しんさいよ」と、いろいろな意味で特製のサインボールをもう一つくれた。「学校の勉強はでけんでもええけえ、悪いモンにだまされんように生きていきんさいや」と、いろいろな意味で深いアドバイスもくれた。

「これよ、これ」とユキオが得意げに見せたピンポン球には、〈ツエーン〉と書いてあった。

「わし、シェーンのサインを見るんは初めてじゃけど、やっぱりガイジンじゃけえ、サインもカタカナなんじゃのう」

感心しきりのユキオに、マナブは言った。

「ヤスに、サインボールのために無理しなくていいから、って言っといて」

ピンポン球が一つ、引っ越し荷物に加わる。確かに野球のボールより場所はとらない。けれど、これを新しい学校の友だちに自慢して見せることは、もちろん、ないだろう。

真理子がマナブの家を訪ねてきたのは、日曜日の夜のことだった。

「学校で渡すタイミングがなかったけえ、持ってきた」

玄関の外でぶっきらぼうに言って、ショッピングバッグを差し出した。

「……なに？」

「見ればわかる」

思いのほか軽い。覗き込んでみると、中に入っていたのは紙吹雪だった。

「これって……」

「半分は、横山のおじいちゃんがちぎり絵で使い残した紙で、あとは、うちのお母さんの病室にあった千羽鶴を広げ直して、ハサミで切ったぶん」

撒いてきてほしい、と真理子は言った。「橋本くん、明日のカープのパレードを見に行くんよね？　うちは学校があるから行かれんけえ、代わりに橋本くんが撒いてきて」

庄三さんや菊江さんの思いを込めて――。

真理子のお母さんや林田のおじいさんの思いを込めて――。

いろいろなひとの、いろいろな思いを込めて――。

「ゆうべとおとついの晩も、ずーっと千羽鶴を広げてハサミで切っとったんよ」

あー、エラかった、と笑う。いかにもくたびれて肩が凝った様子で首を左右に倒し、また笑う。こんなに屈託のない笑顔を見るのは初めてだった。そして、これが最後になる。

「……ありがとう」

真理子は小さくかぶりを振って、「広島のこと忘れんといてな」と言った。「べつに好きになってくれんでもええけど……ずうっと忘れんといて」

「沢口さんは？　広島のこと、好きになった？」

黙ったまま、また笑った。今度は微妙にひねくれた、そっけない笑顔になった。それでも、いつもとは違って、そっぽは向かない。

「団地の工事が始まったら、どこに引っ越すの？」

「……おじいちゃんとお母さんが決める」

真理子はそう言って、逆に「橋本くんは？」と訊いてきた。「博多に行ったら、もう引っ越さんの？　これからもたくさん引っ越すん？」

マナブは一呼吸置いてから、答えた。

「ずっと、何度も、引っ越すと思う」

自分の答えを自分で聞いて、ああ、頭の中で決めたことが、やっとおなかにストンと落ちたな、と思った。しかたないよな、あの親父を選んじゃったんだから、と自然に頬もゆるんだ。

急に笑ったので、真理子は少し驚き、少し困って、少し照れくさそうに首をかしげる。

「でも、どこに行っても、元気だったらいいんだよな」

マナブは転校のベテランらしく、余裕を見せて言った。だが、最後に「お互いに」と付け加えてしまったのが悪かった。真理子が「うん……」と目を伏せ、小さくうなずくのを見てしまったのが、もっと良くなかった。胸に熱いものが込み上げてきて、息が詰まりそうになって、それ以上はもう言葉にならなかった。

真理子は「じゃあね」と短く言うと、そのまま暗い路地に駆け出していった。足音がブラウスの白い色が夜の闇に消えるまで、マナブはその場にたたずんでいた。

消えて、あたりが静けさに包まれた頃、やっと、「さよなら……」とつぶやくことができた。

＊

カープの優勝パレードには、三十万人ものひとたちが集まった。八台の改造トラックに分乗した選手たちに、惜しみない声援と、拍手が贈られる。

優勝おめでとう――。

多くのひとたちが言った。

だが、もっと多くのひとたちは、別の言葉で選手たちを称えた。

ありがとう――。

優勝してくれて、ありがとう――。

亡くなった家族の遺影を掲げているひとがいる。たくさんいる。選手たちに手を合わせて拝んでいるひともいる。たくさんいる。

この街の夢を叶えてくれた選手の姿を見たくて三十万人が集まったのか、それとも逆に、カープを愛してきた自分たちの姿を選手に見てもらいたいからこそ、三十万もの人びとが平和大通りを埋め尽くしたのだろうか。

ありがとう、の声が無数に重なり合う。おめでとう、の声が負けずに響きわたる。秋晴れの空を紙吹雪が舞う。舞う。舞う。それは、色とりどりの、翼を持たない千羽鶴だった。

バスはゆっくりと走る。陽に灼けた選手たちが、満面の笑みで手を振っている。沿道のひとたちも笑っている。泣いている。バンザイをしている。見知らぬひと同士で抱き合っている。

一人の子どもの手から紐が離れた赤い風船が、風に乗ってふわっと青空に舞い上がり、平和記念公園の木立を越えて、大空を滑るように原爆ドームの方角に飛んでいった。

＊

ヤスは三時間目の途中で腹痛に襲われ、頭痛も訴えた。五厘刈りの坊主頭をかきむしりながら「髪の毛が抜けるけえ、白血病かもしれん」とまで言いだして、昼休みに学校を早退すると、待ち合わせの平和記念公園まで走っていった。

ユキオは慰霊碑の前で待っていた。潔く朝から学校を休んだユキオは私服で、カープの赤い帽子をあみだにしてかぶっていた。昨日は「パレードの見物客で、慰霊碑のまわりは混雑しとると思うけえ、帽子の赤いんを目印にすりゃええよ」と言っていたが、事態は逆だった。カープの優勝以来、赤い帽子はさらに売れに売れに売れた。赤い帽子以外の野球帽を探すほうが難しいほどだ。

そんな慰霊碑の前でユキオと一緒になると、ヤスははずむ息を整える間もなく、「約束守ったけえ、早う……」と、あえぎながら手のひらを差し出した。「山本浩二、浩二、コージ……」

その手のひらに、ピンポン球が載った。ユキオは、まるで勇者の証を手渡すようなしかつめらしさで、〈こうじ〉のサインボールをヤスに渡したのだ。

ヤスは一瞬きょとんとして、「ほう……」とも「はあ……」ともつかずつぶやきながら、手の上のピンポン球を見つめたまま、しばらく動かなかった。

息が整うのを待ってから、顔を上げる。うれしそうに笑って、「えらいもん貰うたのう、すまんのう、ええんか?」と愛想良く言う。

かまわんかまわん、とユキオは鷹揚に応え、「これも友情じゃ」と胸を張る。ヤスも「ありがてえことよ、持つべきもんはええ連れよ、ほんま」とうなずいて、ピンポン球をうやうやしい手つきで制服のポケットに入れた。

「おっ、マナブと父ちゃんが来たど」

ユキオは二人を見つけて、おーい、こっちじゃこっちじゃ、と両手を振って知らせた。

ヤスも照れ隠しのムスッとした顔をして、ユキオの隣に立った。中途半端な高さに掲げた手でマナブを手招き、もう片方の手をユキオの後ろに回して、お尻をギュッとつねりあげた。

「なっ、なにするんな……」

「こんな、このクソボケが、ほんまに……こがあな間抜けなモン、小学一年生でもひっかからんわい、アホ」

さすがにヤスはユキオほどお人好しではなかった。「まあ、でも、今日のところはマナブに免じてこらえちゃる」――友情の篤さは、似たようなものかもしれない。

マナブはカープの赤い帽子をかぶっている。それを見て、最初に会ったときは巨人の黒い帽子だったことを、ヤスはふと思いだす。ユキオも同じことを思っていたようで、こっちに近づいてくるマナブを見ながら、ヤスに小声で言った。

「マナブ、せっかくカープの帽子がだんだん似合うてきたのにのう……」

「違うわい」

ヤスは怒った声で返す。「マナブは最初からよう似合うとったよ、赤ヘルが」

「夏休みじゃったよの、アレが帽子を買うたんは」

「違う……巨人の帽子をかぶっとった頃から、赤ヘルが一番似合うとったんじゃ」

ユキオは、あははっと笑った。笑うだけで、なにも言わない。ヤスもあとはもう黙ったまま、人込みの中を歩いてくるマナブと勝征さんを待った。

勝征さんはヤスと向き合うと、よお、ひさしぶり、と笑った。微妙な照れくささのにじんだ笑顔になった。顔を合わせるのは、片桐酒店の常連のおっさんたちに吊し上げられて逃げ出すように夜行列車に乗った、あの夜以来のことだった。

ヤスも肩をすぼめ、会釈を返す。頭を下げながら口を小さく動かした。声には出さない。口の動きも、ごにょごにょと、はっきりしないものだった。勝征さんには伝わらなかった。勝征さんの隣のマナブにも気づかれなかった。それでいい。じつを言うと口を動かしたあとで、そがあなこと言わんでもええんじゃアホ、と自分で自分を叱ってもいた。

ところが、ふだんはのんきなユキオが、こういうときにかぎって、目ざとく口の動きを読み取ってしまう。事情をなにも知らないからこそ、無邪気に、屈託なく、きょとんとして、「ヤス、いまなんかお礼を言うた?」と訊いた。

頬がカッと熱くなる。もう一回お尻をつねってやりたい。

マナブはユキオの言葉の意味を察して、半べそをかくように顔をゆがめた。違う違う、とヤスはあわててかぶりを振ったが、言い訳の言葉がすぐには出てこない。

代わりに、勝征さんが言った。

「お母さんによろしくな。店のおっさんたちには……まあアレだ、いいや、うん、べつになにも言わなくて」

それと、とマナブの肩に手を載せ、ヤスとユキオのほうにマナブを軽く押し出して、

「きみたち三人の友情はフォーエバー、ってことで」と笑う。

ユキオは「え？　え？　マナブの父ちゃん、ヤスがたのことよう知っとるん？　知り合いなん？」と怪訝そうに首をかしげ、フォーエバーの意味がわからないヤスは、「はあ……」とあいまいにうなずくだけだった。

＊

慰霊碑に向かって、勝征さんとマナブは手を合わせ、追悼の祈りを捧げた。

目を閉じている時間は勝征さんのほうが長かった。頭を垂れてうつむく角度も深い。意外だった。そもそもお祈りをすることはマナブが言い出して、勝征さんは「そうかあ？　早く行かないと、パレードをいい場所で観られないぞ」と、しかたなく付き合っただけなのに。

先に目を開けてしまったマナブは、勝征さんのお祈りがつづいていることに気づく

と、あわてて目をつぶり直す。視界が暗くなるのと入れ替わりに、ちょっとうれしくなって、頬にふわっとした笑みが浮かんだ。

東京のおばあちゃんよりも勝征さんを選んだことを、いつか後悔するかもしれない。先のことを考えると、後悔しそうだよなあ、するだろうなあ、しないはずがないよなあ、するに決まってるだろ……と、どんどん予感は悪いほうに転がっていってしまう。

マナブ自身、理由はうまく答えられない。勝征さんも博多行きの荷札を見た瞬間、息が詰まったように顔をゆがめ、「博多はラーメンが美味いからな」と言うだけだった。

それでも、カープが優勝を決めたあの日以来、ときどき勝征さんはなにかをじっと考え込む顔になる。寂しそうに遠くを見つめることもある。マナブの視線に気づいて我に返ると、取って付けたように笑って、いつものようにおどけるのだが、その前の表情は、マナブは決して嫌いではない。

お祈りを終えて目を開けた。慰霊碑のアーチの中には、遠くの原爆ドームがすっぽり収まっている。公園の森の向こうには市民球場の照明灯も見える。

回れ右をして、平和大通りを振り向いた。大通りは、パレードの始まりを待ちわびる群衆で、どこからどこまでが歩道なのかもわからないありさまだった。

＊

みんなで平和大通りを歩いていても、ヤスの口数は少なかった。特にマナブに対しては、話しかけないし、話しかけられても「おう」か「知らん」しか応えないし、なかなか目も合わせようとしない。不機嫌で、怒っていて……と思いきや、いきなり脚を左右交互にぴょこぴょこ上げて両手でお尻を開いて、「おっ、屁が出たプー、屁が出たプー」と繰り返して、通行人のヒンシュクを買ったりもするのだ。そして、いたたまれなくなったユキオが「おう、こんな、ええかげんにせえや」とたしなめると、子どもがスネるように口をとがらせて、また黙り込んでしまう。

まいっちゃうなあ、とマナブはあきれて、うんざりする。きちんとお別れができない寂しさよりも、これ以上ヤスのこんなところを見たくないなあ、という思いのほうが強い。

すると、一人で先を歩いていた勝征さんが足を止め、「おーい、ヤスくん」と手招いた。

立ち止まったのは、スポーツ用品店の前だった。店先に出したワゴンに、赤い野球帽が山積みになっている。

「ヤスくん、今日はマナブもユキオくんもカープの帽子だぞ。せっかくだから、三人お揃いにすればいいんじゃないか？　買ってやるよ、おじさんからのお別れのプレゼントだ」

「あ、でも、いえ……それは……」

ヤスはたじろいで、二、三歩あとずさった。赤は女子の色――なのである。

「いいからいいから、遠慮するなって」

勝征さんはさっさと支払いをして、店員さんに値札を取ってもらった帽子を、ほら、とヤスの頭にかぶせた。

生まれて初めての、赤い野球帽だった。

オンナオトコになってしまった。

だが、勝征さんは「へえーっ、ちょっと意外だったけど、ヤスくんって赤が似合うなあ。うん、似合う似合う、カッコいいよ」と感心して、マナブとユキオにも「なあ、どうだ？　似合ってるよなあ」と声をかけた。

二人ともあいまいにうなずいた。難しいところだ。ヤンチャ坊主の顔立ちが幸いなのか災いなのか、良く言えば熱血スポーツ少年マンガの主人公みたいだが、悪く言えば、赤い帽子をかぶったサルのように見えなくもない。それでも、帽子を脱ぎ捨てることすら忘れてしまうほどショックを受けて、呆然としているヤスに、もはやなにもかけるべき言葉はなかった。

「二人もそこで一緒に並んでみろよ」

勝征さんは、にこにこと笑いながら言う。「三人並ぶと、赤ヘル三勇士って感じになるぞ」

しかたなくマナブを真ん中にして並んだ。勝征さんはすっかりご機嫌で「いいねえ、いいよ、うん、仲間だ、仲間……友情だよ、こういうのが」と一人で盛り上がる。

最初はただ面白がっているだけだと思っていたが、ヤスが小声で「おい、マナブ」と教えてくれた。「こんなの父ちゃん、泣いとるん違うか」

ユキオも並んで前を向いたまま、「ほんまじゃ、目が赤うなっとる」と言う。

そこに、〈報道〉の腕章をしたカメラマンが通りかかった。勝征さんは「あ、ちょっとちょっと、すみません」と呼び止めて、「どうです、ほら、赤ヘル少年三人組、絵になると思いませんか？　シノヤマキシンだったら、もう、ゲキシャしてますよ」と早口にまくしたてる。

「早く早く、撮って撮って、シャッターチャンスは一瞬ですよ、ほら、なにやってるんですか、赤ヘルトリオ、赤ヘルボーイズ、赤ヘル少年団……名前はお任せしますから、さあ、どーぞ！」

まだ若いカメラマンはその勢いに圧されたのか、篠山《しのやま》紀信《きしん》の名前にライバル心をかき立てられたのか、あわてててカメラを構えた。

「よしっ、三人とも……笑えっ！」

勝征さんの声に、マナブもヤスもユキオも「気をつけ」をして、笑った。

だが、シャッターのタイミングがずれて、フィルムに焼きつけられた瞬間の表情は、三人とも微妙に寂しげになってしまった。

その写真は、新聞や雑誌に掲載されることはなかった。勝征さんが会社も名前も聞きそびれていたので、カメラマンがどこの誰なのかもわからずじまいだった。

三人で撮った最初で最後の記念写真のフィルムは、分厚い歴史の小さなひだの中に隠されてしまった。

平和大通りの歩道の隅で、お揃いの赤い帽子をかぶって並んだ三人組の少年のことを覚えているひとは、いまはもう——昔だって、どこにもいない。

＊

パレードが始まると、道路を埋め尽くした大群衆に呑み込まれて、もう先に進むことはできなくなった。あとは、少しでも車道に近づいて、選手たちを間近に見られるかどうか。

　ユキオは果敢におとなたちの人垣に割って入った。前後左右から揉みくちゃにされながら、少しずつ、少しずつ、前列に向かう。そんなユキオをブルドーザー代わりにして、ヤスとマナブもつづく。勝征さんは人垣から離れて一人で歩道の手前側に居残り、がんばれがんばれー、どうでもいいけどがんばれー、祭りだ祭りだワッショイワッショイ、とマナブたちをからかうようなふやけた声援を送る。

「こんなの父ちゃん……ほんまに、変わったおっさんじゃの……」

　ヤスが言う。マナブも、ほんとほんと、と困り顔で笑い返す。人垣の中にもぐり込んでしまうと、もう、よそよそしさを保っていられる距離はとれない。顔と顔がほとんどくっついてしまいそうな近さで話すのは、教室でもなかったことだ。

　もちろん、ゆっくり話せる余裕などない。押されて、小突かれて、悲鳴や怒号にも似た歓声が頭上から降りそそいで、のんびりしゃべろうとすると紙吹雪がたちまち口に入ってしまう。

　だからこそ、やっとお別れができる。

「ヤス……赤ヘル、似合うよ、ほんと」

「うっさいわい、ボケ」

「いまは買ったばかりだから色が派手だけど、すぐに落ち着くから」

「安物じゃけえ色落ちするいうんか？　おうコラ」

「そうじゃなくて……」

「わしの話はええけえ、こんなの話をせえ」

なんでもええけえ早うせえボケ、黙っとったらつまらんがなアホ、と言うそばから、ヤスの声はみんなの「バンザーイ！」「ありがとう！」「おめでとう！」にかき消されてしまう。

しかたなく、マナブも声を張り上げた。

「ヤス！　元気でな！」

「そりゃあ見送るほうの台詞じゃ、ボケたれ！」

声を裏返らせて怒鳴り返したヤスは、そばにいた誰かが撒いた紙吹雪をシャワーのように浴びながら、空に向かってさらにつづけた。

「カネ返したんじゃけえ、おりゃあええがな！　広島にずーっとおりゃあええがな！」

返事の代わりに、マナブは紙吹雪の入った袋を差し出した。真理子から預かった、庄三さんや真理子のお母さんの気持ちを託した紙吹雪だ。

「これ、一緒に撒こう」

「うん？」

「俺と、ヤスと、ユキオ……三人で、撒こうよ」

ヤスは話を逸らされて、不服そうにマナブをにらむ。

マナブは袋を差し出したまま、「いつか、また会えるよ」と笑った。

*

マナブと勝征さんがいなくなった。

夢中になって紙吹雪を撒いているうちに、ふと見たら、さっきまですぐそばにいたはずの二人の姿が消えていたのだ。

「おい、ユキオ……マナブと父ちゃん、どこに行ったんじゃろか」

ユキオもあたりを見回して、「しょんべんかのう」と首をひねる。

「なにをしよるんじゃろうのう、お別れに男と男の握手をせんといけんのに」

「わしもじゃ」

まあええか待っとこう、とヤスは紙吹雪を詰めたレジ袋にまた手を入れる。パレードはまだつづく。選手たちは次々にやってくる。そして、無数の紙吹雪に染み込んだ無数の人びとの思いは、尽きることなく、秋の空に舞いつづける。

＊

「ほんとにいいのか？　黙って行っちゃって」

勝征さんは駅に向かう広電の車内で何度も念を押した。「もしアレだったら、いまから戻って、新幹線のほうはもっと遅い便にしてもいいんだぞ」ともつづけた。

マナブは野球帽のツバを下げて、首を横に振る。「お別れを言うのが照れくさかったのか？」と訊かれて、また首を横に振る。このままだと最後の最後で泣いてしまう。涙を見られたくない。ヤスとユキオの涙も見たくない。言葉にして説明したわけではなかったが、勝征さんは笑ってうなずいた。

「中学生だもんなあ、マナブも」

「べつに……関係ないと思うけど」

「あるある、大ありだって。小学生同士の友だちと中学生同士の友だちってのは、やっぱり違うんだよ、いろんなことが」

それに、と勝征さんはつづけた。「あの二人は、親友だしな」

「……違うよ」

「え？　そうか？」

だって、と言いかける勝征さんを、「言い方が違うんだよ」と制した。「広島の方言だと、違うんだ、友だちや親友って」

「そうだったかなあ。なんて言うんだ？」

マナブはうつむいていた顔を上げて、その代わり帽子のツバをさらに少し下げて、なるべくボソッとした口調になるように意識して、言った。

「……『連れ』って言うんだ」

勝征さんは「連れ、か」と繰り返して、うん、そうか、と何度もうなずいた。

そして、マナブの肩の後ろに手を伸ばし、ナップサックの口についていた紙吹雪の紙片をつまみ取って、ほら、と渡す。白い和紙を切ってつくった紙吹雪だった。手漉《てす》きの上等な紙なのか、薄くて光が透けている。

マナブはその紙片を手のひらに載せて、ぼんやりと見つめた。どんなひとが撒いた紙片なのだろう。お年寄りだろうか。若いひとだろうか。男のひとだろうか。女のひとだろうか。そのひとは、広島でどんな人生を歩んできて、どんな出会いや別れをしてきたのだろう。カープは、そのひとのどんな思いを背負い、どんな祈りを託されて、戦いつづけたのだろう。

「飛ばしてみるか」

勝征さんは耳元でささやき、いたずらっぽく笑って、窓を開けた。風が吹き込んでくる。電車はちょうど京橋川に架かる稲荷大橋を渡るところだった。広島駅まではあと少し。広島での日々も、もうすぐ終わる。

紙片が車内に向かって戻ってこないように両手で包み込んで、車掌さんの目を盗んで手をそっと窓の外に出した。蓋にしていた手のひらをはずす。紙片が風に乗って浮いた。ひとひらだけの紙吹雪は、蝶のはばたきのように揺れながら、空に向かって舞い上がっていく。

マナブはそれをいつまでも、見えなくなってからもずっと、目で追っていた。

# エピローグ

年が明けた。

まだまだ寒の戻りに凍える日もあるが、季節は冬から春に移り変わり、プロ野球もオープン戦の時期に入った。宮崎県日南市の天福球場でキャンプを張るカープはいま、関西地方を回ってパ・リーグの球団と試合をつづけている。

主力が遠征に出たあとの天福球場では、若手選手がグラウンドを駆け回り、白球を追う。次代の赤ヘル軍団を担う世代である。そんな彼らを見守るように、鯉のぼりが外野のポールに結わえられて、うららかな南国の春の空を気持ちよさそうに泳ぐ。

「『球春』とは、よう言うたもんよ、日本で一番早い春はプロ野球なんじゃけえ」

寺島理容店のおじさんは内野スタンドの真ん中に陣取って、カメラのシャッターを切りながら、うれしそうに言う。暦の上での今年の春の始まりは二月五日の立春だが、プロ野球の春は二月一日のキャンプインから。確かに球場の春は暦よりも早く訪れるし、さすがに宮崎は気候が温暖で、ようやくお彼岸を過ぎたばかりでも、すでに球場の周辺の桜は満開だった。

しかし、ヤスには、そんな風流などどうでもいい。

「おじさん、ええ選手おった？」――球場に入ってから、そればかり訊いている。

「おう、背番号40がどんどん良うなっとる」

二年目の高橋慶彦選手である。去年のキャンプでも一番のお薦めだった。優勝を花道に現役を引退した山本一義コーチの特訓を受けて、スイッチヒッターに取り組んでいる。最初はぎごちなかった左打ちも、だいぶサマになってきた。あと二、三年もすれば、いまの大下選手に負けないほどの俊足巧打の一番打者になりそうだという。

「今年は？」

「まだ体づくりじゃのう」

がっかりしてしまったヤスに、おじさんは「そがあにあせらんでもよかろうが。歳もまだ十九やそこらなんじゃけえ」と笑う。

「ほいでも、今年しっかりがんばらんと、去年優勝した意味がないんと違う？」

いつまでも優勝の余韻にひたってはいられない。目指すはセ・リーグ二連覇、そして阪急ブレーブス相手に二分け四敗で散った日本シリーズの雪辱である。

もちろん、他の球団もV2阻止に躍起になってくる。去年優勝を争った中日や阪神とは、今年も激しい戦いを繰り広げるだろう。去年は最下位の屈辱を味わった巨人も、張本選手や加藤初《かとうはじめ》投手らをトレードで補強して、戦力を大いに上げた。

ところが、カープは去年とほとんど同じラインナップで開幕を迎える。よく言えば不動の優勝メンバーということになるが、戦力の上積みなしでだいじょうぶなのか。選手のコンディションも気になる。いつもの年なら九月頃には早々に消化試合に入っていたのに、去年は十月下旬の日本シリーズまで真剣勝負をつづけ、シーズンオフには優勝記念のハワイ旅行にも出かけた。テレビ出演や宴席も例年よりはるかに多かったはずだ。その疲れは残っていないのか。それ以前に、気持ちが浮かれて隙だらけになっていないのか。

教室でも野球部の部室でも、ユキオの『赤ヘルニュース』でも、さらには片桐酒店の立ち呑みコーナーでも、開幕が近づくにつれて、今季のカープを案じる声が増えてきた。評論家の予想でも、カープのV2を唱えるひとは決して多くない。

また最下位に戻ってしまうんじゃないか、去年の優勝はまぐれだったんじゃないか、だとすれば一度優勝の喜びを知ってしまったぶん、弱いカープを見るのがツラくなる……。

「心配は要らんよ。古葉監督も球団も、もっと先を見据えとる」

おじさんはカープの主力選手の名前と歳をすらすらと諳んじた。ほとんどが二十代、日本人野手の最年長・大下選手でさえ三十一歳という若いチームである。投手陣も若い。外木場投手と宮本投手は三十歳だが、去年十八勝を挙げた池谷投手と十五勝の佐伯投手は、ともにまだ伸び盛りの二十三歳なのだ。

「目先の勝ちにこだわって若手を育てるんをサボっとったんが、九連覇した頃の巨人よ。じゃけえ、去年はあがあなことになってしもうたんじゃ。世代交代に失敗したんよ」

だが、カープは違う。初優勝したいまだからこそ、チームの土台をしっかり固めようとしている。それが数年後の黄金時代へとつながるのだ。

「ドラフトでも、活きのええ若いモンが揃うた」

指名した六選手のうち三人が高校生。一位指名の北別府学《きたべっぷまなぶ》投手、三位指名の長内孝《おさないたかし》選手、四位指名の小林誠二《こばやしせいじ》投手、いずれも将来性抜群で、いまの主力が円熟期に入った頃に大活躍してくれるはずだ。社会人から二位指名された山根和夫《やまねかずお》投手も、所属する日本鋼管福山の事情で今季終了後の入団になりそうだが、数年後には間違いなく先発ローテーションに入る逸材で、同じく社会人野球出身の高月敏文《たかつきとしふみ》選手は、六位指名ながら貴重な左打者として期待されている。五位に指名した駒澤《こまざわ》大学の小川良一《おがわよういち》選手には入団を拒否されたものの、七人指名して三人に拒否された一九七三年のことを思うと、歩留《ぶど》まりもずいぶん良くなった。

ヤスは選手名鑑とグラウンドを交互に見て、新人選手の背番号を探した。

背番号20の北別府投手を見つけた。外野をランニングしている。宮崎県の都城農高《みやこのじょうのうこう》出身の北別府投手は、甲子園には出場していない。二年生の秋に地区大会で完全試合を達成していることも、カープがドラフト一位指名するまでは知らないひとのほうが多かった。一般的にはまったくの無名だったわけである。

「甲子園に出られんでも、ドラフト一位かあ……」

ヤスがぽつりとつぶやくと、寺島のおじさんは、ははーん、という含み笑いの顔になって、「見てくれるひとは、ちゃんと見てくれとるんよ」と言った。「プロのスカウトになったら、野球の試合を観んでも才能はわかるんじゃ」

たとえば、とつづける。「こんなは最近、中身の入ったビールケースを一人で軽トラに載せられるようになったろうが」

「うん……」

「店の手伝いをがんばってやりよるけえ、知らんうちに握力がついて、腕や背筋の力もついて、足腰も強うなったいうことじゃ。シロウトのおっちゃんでもわかるんじゃけえ、カープのスカウトさんなら、もっとわかるわい」

説得力があるような、ないような、はっきりしない理屈だったが、おじさんが励ましてくれていることだけは伝わった。

去年の秋、三年生が引退したあとの新チームで、ヤスは背番号1を与えられた。打順は四番。投打の主役である。四つの中学が総当たりした地区の新人大会も、三勝〇敗で優勝——ユキオがつくってくれた『別冊赤ヘルニュース　相生中学V1おめでとう特別号』は、いまも野球部の部室に飾ってある。

その一方で、片桐酒店の商売は、あいかわらずカツカツの状態だった。四月には、お酒売り場のあるスーパーマーケットが近くに開店する。さらに、周辺の再開発を見越して、もっと大きなショッピングセンターも進出を計画しているという噂だ。

甲子園を狙うのはあきらめようか。最近よく考える。たとえ甲子園の常連校から「ウチに来いや」と声がかかっても、強豪の野球部に入ったら店の手伝いなどやっていられないだろう。合宿や遠征でお金だってかかるはずだ。

なるべくウチの近くの県立高校を選んで、野球部の練習と店の手伝いを両立させながら、広島商業や広陵との練習試合で大活躍をして、それをたまたまカープのスカウトが観ていて……いや、そんな名門校がふつうの県立高校など相手にしてくれるはずがないので、広島商業のグラウンドに一人で乗り込んで、バッティング練習中のレギュラーを次々に三振に討ち取って、それをたまたまカープのスカウトが観ていて……いや、通っている学校に迷惑をかけるわけにはいかないので、覆面をつけて正体を隠し、広陵のエースがピッチング練習をしているところに、いきなりバットを手に打席に駆け込んで、自慢の速球を場外に運び、それをたまたまカープのスカウトが観ていて……。想像すればするほど力が抜ける。アホか、マンガの読み過ぎじゃ、と自分で自分にあきれる。

寺島のおじさんは、そういえば、という口調で言った。

「三位の長内クンと四位の小林クンは、ヤスと似とるんよ」

「ほんま？　どこが？」

「二人とも、こまい頃にお父さんを亡くしとるんよ」

ヤスは、ふうん、とうなずいた。

「おそらく苦労もしとるじゃろうし、お母さんのことも大事にしとるじゃろう。そういう選手がプロに向いとるんよ。ボンボンとは根性が違うけえ」

ヤスはまた黙ってうなずいた。微妙に頬がゆるむ。ちょっと、なんとなく、長内選手や小林選手には失礼かもしれないが、やっぱりうれしかった。そして、うれしくなったあと、今度は急に悲しくなったので、あわてて選手名鑑に目を落とした。

北別府投手の名前を見つめる。北別府学。〈きたべっぷ・まなぶ〉と読みがなが付いている。漢字だけではピンと来なかったが、ひらがなで読むと、懐かしい連れの顔が浮かぶ。

ゆっくりと息をついて、グラウンドに視線を戻し、さらに空を見上げた。かぶっていたカープの赤い野球帽を脱ぐと、広島よりも暖かい春の風が、昨日バリカンで刈ったばかりの坊主頭をくすぐった。

「おじさん、坊主頭を十月頃からずーっと伸ばしとったら、どれくらいの長さになるん?」

「いまが三月じゃけえ、五ヵ月か。ほんなら、まあ、そこそこ伸びとるのう。もう坊主頭じゃのうて、短めのふつうの髪じゃ」

「街で会うてもわからんぐらい?」

おじさんは一瞬きょとんとして、「いやあ、そこまでは——」と答えかけたが、ヤスはそれをさえぎって「わからんよね、もう、全然わかるわけない」と早口に言った。

「わからん、わからん、わからん、わからん……」

呪文を唱えるように繰り返して、空を見上げたまま、帽子をあみだにしてかぶり直した。


マナブが新しい住所を一年三組のみんなに知らせてくれたのは、十一月の終わり頃だった。

博多に引っ越したはずだったのに、チンチク先生宛ての絵はがきに記された住所は熊本になっていて、絵はがきの写真も阿蘇の外輪山だった。

〈竹林先生と一年三組の皆さん、お元気ですか？　ぼくは元気です。事情があって、博多からすぐに熊本に移りました。それで三組のみんなに住所をお知らせするのがおそくなってしまいました。すみませんでした〉

いちいち謝る律儀さがアダになって、はがきは挨拶だけで一杯になってしまい、「事情」の中身はなにもわからなかった。それとも、詳しい「事情」を教えたくなかったから、わざと書くスペースの少ない絵はがきを使い、挨拶やお詫びを長々と書いたのだろうか。

クラスで一番早く返事を出したのは小柳仁美だった。絵はがきが教室の掲示板に貼られたその日のうちに手紙を書き、翌朝には投函して、その手紙が一週間後に〈転居先不明〉のスタンプを捺されて戻ってきた。

絵はがきを書いた直後に、また引っ越し——クラスのみんなは半信半疑の様子だったが、勝征さんを知っているヤスにとっては、それは大いにありうる話で、郵便局に新しい住所を届けていないのも充分に納得のいくことで、だから、悔しくて、情けなくて、もどかしくて、腹が立って、不安で、心配で、悲しくて、しかたない。

「届けを出すんが遅れとるだけかもしれん」というチンチク先生の言葉に望みを託して、絵はがきの住所に年賀状を出してみたが、三学期が始まる前に戻ってきてしまった。

マナブからの手紙も、それっきり、だった。

返送されたヤスの年賀状は、母ちゃんが配達の郵便局員から受け取った。はがきには、マナブへのメッセージが〈謹賀新年〉よりも大きな字で殴り書きしてある。

〈いつでも広島に帰ってこい！〉

母ちゃんはなにも言わず、なにも訊かずに、はがきをヤスの机の上に置いておいてくれた。


寺島のおじさんに「汽車の切符はおっちゃんが買うちゃるけえ、宮崎に行ってカープのキャンプを見てみんか」と誘われたとき、すぐに浮かんだのはマナブのことだった。同じ九州でも、博多や熊本と宮崎は遠い。そもそも、マナブがいまも九州に住んでいるのかどうかさえわからない。カープのキャンプ地で運命の再会を果たす、というマンガのような奇跡を夢見ているわけでもない。

それでも、鯉のぼりの泳ぐ春の空を眺めていると、マナブもいま、どこかの街で、同じように、懐かしい連れのことを思いだしながら空を見上げているはずだ、と信じたくなる。

マナブの街の空ではヒバリがさえずっているかもしれない。渡り鳥の群れがシベリアに帰っているところかもしれない。ひこうき雲が浮かんでいるかもしれないし、もしかしたら粉雪が舞っているのかもしれない。

広島を夜行寝台の『彗星2号』で発ったのは、ゆうべ遅く、日付の変わった頃だった。駅のホームから見上げた夜空には、薄い雲を透かしたおぼろ月が浮かんでいた。夜が明けた頃、列車は別府あたりを走っていた。車窓から眺める早朝の田園風景には朝もやが立ちこめて、ときどき雨が窓を濡らしていたが、いま、日南の午後の空はきれいに晴れわたっている。

マナブのいる街は、晴れているのか、曇っているのか、雨模様なのか、それとも三月はまだ雪景色の時季なのか……台風でも来とりゃあ面白えんじゃがのう、と肩を揺すって笑いかけたとき、おじさんが「おっ、みんなこっちに来るど」と身を乗り出して、カメラを構えた。

外野でランニングや柔軟体操を終えた若手投手陣が、小走りでブルペンに移動するところだった。北別府投手や小林投手もいる。おじさんは「目の前を通るけえ、大チャンスじゃ」と声をはずませて、グラウンドに近い席に向かう。ヤスもあとにつづいた。北別府投手にもっと近づきたい。もっとそばで見たい。

北別府さん、北別府学さん、学さん、学、マナブ、マナブ——！

両手をメガホンにして、スタンドの最前列から声をかけた。

「北別府さん！」——振り向いてくれた。

「がんばってください！　カープのエースになってつかあさい！」

北別府投手は走りながら帽子のツバに手を添えて、小さく会釈した。まだ声援を受けることに慣れていないのだろう、はにかんで頰を赤くした、いかにも初々しいしぐさと表情だった。

走り去る北別府投手の背中を目で追った。背番号20が少しずつ遠ざかっていく。

「キタベップ、マナブ、さーん！　これからも気合入れて、負けんとがんばってつかあさい！　キタベップ、マナブ、さーん！　どがあなことがあっても、元気でおってつかあさい！　マナブ、さーん、ほんで、また、いつでもええけえ、広島に帰ってきてつかあさい！」

さすがにもう振り向いてはくれない。おじさんも「そりゃあキャンプがすんだら帰ってくるわい、広島のチームなんじゃけえ」とあきれて笑った。

それでも、ヤスは叫ぶ。

「マナブ！」

おじさんに「年上を呼び捨てにしたらいけんがな」と叱られても、かまわず叫ぶ。

「わしゃあ、待っとる！　マナブ！　わしゃあ、ずーっと、待っとるけえの！」

南風に乗って、満開になった桜の花びらが飛んできた。ひとひら。そして、もうひとひら。チョウチョがじゃれ合うように、二枚の花びらはくっついたり離れたりしながら、ゆっくりとグラウンドに舞い落ちていった。

# 文庫版のためのあとがき

一九七五年の広島の街を舞台にした物語を書いてみたい。四十代の半ばを過ぎたあたり――二〇〇八、九年頃から、構想というほど大げさなものではなく、漠然と考えていた。

なにか直接のきっかけがあったわけではない。ただ、ちょうどその頃、広島市民球場が半世紀以上の歴史に幕を閉じた。プロ野球公式戦の開催を終えたのが二〇〇八年秋。同年と前年、僕はテレビの報道番組や雑誌の取材、もしくはプライベートで、数回にわたって市民球場を訪れている。満員の、あるいは無人のスタンドからグラウンドを見つめたときに胸をよぎったさまざまな思いが、いつしか「お話を書きたい」という意志にまとまっていったのかもしれない。

一九七五年当時、僕は山口県の田舎町に暮らす中学一年生だった。広島県とは隣同士、その年に開通したばかりの山陽新幹線を使えば一時間で着く距離である。ものごころつく前から引っ越しを繰り返していた自分が、たまたまその時期に、広島にほど近い町に暮らしていたのは、なにかのご縁としか言いようがない。

カープ初優勝に沸く広島の盛り上がりは、僕たちの町にもたっぷり伝わっていた。一方で、投下から三十年を迎えた原爆の記憶を——違う、もっとなまなましい傷痕《きずあと》を、いや、まだ「痕」になる以前、血がにじむ傷口を晒《さら》している人たちも、自分のまわりに何人もいた。もしもそんな原体験がなければ、『赤ヘル1975』は書かれなかったはずだし、書かれたとしても、いまあるものとはまったく別のお話になっていただろう（そっちのほうがよかった、とは言わないでほしい）。

また、二〇〇〇年代の前半、太平洋戦争の南方戦線を取材したテレビのドキュメンタリーに何本も参加した。そのときに見たこと、聞いたこと、調べたこと、考えたことが、数年をへて、少年時代の自分が垣間見たヒロシマの残影に重なりつつあった。二〇〇七年に開高健《かいこうたけし》とベトナム戦争のドキュメンタリーのロケでホーチミン市やクチのトンネルやメコンデルタを、同年から翌〇八年にかけて、北京五輪を新聞でルポするために二年がかりで旧・満州や青島《チンタオ》、上海、香港などの各地を経巡《へめぐ》ったことも、自分の世代と戦争とのかかわりをあらためて考える契機の一つになった。

そういえば、二〇〇七年にはクラウス・コルドンの「ベルリン三部作」の邦訳が完結している。『ベルリン1919』『ベルリン1933』そして『ベルリン1945』である。その三作を二〇〇八年になって遅ればせながら通読したことの影響も、とりわけ

『赤ヘル1975』というネーミングに如実に出ているだろう。さらにいうなら、『ベルリン1945』の帯に記されていた惹句《じゃっく》〈この深い悲しみの果てに、どんな希望を語れるだろう?〉に出会ったことも大きい。『赤ヘル1975』のみならず、その後自分が書いたいくつかのお話は、〈この深い悲しみ〉の〈この〉をさまざまに変奏させつつ、くだんの惹句の問いかけに自分なりの応答をする形で綴《つづ》られているはずだ。

そういうわけで、お話を織物に譬《たと》えるなら、『赤ヘル1975』の物語を先へと進めていく縦糸には、十代前半から三十年以上の歳月をかけて撚《よ》り合わさった糸が用いられている。例によって華やかさには欠けた色合いの糸だが、年季が入っているぶん意外とじょうぶだと思うぜ、と小さく胸を張らせていただきたい。

もちろん、織物は縦糸だけではできあがらない。『赤ヘル1975』の横糸は、二人の恩人によって紡がれた。

一人は、NHKの大古《おおこ》滋久《しげひさ》さん。僕より三歳下の大古さんは、広島出身で、スジガネ入りのカープファンである。なにしろ若手ディレクター時代には、カープの誇る炎のストッパー・津田《つだ》恒美《つねみ》さんの生涯を追ったドキュメンタリーもつくっているのだ。

『赤ヘル1975』の構想を具体的にしていく出発点として、旧知の大古さんに「子ども時代のカープの思い出を教えてくれないか」と相談した。二〇一〇年十月のことである。

好漢《こうかん》・大古は（もう呼び捨て）、オノレ一人の思い出を語るだけでは気がすまず、中学や高校の同窓生のメーリングリストで情報提供を呼びかけてくれた。すると、たちまちにして、エピソードが集まるわ集まるわ……。そのうちのいくつかは作品中で使わせていただいたのだが、それ以上にありがたかったのが、「町」と「カープ」と「家族と学校と友だち」の距離の近さを実感できたことだった。昭和の赤ヘル少年たちのカープの記憶は、情報の寄せ集めではなく、温もりや手ざわりを確かに持った体験として胸に残っている。だからこそ、皆さんは、カープの思い出を語りながら、同時にあの頃の近所の町や学校やわが家を語ってくれていたのだ。

『赤ヘル１９７５』は、当時の自分と同じ中学一年生の少年たちと、彼らが見るおとなたちの物語にしよう――そう決めた。横糸の、いわば「芯」ができあがった。大古滋久さんと仲間たちに、心から感謝する。

しかし、物語を語る視座を少年にすると、今度は、自分自身と物語との距離が気になってしまう。僕は当時の広島市を知らない。山口県の田舎町で感じていた赤ヘル初優勝の熱気と、現地でのそれは、明らかに違うはずである。原爆についても、八月六日についても、そう。

その距離をどう埋めていけばいいのか思い悩みながら、二〇一〇年十二月初めに、二人目の恩人と出会った。

中国新聞の増田泉子《そうだいずみこ》さんである。仕事で付き合いのあった同紙文化部の人に「カープの話を聞きたいんじゃったら、増田さんしかおらんじゃろう」と紹介してもらったのだ。

お目にかかって、なるほど、その意味はすぐにわかった。僕より学年が一つ下の増田さんは、小学六年生で体験した一九七五年のカープ初優勝のことを、じつに詳しく、そして熱く語るひとだった。元祖カープ女子である。しかも、あの年の熱狂は、増田さんの中では、一九七九年の「江夏の21球」をへて、近年の（残念ながら）低迷続きのカープへと至る、いわば「赤ヘル史観」の原点となっているようなのだ。

貴重なお話を次々に聞かせてもらいながら、僕は深い感謝と感激の一方で、身がすくむのも感じていた。負い目がある。増田さん自身は決してそんなことは言っていないのだが、「当時の広島の街を知らない、つまり『よそモン』の自分に、カープを書く資格はあるのか」という自問が、勝手に胸に刺さってしまった。その自問は、もちろん、「戦争を知らず、ヒロシマを知らない自分に、原爆を書く資格はあるのか」とも言い換えられる。

けれど、別れぎわ、増田さんは「誰かにあの年のカープを書いてほしかったから、うれしいです」と（ホントは広島弁で）言ってくれた。その「誰か」はシゲマツごときでは駄目だ、とは言わなかった。それに安堵《あんど》しつつ、ならば――と思った。ならば、「誰か」を、あえて広島／ヒロシマを知らない「よそモン」にしてしまえばいいんじゃないか――。

前述したとおり、僕は引っ越しばかり繰り返してきた。どこに行っても、いつだって「よそモン」だった。「よそモン」のまなざしには、いささか自信がある。じゃあ、カープを、広島の街を、ヒロシマの悲しみや怒りを、「よそモン」の目で見てやろう。

物語の横糸――マナブとヤスとユキオの友情物語は、そうやってかたちづくられたのだった。

増田さんにはその後も何度となく相談に乗ってもらい、お忙しいなか、作品内の広島弁の指導もしていただいた（もちろん、最終的な文責は僕にある）。増田さん、というより、ふだんどおりにイズミコさん、ほんとうにありがとうございました。

取材が終わって、そろそろ執筆に入ろうかという二〇一一年三月、東日本大震災が発生した。僕は被災地の取材に追われ、連載開始は数ヵ月遅れてしまった。だが、結果として、『ベルリン1945』から受け取った〈この深い悲しみの果てに、どんな希望を語れるだろう?〉の問いが、より強い形で本作を引き締めてくれることになったのではないか、と思っている。

本作は「小説現代」二〇一一年八月号から一三年七月号まで連載させてもらった。雑誌連載時の担当編集者は戸井武史《といたけし》さん、イラストは丹下京子《たんげきょうこ》さんにお願いした。連載中の二〇一二年に丹下さんが第四十三回講談社さしえ賞を受賞されたことも、うれしい逸話として書き留めておきたい。

二〇一三年十一月刊行の単行本では、鈴木成一《すずきせいいち》さんに装幀を、いしさか玲奈さんに装画をお願いした。鈴木さんといしさかさんには、このたびの文庫版でも引き続きお世話になった。単行本の担当編集者だった鍜治佑介《かじゆうすけ》さんには、文庫版でもお世話になり、さらには堀彩子《ほりあやこ》さんにもお力添えをいただいた。ここではお名前を挙げられなかった方々も含む関係各位に、そしてなにより、読んでくださった人に、心より感謝する。

さて、一九七五年から四十一年たった今年――二〇一六年、アメリカの現職大統領として初めて、オバマ大統領が広島の平和記念公園を訪れた。一方、今年のカープは、どうやら、うん、調子いいぞ。この後記を書いている六月二十九日の時点でセ・リーグの首位、二位の巨人とは九ゲーム差、しかもリーグの全貯金をカープが独占している。おまけに三十二年ぶりの十一連勝まで飾って、二十五年ぶりの優勝が、もしかしたら……。

やったね、大古。やったね、イズミコさん。

僕と同い歳の、だから今年五十三、四のヤス、ユキオ、そしてマナブ——きみたちは、いま、どこで、カープの奮闘に胸を熱くさせているのだろう。

二〇一六年六月

重松　清

主な参考文献


・『V1記念　広島東洋カープ球団史』（広島東洋カープ）
・『赤ヘル激闘譜　1975広島東洋カープ優勝までの全試合』（中国新聞社）
・『カープ50年　―夢を追って―』（中国新聞社）
・『カープの歩み　1949―2011』（中国新聞社）
・『広島カープ誕生物語（上・下）』中沢啓治（汐文社）
・『広島カープ　苦難を乗りこえた男たちの軌跡』駒沢悟・監修　松永郁子・著（宝島社文庫）
・『日本プロ野球を彩ったユニフォーム&背番号』（ベースボール・マガジン社）
・『さよならぼくらの広島市民球場』（中国新聞社）
・『ありがとう！栄光の広島市民球場』（洋泉社）
・『わたしがちいさかったときに』長田新・編〈原爆の子〉他より／岩崎ちひろ・画（童心社）
・『原爆の子（上・下）』長田新・編（岩波文庫）
・『はだしのゲン』中沢啓治（汐文社）
・『図録　ヒロシマを世界に』（広島平和記念資料館）

・『図録　原爆の絵　ヒロシマを伝える』広島平和記念資料館・編（岩波書店）
・『原爆の絵　ヒロシマの記憶』ＮＨＫ広島放送局・編（ＮＨＫ出版）
・『原爆・五〇〇人の証言』朝日新聞社・編（朝日文庫）
・『生きているヒロシマ』土門拳（築地書館）
また、一九七五年当時の中国新聞も適宜参照しました。

＊本作はフィクションですが、
中国新聞社の皆さんをはじめ、
当時の貴重なエピソードを聞かせてくださった方々に、
心より感謝いたします。（著者）

本書は二〇一三年一一月に小社より刊行された単行本を文庫化したものです。

|著者|重松 清　1963年岡山県生まれ。早稲田大学教育学部卒業。出版社勤務を経て、執筆活動に入る。'91年『ビフォア・ラン』でデビュー。'99年『ナイフ』で坪田譲治文学賞、『エイジ』で山本周五郎賞、2001年『ビタミンF』で直木賞、'10年『十字架』で吉川英治文学賞、'14年『ゼツメツ少年』で毎日出版文化賞をそれぞれ受賞。小説作品に『流星ワゴン』『定年ゴジラ』『きよしこ』『疾走』『カシオペアの丘で』『とんび』『さすらい猫ノアの伝説』『かあちゃん』『あすなろ三三七拍子』『空より高く』『希望ヶ丘の人びと』『ファミレス』『一人っ子同盟』『たんぽぽ団地』他多数がある。ライターとしても活躍し続けており、ノンフィクション作品に『世紀末の隣人』『星をつくった男　阿久悠と、その時代』、ドキュメントノベル作品に『希望の地図　3.11から始まる物語』などがある。

赤《あか》ヘル1975
重松《しげまつ》 清《きよし》


2016年8月10日第1刷発行

発行者――鈴木　哲
発行所――株式会社　講談社
東京都文京区音羽2-12-21　〒112-8001
電話　出版（03）5395-3510
　　　販売（03）5395-5817
　　　業務（03）5395-3615
Printed in Japan

講談社文庫
定価はカバーに
表示してあります

デザイン―菊地信義
本文データ制作―講談社デジタル製作
印刷―――凸版印刷株式会社
製本―――加藤製本株式会社



ISBN978-4-06-293479-4

# 講談社文庫刊行の辞

二十一世紀の到来を目睫に望みながら、われわれはいま、人類史上かつて例を見ない巨大な転換期をむかえようとしている。

世界も、日本も、激動の予兆に対する期待とおののきを内に蔵して、未知の時代に歩み入ろうとしている。このときにあたり、創業の人野間清治の「ナショナル・エデュケイター」への志を現代に甦らせようと意図して、われわれはここに古今の文芸作品はいうまでもなく、ひろく人文・社会・自然の諸科学から東西の名著を網羅する、新しい綜合文庫の発刊を決意した。

激動の転換期はまた断絶の時代である。われわれは戦後二十五年間の出版文化のありかたへの深い反省をこめて、この断絶の時代にあえて人間的な持続を求めようとする。いたずらに浮薄な商業主義のあだ花を追い求めることなく、長期にわたって良書に生命をあたえようとつとめるところにしか、今後の出版文化の真の繁栄はあり得ないと信じるからである。

同時にわれわれはこの綜合文庫の刊行を通じて、人文・社会・自然の諸科学が、結局人間の学にほかならないことを立証しようと願っている。かつて知識とは、「汝自身を知る」ことにつきていた。現代社会の瑣末な情報の氾濫のなかから、力強い知識の源泉を掘り起し、技術文明のただなかに、生きた人間の姿を復活させること。それこそわれわれの切なる希求である。

われわれは権威に盲従せず、俗流に媚びることなく、渾然一体となって日本の「草の根」をかたちづくる若く新しい世代の人々に、心をこめてこの新しい綜合文庫をおくり届けたい。それは知識の泉であるとともに感受性のふるさとであり、もっとも有機的に組織され、社会に開かれた万人のための大学をめざしている。大方の支援と協力を衷心より切望してやまない。

一九七一年七月

野間省一

講談社文芸文庫

庄野潤三
# 星に願いを
解説＝富岡幸一郎　年譜＝助川徳是
ここには穏やかな生活がある。子供が成長し老夫婦の時間が、静かにしずかに息づいて進む。鳥はさえずり、ハーモニカがきこえる。読者待望の、晩年の庄野文学。
978-4-06-290319-6　しA13

鈴木大拙　訳
# 天界と地獄
スエデンボルグ著
解説＝安藤礼二　年譜＝編集部
「禅」を世界に広めた大拙は、米国での学究時代、神秘主義思想の巨人スエデンボルグに強い衝撃を受け、帰国後まず本書を出版した。大拙思想の源流を成す重要書。
978-4-06-290320-2　すE1

室生犀星
# 我が愛する詩人の伝記
解説＝鹿島茂　年譜＝星野晃一
藤村、光太郎、白秋、朔太郎、百田宗治、堀辰雄、津村信夫他、十一名の詩人の生身の姿と、その言葉に託した詩魂を読み解く評伝文学の傑作。毎日出版文化賞受賞。
978-4-06-290318-9　むA9

## 講談社文庫　目録



2016年6月15日現在